複合捜査

堂場瞬一

集英社文庫

本書は、集英社文庫のために書き下ろされました。

この作品はフィクションであり、実在の個人・団体・事件などとは、一切関係ありません。

目次

複合捜査

第一部　夜を奔る

プレスリリース

夜間緊急警備班の発足について

県警刑事部と地域部、交通部は合同で、夜間緊急警備班（Night Emergency Security Unit、通称ＮＥＳＵ）を10月1日付で発足させる。

昨今のさいたま市内繁華街における夜間の治安悪化に対応するためで、パトロール強化、事件発生時の迅速な捜査・検挙を目的とする。

これまで初動捜査では、各警察署の他に、刑事事件に関しては機動捜査隊、交通事件に関しては交通機動捜査隊が対応するなど、個別に対処してきたが、より効率的な捜査を行うため、ＮＥＳＵはどの部にも属さない独立組織とする。また、所轄の枠に関係なく、さいたま市内全域を対象に活動する。

　ＮＥＳＵは当面、半年の実験期間で運用、その間の実績次第で、恒常的な組織に移行するかどうかを検討する。

　本部は浦和中央署に置くこととする。

＊埼玉県警人事
（10月1日付）
【警部】若林《わかばやし》　祐《たすく》（西浦和署刑事課係長）夜間緊急警備班班長

＊参考：市町村別の犯罪発生件数（別紙）

1

「よし、よし、諸君、今日も気合いを入れてやってくれ」

若林は、両手を二度、叩《たた》き合わせた。目の前にはくたびれた刑事たち。何故だ……若林には理解できない。非番明けで、十分休養を取っているはずだ。ぐっと身を乗り出し、一人一人の顔をねめつける。大杉竜馬《おおすぎりようま》、二十八歳、機動捜査隊から。八幡悠之介《はちまんゆうのすけ》、三十一歳、大宮中央署刑事課から。桜内省吾《さくらうちしようご》、四十一歳、捜査一課から……その他いろいろ。スタッフは、キャップの自分を除いて計二十七人だ。今日の、というか今日も。

「諸君らの奮闘のお陰で、NESUは当初の想定以上の成果を挙げている。このまま上手《うま》くいけば、当プロジェクトが正式な組織として再発足する日も遠くない。そのためには……怪しそうな奴《やつ》はどんどん引っ張れ。街からワルどもがいなくなるまで、所轄の留置場に空きを作るな」

溜息《ためいき》が漏れるのを、若林は耳聡《みみざと》く聞きつけた。

「誰だ！」

怒鳴ると、沈黙に迎えられる。まったく、最近の若い奴らは……せっかく自分の力を試せるチャンスなのに、むしろ面倒だと思っている。仕事よりプライベート重視か？警察官にそんな考えはありえない。仕事一筋で真っ直ぐ進んで、前のめりに死ねばいいのだ。一つ咳払いをして、副官格の警部補・桜内に視線を投げる。桜内も苦笑していたが、若林の視線を捉えると、かすかに首を横に振った。やる気のない若い奴にかまっていたらきりがないですよ、という無言のメッセージと受け取る。ＮＥＳＵには頼りない若手もいるが、この男だけは当てにできる。

「よし」若林は腕時計に視線を落とした。午後八時——長い夜が始まる。「では、各チームとも当初の予定通り、パトロールを開始。連絡を密にするように」

もう一度両手を叩くと、刑事たちが部屋を出ていく。一人取り残された若林は、無線の前に陣取った。

「あの……」

「ああ？」弱々しい声で呼びかけられ、若林は勢いよく振り向いた。若い刑事の小嶋《おじま》がびくりと体を震わせる。

「あの、今日は私が内勤ですので、無線は担当しますが」

「何言ってる。こんな楽しいこと、人に任せられるわけがない」

「はあ」小嶋が気の抜けた声を出した。顔が長いせいだろうか、緊張感に乏しい顔つきだ。

「それとも何か？　俺は黙って腕組みでもしてりゃいいのか」

「いえ、そういうわけじゃ……」小嶋がすっと一歩下がった。「失礼しました」

「分かれば結構」若林は大袈裟《おおげさ》にうなずいた。本当なら自分も街を歩きたいのだが、勤務スタートの時点でそんなことでは、指揮官として示しがつかない。警戒している連中の気が抜ける真夜中に急襲して、気合いを入れ直してやるのが自分の役目だ。

　奴らがびっくりする様子を想像すると、今から楽しみだった。


「何なんすか、あのオヤジは」大杉が愚痴を零《こぼ》してから、激しく音を立ててラーメンを啜《すす》り上げた。

「まあ……今時ああいうタイプは珍しいよな」桜内も同意した。若い大杉から見れば、若林は異常な仕事中毒だろう。ただし桜内にすれば「ああいう人もいる」程度の感覚だった。自分が警察官になったばかりの二十年ほど前は、「仕事が趣味」と言い切るベテランの刑事も少なくなかったから、むしろ懐かしさも感じる。

「だいたい、こんなやり方で効果があるんですか？」

「実際、この前は上手くいったじゃないか」

「だけどあれは、まぐれみたいなもんですよ」大杉が丼から顔を上げ、疑わしげに言った。

「まあな」桜内も認めざるを得ない。三日前の午前二時頃、大宮駅前にたむろしていた数人の少年に職質すると、全員がいきなり逃げ出した。逃げ遅れた一人の身柄を拘束したところ、少量の覚醒剤を持っているのが発覚したのだ。そのまま現行犯逮捕。変な手柄だった。

それにしても、このプロジェクト――夜間緊急警備班――に入ってから、桜内は苦笑いすることが増えた。その原因の大部分は、若林である。前時代的な気合いの入れ方、勤務ダイヤを無視した仕事の割り振り、自分でもすぐに現場へ出ようとする出しゃばりな性格――全てが上滑りしている感じだった。

夜間緊急警備班、通称NESUは実験的な混成部隊であり、それぞれが元の所属に籍を置いたまま、一時的に出向している。唯一人、若林だけが「班長」として辞令を交付され、キャップに収まっているが、チームとしてのまとまりは皆無に近い。若林が一人張り切っているが、メンバーは流してしまう。

この勤務は、四十一歳の桜内にとって体力的にはきつい。基本は午後八時から午前八時までで、二人一組になって繁華街を中心にパトロールし、犯罪を未然に防ぐ、あるいは起きてしまった場合は誰よりも早く現場に急行するのが狙いだ。実は所轄、それに機動捜査隊の仕事と内容が重なるので、無駄ではないかと桜内は疑っていたが、実績が着実に積み重なり、キャップの若林は調子に乗って張り切っている。

「何だか釈然としないんですよね」大杉が溜息をつく。

「それでも、覚醒剤の件は、上手いことやったんじゃないか？　胸を張っていいと思うよ」

「すんません……すんませんって、謝るのも変ですね」大杉が箸を置いた。テーブルに置いてあるティッシュペーパーを引き抜き、乱暴に口元を拭う。大宮駅周辺はラーメン激戦区で様々な店があるが、この店のスープは濃厚さで一、二位を争う。午後十一時近くにこんなラーメンを食べれば、朝まで胃の膨満感に悩まされること必至だ。若い大杉は平然としているが、桜内には少しきつい味つけで、スープはほとんど残してしまった。

「そろそろ出るか」

「出ないとまずいですよね」大杉は面倒臭そうだ。

「そりゃそうだ。これで給料を貰《もら》ってるんだから。こんなところでのんびりラーメンを食べてるのを若林さんに見つかったら、どやされるぞ。あの人は、食事に十分以上は時間をかけないからな」

「了解です……でも若林さんのやり方だと、胃を悪くしそうですよね」

嫌そうに言って、大杉が財布を取り出した。こいつが食べたのはチャーシュー特盛り、煮卵つきの醤油《しょうゆ》豚骨味……俺たちの食事も、決して胃に優しいとは言えない。

覆面パトカーに歩いて戻るまでのわずかな間にも、大宮駅東口のネオンに目をやる。埼玉県随一の繁華街……合併前は、「行政・文化の浦和」「経済の大宮」として張り合ってきたが、その名残は感じられる。合併後、かつての大宮市域の人口は五十万人を超えた。そのため、金を求めておかしな連中が入りこみ、治安も悪化しているのだ。

大宮駅東口正面にある「すずらん通り」に足を踏み入れる。小さなアーケード街で、どこでも見かけるチェーン店などが並んでいる一方で、地元で長く続いている店もあり、その雑然とした賑やかな光景は、地方都市独特の味わいを感じさせる。しかし夜になると、早い時間から酔っ払いが右往左往し、一気に雰囲気が悪くなる。真っ直ぐ歩くのすら困難で、二人は蛇行する酔っ払いたちを避けながら、周囲に目を配った。大宮アルディージャのフラッグが、何とか街の健全な雰囲気を保とうという努力をしているようだが——無駄な努力にも見える。

「しかし……ここは歩きにくいですね」大杉が呆《あき》れたように言った。

「まあな」桜内は適当に話を合わせた。こういう街の雰囲気は嫌いではないし、そこに潜む悪を炙《あぶ》り出す仕事にはやりがいがあると思う。ただ、ずっと夜勤が続くのは……この仕事に回されてから二か月、日に日に不機嫌になる妻の小言がきつい。桜内の妻は県庁の職員で、きちんと九時五時で仕事が終わる。つまり、桜内とは生活時間が完全に逆になってしまった。申し訳ないとは思うが、「嫁が不機嫌だから」という理由で外してもらうわけにもいかない。独身の大杉には縁のない話だろうが。

「桜内さん、あれ」大杉に指摘され、桜内はすずらん通りの駅と反対側の出入り口に目を向けた。人だかりがしている。喧嘩《けんか》だ、とすぐに気づいてダッシュした。大杉も遅れずについてくる。

摑《つか》み合っている二人の男を、数人の男女が取り囲んでいる。大したことはないな、と見て取って、桜内はスピードを緩めた。揉《も》み合っているだけで、互いに手は出していない。ここは若手に任せようか……不満を零していた大杉もそのつもりだったようで、桜内にうなずきかけると、一人で輪に割って入った。文句を言う割に、いざ現場となると気合いが入るタイプなのだ。

「はいはい、警察です。どうしました？」

呑気《のんき》にも聞こえる口調。しかしそれで、二人を取り巻いていた輪は崩れた。摑み合っていた二人以外は、全員が野次馬らしい。大杉が二人の間に体を押し込んで分けた。どちらにも怪我はない様子だ。おそらく片方が二十代、もう一人が五十代。元気な若い男が本気になって殴りかかったら、思いもよらぬ事故になっていた可能性がある。年上の男の方は、完全に酔っ払っている。殴りかかられたら、避ける間もなかっただろう。

「お互い、知り合い？」大杉が気楽な口調で訊《たず》ねる。

「知らねえよ」若い男が乱暴に吐き捨てた。

「どうしたのかな？」

「このオッサンが因縁をつけてきて……」

「な……何言ってる」年長の男は、完全に呂律《ろれつ》が回らない。「お前、生意気なんだよ」

「そんなこと言われる筋合いはないんだよ、ジイサン」

「何だと！」年長の男が詰め寄ろうとしたが、大杉が右手を伸ばして軽く胸をついただけでよろけ、背中からオレンジ色の街灯にぶつかってしまった。それを見ていた野次馬たちから、失笑が漏れる。

「さあ、呑《の》むなら楽しく呑みましょう、ね？ せっかくの酔いも醒《さ》めちゃうから。お互いに怪我はない？」

若者が仏頂面でうなずいた。どうやらこちらは、それほど呑んでいない様子である。

「お父さんは？」

「お父さんじゃねえよ」年長の男が反論したが、真っ直ぐ立っているのも難儀なようで、背中を街灯に預けたままだ。

「まあまあ、とにかくあまりカッカしないで」

大杉は冷静に対処している。なかなかやるな、と桜内は嬉《うれ》しくなってきた。こいつは、現場に強いタイプだ。機動捜査隊でずいぶん鍛えられているらしい。さて、どうやって状況を収拾するか……と一歩を踏み出したところで、ざわついた空気に混じった甲高いサイレンの音に気づく。大杉もすぐに聞きつけたようで、振り返って桜内の顔を見た。

「火事だな」桜内はぽつりと言った。それと同時に、左耳に突っこんだイヤフォンから、若林の声が流れ出す。

「火事だ」普段の無線の指示とはまったく違う、会話のような呼びかけ。「現場はさいたま新都心駅の南、三菱マテリアルを目印に行ってくれ。民家が燃えている。放火らしいぞ。現場から逃げ出す男が目撃されている」

「まずいな」つぶやき、桜内は大杉にうなずきかけた。放火犯が街をうろつき回っているとしたら、まさに自分たちの出番である。大杉も無線を聞いていて、桜内にうなずき返す。

二人は同時に駆け出した。下らない喧嘩の仲裁など、もういい。実際若者も、いつの間にか姿を消していた。街灯に寄りかかっていた年長の男はずり落ち、アスファルトの上で胡坐《あぐら》をかいている。顎が胸につくほどうなだれ、既にいびきをかき始めていた。十二月……このまま放っておくと心配になる季節だが、今はどうしようもない。

放火だ。本物の事件が俺たちを待っている。

2

「よし、よし、もっと踏め」

「無理です」

弱気な答えに、若林は思わず運転席の背中を拳で叩いた。ハンドルを握る小嶋が、びくりと体を震わせる。こんなことなら、自分で運転すればよかった。今まで何度か、小嶋の運転で現場に出たが、この男の運転テクニックには疑問符がつく。交通機動隊から夜間緊急警備班に送りこまれてきたが、白バイ隊員だったからだろうか。しかし……大排気量の白バイを自在に操れるなら、車などもっと簡単ではないのか。それなのにこの男は、緊急時でも法定速度を守りたがる。

警備班の置かれた浦和中央署からさいたま新都心駅までは、直線距離で五キロ弱。サイレンを鳴らして十分以内で走り切って欲しいところだが、ルートの国道十七号線は片側一車線で、しかも午後十一時という時間帯でもまだ混み合っている。全速力というわけにはいかない、と焦っているうちに前が空いた。

「ほら、そこに突っこめ！」

「無謀運転ですよ」

「おいおい、さっさと行かないと火が消えちまうぞ」

「見物なんですか？　捜査なんですか？」

何を生意気なことを……現場をきちんと見ずして、捜査ができるはずもない。それにこれは放火なのだ。一刻も早く現場に到着すれば、犯人を確保できるかもしれない。

ようやく車が流れ始めた。前の車が道路脇によけたので、小嶋もアクセルを深く踏みこむ。一安心して腕組みをし、若林は頭の中で地図を広げた。さいたま新都心の様子が頭に再現される……あそこは、若林が密かに「関東三大無臭都市」と呼んでいる場所だ。あとの二つはお台場《だいば》とみなとみらい。何だったら幕張《まくはり》を加えて、「四大無臭都市」にしてもいい——いずれも完全な都市計画の元に作られた極めて人工的な街で、人の臭いがしない。もちろん、そこに住んで働いている人はいるが、人間味を感じないのだ。さいたまスーパーアリーナをランドマークに、高層の官公庁舎やオフィスビルが建ち並んだ光景は、時代を数十年、先に進めたようにも見える。ただし、古い住宅が建ち並ぶ一画もあり、今回放火されたのもそういう家の一つのようだ。

北与野《きたよの》駅の下を通り過ぎてすぐに右折。小嶋が覆面パトカーに本格的に鞭《むち》を入れると、すぐに高層ビル街に入った。東北本線の下をくぐるトンネルには入らず、側道を通ってさいたま新都心駅の東側へ。右折すると、すぐ左側に三菱マテリアルの敷地が見えてくる。低いフェンスで覆われた敷地があまりにも広いので、フェンスは延々と続くようだった。それが途切れたところで、ようやく火事の現場が見えてくる。いや、見えているわけではなく、救急車と消防車、それにパトカーが何台か集まっているのでそれと分かった。

若林はウィンドウを下ろした。火事特有の焦げ臭い空気が車内に入ってきて、鼓動が速まるのを意識する。現場はもう少し先のはずだが、これだけはっきり臭いが嗅げるとなると、大規模な火事だろう。人的被害がないといいのだが。

「そこ、曲がれ」

若林は指示した。小嶋はハンドルを思いきり左へ回し、ブレーキを踏まずに細い道路に飛びこんだ。百メートルほど先に、何台かの消防車が停《と》まっているのが見える。白煙が上がっていたが、既に火勢は衰えているようだった。若林は覆面パトカーが停まるか停まらないうちにドアを押し開け、ダッシュした。吐く息が白く、顔の周りで弾む。四十五歳の身にダッシュは堪《こた》えるが、現場では精神力が体力をリードする。

現場は、四階建ての団地だった。道路に面して駐車場……その右手にある自転車置き場から火が上がったらしく、放水はそちらに集中している。普通の住宅火災と異なる刺激臭は、自転車のタイヤが燃えたせいだろうか。しかし建物自体には被害はないようだ。煙は激しいが、火は既に見えない。予想したより、火事の規模は小さかったのだろう。

若林は、消防署の広報担当者を摑まえた。顔見知りの若者で、何度か現場で顔を合わせている。

「やあ、どうも。ご苦労様」

「何だか嬉しそうですね」

「まさか」若林は両手で顔を擦《こす》った。

「まあ、いいですけど……」

「で、状況は？　燃えたのは自転車？」

「そのようですね。放水が終わらないとはっきり分からないけど、被害は五、六台ってところじゃないですか」

若林は鼻をひくつかせた。

「ちょっとガソリン臭いね」

「そうかもしれません。自転車に直接火を点けようとしても、上手くいかないでしょう」

「ガソリンを用意してきたとなると、計画的だな」

「そういうことですかね」

うなずき、若林は周囲を見回した。左側は三菱マテリアルのブロック塀。団地の周囲には、一戸建ての民家が並んでいる。制服警官が道路に立って、現場に人が入れないようにしているが、興味と恐怖の色を浮かべた野次馬の顔があちこちに見えた。さて、やらなければならないのは目撃者捜しだ。

「一報の段階で放火だって聞いたけど、間違いない？」

「まだ断定はできませんけどね」広報担当者は慎重だった。「現場から逃げ出した人がいるっていう話です」

「目撃者、確保してるのかい？」

「はい、向こうに」

広報担当者は肩越しに、ボールペンで自分の後方を指した。消防隊員が二人がかりで話を聴いている相手が目撃者だろう。

「じゃあ、どうも。また後で話を聴くから」

広報担当者はうなずくだけだった。しかし顔には、露骨にほっとした表情が浮かんでいた。こっちは一生懸命仕事をしているだけなのだから、こんな風に鬱陶しがられる理由はない。若林は大股で目撃者に近づいた。

「――若い男で？」消防隊員の声が耳に飛びこんでくる。

「はい」答えているのは、三十歳ぐらいの女性だった。小さな子どもが足に抱き付いている。こんな夜中に、パジャマ姿で子どもを外に出したらいけないな……若林は寒さをさらに意識した。

「徒歩ですか？」

「そうです」

「どうして怪しいと思ったんですか……」

「それは、だって」女性が答えに詰まった。「怪しい」と言ってしまってから、自分の観察眼に自信がなくなったのかもしれない。

「ああ、ちょっと、お母さん」若林はバッジを示しながら割りこんだ。二人の消防隊員が、今にも舌打ちしそうな顔つきになる。それを無視して、彼女の正面に立った。「どんな格好をしてました？」

「あの、黒っぽい服装で」女性が胸の前で両手をこねくり回す。

「ジョギングじゃないんですか？」

「違うと思いますけど。全力疾走だったんで」

「インターバル走をしていたんじゃなくて？」

「はい？」

女性が首を傾《かし》げた。インターバル走の意味を説明するのも面倒で、若林は話題を変えた。

「家は近くですか？」

「すぐそこです」女性が振り返り、一戸建ての家が並ぶ方を指さした。それだけでは、どの家かは分からなかった。

「じゃあね、ちょっと家に行きましょうか。子どもさん、風邪ひきますよ」

「あ」初めて子どもの存在に気づいたように、女性が声を上げた。慌てて子どもを抱き上げると、「いいですか？」と訊ねる。

「ああ、もちろん。今日は冷えますからねえ」放水で路面が濡れているせいか、実際の気温よりも寒く感じられる。

女性に先導される形で、若林は家に向かった。その途中も、話を続ける。

「ところで、何でこんな時間にその男を見たんですか」

「ちょっと近くのコンビニまで……明日の朝の牛乳がなくて」

「なるほど。子どもは牛乳を飲まないとねえ」

「それで、帰ってくる途中に、全力疾走している男とすれ違ったんです。その後、煙が上がっているのが見えて、慌てて一一九番通報して」

「お手柄でしたねえ」若林は笑みを浮かべてみせた。「普通は慌てて、なかなかスムーズにできないものだけど」

「ああ、あの……父が消防だったので」

「ああ、なるほど」家族に消防士がいるからといって、誰でも冷静に通報できるものでもない。この女性はやはり、肝《きも》が据わっているのだろう。

子どもが家の中に駆けこんだのを確認してから、若林は事細かに話を聴いた。男は中肉中背、顔は見ていないが若い感じがしたという。服装は上下ともやはり黒だったようだが、下がジーンズなのか普通のズボンなのかは分からない。上は……ダウンジャケットのようにも、短いコートのようにも見えた。手に何か持っていたが、暗くて何かまでは分からなかったという。

「ペットボトルか何かでは?」誘導尋問だな、と思いながら若林は訊ねた。犯人が、火を点けるのにガソリンか何かを使ったのは間違いないだろう。持ち歩くのにいちばん簡単なのはペットボトルだ。

「それは……ちょっと分かりません」

「バッグか何かは？」

「なかったと思います」

「すれ違った感じですよね？　振り返って確認しませんでしたか」

「そこまでしてません」女性の顔が強張《こわば》った。「自転車置き場が燃えているのが分かったので、早く通報しなくちゃって……慌ててましたから」

「そうでしょうね」若林は大きくうなずいた。「もしも顔を思い出したら、また連絡してもらえますか」

「はい。でも……」

「でも？」若林は突っこんだ。

「さっきも言いましたけど、顔は見えなかったんですよ。野球帽を被《かぶ》っていて、顔が隠れていたので」

「野球帽ね」若林はまたうなずいた。今のところ、唯一の服装的な特徴である。一応褒《ほ》めておこう。「いい手がかりになりますよ」

なおも事情聴取を続けたが、それ以上の情報は引き出せなかった。家を辞去したところで、慌てた様子の大杉とぶつかりそうになった。

「ずいぶんごゆっくりだな。夜食でも食ってたのか？」

「食べ終わった後で、喧嘩の仲裁をしてたんですよ」むっとした表情で大杉が言い訳する。

「今、目撃者と話をした。野球帽を被った若い男を捜せ」

「手がかりはそれだけですか？」大杉が目を細める。

「それしか分からないんだから、それで捜すしかないだろうが」

「桜内さんは聞き込みを始めてます」

「ああ、結構だ。お前さんもすぐにあいつと合流してくれ」

「所轄は……今の情報は流さなくていいんですか？」

「所轄は所轄。うちはうちだ。どっちが早く犯人を見つけ出すか、勝負だよ」

「それでいいんですか？」

「当たり前だろうが。うちが何のために存在していると思ってる？　できるだけ早く犯人を確保するためだろうが」

「はあ」

「ほらほら、分かったらさっさと動く！」若林は大杉の肩を小突いた。瘦せっぽちの大杉はそれだけでよろめき、一歩後ろに下がってしまった。こいつも体重が足りないな……もう少しちゃんと飯を食わせないと、と若林は思った。何だったら、一日の仕事が始まる前に、全員でちゃんこ鍋でも囲むか。

首を振りながら遠ざかっていく大杉の背中を見送りながら、若林は考えていた。いずれ所轄とも情報を共有しなければならないが、できれば出し抜きたい。相手が驚き、苦《にが》虫《むし》を噛《か》み潰したような表情を浮かべるのを見るのは、若林の何よりの楽しみである。

では、自分でも聞き込みに回るとしよう。これを面倒臭がる人間もいるし、管理職の警部、しかもこの夜間緊急警備班の責任者である若林は、本来現場に出て聞き込みなどする立場ではない。浦和中央署に置かれた本部にどっかと腰を下ろし、部下の報告を待っていればいいのだ。だがそれは、若林の好むやり方ではなかった。階級など関係ない。警察官は、現場に出てこそ価値がある。自分と同年代の人間が次第に衰え、「現場がしんどい」とこぼすたびに、若林は鼻を鳴らす。意識が低いから、肉体も精神も老いるのだ。

「さて」誰にともなく言って、現場に目を向ける。既に火の勢いは収まったようで、今は白い煙が細く上がっているだけだった。まだかすかな異臭――ゴムとガソリンが燃えた臭いは漂っていたが、それはむしろ若林の戦闘意欲をかきたてる。この一件は、悪戯《いたずら》とは思えない。わざわざガソリンを用意して火を点けたのなら、極めて悪質で、情状酌量の余地はないのだ。

歩き出そうとした瞬間、耳に押しこんだイヤフォンから、慌てた声が流れ出した。

「警備班から各局、放火と見られる事案が発生。繰り返す、放火と見られる事案が発生」

は？　何を寝ぼけたことを言っているんだ。若林は思わず顔をしかめた。この件は既に連絡済みで、街を流している四つのチームは全てこちらに向かっているか、とっくに到着して聞き込みを始めているはずである。留守番で残した五代《ごだい》の奴、居眠りしてたわけじゃないだろうな。ちょっと問い詰めてやらないと――そのためには無線ではなく電話だ。ブルゾンの内ポケットからスマートフォンを取り出した瞬間、無線からさらに詳細な情報が流れ出す。

「現場は浦和区常盤《ときわ》……」

若林は心臓が跳ね上がるのを感じた。常盤といえば、浦和中央署、そしてさいたま市役所がある、まさにさいたま市の中心部だ。警備班のお膝元でもある。

「……浦和中央署近く、民家が燃えているとの情報あり」

「五代！」クソ、本当に自分たちの足元だ。若林は無線に向かって怒鳴った。「近くに誰がいる？」

「全員、さいたま新都心の現場に急行中です」

「阿呆《あほう》、一か所に全員を集める奴がどこにいる」

「それは……」

五代が戸惑って口ごもる。その瞬間若林は、「全員集合」の指示を出したのが自分だと気づいた。仕方がないな。一晩に――それも近接した時間に重大事件が立て続けに発生するなどと考える人間はいない。

「八幡のパトを常盤の現場に回せ。俺もすぐそっちへ向かう。何か分かったら情報を」

「了解しました」むっつりした口調で、五代が一度無線を切った。直後、八幡に現場直行を指示するのが聞こえる。

「小嶋！」大声で呼びつけると、近くにいた小嶋がダッシュしてきた。

「無線、聞いたか？」言いながら、さっさと歩き出す。

「はい……また放火ですか」小嶋が並んで歩き出す。

「らしいな。そっちへ向かうぞ」

「ここ、いいんですか？」

「新しい現場優先だ。民家と言ってるから……危険だな。人的被害が心配だ」

「分かりました」

二人は揃《そろ》って駆け出した。若林はすぐに、若い小嶋をリードする。しっかりしろよ、と無言で小嶋を叱責した。自分より十五歳以上も若いのに、遅れを取ってどうする。鍛え方が足りないんだよ――若林は一足先に覆面パトカーに到着し、自ら運転席に滑りこんだ。

3

危ないところだった、と若林は額に浮かんだ冷や汗を拭った。目の前には、半分黒焦げになったかまぼこ型のガレージ。プラスティック製の屋根はうねるような形に変形し、まだ異臭を漂わせている。中に収まったプリウスのボンネット部分は黒く焦げつき、バンパーが変形していた。この修理代は高くつきそうだ、と持ち主に同情する。

幸い、八幡たちが先に到着して、家の持ち主を確保していた。表札を見て名前を確かめる――藤原《ふじわら》。ジャージの上下という格好で、四十代の男が寒さと恐怖で震えている。グレーのジャージの膝から下が黒く染まっているのは、放水でも浴びたからだろうか。両腕で自分の体を抱き、何とか落ち着こうとしていた。八幡は巨漢――百八十センチで九十キロはある――ながら童顔で、普段は会う人を安心させる容貌の持ち主なのだが、今夜は効果がないようだった。

「ああ、藤原さんですね？」若林はすかさず声をかけた。「怪我はないですか？」

「あ、はい……大丈夫です」返事はどこか上《うわ》の空だった。

「県警の若林です。状況を教えて下さい」

「ええと、状況は……」

動転しているのか、藤原の説明は要領を得ない。若林は質問を差し挟みながら、何とか状況を把握した。

会社員の藤原は、帰宅して風呂に入る前、玄関で靴を磨いていた。たしなみというより、趣味。週に一度は、普段履く靴全てを磨き上げるようにしているのだという。何も考えずに済む、精神集中の時間でもあるようだ。その最中に、玄関の外で異音がした。がさがさという小さな音だったが、何故か気になった。ドアを開ける前に、覗《のぞ》き穴《あな》から外を確認しようとした瞬間、ぼん、と軽い爆発音が響き、慌ててドアを押し開けると、ガレージが炎に包まれるところだったという。動転して家に駆けこみ、一一九番通報しようとして、自分で消した方が早いと気づいたが、玄関にあったはずの消火器が見つからない。家族も出てきて悲鳴を上げる。慌てて、風呂の湯をバケツで運び、自分で火を消し始めた。しかし火勢は強く、収まる気配がない。家人が消防に通報し、その後も風呂の湯を運び続けた。消防車が到着する前、風呂があらかた空《から》になったところで、ようやく火の勢いは衰えた。そこへようやく消防車がやってきて、放水で完全に消火して今に至る、というわけである。

「誰かが火を点けたんですか？」若林はずばり切りこんだ。

「たぶん……自然に発火するようなことはないはずなので」

「そりゃそうですね」若林は大きくうなずいた。「怪我がなくて幸いでしたよ」

「でも、車が……」

「車より体でしょう。それで、と」若林は核心に入った。「誰か見ませんでしたか？ 実は、ちょっと前にも放火らしき火事が起きてましてね」

「そうなんですか？」藤原が目を細める。

「最近、さいたま市内はちょっと治安がよくないんでね。ふざけた野郎が街をうろついているかもしれないんですよ」

「確かに、人が……」

「それが放火犯？」若林は一歩詰め寄った。

「いや、分からないですけど、ドアを開けて外に出た時、向こうの方へ走っていった男がいました」藤原が指差すずっと先には、浦和中央署がある。

「顔は見てないですか」

「背中だけです」

「服装は」

「黒っぽい格好で……それしか分かりませんけど。何しろ目の前で車が燃えていたんで、そっちの方が心配だったんです」

藤原の声が震える。まるでプリウスこそが、自分の全財産だとでも言うように。

「他には？」

「他って言われましても……」

誘導尋問をしてはいけないのだが、この際仕方ない。犯人確保のためだ。

「帽子は被ってませんでしたか？」

「帽子？　ああ、多分……」藤原が目を閉じ、ほどなく開けたが、戸惑いが見える。

「でも、どんな帽子かは……」

「分からない？　野球帽じゃなかったですか」

「そうかもしれませんけど、後ろしか見ていないので」

「間違いなく男でしたか？」

「それは、たぶん」藤原がうなずく。

「年齢は？　背格好は？」若林は畳みかけた。

「年は分かりませんけど……中肉中背って感じかな」

それでは何の手がかりにもならない。今のところ、犯人の特徴らしきものは「野球帽」だけだ。午前零時近いさいたま市で、野球帽を被った黒ずくめの男を捜す？　不可能だ。車を使っているなら検問で引っかかる可能性もあるが、徒歩だったらどうしようもない――いや、徒歩のはずはない。二つの放火事件の間隔は約三十分。さいたま新都心から、旧浦和市の中心部であるこの辺まで、歩いて三十分で移動するのは不可能だ。走れば……いやいや、わざわざマラソンをしながら放火を続ける人間がいるとは思えない。タクシーとも考えられなかった。車、オートバイ、最低でも自転車は使ったのではないか。

「若林さん」

声をかけられ振り向くと、今夜は八幡とコンビを組んでいる三室《みむろ》が立っていた。小柄で俊敏な男で、八幡とは正反対のタイプである。

「どうした」

「ペットボトルが見つかったみたいです」

若林は、現場を調べている消防隊員の方へ駆け寄った。途中、巨人の内臓のような太いホースを飛び越す。幸い、この現場に集まった消防隊員たちは、若林を鬱陶しがることはなかった。よしよし、これが正解なんだ。警察と消防は、同じように街の危険に向き合う仲間なのだから。

「どれですか?」

若林が声をかけると、一人の消防隊員が、煤《すす》けたペットボトルを持ち上げてみせた。焦げた車は燃えてもペットボトルは無事なのか、と不思議に思いながら、顔を近づける。焦げたケミカルな臭いに混じって、はっきりとガソリンの臭いが鼻を突く。

「こいつにガソリンが入っていたかどうかは、調べられるだろうね」

「大丈夫じゃないですかね」若い消防隊員が軽い口調で言った。「それは、警察さんの仕事になるでしょうけど」

「放火だからねえ。しかし、よく燃え残ってたな」

「火の勢いはそれほど強くなかったと思いますよ」

「不幸中の幸いだな。しかし、どこの馬鹿野郎だ？　人の家に火を点けるような奴は、どうかしてるぞ」

「ええ、それは、まあ」若い消防隊員が、気圧《けお》されたように言葉を濁した。

「最近、どうなんだ？　この手の放火は多いのかね？」

「そうでもないですよ。統計の範囲内です」

「だいたい、年末になると増えるもんだけどね。県内の他の状況は？」

「例年と変わらないと思いますけど」

「じゃあ、今夜で一気に数字が跳ね上がったことになるな」一人つぶやき、若林は八幡のもとへ足を運んだ。

「どうしますか？」八幡が訊ねる。

「聞き込みだ。全身黒ずくめで、野球帽を被った男を捜せ。それと機動捜査隊に連絡。検問を強化してもらえ」

「そもそも、ここへ最初に来るのも機捜の仕事ですよね」八幡がぼやいた。

「俺たちの方が先に着いてるんだから、夜間緊急警備班にはちゃんと存在意義があるってことだよ。しっかりアピールしておけば、査定がプラスになるぞ」

「そんな滅茶苦茶な」

若林はわざとらしく大きく舌打ちした。この男は分かっていない……警備班の明確な方針はただ一つ、「治安回復」だ。これだけルールが緩いのだから、逆に何をやってもいいと判断している。好き勝手に振る舞い、手柄を立てるチャンスも増えるのだ。最近の若い奴は、がつがつ前へ出てこない。どんな小さな事件でもきっちり立件することで悪の芽を摘めるし、自分の勤務評定も上がる。しかし八幡は、出世にあまり関心がないようだ。でかい図体の割に気持ちは小さい。こういう奴を俺のところに押しつけるなよ――人事担当者に何度文句を言おうとしたか分からない。

「よし、とにかく聞き込みだ」若林は繰り返した。

「所轄も来てますが……」

「被らないように気をつけてやれ。それぐらい、機転を利かせろよ」

若林は八幡の背中をどやしつけた。広く、叩きがいのある背中なのに、それほど体の大きくない若林に叩かれてよろけてしまうのは情けない限りである。よろよろと歩き出す八幡を見送って、若林は覆面パトカーに戻った。助手席でさいたま市の地図を広げ、右手の指を広げて距離を測る。さいたま新都心の現場から常盤の現場までは、五キロ弱。同一犯の可能性が高いが、狙いは何なのか。

放火は、愉快犯による犯行であることが多い。「火を見るのが楽しい」「皆が右往左往しているのを見ると興奮する」。逮捕された放火犯の供述はこんな具合だ……こういう連中に必要なのは、懲役ではなくセラピーではないか。それが連続放火犯となると、若林の理解を超えた存在である。若林は、犯罪者心理に踏みこんで理解する努力を、とうに放棄してしまった。やむにやまれぬ事情で犯罪に走る人間もいるが、生来の犯罪者もいるもので、そういう人間の心理状態は、決して理解できない。ワルはワル。淡々と事件を処理して刑務所にぶちこむだけだ。

車外へ出る。この辺はごみごみとした住宅地で、路地は狭い。制服警官が通行を規制していたが、その向こうに野次馬が集まっている。その中に、放火犯がいる可能性もあるだろう。放火犯はしばしば、現場にとどまるか、戻ってくるものだ。それこそ、騒ぎを見物することで興奮するから。しかし今回は違うのではないか。二度連続して火を点けたのは、現場で見守るつもりがないことを意味するのではないだろうか。火を点けて、それが燃え広がるのを確認できれば興奮するのかもしれない。どんなクソ野郎だか知らないが、逮捕しても自分では取り調べはしない、と若林は決めた。阿呆の言い分を聴く下らない仕事は、誰かに任せておけばいい。

「若林」

声をかけられ、その主を探す。浦和中央署刑事課の係長、水原《みずはら》が立っていた。何となく、迷惑そうな表情。ダウンジャケットで重武装しながら、それでも寒さが堪えるように背中を丸めていた。がりがりに痩せていて、寒さに弱いのだ。

「どうも、どうも」

若林は彼の元に歩み寄った。水原が一歩下がる。

「何だ、そんなに嫌わなくてもいいじゃないか。同期なんだし」

「何やってるんだ」水原は若林の言葉を無視して訊ねた。

「何って、捜査に決まってるじゃないか」

「ここは中央署の管轄なんだけど」

「おいおい、連続放火だぞ。こういうのに対応するのが、緊急警備班の仕事なんだよ。連続放火事件じゃないか」

「大宮中央署の件か？」

「ああ。今、その現場から回ってきたばかりだ」

「で？　この現場は冷やかしか？」

「捜査だ」若林はむきになって言い張った。「うちを何だと思ってる？　野次馬をやって給料を貰ってるんじゃないんだぞ」

「それはそれは」水原が皮肉っぽく唇を歪める。「精々《せいぜい》頑張ってくれ。この先どうなるか分からないけどな」

「何を言う。これは壮大な実験なんだ」若林は我を取り戻し、胸を張った。「十月の強盗……犯人に追いついたのはうちだったよな」

水原が苦い表情を浮かべる。あれは明らかに、浦和中央署の失態だったのだ。緊急警備班が活動を開始してからわずか三日後、浦和中央署管内で強盗事件が起きた。犯人は深夜二時、民家に侵入。老夫婦に暴行を加えた上で縛り上げ、現金百五十万円、預金通帳などを奪って逃走した。浦和中央署のパトカー、機動捜査隊の覆面パトカーがすぐ近くを流していたにも拘《かか》わらず、この事件を見逃していた。犯人を発見したのは、たまたま車を降りて徒歩で警戒していた緊急警備班のスタッフである。若林は「時々街を歩くように」と指示していた。車に乗って流しているだけでは、見逃してしまうことがある。深夜の街を歩いただけでも、車では気がつかない事実が目に入るものだ——それが若林の持論だった。

この時は、明らかに怪しい二人組がパトロールの二人の目に入った。午前二時に、二人組が民家から慌てて出てきたら、警察官でなくてもおかしいと気づく。職質すると、一人がすぐに逃走、しかし一人は確保した——捕まえたのは、柔道三段の桜内だった。これで彼は、本部長表彰を受けている。逃げた一人も、逮捕された共犯者の証言ですぐに身柄を拘束された。緊急警備班の役割——遊軍的に自在に警戒と捜査を進める——が有効なのが評価され、プロジェクトを主導した刑事部長の鼻が五ミリほど高くなる結果となった。

「たまたま強盗を見つけたぐらいで、調子に乗られたら困る」

「別に、お前が困ることはないだろう」若林は鼻で笑った。「それで浦和中央署の評判が悪くなるわけでもないし」

「まったく……お前のところに引っこ抜かれて、人が足りなくて困ってるんだ」

「人を集めたのは俺じゃないんでね」若林は肩をすくめた。「考えてみろよ。各署に余分な人員を配置する方が大変なんだぞ。うちのようにまとまって集める方が、人事の仕事としては楽なんだ」

これは事実だ。緊急警備班には計二十八人の警察官が集められ、三勤一休のペースで夜だけの捜査を行っている。基本的に二人一組でパトロールを行い、勤務時間は午後八時から午前八時まで。普通の昼間勤務よりも長いが、その分非番は多い。これは実験的に行われているだけで、上層部が「夜の治安は確保された」あるいは「効果がない」と判断すれば即解散、スタッフは元の職場に戻ることになるのだろうが、若林は密かに、このまま正式な組織として生き残れるのではと期待している。二十四時間化が進む社会にあって、夜の治安を守る仕事は、以前にも増して重要になっている。正式な組織になれば、当然自分がそこのトップに収まるつもりだ。四十五歳、そろそろ警察の中で一国一城の主になってもいいだろう。

「ま、好き勝手にやれれば楽しいだろうな」

「実際、楽しいねえ」若林はにやりと笑った。「目の前の事件に臨機応変に対応する、これは刑事の基本じゃないのか？」

「お前に刑事の基本を教えてもらう必要はないよ。だいたい——」ふいに水原の目が細くなる。左耳に押しこんだイヤフォンを指で押さえた。

「また放火らしいぞ」

「ああ？」無線の系統が違うからだが、若林の方にはまだ連絡が入らない。慌ててスマートフォンを取り出し、緊急警備班に連絡を入れる。

「はい、緊急警備班——」五代がのんびりした口調で電話に出る。

「五代か？　また放火らしいが、どうなってる？」

「いや、聞いてません」

五代の声がにわかに緊張した。顔面が蒼褪《あおざ》める様子まで簡単に想像できる。

「さっさと調べろ！　分かったらすぐに指示を出せ！」

電話を切り、水原に向かって笑みを浮かべる。

「それで、現場は？」

「俺に訊《き》くのかよ」水原も薄い笑みを浮かべる。「そっちはそっちで、勝手にやってるんじゃないのか」

「いやいや、何を水臭いことを。同じ警察一家の仲間じゃないか」

「都合のいい時だけ、警察一家なんて言葉を使うなよ」水原の表情が硬くなる。「うちの管内じゃないし」

「じゃあ、教えてくれても問題ないんじゃないか？」若林はさらに食い下がった。

「西浦和署の管内だ」水原が嫌そうに言った。

「家か？」

「いや、与野本町駅近くの駐輪場だ」

「分かった。犯人は、動くものに興味を持っているようだな」

「は？」

「最初が団地の自転車置き場、次が車庫、今度は駐輪場だ。この犯人の性向をどう分析する？　車輪のついた物に憎しみを持っている？」

「知るかよ」水原が吐き捨てる。

「考えろ、一生懸命考えろ。出世したければ、ここで必死に考えないと。上の覚えがめでたくないと、警視にはなれないぞ。本部の課長が遠のく」

「俺は別に――」

「まあまあ」若林はにやにや笑いながら、水原の肩を叩いた。「最近、関口《せきぐち》参事官とよく会ってるそうじゃないか」

「誰から聞いた」水原の頰がひくひくと動いた。

「誰でもいいじゃないか。お前が駆け出し時代の所轄の係長――ずっと親分だったよな。あの人も出世したよなあ。今なら、人事にも口出しできる立場じゃないか？　お前を警視に昇任させて、本部に引っ張る。あの人ならできないこともないだろう」

「そうかもしれないが――」

「この前、『わかば』で呑んでたらしいじゃないか」県警本部の近くにある居酒屋である。ただし、幹部クラスしか行かない店だ。「どっちが奢《おご》ったんだ？」

「何でそんなこと、知ってるんだ？」

「俺は大宮駅みたいなものだからね」

「は？」

「情報の交差点って意味だよ。夜中に仕事してると、かえっていろいろな情報が入ってきてね――おっと、失礼。西浦和署の事件はお前には関係ないかもしれないけど、こっちには大事なんでね……八幡！」

若林は声を張り上げた。近くにいた八幡が、どたどたと駆け寄ってくる。軽さがないな……こいつには、毎日のジョギングを命じよう。

「次の現場だ。行くぞ」

「次の現場って……」八幡の顔に戸惑いが浮かぶ。

「連続放火はまだまだ続いてるってことだ。出遅れるな！」

4

「俺だ」短く言って相手の声に耳を傾ける。「ああ、そうか……了解。写真は押さえたのか？　だったらそれでいいよ。一応、証拠写真だから。それじゃ、すぐ戻ってくれないかな。いつものところにいるから」

電話を切って、大きく伸びをする。体重を支える椅子が悲鳴を上げた。パソコンの時計を見やり、欠伸《あくび》を噛み殺す。午前三時……予定より時間がかかった。ヘマしたんじゃないだろうなと心配になったが、今のところは知りようもない。待ち合わせ場所に行って、しばらく様子を観察するしかないだろう。警察——あいつらが密かに尾行していないとも限らない。奴が捕まる分にはどうでもいいが、こちらに被害が及んだら困る。だいたい、金で買った相手は信用していない。

急に冷えこんできたので、黒いライダーズジャケットを羽織る——エアコンは嫌いだ。今夜の寒さには頼りないが、残念ながら黒い服はこの一枚しかない。近々、ダウンジャケットを買おう。埼玉の冬は冷えこむ。何が首都圏だ、と思うこともあった。

もう一度デスクにつき、ダウンジャケットの相場を調べ始める。それこそピンキリだが、南極観測隊が使うような、ただ保温のために分厚いだけのものでは動くのに難儀するだろう。軽くて暖かく、しかも値段が手頃なもの……その条件で探すのは難しそうだ。金が出ていくばかりだな、と思う。気持ちは満たされるが財布は軽くなる一方で、自分は何をしているのだろうと馬鹿馬鹿しく思う時もある。

だが、金では満たされないものがあるのだ。

虚栄心。

自分は人よりどれだけ優れているか——それを示すいちばん簡単な指標は金だが、人間として優れていなくても金は稼げる。人を評価するのは、決して金ではないのだ。では何なのか。それを証明するために、自分はこうやって動いている。

パソコンをシャットダウンし、立ち上がった。部屋の中を見回す。基本的に物が少ない部屋だ。クローゼットに入っている服も数着。古くなれば捨てて新しい物を買う。物心ついてから、ずっとそういうスタンスでやってきた。何を残しても仕方ない人生なのだから。

しかし今、俺には残すべきものができた。

記録と記憶。

自分がやったことは、確実に後世に残る。名声を手に入れられる。今やその信念に揺らぎはない。

ついでに、さいたま市の名声も高めてやるのだ。

いや、違う。地獄に堕《お》ちた街として有名になるのだから、「名声」ではなく「悪名」が正しい。

「四年と十五日、だ」ぽつりとつぶやき、プリント用紙をデスクに置いた。突き刺せそうなほど尖《とが》らせた鉛筆で、ひたすら名前を書き連ねる。白い紙が「若林」の名前で埋まった。

5

午前五時。若林は脂ぎった顔を両手で思い切り擦った。これでは気合いが入らない。トイレに立ち、縮み上がるほど冷たい水で顔を洗って、何とか意識を鮮明にした。鏡を覗きこむと、疲れた男の目が見返してきた。一晩中、市内各地の現場を走り回ってきたのだから、疲れていない方がおかしい。

勤務終了まであと三時間。さすがにこれから放火はないだろう。一晩で四件の放火は、犯人にとっても十分だろうし、間もなく夜が明け始める。放火に関しては様々な定説があるが、一つだけ、絶対に揺るぎない真実がある——明るいうちに放火する馬鹿はいない。

頬を膨らませ、思い切り息を吐き出す。

「——だから、また勝手やりやがって」

「いらねえだろう、あんな連中」

来たか。若林はにやりと笑い、振り返った。若い制服警官が二人でトイレに入ってきたところだった。若林の顔を見て、ぎょっとして立ち止まる。

「やあ、諸君、ご苦労様」若林は大袈裟な笑みを浮かべた。「とんでもない放火犯だな、ええ？　奴はさいたま市を燃やし尽くすつもりじゃないのか？」

まず一人、眼鏡をかけた気弱そうな方にターゲットを定める。三歩で歩み寄り、右肩を思い切り上から叩いた。

「君はどう考える？　この連続放火犯の心理状態は。何が面白くてこんなことをやっているんだと思う？」

「ええと、はい、あの……」眼鏡の制服警官が、しどろもどろになった。

「どうした？　若いんだから、はっきり意見表明しないと。間違っていても、誰も文句を言わないぞ。犯人を捕まえないと、奴が何を考えていたかは分からないんだから。今のところは、何を言うのも勝手だ。名誉毀損《めいよきそん》には当たらない。どうだ？」

一気にまくしたてて、相手の顔を正面から覗きこむ。ひょろりと背の高い警官は、眼鏡の奥の目を逸《そ》らした。若林はもう一人、小柄だががっしりした警官にターゲットを移した。

「君はどう思う？　一晩に四件だぞ、四件」親指以外の指を立て、顔にぶつける勢いで突き出した。「放火を防ぐにはどうしたらいい？」

「あ、それは……パトロールを強化して」

「その通り。素晴らしい模範解答だ」

若林は人差し指だけをぴんと立てた。それに刺されるのでは、と恐れるように制服警官が後ずさる。

「もっとパトカーを出して、街を警官で溢《あふ》れさせればいい。ところが、その基本が通用しないこともある。例えば、今回の放火犯が狙った場所は、基本的に住宅地だ。そういうところを夜中にパトロールするには、どうする？　パトカーだと住人に迷惑をかけるよな？　だから自転車か徒歩だ。君ら、今日はどれぐらい歩いた？」

二人とも無言。若林は「言わなくても事情は分かっている」とばかりに深く二度、うなずいた。

「結構、結構。常盤の現場保存で大変だったよな。今夜はパトロールしている余裕もなかっただろう。で、これからどうする」

「自分は、明けで……」眼鏡の方がおどおどした口調で答える。

「そう、明けだな。次は非番だ。そんなことはよく分かってる。我々は、永遠のローテーションの中で生きているんだから。だけど、もうちょっと考えろ。次の勤務で、放火を起こさせないようにするにはどうする？」

「ですから、パトカーを降りて自分の足で歩けよ。君らの立派な制服を見せつけて、抑止力になってやるんだ。抑止力という言葉は知っているか？」

二人が顔を見合わせた。意味は分かっている様子だが、何故こんなことを訊かれるのかが理解できないようだった。

「軍事用語では、敵の大量破壊兵器に対して、こちらも大量破壊兵器を持つことで、相手がミサイルのボタンを押すのを躊躇《ためら》わせる、という意味だ」

二人がまた顔を見合わせる。最初は「まずいことを言った」と緊張していたようだが、今では「このオッサン、何を言ってるんだ」という疑念で頭が一杯だろう。

「ま、どうでもいいな」

若林があっさり話を切り上げたので、二人がそろって唖然《あぜん》とした表情を浮かべた。

「とにかく、制服姿が目につけば、ワルは動きが鈍くなる。そのためには、一晩に十キロぐらいは歩く覚悟でいてもらわないと。偉そうにパトカーの中でふんぞり返っているだけじゃ駄目だ」

「しかし、パトロールにもローテーションが……署の人手も足りませんし」眼鏡の警官が反論した。

「そこで我らが夜間緊急警備班、NESUの出番なわけだよ」若林は両手を打ち合わせた。「我々は、警察の手が薄くなる夜だけ動く。そのための人員を配置している。人手不足で悩むことはないんだ。とはいえ、人員はどれだけ多くても困ることはない。どうだ、君たちも我々の仲間に入ったら。俺から上に具申してやってもいいぞ」

「いや、あの……」眼鏡が唇をねじ曲げる。「遠慮しておきます」

「そうか？　うちの検挙率は、所轄よりも遥かに高いぞ？　出世の早道だけどなあ」

「いいえ、結構ですので」

「何だ、若いのに遠慮するなよ」若林は眼鏡の警官の肩を思い切り叩いた。「君らには向上心がないのか？」

「ありますけど……」

「結構、結構。だったらうちへの転属を検討しておいてくれ。一緒に街のワルどもと戦おうじゃないか」

もう一度、両方の手で二人の肩を叩くと、間を割ってトイレの外に出た。廊下を歩き出した瞬間に、悪態をつく。

「やる気のない奴らだ」

まったく、正義感と向上心とやる気――警察官の基本的な精神を持った若い警察官は、どこにいるのだろうか。もちろん、仕事をしていく上での最低ラインには達しているのだが、それだけでは若林は満足しない。

悪いことに、稀《まれ》に警察官としてのレベルに達しない人間もいる。警察学校でも見逃してしまうことがあるのだ。そういう奴は辞めてもらうしかなく、実際、辞める方向へ持っていったこともある。

そうしないと、警察全体の質が落ちてしまうから。

警備班の部屋では、桜内がデスクに向かっていた。

「おう、どうした、桜内警部補」

「状況報告です」

「状況なら、だいたい分かってるけど」

「一応、話をまとめませんか？」遠慮がちに桜内が切り出した。「各所轄に捜査を引き継ぐために、こっちで分かっている情報をまとめて流すのがいいと思いますが」

「引き継ぐ？　本気でそんなことを言ってるのか」若林は両手を腰に当てて桜内を睨《にら》みつけた。他のメンバーより少し年長の桜内は、若林が右腕と頼む男である。若い連中と違って、正義感と向上心とやる気を持っているし、経験も豊富だ。しばらく前に、警察庁肝いりの特命捜査で横浜に行っていたのだが、あれでさらに一皮剝《む》けたと評判だ。ただし、その特命捜査の内容については、頑として口を割ろうとしない。よほどひどい目に遭ったのか、違法な捜査に加担させられたか、どちらかだ。

「とにかく今、状況をまとめてますから」桜内はあまり議論したがらない。あっさり話を打ち切り、ノートパソコンに向かう。指が太い割にタイピング速度は速く、軽やかな音色が眠気を誘うリズムを生み出す。

若林は部屋の片隅に置いたコーヒーサーバーから自分用に一杯注ぎ、一応自席と決めたデスクについた。あまり人がいない部屋なので、どこに座ろうが関係ない。コーヒーを飲みながら、無線に意識を集中する。静かだった。午前二時から五時は、一日のうちで一番事件・事故が起きない時間帯である。酔っ払いどもも引き上げ、車も減るので、交通事故さえ起きにくくなるのだ。

カップを押しやり、デスクの上で地図を広げる。放火現場に、赤いペンで正確にバツ印をつけていく。何か規則性はと考えたが、特に見当たらない。犯人は、与野本町駅近くの駐輪場に火を点けてからしばらく沈黙していたが、午前二時半に、今度は東浦和署管内の住宅地で犯行に至った。ターゲットはまたも自転車。民家の玄関先に置いてあったロードバイクに火が点けられたのだが、これが一番危険だったかもしれない。火は、自転車を焼いただけでは消えず、玄関のドアを焦がしたのだ。発見がもう少し遅かったら、家そのものも焼けていたかもしれない。

犯人＝自転車を憎んでいる者説を、若林は本気で考え始めた。もちろん、大抵の民家で自転車は外に無造作に置いてあるから火を点けやすい、という事情もあるが、ターゲットは何でもいいはずだ。それこそペットボトルのガソリンをまいて、玄関に火を点けるとか。

そうそう、ペットボトルの件を忘れてはいけない。最初のさいたま新都心の現場では、ペットボトルは発見されなかった。残る三件の現場では、黒焦げになったりほぼ完全なままだったりと違いはあったものの、ペットボトルが見つかっている。詳細は鑑定待ちだが、犯人がガソリンをペットボトルに入れて運んでいたのは間違いないだろう。全てラベルは剝がされていたが、ボルヴィックの五百ミリリットル入りということは分かっていた。

自転車、ボルヴィック。共通点はそれだけか？　二件目は自転車ではなくガレージに火が点けられたが、あれだけが別の犯人によるものだったとか……現場を詳細に調べれば、もっと証拠が出てくるはずだが、警備班にはそういう仕事は許されていない。期待されているのは、機動捜査隊や交通機動捜査隊のように、迅速に犯人を逮捕することだ。

「どうだ、桜内？」

「今やってます」パソコンの画面から顔も上げずに桜内が答える。

「何か、共通項は？」

「特にないですね」

「ちょっと待て」この男までこんな馬鹿なことを言い出すとは……若林はコーヒーカップを持って立ち上がり、彼の前に回りこんだ。「犯人は自転車や車を狙っている。ペットボトルにガソリンを入れて使った可能性が高い。目撃証言では、黒ずくめの服装に野球帽だ。十分共通項があるだろう」

「若林さんがそれだけ分かっているなら、いいんじゃないですか」桜内がやっと顔を上げた。「俺からつけ加えることはないですよ」

「捕まらないのは変だと思わないか」若林は首を傾げた。「犯人は、絶対に車かバイクを使っている」

「でしょうね」桜内の声は冷ややかだった。「ただ……これ、四件とも同一犯ですか？」

「違うと思ってるのか？」

若林は身を屈め、桜内にのしかかるようにした。桜内がさりげなく椅子を引き、距離をおいた。

「時間が合わないんですよ。消防への通報ベースで言うと、最初が十時四十九分、次が十一時二十三分、三件目が十二時十五分。最後が二時二十二分でしょう？」

「だから？」

「三件目までは立て続けで、四件目だけ時間が空いている」

「三件目と四件目は、現場が結構離れてるぞ」

「与野本町駅近くから、東浦和署の近くまでですよね……でも、距離は十キロもありません。夜中のあの時間だったら、車で二十分もあれば行けるでしょう。一件目から三件目まで立て続けに放火して、四件目だけ間隔を空ける意味があるとは思えない」

「なるほど、なるほど」激しくうなずいて、若林は背中を伸ばした。「三件目から四件目の間に、犯人が何をやってたかが問題だな。夜食を食ってた？　車の中で仮眠してた？　一度家に帰って風呂に入っていた？　どれだと思う？」

「四件目だけが別人の犯行だった可能性はないですか」桜内は、若林の軽口に乗ってこなかった。

「一晩に、二人の人間がさいたま市内で放火してたっていうのか？　そんな確率は極めて低いんじゃないかね」若林も、二件目は別の犯人によるものではないかと、一度は疑っていたのだが。

「そうかもしれません」桜内が肩をすくめる。「ただ、現段階では、可能性を絞りたくないですね」

「結構だ。大きく網を広げておいて、後から絞るのも捜査の常道だからな」とはいえ、広げ過ぎた網から魚が逃げてしまうこともよくある。この辺は塩梅《あんばい》だな、と若林は考えた。

「あと二時間ぐらいで、全員帰ってくるな？」

「ええ」

「少し早めに引き上げさせよう。そろそろ明るくなってくるから、これから火を点けようとする人間もいないだろうし」

「早く撤収させてどうするんですか？」桜内の顔には懸念の表情が浮かんでいた。

「打ち合わせに決まってるだろうが」

「何の？」

「この件の捜査に関して」

「いやいや」桜内が力なく首を横に振った。「ＮＥＳＵは初動捜査のみ担当、継続捜査はしないという話になってるじゃないですか。余計なことをすると、刑事部長の顔が潰れますよ」

「検挙率が上がれば、刑事部長は多少のことには目を瞑《つぶ》るさ。だいたい、キャリアのご機嫌を取ることばかり考えていても、意味はない。どうせ皆、二年でいなくなるんだから」

「そのうち本部長で戻ってくるかもしれませんよ」

「お、特命捜査を経験して、警察庁の人事にも精通するようになったのかな、桜内警部補？」若林は思わず皮肉を飛ばした。

「そういうわけじゃないですけど、決められた方針をはみ出すと、後々面倒なことになりますよ」桜内が真顔で答える。

「そうなったら俺が責任を取る」若林は胸を張った。「そのためにここにいるんだから」

桜内がそっと溜息をついた。お前までか、と若林は情けない気持ちになったが、他人の気持ちを一々慮《おもんぱか》っていたら、この仕事はやっていられない。これはチャンスなのだ。摑んだら絶対に離さない。それこそが、自分を認めさせる最高の方法なのだから。


「——というわけで、今夜以降、警戒と同時に放火事件の捜査に当たる」

若林の宣言は、冷ややかな視線で迎えられた。桜内でさえ、渋い表情を浮かべたまま腕を組んでいる。若林は無視して話を進めた。ここでは自分が絶対的ボスだ。反論されても、俺が「黒」と言えば白も黒になる。

「所轄も捜査一課も捜査に入っているが、それとは別に、警備班で独自の捜査を行う」

「所轄や一課と連携はしなくていいんですか？」八幡が手を挙げた。

「むざむざ連中に手柄を取られていいのか？」

「しかし、放火現場の捜査は……残された手がかりなんかは、鑑識の連中じゃないと分かりませんよ。それなしで犯人を捜すっていうのはどうなんですか」八幡が反論した。

「そこは心配するな。とにかく俺たちには、所轄や捜査一課にはないものがある」

「何ですか？」のんびりした口調で大杉が訊ねる。

「足だよ、足」若林は自分の腿《もも》をぴしりと叩いた。「自分の足で歩き回って、手がかりを捜す。一課の連中がそういう基本を忘れがちなのは、科学捜査が発展した弊害だな。証拠至上主義に陥って、肝心の足で稼ぐやり方を忘れている。俺たちは普段通りにやればいいんだ。目撃者を捜して街を歩く。それで必ず犯人にたどり着けるはずだ」

「防犯カメラはどうなんですか」と八幡。

「今回の四件の現場では、近くに防犯カメラはなかった。犯人は、きっちり下見していたのかもしれないな。とにかく、俺たちが歩き回っていることを犯人に思い知らせる。それで次の犯行を防ぐんだ」

「でも、俺たちが歩き回っていることを、犯人がどうやって知るんですか」大杉がまた疑問を発した。

「ワルにはワルの、独特のセンサーがあるんだよ。家の中に閉じ籠っているんじゃない限り、絶対に気がつく。それに、今夜はチャンスだ」

「というと？」大杉が首を傾げた。

「犯人が現場を見物に来る可能性がある」

「もう燃えてませんけど」白けた口調で八幡が言った。

「事件の翌日は、現場はまだ騒がしいだろうが。警察も動いてるし、地元の人たちも夜回りぐらいするだろう。放火犯は、そういうのを見たいんだよ。それに、どれだけ燃えたか、確かめたくなるのが放火犯の心理状態だろうが。だからまず、四か所の現場でそれぞれ二人ずつ張りつく。適当に警戒しながら、周辺の聞き込みを続けるんだ」

「昨夜の聞き込みだって、ろくな結果は出ませんでしたよ」八幡がぼやく。

「後になって思い出すことだってあるんだ。やる前から諦めるな」若林は釘《くぎ》を刺した。

「それと、今夜の非番だった連中にも連絡しておいてくれ。出勤してきて初めて事件のことを知るなんていうのは、ここでは許されないからな」

小さく溜息が漏れた。それも無視して、若林は話を進める。

「いいか、絶対に所轄よりも捜査一課よりも早く犯人にたどり着くんだ。ここで警備班の存在意義を示してやろうじゃないか」

6

「何なんすか、あのオッサン」

八幡が不満を零した。桜内はそれを聞きながら、トーストにバターを塗り広げる作業に専念した。県警本部の近くにある喫茶店。朝八時から開店していて、昔ながらのモーニングセット——トーストにゆで卵、野菜の切り屑を使ったようなミニサラダ——を出す店だ。夜勤明けに、たまに同僚と寄ることがある。家に戻っても、嫁は出勤した後だし……と考えると侘《わび》しくなった。

「そう言うなよ」

「庇《かば》うんですか？」

「いや」

「じゃあ——」

桜内は無言でバターナイフを置いた。トーストを一口齧《かじ》り取り、ゆっくりと咀嚼《そしやく》する。こういうモーニングセットも珍しくなったな……いつの間にか街場の喫茶店は消え、チェーン店ばかりが幅を利かせている。ああいう店のモーニングは、コレステロール値を上昇させるようなものばかりなのだ。このトーストは……ぱさぱさしていて美味《うま》くはないが、何となく懐かしい味だ。

「あの人も苦労してるんだよ」

「そうなんですか？」

「何ていうかな……管理職に向いてないんだ」

八幡が噴き出す。テーブルに飛んだパンの欠片《かけら》を、桜内はきたならしそうに見詰めた。

八幡が慌てて手を伸ばし、パン屑を拾った。

「警部になったのは早かったんだ。三十六歳ぐらいだったかな」

「じゃあ、馬鹿じゃないんですよね」

「ああ」桜内は首を横に振った。「だけど、そこから先がな……管理職に向いてないって言ったけど、むしろ部下に恵まれなかったって言うのが正解かな」

「どういうことですか？」

「阿呆な人間ばかりが集まったらどうなる？　そのセクションは成績が上がらないで、管理者は責任を問われる」

「分かりますけど……その辺の査定、いい加減じゃないですか」

桜内は思わず失笑した。八幡も三十一歳。それなりに県警の人事については分かっているわけだ。警察の常識として、よほどのヘマをしない限り、昇任は妨げられない……若林が不運だったのは、部下が「阿呆」ではなく「不良品」だったことだ。しかも二度。事情を話すと、八幡が目を見開く。

「調書の偽造？」

桜内は素早く周囲を見回した。開店直後で客は少ない。これなら誰かに聞かれる心配はないだろう。

「五年前、一課の課長補佐をしていた時の部下が阿呆でね……傷害事件で、存在していない目撃者の証言をでっち上げて調書を作成したんだ。要するに、目撃者探しをサボって、作文に及んだわけだけど……ぎりぎりのところで発覚して、公判には影響がなかったんだけど、当然監督責任を問われるよな」

「そりゃそうでしょうね」八幡がうなずく。

「もう一件は、スピード違反のもみ消しだ。これは、西浦和署の刑事課の係長だった時の話だけど……二年ぐらい前だったかな」

「最悪じゃないですか」

「下が悪さをすれば上の責任が問われるのが、警察の世界だからな」

「ですよね……」バツが悪そうに、八幡が唇を嚙んだ。「それで若林さん、どうしたんですか?」

「足止めを食った」桜内は肩をすくめた。「本人の不祥事じゃないから、降格させるわけにもいかない。もちろん譴責《けんせき》は受けたけど、過去の事例に照らし合わせても、それ以上の処分はできなかったんだよ。特にスピード違反のもみ消しは、業務とは関係ないし、やった本人の個人的な問題だったから。若林さんも、発覚するまでまったく知らなかったんだ。何もなければ、この春にはまた本部に上がってくるはずだったんだけどな」管理職は、ほぼ二年から三年で異動するのが通例だ。

「それで若林さん、何でこんなところにいるんですか?」

「まあ、いろいろあって……いちばん大きい原因は、あの人が全然凹《へこ》んでいないことかな」

「ああ」八幡がコーヒーを一口飲んだ。「それは分かりますよ。凹んでたら、あんな風にはならないですよね」

「その通り」桜内は普段はブラックで飲むが、ここのコーヒーはかなり苦く、しかも夜勤明けの体が甘さを求めていた。少し悩んだ末、角砂糖を一つだけカップに落とし、ミルクも加える。一口飲むと、疲労感が抜けていくのを感じた。

「でも、それとNESUと何の関係があるんですか」

「若林さんのアンテナは敏感だ。仕事のこともそうだし、県警内部の情報についてもよく知ってる……だから、警備班が結成されるっていう情報をいち早く察知して、自分を責任者にするように、内部工作を始めたんだよ。正常な出世ルートに戻るための足がかりだ」

「そんな強引なこと、できるんですか？」

「警備班は、要するに刑事部長の思いつきでできた部署だぜ？　部長の周りの人間は、誰に任せるかで悩んでいた。ずっと夜勤なんていう仕事を、進んでやりたがる人はいないからな」桜内はまた肩をすくめた。「だから、自分から手を挙げる人がいれば、当然任せるよ。若林さんは評判がよくない、失敗してもこれ以上のマイナスにはならないだろうっていう考えだったんだ」

「なるほどねえ。でも、若林さんは、上の方がそんな風に考えていることを知ってるんですかね」

「知ってるよ」

「上手く利用されてるみたいなものでしょう？　それなのに、どうしてあんなにむきになって動き回れるんですかね」八幡が首を傾げた。

「それは性格としか言いようがないな」桜内は苦笑いした。若林には多くの長所と、それと同じぐらいの——あるいはそれより多い短所があるが、何があっても凹まない、めげないことはどう評価したらいいのか……一見長所だが、実は鈍いだけで、空気が読めていないのかもしれない。

まあ、俺が気にしても仕方ない。若林とはしばらくこの班で一緒に仕事をするだけだ。今のところ、若い連中と違って、彼の精力的な言動に迷惑を被っているわけではないから何とか我慢できる。何より、ここに来る前にいた——現在も籍はそちらだ——捜査一課の課長から念押しされている。若林が変に暴走しないように気をつけてくれ、と。監視役かよ、とがっかりしたが、桜内は何事も受け入れられる度量がある。警察庁の指名でやった特命捜査もそうだった。普通なら尻込みしてしまうところだが、躊躇わない。家族と過ごす時間がきちんと——いや、それなりに取れていれば、精神的に安定していられる。もちろん、違法行為は論外だが。

「しかし、マジで放火の捜査なんかするんですか？」

「あの人がやるって言ったらやるだろうね」

「ここは、そういう仕事じゃないって聞いてたんですけどねえ」八幡が不満げに唇をねじ曲げる。

「警備班自体が臨時のプロジェクトなんだから、決まりなんてないに等しいよ。はっきり言えば、キャップの考え方一つでどうとでも変わる」

「いつまで続くんですかね、これ」八幡がげんなりした表情を浮かべた。

7

「何やってるんだ、お前」捜査一課課長補佐の秋月《あきづき》が怪訝《けげん》な表情を浮かべた。

「何って、普通に仕事ですが」若林は平然と答えた。

「普通に、ねえ」

秋月が表情を歪める。階級は同じだが一年先輩のこの男は、昔から若林の「カモ」だった。強く出ると弱気になる——それを利用させてもらったことが何度もある。阿呆な部下のせいで出世のルートから外れた後も、この男から、何かと一課の情報を集めてきたのだ。

「ちょっと話を聞かせて下さいよ。昨夜の放火事件について」

「まだ何も分かってないよ」秋月は周囲をちらちらと見回した。「だいたい、まだ午前十時じゃないか。報告が上がってきたばかりだよ」

「でも、報告は見たんでしょう？」

「まあね」

やはり脇が甘い。若林は笑わないように気をつけながらうなずいた。ここでは話しづらい……県警本部は、浦和中央署からほど近い県庁第二庁舎の五階から上を占めている。当然人の行き来は多く、廊下で立ち話をしていると目立ってしまう。しかも自分は夜勤専門と知られているから――好奇の視線を感じたが、一切無視する。本当は「じろじろ見るな」と噛みついてやりたいところだが、無益な喧嘩が自分のキャリアに悪影響を及ぼすことは分かっている。部下のヘマで被害を蒙った時も、敢えて言い訳も反論もしなかった。

「どんな感じですか？　やっぱり同一犯による連続放火事件？」

「結論は出していないみたいだけどな」

「パターンが違うから？」

「ああ。ターゲットがばらばらだし、四件目の事件は三件目から時間が開き過ぎている」

「放火犯が二人いた可能性もあるってことですか？」若林は薄い笑みを浮かべた。今朝方、桜内と話し合ったのを思い出す。

「可能性は低いけど、否定もできないだろうな」低い声で言って秋月がうなずいた。

「他にはどうですか？　遺留物で何かいい手がかりは……」

「ペットボトル以外には見つかっていない。予《あらかじ》め言っておくけど、目撃証言も、多分お前が知っている以上のものはないぞ」

「現場の写真は押さえたんでしょう？　共通する人物は……」

「いないようだな」秋月が即座に言った。「考えてみろよ、連続放火なんだぞ？　現場で火事を見物しているより、次の現場に向かったと考えるのが自然だろう」

「ごもっともですね」若林はうなずいた。今のところ、新しい手がかりはゼロに等しいわけか……。

「それよりお前、昨夜は徹夜だったんだろう？　こんな時間にうろうろしてて大丈夫なのかよ」

「徹夜っていうのは、昼間仕事している人が夜寝なかったことを言うんですよ。俺にとっては、夜が仕事の時間なんで……秋月さんの感覚で言えば、今が午後十一時ぐらいかな。ちょっと夜更かししてるだけですよ」適当なことを言ったが、実際眠気は感じない。

昨夜放出されたアドレナリンが、まだ体内を駆け巡っている感じだ。

「まあ、怪我人が出なくてよかったじゃないか」

呑気に言う秋月に、若林は噛みついた。

「何言ってるんですか、一歩間違えば住宅全焼ですよ。逃げ遅れて死人が出ていたかもしれない。絶対に、すぐに捕まえないと駄目です。ああいう連中は、必ず犯行を繰り返すんだから」

「ああ、分かった、その通りだな」秋月が慌てて言って、がくがくとうなずいた。「まあ、でも捜査はこっちに任せろよ。放火事件だし、複数の署に跨《またが》るんだから、一課の出番だ」

「どうして、市内であんなに現場がばらけてるんでしょうね」ふと思いついて若林は言ってみた。「考えてみると、所轄は全部違う」

「確かに」秋月がうなずく。

「何かおかしくないですか？　普通の人間は、警察の管轄のことなんか気にしないですよね」

「たまたまじゃないのか」

「どうですかね……」若林は拳を顎に当てた。不自然な感じが消えない。面白半分で連続放火しようとしたら、犯人は何を考えるだろう。移動のしやすさ？　逃げやすさ？

どれだけ激しく火が燃えるか？　そんなところだろう。しかし昨夜の犯人は——四件とも同一人物による犯行ならば——まったく別の所轄で事件を起こしている。さいたま市内には六つの警察署があるが、もしかしたら今夜中にも、残る二つの警察署管内で放火をするつもりでは、と若林は想像した。狙いは全署制覇。何だったら、そちらを重点的にパトロールさせてもいい。やれることは全てやっておかないと。

「何かひっかかることでもあるのか？」秋月が疑わしげに訊ねる。

「いやいや、別に」若林は慌てて否定した。一課でも同じように考えている人間がいるかもしれないが、ここで自分の推測を開陳する必要はないだろう。

「近いうちに一杯やりませんか」

「お前、夜勤ばかりだろうが」

「一応、非番の日はありますよ」

「お前が非番でちゃんと休むとは思えないけどねえ」秋月が揶揄《やゆ》する。

「その辺は合わせますから。たまにはゆっくり吞みましょうよ」

もちろん嘘《うそ》だった。吞気に酒を吞んでいる時間を作る気はない。今頭の中を占めているのは、放火犯が何を考えているか、だけだった。

もしかしたら犯人は、警察に挑戦しようとしている？　これまでにも、警察の能力を試そうとして事件を起こす者はいた。しかし結果的には、ほぼ百パーセント犯人は逮捕されている。犯罪者というのは、自分で考えているより遥かに間抜けなのだ。警察を出し抜けるはずもない。

下手な手を使えば、必ず足がつく。若林はにやつきながら県警本部を後にした。

今夜は——今夜も楽しいことになりそうだ。犯人に迫ってやる。

家に帰っても誰もいないのは当たり前だ。妻の美沙《みさ》はパート。一人娘の未来《みく》は高校へ行っている。これから夕方までが、若林の一人きりの時間である。十一時……今日はちょっと遅くなった。夜更かし気分だが、まだ時間がないわけではない。

手早くシャワーを浴びてから、冷蔵庫の中を漁《あさ》る。昨夜の残りだろう、カレーの鍋が入っていたが、温めるのが面倒臭いので、食事——夕食なのか昼食なのか分からないが——は諦める。警備班に来てから、食事の時間は完全に変わった。起き出すのはいつも夕方。パートから帰ってきた妻が作る夕食が若林にとっての第一食で、かなりのボリュームの食事をとって出かけることになる。深夜を回ってからが第二食で、パトロールの最中、あるいは部屋で待機している時に、コンビニエンスストアの弁当やファストフードで済ませてしまうことが多い。首都圏では、どんな時間でも食べ物は手に入る。警備班が間借りしている浦和中央署の近くにコンビニエンスストアがない不便が、唯一の悩みだった。

第二食を食べてからは、そのまま朝まで勤務。明けて家に帰ると、妻も娘も出かけてしまっている。朝食の残りを軽く食べて、後は夜に備えて寝るのが毎日のパターンになった。このリズムが崩れるのが嫌で、非番の日も――非番でも警備班に顔を出すのだが――昼夜逆転の生活を送るようにしている。普通の家庭なら、家族と顔を合わせる機会がなくなるところだが、若林の場合、警備班に来てからは、むしろ妻と娘と過ごす時間が増えた。何しろ夕食――若林にとっての第一食――の時は必ず一緒に食卓を囲むのだから。未来がいつも不機嫌そうにしているのは気にかかるが、自分はそれほど娘に嫌われているはずはない、と思っている。

濡れた髪を乾かしてから、素早くベッドに潜りこんだ。カーテンは特注の分厚いものなので、昼間の陽光はまったく射しこまない。もう五年ほど住んでいるこの賃貸マンションは、上下左右に煩《うるさ》い住人もいないので、昼間は特に静かだ。死んだように眠れる。

今日もそうだった。あれだけアドレナリンが出まくった後でも関係ない。布団に潜りこんだ次の瞬間には、もう意識を失っていた。

午後五時半。目覚ましが鳴る前に起き出すと、若林はすぐにカーテンを開けた。師走の街は薄暗くなり、ガラス越しに寒さが押し寄せてくる。一つ伸びをすると、さっそくジャージの上下に着替えた。台所で夕飯――若林にとっての第一食の準備を始めている美沙に朝の、あるいは夕方の挨拶をすると、すぐに家を飛び出す。日課のジョギングは、警察官として体調を保つための最低限の義務だ。

三十分強の、かなりハイペースのジョギング。真冬なのにだらだらと汗をかき、玄関でジャージを脱いだ瞬間、体の周りを湯気が覆った。玄関脇にある自分の部屋から出てきた未来が顔をしかめ、部屋に引っこむ。まあ、年頃の娘はあんなものだろう。

シャワーを浴びて、すぐに夕食。三十分で済ませて出勤しなければならない。必然的にがつがつと食べる羽目になる。美沙は冷ややかに見ている。未来は無視。ちらりと見ると、小さな茶碗からご飯をちびちびと食べ、それも少し残した。

「おいおい、飯ぐらいちゃんと食えよ。今日、お前の好きな鶏の唐揚げじゃないか」小学生の頃は、人の分まで食べていたのに。

「いいの」未来が箸を置いた。お茶を一口啜ると、「ごちそうさま」とつぶやくように言って席を立ってしまう。ニュースを流しているテレビにちらりと目をやって、すぐに自室に引っこんだ。

「何だ、体調でも悪いのか」

若林は美沙に訊ねた。美沙が溜息をつき、ゆっくりと首を振る。

「何だよ」

「ちょっと太ってきたからって。ダイエット中よ」

「ダイエットする必要なんてないじゃないか。今も痩せ過ぎなぐらいだ」

「あの年頃の子は、いろいろあるのよ。ピアノの発表会も近いから」

「体重はピアノに関係ないだろう」未来は幼稚園の頃からずっとピアノを習っていて、親の贔屓目《ひいきめ》を除いてもかなりの腕前だ。休日にはずっとピアノの前に座っている。

「何言ってるの」呆れたように美沙が言った。「人前に出るんだから、容姿に気を遣うのは当然でしょう」

「へえ」

「あなたは一度も発表会を観に来てないから、知らないのよ。ファッションショーみたいなんだから」

「ちょっと忙しいからな……」若林は茶碗を持ったまま肩をすくめた。その時、未来の部屋からピアノの旋律が流れてくる。この曲、何だっただろう。クラシックには疎いが、昔から未来がよく弾いていた曲だ。段々スムーズに、情感をこめて弾けるようになってきた過程を、若林はずっと耳にしていた。

「それより、あの話、考えてくれた？」

「あの話って？」クソ、せっかくピアノの音で和《なご》んでいたのに……美沙の話は、さっぱり記憶にない。お喋《しゃべ》りな美沙は、顔を合わせるたびにあれこれ話すのだが、大抵は聞いた瞬間に忘れてしまっていい話である。

「家の話」

「ああ」若林はうなずき、飯を口一杯に頰張った。そういえばしばらく前に、家を買う話題が出た。美沙のパートの貯金も含めて、頭金には十分な金額があるから、今なら二十五年ローンで一戸建てが買える。南浦和駅の近くにいい物件があって……云々《うんぬん》。そういえば未来も尻馬に乗って、賃貸マンションだとピアノの練習にも気を遣う、それに高校の友だちで賃貸住宅に住んでいる子なんか一人もいない、と持論を展開した。

若林は生返事しかしなかったが、この件について話し合うつもりはなかった。そもそも、家を買う気などない。今後、どこへ転勤になるか分からないが、その際もできるだけ勤務先の近くに住むつもりだった。通勤に時間を取られるのは馬鹿らしい。今までもそうしてきたではないか――しかし、未来がそういう生活に不満を持っていたことはよく知っている。何度も転校を強いられれば、父親のやり方が気に食わなくなるのも当然だ。ここ数年はずっと、裁判所近くの、この賃貸マンション暮らしなので、中学校の途中からは転校もなくなったが。娘は、いつまで家にいるつもりなんだ？　大学に入ったら家を出るのが普通ではないか。

「考えてくれたの？」美沙が畳みかける。

「まあな」自分は嘘つきだな、と意識しながら答える。

「今なら金利が低いから、ローンもそれほど大変じゃないのよ。頭金だって十分あるし」

「しかしなあ、今の仕事がどうなるか分からないから」

「分からないって……」

美沙の顔が暗くなる。昔から刑事の仕事は危険だと心配しているのだが、最近暗い表情を浮かべることが増えた。あれこれ考えてもどうしようもないことも多いのだから、もっと気を楽に持ったらいいのに。

「この仕事が長く続くなら、南浦和に引っ越しても構わない。だけど、これは単なるプロジェクトだから。一段落すれば、他の部署へ異動になるかもしれない」

「また所轄？」

「それは何とも言えないな」肩をすくめてから、若林は残った飯を一気にかきこんだ。飲みこまないうちに立ち上がり、寝室に向かう。

こういう話題は疲れる。何度も説明した——通勤に時間をかけたくない。いつでも出動できるようにしておくのが警察官の義務だ。しかし妻も娘も、理解を示さない。美沙は自分でそれなりに金を稼いでいるから、強気に出られるのだろうが、主に家計を支えているのはあくまで自分だ。そこを勘違いされたら困る。

とはいえ、無視しているわけではない……ややこしい話はできるだけ避けたいのだ。仕事に集中するためには、家族のサポートが絶対必要である。勝手だが、妻と娘の願いを真面目に考えるという、それだけの時間は割いていられない。持ち家など、定年近くになって異動の心配がなくなったタイミングで手に入れればいいのだ。その頃には、頭金どころか、即金で家を買えるほど貯《た》まっているかもしれない。何しろ若林は、ほぼ無趣味である。小遣いの使い道といえば、サボテンを買うことぐらいだ。美沙は自分で稼いだ金で好きにやっているし、これから金がかかるのは未来の大学ぐらいだ。それだって、何もなければ四年間で終わる。娘が本格的に巣立つ時期がくるのだ。

まったく……余計なことだ。若林は乱暴にネクタイを結んだ。

ワイシャツにネクタイ、その上に丈の短い中綿入りの黒いブルゾンというのが、真冬の若林の制服だ。このブルゾンは警備班が発足する時に支給されたもので、胸に小さく「NESU」のロゴが入っている。さいたま市も十二月の夜となれば相当冷えこみ、丈の長いコートが着たくなるのだが、それだと動きが制限される。多少の寒さは我慢して、動きやすさが最優先だ。

連続放火の翌日……若林は、昨夜放火の被害がなかった東大宮署、西大宮署の管内パトロールを重点的に行う作戦に出た。八人のパトロール要員のうち二組、四人を昨夜の放火事件の聞き込みに回したが、残る四人、それに若林本人と内勤の巡査が二つの署の管内パトロールに出ていた。

今日の相棒は、西大宮署刑事課から警備班に引っ張り上げられた長宮加奈《ながみやかな》。警備班に二人しかいない女性の一人である。彼女自身が詳しいであろう西大宮署管内をパトロールすることにした。

西大宮署の管内は、JR大宮駅の西側と川越線の南側、旧大宮市の西部である。さいたま市西区と大宮区の一部が管内に入る。基本的に住宅地で、ランドマーク的な物は皆無。繁華街らしい繁華街もない。何しろ、西大宮駅のすぐ前には畑が広がっているような土地柄である。強いて言えば、県内の大動脈である国道十七号線と十六号線が走っているので、交通課は忙しい署だ。

いかにも放火犯が狙いそうな地域、とも言える。ターゲットにしやすそうな住宅地が広がり、しかも道路交通網が充実しているので、ヒットエンドランで逃げられるだろう。

「よし、そこで停めてくれ」

川越線指扇《さしおうぎ》駅近くの団地の前に差しかかったところで、若林は指示した。加奈がブレーキを乱暴に踏みこみ、覆面パトカーが急停止した。目の前には巨大な団地——が広がっているはずだが、闇にまぎれてその全容は分からない。午前一時半、窓の灯りは少ない。目の前にある五階建ての建物の窓を数えてみたが、四十部屋あるうち、灯りが点いているのは八つだけだった。この団地の人は、比較的早寝らしい。

「一回りするか」

「はい」素直に言って、加奈がマフラーを首に巻き直した。

外に出ると、顔の周りに白い息がまとわりつく。今日はひときわ冷えるようだ……若林は思わず両手を擦り合わせた。

二人は無言のまま、団地の周囲をゆっくりと歩いた。歩いている人もいない、静かな夜だった。

「こんなところで放火するんですかね」

「最初に狙われたのは団地だ」加奈の疑念に若林は答えた。「これ……自転車置き場な。狙いやすいと思わないか」

「そうですね」気乗りしない様子で加奈が言った。

若林はちらりと加奈を見た。どちらかといえばほっそりした体型で、少し頼りなく見える。夜勤のみの仕事に女性を入れることには抵抗があったのだが、これは上が決めたことだから仕方がない。女性の被害者や犯人も多いから、そういう時のために……ということだろう。今のところは可もなく不可もなく、という感じだ。ただし、警備班の将来は別にして、女性スタッフは三か月で交代させる、という話を若林は聞いている。ということは、加奈はあと一か月でお役御免だ。年が明ければ元の所属、西大宮署に戻ることになる。

立ち止まり、若林は目の前の自転車置き場を眺めた。団地によくあるタイプ……かまぼこ型の屋根の下に、自転車が乱雑に停められている。ほとんどが変速機もない、いわゆるママチャリの類だ。今は自転車ブームだから、この団地にも外国製の高価な自転車に乗っている人がいてもおかしくないが、そういう人たちは愛車を自分の部屋で保管しているのかもしれない。

むき出しの自転車置き場は、放火犯にとっては狙いやすい場所である。若林は団地の敷地内に足を踏み入れ、自転車置き場を詳細に観察した。もっとも見るまでもなく、誰でも簡単に近づけるし、この時間だったら邪魔されずに火を点けられるだろう。そう考えると、自分たちのやっていることが壮大な無駄に思えてくる。この団地だけでも、九か所の自転車置き場があるのだ。それを全て警戒するためには、最低でも九人の警察官が必要になる。警備班には、とてもそんな余裕はない。だいたい、さいたま市内には他にも団地がたくさんあるし、そもそも団地が狙われると決まったわけでもない。

自分が考えたことを自分で否定するようなものだな……顔を両手で擦った後、若林は覆面パトカーの方へ向かった。乗りこんで、暖かさにほっとすると同時に、車を出すよう、加奈に指示する。同時に、パトランプを回すように言った。サイレンはなし。夜の街で、パトランプの赤は非常に目立つ。パトロールしていることをアピールし、放火犯を牽制《けんせい》する狙いだった。本当は、犯人がヘマするのを待ちたいのだが……相手は放火犯である。むざむざ人の家に火を点けられるのを待つわけにはいかない。

十六号線から十七号線へ。西大宮署の前の交差点を右折して細い道に入ると、やがてショッピングセンターが見えてくる。その周りにも団地やアパート……放火犯が狙いやすそうな場所ばかりだ。向こうは「点」を突いて狙ってくるし、こちらは「線」で警戒するしかないから、非効率なこと甚だしい。

若林は、近くのアパートの近くに覆面パトカーを停めさせた。パトランプも停止。急に闇に包まれた感じになる。そろそろ終電だ。これから帰宅してくる人は少ないだろう。放火魔が跋扈《ばっこ》する時間帯——いや、向こうはそういうことを気にしていないのかもしれない。何しろ、昨夜の最初の犯行はまだ午後十時台だった。あの時間のさいたま新都心は静まりかえってはいるが、誰も気にせず動き回れる時間帯でもない。

覆面パトカーから降りて、伸びをする。加奈も降りてきて、若林の脇に立った。

「どうだ、この仕事は」特に考えもなしに訊ねてみた。

「よく分かりません」加奈が即座に答えた。

「まあ、手探りでやっていくしかないだろうな」

「交番勤務時代に戻った感じもします」

「ああ、なるほどね。確かに今の俺たちの仕事は、交番勤務の制服警官に似ているかもしれない。パトロール第一だからな」

「何か……これでいいんですかね」

「いいかどうかは、これからの俺たちの働き次第で決まる。そもそも――」

ふいに人の気配を感じて、若林は口をつぐんだ。続けて軽い音……自転車が近づいてくるのだと分かったが、音がした方に目を向けても、何も見えない。いや……やはり自転車だ。ライトをつけないまま、かなりのスピードで奔《はし》っている。若林の中のセンサーが「怪しい」と告げた。昨夜の犯人の「足」は何だ？　自転車の可能性は捨て切れない。

若林は歩道の真ん中に出て、両手を大きく広げた。直後、ブレーキが軋《きし》む音が耳障りに響く。

「何――」まだ若い男の声。

「警察だ」若林はバッジを示し、乏しい街灯の灯りを頼りに相手の顔を見た。高校生？　いや、そこまで若くはない。大学生か、働いているのか……いずれにせよ二十歳前、という感じだった。濃紺のジーンズに黒いダウンジャケット、頭には野球帽。おいおい――若林は鼓動が速まるのを感じた。濃紺のジーンズは、夜の闇の中では黒くも見える。昨日の犯人と同じような格好ではないか。見ると、自転車の籠にコンビニエンスストアのビニール袋が入っており、ペットボトルが何本か覗いている。

若林はブルゾンのポケットに手を突っこみ、ペンライトを取り出した。小型だが光量は豊かで、懐中電灯よりもよほど頼りになる。その光を、相手の顔に当てた。男が慌てて目を瞑り、額に手をかざす。

「おいおい、何で顔を隠すんだ。あんたのハンサムな顔をよく見せてくれよ」

「いや、眩《まぶ》しい……」顔をそらし、その勢いのまま後ろを向く。その頃には加奈がもう背後に回りこんでいた。

「身分証明書」

「え？」

「身分証明書だよ。免許証、学生証、何でもいい」

「何で？」

「あのな、警察官は、疑問に思ったら何でも調べていいんだよ。それが権利。と言うか、仕事」若林は右手をさし出した。掌《てのひら》を上に向けたまま、二度、上下させる。

「俺は別に……」

「別に、じゃなくて、自転車のライトはどうした？　整備不良じゃないか」

ペンライトの光の中で、若者の顔が歪む。仕方ない、といった感じで後ろに手を伸ばし、ジーンズの尻ポケットから財布を引き抜く。中を改めていたが、免許証を取り出して若林に渡した。若林は男の顔を一瞥した後で、ペンライトの光を当てて免許証を確認した。渡辺清志《わたなべきよし》、二十歳。住所はこの近く……それだけで、すぐに放火とは関係ないと結論を出した。家の近くで火を点ける人間は多くない。リスクが大き過ぎるのだ。写真を頭に叩きこんで、もう一度男の顔にペンライトの光を当てる。最初に停められた時の動揺が薄れたのか、渡辺は不満そうな表情を隠そうともしなかった。

「帽子、取って」

渋々野球帽を脱ぐ。あちこちがはねた髪が露《あら》わになり、男は空いていた左手で髪を前から後ろに手櫛《てぐし》で梳《す》いた。免許証の写真は少し髪が短かったが、本人であることは間違いない。

「で？　何してた」

「何って、買い物っすよ」渡辺が野球帽を被り直した。

「こんな時間に？」

「いや、家でダチが待ってるんで」

「家呑みか」

若林はコンビニエンスストアの袋に手を突っこんだ。渡辺が小声で抗議したが、かまわずペットボトルを一本引っ張り出す。炭酸水だった。キャップは開いていない。

「何だ、ハイボールか？」

「そのつもりで……」

若林は結局、袋の中身を全て確認した。炭酸水二本、ミネラルウォーター二本、レモン味の清涼飲料水が一本。全て蓋はきちんと閉まっている。

「はいよ。問題なし」

「当たり前じゃないですか」渡辺がぶつぶつと文句を言った。

「ペットボトルを持ち歩く時は気をつけろよ」

「はあ？」渡辺が目を見開く。

「ニュースぐらいチェックしなよ。昨夜から放火犯が街をうろついてるんだぞ。ペットボトルにガソリンを入れて、火を点けて回ってる。ペットボトルを大量に持ち歩いてると、勘違いされるぞ」

「分かりましたよ……もう、いいすか？」渡辺が呆れたように言った。

「ああ。それと自転車、直しておけよ」

渡辺が若林を一睨みして去っていった。

「いいんですか、行かせちゃって」加奈が訊ねる。

「あんなの、一々かまっていられるか。俺は、でかい事件以外に興味はないからね。だいたい、ガキの相手——」若林の愚痴は、スマートフォンの呼び出し音で中断させられた。ブルゾンのポケットから慌てて引っ張り出すと、大杉だった。何となく遠慮がちな声が耳に飛びこんでくる。

「大杉です」

「分かってるよ。放火犯、捕まえたか？」

「いや、あの、別件なんですけど」どこか自信なさげな口調だった。

「さっさと言え」今、放火の捜査以上に重要な仕事があるとは思えない。

「あの、お年寄りを保護しまして……酔っぱらってるのか認知症なのか分からないんですが、言ってることがはっきりしないんですよ。どうしましょう」

「今、どこにいるんだ」こいつは、どうでもいい話を……若林は溜息をついた。

「与野駅の近くなんですけど……名前は分かるんですけどね」

与野か……新都心の放火の関係で、現場付近での聞き込みを指示したのだった、と思い出す。

「名前が分かるんだったら、酔っぱらいでも認知症でもないだろうが」馬鹿な説明に、頭が痛くなってきた。

「免許証で確認したんですが、言ってることがよく分からないんですよ」

「それで？」若林は早くも、苛立《いらだ》ちのゲージがマックスに達しようとするのを感じていた。この馬鹿は、どうでもいい話を……「さっさと話せ」と急《せ》かした。

「吉岡元《よしおかはじめ》、七十二歳ですね。住所は……」

「さいたま市内なのか？」若林は思わず話を遮った。

「いえ」短く否定して、大杉が不安げな声を上げた。「あの、何かあるんですか？」

「住所はどこになってる？」

「蓮田《はすだ》ですけど」

「ああ、なるほどね。今、どうしてる？」

「パトに押しこめてます。近くの交番に後始末をお願いしようと思ってるんですが」

「本人はどうしてるんだ」

「いや、大人しくしてますけど……言ってることがよく分からないだけで、暴れるわけでもないですから」

「分かった。放せ」若林は即座に命じた。

「はい？」

「放せと言ったんだ。そんなジイさんにかまってると、時間の無駄だぞ」

「いや、だけど、ぼけてたら危ないですよ。そもそもこんな時間に、お年寄りが一人でふらふらしてるのは、おかしいじゃないですか」

「人権派の刑事さんよ、俺たちの仕事は交番の制服警官とは違うんだ」

若林の皮肉に、大杉が黙りこむ。若林はその沈黙に対して、一気に畳みかけた。

「そのジイさんなら、放っておいても平気だ。かまってる暇もないんだから、さっさとパトから蹴り出せ。俺たちの仕事は、放火犯を捕まえることだぞ」

「……あの、この男、ご存じなんですか」

「ノーコメントだ。知っているとも知らないとも言えない。いいな？　とにかくさっさと放り出して、パトロールに戻れ」

「はあ」

「はあ、じゃなくて、はい、だろうが」

「分かりました……はい」

電話を切り、眉をひそめる。あの野郎、何のつもりか知らないが、またうろうろしているわけか……。

「何かありました？」加奈が心配そうに訊ねた。

「いや、何でもない。大杉のことはどう思う？」

「どうって……」加奈が眉をひそめた。「よく知りません。ここへ来るまで、同じ職場で仕事をしたこともありませんから」

「なるほど、なるほど」若林は両手を揉み合わせた。「どうだ？　真っ直ぐ前を見てる男かね？」

「だから、よく分からないんですが」加奈の声に苛立ちが混じる。

「ついつい横を見て、余計なことが気にかかってしまう——そういうタイプじゃないか？」

「若林さんがそう仰《おつしや》るなら、そうなんじゃないですか」

呆れたように、加奈が肩をすくめる。議論もしたくないようだ。若林は「最近の二十代は……」と頭の中で愚痴を転がしてしまった。そんなことを考えるのは、自分が年を取った証拠なので、口にはしなかったが。

「よし、今のうちに飯にしておくか」

「はい」加奈の背筋がぴんと伸びた。表情がわずかに緩んでいる。そう言えばこの娘は、食べるのが大好きだったな、と思い出した。何度か一緒にパトロールに出かけているのだが、その都度よく食べるさまを見せていた。その割に太っていない。

「近くにコンビニがあったな。そこの弁当にしよう」

「コンビニ弁当ですかあ……」途端に加奈が顔をしかめた。「今日は今のところ何もないですし、せめてファミレスにしませんか？」

「ゆっくり座って飯を食ってるうちに、また放火が起きたらどうする？　温かい飯を途中で放り出すほど悲しいことはないだろうが。弁当なら、そのままいつでも現場に行ける」

加奈が溜息をついた。そんなにがっかりすることでもなかろうに……やはり二十代の考えは幼い、と若林の方は心の中で溜息をついた。

西大宮署の近くにあるコンビニエンスストアの駐車場で、侘《わび》しい——侘しいことは若林も認めざるを得ない——食事になった。ちょうど新しい弁当が入る前の時間帯なのか、ろくなものが残っていない。若林はのり弁を選び、加奈は弁当自体を諦めた。棚にわずかに残っていたパンを選んで、齧っている。そんなものを食べても力が入らないはずだが……食べる物にまであれこれ口を出すのは面倒だった。

いつもの癖でがつがつと食べ終え、弁当ガラを入れたビニール袋をきつく縛って後部座席の床に放り投げる。すぐにエンジンをかけ、車を出そうとした。

「ちょ……まだ食べてるんですけど」加奈が抗議の声を上げた。

「走ってる車の中でも食べられるだろう」ブレーキを踏んだまま、若林は身を乗り出して左右を見回した。二本の道路が鋭角に交わる交差点にあるこのコンビニの駐車場は、道路から入るのも出るのも面倒である。

「いや、だけど……食事ぐらいはゆっくり食べたいじゃないですか」

「案外文句が多いんだね、君は」

「労働条件が劣悪過ぎますよ、この班は」

「つまり、ユニットリーダーたる俺の差配がなってないと？」

「そうは言ってないですけど」

小声でぶつぶつと否定されても、非難されているように聞こえる。これは説教が必要だと思ったが、口を開こうとした瞬間、スマートフォンが鳴り出した。また大杉の奴が、吉岡のことで何か言ってきたのか。しかし、電話は警備班で待機している小嶋からだった。

「どうした」

「殺しです」

「何だと！」思わず声を張り上げ、ついでにブレーキをさらにきつく踏んでしまった。助手席の加奈に目をやると、カレーパンを食べていた彼女の唇は、てかてかに光っている。間抜けな姿だが、一瞬緊張した表情を浮かべたかと思うと、右耳に突っこんだイヤフォンをさらにきつく押しこんだ。別筋からも情報が入ったらしい。

「現場は？」

「大宮駅東口、住所的には大門町《だいもんちょう》……」

「大門町？　南銀座付近ってことだな？」

「そうなります」

小嶋の声は冷静だった。それほど役に立たない男だが、指令役としては悪くない。感情を露にすることはなく、こういう時にも確実に情報を伝えることができる。こいつの将来は通信指令室でいいな、と若林は思った。

「被害者は？」

「男性ですが、身元はまだ分かりません」

若林は反射的に、ダッシュボードの時計を見た。午前二時三十二分。南銀座は大宮駅の東側に広がる繁華街で、最近は表通りにチェーンの居酒屋の看板ばかりが目立つ。そのせいか、若者の姿も目立つようになった。しかしながら、一歩脇道にそれると昭和の匂いを濃厚に残す呑み屋やフィリピンパブ、ロシアパブなどが建ち並び、繁華街特有のいかがわしさと猥雑さが漂う空気になる。そこの午前二時半……街はまだ眠りについていないはずだ。

「状況は？」

「滅多刺《めったざ》し」

まさか、と若林は小声でつぶやいた。今発見されたということは、事件が起きたのはもう少し前の時間だろう。まだ人通りも多く、そんな犯行が行われたとは考えられない。だが、小嶋が滅多刺しと言うからには滅多刺しなのだろう。電話を切り、若林は加奈に「聞いたか？」と訊ねた。

「はい、通信指令でも同じことを言ってます。身元不明だそうですが……」

「ああ。出遅れたな」

若林はサイドブレーキを戻し、思い切りアクセルを踏みこんだ。左から走ってきた車とぶつかりそうになり、クラクションの連打を浴びせられる。だが若林は何とも思わなかった。心臓の鼓動が速まったとすれば、辛うじて交通事故を回避できたからではない。殺しが俺を待っているからだ。

しかし、大宮駅の東口まではそれなりの距離がある。与野駅近くにいる大杉たちの方が早く到着するかもしれない。

常に現場に一番乗りしたいわけではないが、若林にとって、出遅れるほど悲しく辛いことはない。

8

出遅れた。これでは、「現場で即対応」がモットーの警備班の面目は丸潰れだ、と若林は顔をしかめた。こちらの存在を快く思わない機動捜査隊や所轄の連中は、陰でほくそ笑むかもしれない。

駅前の通りに覆面パトカーを停め、走り出す。南銀座一帯は細い道路が入り組んで、一つ道を間違うとなかなか目的地に辿《たど》りつけないが、今夜はその心配はなかった。細い道路にパトカーが入りこんで、パトランプの赤い光を毒々しく振りまいている。近くの呑み屋から飛び出してきた従業員や客の野次馬が、現場を遠巻きにしていた。

若林の印象では、南銀座は立錐《りっすい》の余地もなくビルが建ち並び、明け方まで客足が途絶えない街である。しかし実際には、ぽっと空いた場所があった。古くなったビルが取り壊され、次の建設予定が立たないまま、コイン式の駐車場や空き地になっている。

現場は、ビルとビルに挟まれた狭い空き地だった。鉄パイプの柵で道路と区切られているが、出入りはできる。雑草が伸び放題に伸びて、地面が見えなくなっていた。既に鑑識課員たちが調べているが、遺体はまだそこにあった。

近づくと、隣を歩く加奈が息を呑む気配が感じられた。無理もあるまい。所轄の交番勤務から刑事課に上がったばかりでは、死体と対面する機会もなかったはずだ。

もっとも、経験の長い若林にしても、言葉が出せない光景だった。

死体は、地面に直《じか》に放り出してあった。半裸――上半身が裸の男で、無数の傷が体を汚している。傷一つ一つは、それほど大きくないようだ。刃渡りの短い刃物、あるいは錐《きり》のように尖った凶器で滅多突きにされたのでは、と推測される。最初若林は、死体が目を開けているのではと思った。しかしよく見ると、瞼《まぶた》は閉じられている。目と見えたのは、ぽつんと丸くついた血痕だった。両の瞼の上から目を刺したのか。思わず震えが走る。ここまで残忍な手口には、お目にかかったことがない。

欧米に比べて日本で殺人事件が少ないのは、元が農耕民族だからだ、という話を聞いたことがある。武器――特に拳銃の所持が難しいという事情もあるが、狩猟民族は、「狩り」の経験が遺伝子に刻みこまれているのかもしれない。

もしかしたら犯人は日本人ではないのでは、と若林は一瞬考えた。この辺りには外国人女性が働くパブも多く、外国人の姿をしばしば見かける。

――違う。少なくとも、この辺りの人たちが関与しているはずがないと、若林は早々に結論づけた。自分の生活圏で遺体を遺棄するとは思えない。その推理を加奈に話したが、反応はなかった。ハンカチを口に押し当て、必死に吐き気を抑えている様子である。目も潤んでいたが、吐かれるよりはましだ。

若林は彼女の肘を摑み、狭い路地を封鎖する非常線の外へ連れ出した。そこでようやく加奈が口からハンカチを離し、大きく深呼吸する。若林も思わず、同じようにしてしまう。冷たく埃《ほこり》っぽい空気が肺を満たした。現場の血の臭いも薄れ——いや、そもそも血の臭いはほとんどしなかったと思い出し、若林は自分の推理が当たっているとさらに確信を強めた。

「若林さん」

桜内が駆け寄ってきた。悔しそうな表情を浮かべているのは、到着が若林よりも一歩遅れたからだろう。こいつに、上司に対して申し訳なく思う感情があるのだと分かり、若林は思わずにやりとした。それは若い連中との大きな違いである。

「どうですか?」

「滅多刺し。上半身裸。殺害現場はここじゃないな」

「え?」若林の言葉に、加奈がはっと顔を上げた。

「さて、ちょっと考えてみようか」若林は人差し指を顔の前で立てた。「何故ここが殺害現場じゃないか、百字以内で回答してくれ」

「若林さん、俺はまだ現場を見てないんですけど」桜内が言った。

「おっと、失礼。長宮はどうだ？」

「いや、あの……」加奈が首を傾げる。次の瞬間には「すみません、分かりません」と言って頭を下げた。

「もっと粘れよ。ギブアップが早過ぎる」若林は首を横に振った。「まあ、いいか……現場に雑草がたくさん生えてただろう？　密生、と言っていいな。人の背の高さぐらいの雑草もあった。十二月だというのに、元気のいいことだな。だからこそ雑草なのかもしれないが。雑草は元気だから」

「若林さん、話を先へ」

桜内が忠告した。興奮すると、余計なことを喋って話が長くなる悪癖があることは、若林も自分で分かっている。

「これは失礼……とにかく、雑草だらけの空き地なんだ。ところが、雑草に血が付着していない。しかも乱れていない。刺されて抵抗しない人間はいないだろう。何人もかかって手足を押さえられたならともかく、格闘になるかもしれないし。いずれにしても、雑草に何らかの影響は出るはずだよな。倒れていたりとか……それがなかった」

「ついでに言えば、上半身裸なんですよね？　それも、殺人の現場が別の場所である証拠じゃないですか」桜内が指摘する。

「仰る通り」

若林は桜内の顔に人差し指を突きつけた。途端に、桜内が嫌そうな表情を浮かべる。

「裸のまま刺されたのか、刺されてから脱がされたのか、いずれにせよ、現場はあそこじゃない。そんなことをしたら、目立ってしょうがない」

「あの……傷は何か所ぐらいあるんですかね」加奈が遠慮がちに訊ねた。

「さあ、どうかな。ぱっと見ただけで十数か所……もしかしたら、下半身も刺されているかもしれないけど、ズボンを穿《は》いているから分かりづらいな」加奈に疑問を振る。

「つまり、どういうことだと思う？」

「そんなに十何か所も刺すには、相当時間がかかりますよね？　傷は全身に広がっているから、馬乗りになって刺し続けた感じでもないと思います。それなら、傷はもっと狭い範囲に集中していると思うんですが」

「長宮巡査に五ポイント」若林は右手をぱっと広げた。「なかなかいい推理だ。で、結論は？」

「どこかで殺されて、ここに放棄された」

「そういうことだ……俺の経験からすると、あり得ないケースだが」

「死体遺棄がですか？」

「違う、違う。それは日常茶飯事だ」若林は大きく首を横に振った。

「こんな目立つ場所に死体を捨てるケースは、滅多にないんだよ」桜内が補足した。

「そういうことだ」若林はうなずいた。「犯人は、どうして死体を捨てると思う？」

「発覚を恐れて、ですよね」加奈が答えた。

「その通り。バラバラにするか海に沈めるか、埋めるか――ベストスリーはこんな感じだろうな。あとは他人が入ってこない家の中に放置とか……とにかく死体を隠したい、その一心で、大汗かいて穴掘りをしたりするわけだよ。こんな歓楽街の中に死体を遺棄する犯人の狙いは何なんだ？」

無言。冷たい風が吹き抜け、若林の髪を揺らした。寒さは感じない。ややこしい事件は大好物なのだ。

「ま、考えるのは後にしようか。犯人は間違いなく車を使っている。うちも検問に協力しよう」

「珍しいですね」

「何が？」桜内の指摘に、若林は嚙みついた。

「いや……現場で何とかしようとしないなんて」

「これは放火じゃなくて殺しだぞ？　俺たちにできることなんて、限られている。検問なら、人手はいくらあってもいいからな。頑張って犯人を見つけようじゃないか……取り敢えず、所轄と相談するから、うちの人間をここへ集めておいてくれ」

「分かりました」

桜内がうなずいたのを見て、若林は再び現場へ戻った。ちょうど遺体が搬出されるところで、担架が運びこまれている。野次馬の目から現場を隠すために、ブルーシートが張られていた。中へ入ればテントのようなもので、風が遮断されて寒くはない。

担架に載せられた遺体を、改めて見てみる。まだ若い男だ。二十代だろうか……しかし、瞼の傷のせいで顔の印象が曖昧になってしまっている。黒いズボンは色の濃いジーンズだったが、よく見ると何か所も小さく穴が空いていて、その部分だけさらに色が濃く――ほとんど黒くなっている。やはり、刺し傷は下半身にも及んでいるのだ。この状態では確認できないが、背面はどうだろう。裏表から入念に傷をつけたとなると、犯人は相当執念深い人間だ。

一瞬震えがきたのを、若林は寒さのせいだと思いこむことにした。この俺が、百戦錬磨の若林祐が、死体の一つや二つでびびるはずはない……まずは、所轄の然《しか》るべき人間を捜し出して協力を申し出ないと。

いた。コートを着た大宮中央署長。肝心の刑事課長は……この時間帯だと当然家にいるはずで、現場到着が遅れるのは当たり前である。もしかしたら、県内でもずっと奥の方に住んでいるかもしれない。だから警察官が早々と家を買うのは間違いなんだ、と数時間前の妻とのやり取りを思い出していた。

署長は深刻な表情で現場を見ていたが、若林は躊躇《ちゅうちょ》せずに話しかけた。

「警備班の若林です。取り敢えず、検問のお手伝いをしましょうか？」

「ああ、今手配しているから、頼めるかな」署長が反応した。「しかし、参ったな。えらい手口だ」

「身元は……」

「それは分かってる。未確認だが、まず間違いないだろう」署長が手帳を広げる。「前《まえ》島裕《じまひろし》、二十三歳、住所は大宮区だ」

「ここから近いですね。何者ですか？」

「そこまでは分かっていない。今、家に署員を行かせているんだが、まだ家族から話が聴けていないようだ」

「元々ここの人間なんですか？　それとも一人暮らし？」

「実家が大宮じゃないかな。住所から見て、一戸建てだ。若い男が一人暮らしするのに、一戸建ては借りないだろう」

「なるほど」若林は、俄然《がぜん》興味を引かれた。地元で殺されたわけか……住所を見ると、ここからは数キロしか離れていない。先ほどまで自分と加奈がいた場所の近くだ。

「検問の方、こちらの指示で動かしてかまわないか？」

「桜内警部補がいますから、彼に指示して下さい。現場は彼に任せます」

「分かった。まあ、班長自ら検問というのも、格好がつかないからな」

「仰る通りで」というより、自分には他にやることがある。前島という男を調べないと。少なくとも、家族には話を聴きたい。

指示を伝えると、桜内が不満げな表情を浮かべた。

「若林さんは、どうするんですか」

「周辺捜査だ」

「周辺捜査って……」桜内が眉をひそめた。「さっきと話が違いますよ。いいんですか、そんな勝手なことをして」

「警備班の仕事の内容は、俺が決める」若林は言い切った。気が変わった、としか言いようがない。「ま、お前は検問を頑張って犯人を見つけてくれ。そうしたら全て解決だ……あ、一人はここに残せよ。現場の様子を詳しく聴き取らせろ。所轄と鑑識の連中に張りついて、嫌がられるまで話を聴くんだ。それは……長宮に任せるか」

「私ですか?」加奈がうんざりした表情を浮かべ、自分の鼻を指差した。

「こういう時は、女性の方がいいんだよ。俺みたいにむさ苦しいオッサンがつきまとっていたら、嫌がられるだけだから。あくまで爽やかに、かつしつこく食い下がってくれ」

「……分かりました」

納得した様子ではなかったが、加奈がうなずく。それを見て、若林は車に駆け戻った。大きな事件を前にした興奮が体の中を駆け巡っていたが、同時にかすかな不安も感じる。連続放火事件に続いて、残忍な殺人・死体遺棄事件。自分たちが夜の街のパトロールを始めてから、少しは治安が改善されたと思っていたのに、さいたま市はいったいどうなってしまったんだ？　二種の事件を早く解決しないと、警備班の仕事自体が失敗だったと決めつけられることになる。それは自分の低評価に直結するだろう。

まずい、まずい……ヘマは一つも許されないのに、一抹の不安が消えない。人事で、若林は山あり谷ありを経験してきた。そのうち「谷」に関しては、阿呆な部下が原因で、自分では何ともしがたかったのは事実である。もしかしたら自分の元には、無能な部下が集まる傾向でもあるのか？　警備班の面々の顔を思い浮かべてみる。誰もが一様に疲れた表情を浮かべ、やる気の欠片も見せない。冗談じゃないぞ。せめて俺の足は引っ張らないでくれ、と若林は心の底から願った。

大宮駅周辺は、東と西でがらりと表情が変わる。東側が、南銀座に代表される広大な歓楽街なのに対し、西側はビジネスの街だ。駅前から巨大なデッキが広がり、高層ビルをつないでいる。大宮の「昼の顔」であり、午前三時を過ぎたこの時間になると当然、人の姿はほとんど見えなくなる。時折車が行き過ぎるが、街は完全に眠りについていた。

前島裕の実家は、国道十七号線を越えて、さらに西へ行った住宅地の中にあった。広い公園が目の前にあり、住環境はいい。周りにも新しく大きな家が目立った。

パトカーが一台停まっていたので、前島の家はすぐに分かった。制服警官が一人、それに私服の刑事らしき男が二人、門の前で立ち話をしている。いずれも自分より年下と判断して、若林は強気に出ることにした。

「もう接触したか?」

「いや、まだですが」刑事のうち、年長の方が——それでも三十歳ぐらいだが——答えた。言ってしまってから、若林の顔をねめつける。

「夜間緊急警備班の若林だ」わざわざゆっくりと正式名称を名乗る。「えらい事件にぶち当たったな、ええ?」

「家に誰もいないんですよ」刑事が少しだけ緊張を解く。

「こんな時間に? どうして?」

「どういう事情かは分かりませんが」

「家族旅行にでも行ってるのかね」その間に息子は殺されたわけか。だが何故か、この被害者に対する同情の念が湧いてこない。

このまま待つかどうか。旅行なら、待つだけ無駄である。しかし仕事だったら? 自分たちのように夜勤をしている人間も珍しくはない。

「この家族の基本情報はあるのか？」管轄は、大宮中央署ではなく西大宮署になるが、情報は共有できる。

「今、問い合わせ中です」若い刑事が答える。

うなずき、若林は家の様子を見てみることにした。周囲に新しい家が多いのに比して、比較的古い。周りをブロック塀がぐるりと囲み、敷地はそれなりに広いようだ。小さな庭もある。思い切って中に足を踏み入れてみた。

「やばいですよ」

若い刑事が忠告したが、無視する。門扉が閉まっているわけではないのだ。家の中に入らない限り、問題はあるまい。連中も、インタフォンは鳴らしたはずだ……若林も押してみる。指が曲がるほどの勢いで、五回連打。澄んだ電子音は聞こえたが、応答はない。単に寝ているだけとか？　あるいは——殺されているとか。その想像は、あっという間に若林の頭を占領した。息子が殺されたのだ、もしかしたら一家皆殺しという可能性もある。いやいや……だったら、前島の遺体だけがあんな場所に捨てられていた理由が分からない。考えが暴走するのは悪い癖だな、と反省しながら踵《きびす》を返す。その瞬間、車庫の存在に気づいた。表からはシャッターで見えなかったが、敷地内から見れば開いている……当たり前か。中には白いクラウン、その横にスクーターが一台停まっている。黒いヤマハのマジェスティ。ヘルメットが、バックミラーに引っかけられている。家の敷地内なら盗む人もいないと思っているのか。

若林は何気なく、ヘルメットを手に取った。ペンライトの光を当てると、中のクッションが部分がへたっていて、かなり使いこんでいるのが分かる。髪の毛が二、三本。ふいに異臭が漂ってきて顔を背けたが、すぐに死臭や体臭ではないと気づいた。人工的なもの……ガソリンの臭いだ。

急に鼓動が速くなる。天井の蛍光灯を点けるため、若林は車庫のあちこちにペンライトの光を当ててスウィッチを探した。あった。ぱちん、という音がした直後、蛍光灯が一度瞬いて、車庫に白い光を満たす。

「何してるんですか」先ほどの刑事が飛びこんできた。「勝手にこんなところを調べたら……」

「まあまあ」刑事をいなして、若林は車庫の中を検《あらた》め始めた。何となく予感がしたが……その予感はすぐに現実のものになった。黒い野球帽が、スクーターの後輪のところに落ちている。若林はラテックス製の手袋をはめ、野球帽を拾い上げた。そのまま顔の前に持っていき、臭いを嗅ぐ。かすかなガソリンの刺激臭……もちろんここは車庫だから、ガソリンの臭いがしてもおかしくはないだろうが、何かが変だ。

若林はさらに丹念に車庫の中を調べた。ほどなく、昨夜の放火事件に密接に結びつきそうな物証を見つける。空のペットボトル。蛍光灯の光に翳《かざ》してみると、内側が濡れている。傾けてみると、粘り気を感じさせる液体がボトルの内部を細く伝った。ガソリン？　キャップを開け、鼻を持っていく。やはりガソリンの臭いがした。野球帽よりも強く鼻を刺激する。

おいおい……こんな偶然があるのか？　若林はにやりと笑った。そう、世の中は、意外に偶然に満ちているものだ。どうやら俺にも、またつきが回ってきたようではないか。

9

「ああ、俺だ……そう、あの件は気にしないでくれ。大丈夫だよ。あの辺にいる人は、周りのことなんか見てないから。野次馬？　それはいるだろう。人が殺されていたら、誰だって怖いもの見たさで現場に近づくさ。とにかく、あまりうろうろしないでくれ。見られたら困るからな。後は誰にも見つからないように、静かにしていてくれ。金はきっちり振りこむから。そう、明日にでも……」

電話を切り、大きく伸びをした。疲れている。今日は純粋に肉体的な疲労感だ。人を殺し、遺体を遺棄するには、精神力よりも体力が必要だった。純粋な「作業」、それもかなりきつい作業である。気持ちは……何ともない。裏切り者を始末しただけだから。危機は未然に防がなければならない。

冷蔵庫を開け、ミネラルウォーターを取り出す。一口飲むと、冷たい感触が胸の中に広がった。窓辺に寄り、カーテンを細く開けて外の光景を眺める。朝はまだ遠い……街は黒一色に塗り潰されていた。

今の報告をどう考えたらいいのか。どうも俺は、相手を過大評価していたような気がする。用心に越したことはないが、少し怯《おび》え過ぎていなかっただろうか？　だとしたら恥ずかしい話だ。慎重さと同時に大胆さも大切なのに、いつの間にか気持ちが縮こまっていたのかもしれない。こんなことでは、最終的な目的は達成できない。

俺は、途中でやめるのが大嫌いだ。やるなら徹底してやる。それで今まで、負けたことはない。負けるはずがない。

計画は今まで通り進めよう。全ては自分の過去の知識に基づくものだ。ただし、現段階ではとても、対象を全て知り尽くしているとはいえない。だからこそ調査、手探り、分析が必要になる。

カーテンを閉めた。冷気を感じながら水を一気に呷《あお》る。さて、そろそろ寝る時間だ。最近、こういう生活時間が身についている。朝方就寝、午後起床。この計画を完遂するまでは、この生活を続けることになるだろう。

やることは山積している。我ながら面倒なことを始めてしまったと思うが、これが自分の望みなのだから仕方がない。難しければ難しいほど、やりがいは増すのだ。

新しい紙を取り出し、鉛筆を構える。奴が自分にぶつけた言葉を書き連ねた。「君は警察官に向いていない」「勘違いしている」「警察官は全能ではない」「人の心の痛みが分からないのか？」

四年と十六日も経《た》っているのに、こんなにはっきり覚えているとは。鉛筆が紙を引っかく音が、かりかりと耳を刺激する。

10

「本当にもう、勘弁して欲しいっすよ」

二日続きで八幡の愚痴か、と桜内は面倒な気分になった。八幡の気持ちは分からないでもない。身を切るような寒さの中での検問は辛いのだ。桜内自身も、こういうのは所轄時代、それに機動捜査隊にいた時に経験したきりである。言ってみれば力仕事で、経験が少ない警察官でもこなせる。

「だいたい、この検問は効果あるんですか？」八幡がぶつぶつと言った。

「ないだろうな」そもそも誰を追えばいいか分からないのだから。検問は、ターゲットになる車のナンバーや車種が分かっていてこそ、力を発揮する。遺体を遺棄するために、犯人が車を使っていたのは間違いないだろうが。

「じゃあ、何でこんなことをしてるんですかね、俺たち」

「キャップの判断だから、仕方ない」

「桜内さん、ちょっとがつんと言ってもらえないですか？　若林さんは、やり方がおかしいですよ」

桜内は反応しなかった。確かに若林の指示には気まぐれなものが多い。しかも頻繁にひっくり返る。非効率的なこと甚だしいのだ。ただし、警備班の仕事のやり方自体が確立されていないのだから、何が正しくて何が間違っているかはまだ分からない——キャップの若林本人にも分かっていないかもしれない。

「まあ……文句言わないで、きちんと仕事しろよ。そのうち、いいことあるから」

「はあ……」八幡が一歩前に進み出て、誘導棒を振り回した。赤い光がちらちらと闇夜に光跡を残す。あんな滅茶苦茶な振り方をしたら、ドライバーも戸惑うだけではないか。

桜内は、停めた車の運転席の横で屈みこんだ。窓が下がり、不審げな表情を浮かべたドライバーが顔を出す。まだ若い——おそらく二十代前半の男で、助手席では同年代の女性が不安そうに爪を噛んでいる。何となく気に食わない。女性が靴を蹴り脱ぎ、シートの上で胡坐をかくようにしている。スカートが短いので、太腿が半ばまで露わになっている。ちょっと行儀が悪過ぎないか……八幡は既に車の後ろに回りこみ、トランクを検めようと待機していた。

「お急ぎのところ、すみません」何がお急ぎだよ、と心の中で毒づきながら、桜内は丁寧に頭を下げた。「免許証を拝見できますか」

若者は素直に免許証を出した。顔写真を確認し、すぐに返す。助手席の女の態度はよろしくないが、怪しむ理由は見つからない。

「トランク、見せていただいていいですか」

「はい」また素直に言って、若者が少し体を倒し、トランクを開けた。後ろで、小さな「かちゃり」という音がする。

「何かあったんですか？」若者が不安げな声で訊ねる。

「近くでちょっと事件がありましてね……今日は、お仕事ですか？」

「いや、ちょっと遊びに行ってて」

桜内はちらりと後ろを見た。八幡がうなずき、トランクリッドに手をかける。勢いをつけて閉めると、車がかすかに揺れた。

「はい、お手数でした。お気をつけて」軽くうなずきかけると、車が走り出す。桜内は溜息をついて、八幡に苦笑を投げかけた。

「空でしたよ、空」八幡がつまらなそうに言った。

「だろうな」

「だいたい、犯人がこんなところをうろついてるわけがないでしょう。とっくにどこかへ逃げてますよ」

「その可能性は高いだろうな」

「あの、マジでいい加減にしませんか？」

「そうもいかないのが、宮仕えの辛いところだ」桜内は肩をすくめた。「ただし、いつか夜は明けるんだよ」

「はい？」

「勤務時間はもう少しで終わりだろう？」桜内はちらりと時計を見た。十数年前、結納返しで貰ったグランドセイコー。三年に一度はメインテナンスに出しているので、今もまったくトラブルなく時を刻んでいる。太く見やすい針が指し示す時刻は、午前五時二十五分。そろそろ街が白み始める頃だ。七時に警備班の本部に戻り、打ち合わせをすることになっている。移動の時間を考えれば、あとわずか一時間ほどでここでの任務は完了だ。

しかし、時間はのろのろとしか進まなかった。久々だったせいもある。寒さのせいもある。全身に寒さが沁《し》みこみ、動きが鈍くなった。熱いシャワー――いや、風呂に入ることを夢想しながら、桜内は残りの時間を耐え続けた。

「よし、よし」

若林が両手を叩く。今にもフルマラソンのスタートを切りそうな張り切りぶりだった。それを見ただけで桜内はげんなりしてしまったが、何とか気合いを入れ直す。何をするつもりか、だいたい想像はついていたが、今日はしっかり対峙しなければならないだろう、と覚悟した。捜査一課長からこの班への配属を知らされた時、念押しされたのだ。「お前の仕事は、若林のブレーキ役になることだ」と。

実際に警備班で仕事を始めてみて、課長が極めて真面目に言っていたのだと思い知った。部下のミスのせいで出世の階段の踊り場で足踏みしている若林は、焦っている。元々上昇志向の強い人間だし、仕事のやり方が乱暴だ。手柄のために無理をする可能性が高い。それは往々にして不祥事につながりがちだ。警察庁の特命で、神奈川県警の不祥事を洗った経験のある桜内にすれば、冗談では済まされない話だった。警察官は、守るべきものを見失って、しばしば誤った方向へ突っ走ってしまう。一つの失敗をカバーするために、新たな失敗を冒すのだ。

ここ二か月、若林は失敗していなかった。若い刑事たちには煙たがられながらも、彼らの尻を上手く叩き、いい結果を出している。夜にうごめくワルは多い。夜間専門の捜査セクションには、それなりの意味があるのだ。いずれはこのプロジェクトが正式な部署に昇格し、若林がそのまま責任者に就く可能性もある。

桜内自身は、若林に対してマイナスの気持ちは抱いていなかった。彼の評価が低くなったのは部下のせいで、監督責任を問うのは可哀想《かわいそう》だ。もちろん、強引で自分勝手なやり方を、快く思ってはいなかったが……結局、プラスマイナスゼロ、ぐらいではないか。

ただし、桜内個人としてはこの勤務に嫌気がさしていた。「取り敢えず半年」と時限を切られているが、生活のリズムが乱れてしまったのに参っている。捜査一課でも、一《ひと》度《たび》殺しでもあれば、夜も日もない毎日を送ることになるが、それは永遠には続かない。そして、変化に満ちた生活は、意外に飽きない。しかし昼夜逆転の生活で、最近体調がよくない。暇を見つけては行っていたトレーニングや柔道の稽古もさぼりがちで、体が萎《しぼ》んできたような感じがする。鏡を覗くと、元々険しさが目立つ顔つきに、慢性的な疲労の色が加わっているのが分かる。寝不足が続いたせいか、体重も二キロほど減った。

何より、妻と過ごす時間が減っているのが辛い。子どもがいないので、夫婦二人の時間が全てなのだ。妻は県庁の職員だから、桜内の仕事に合わせて生活するのは不可能である。それに非番の日だからといって、昼間に活動するわけにもいかない。そんなことをしていたら、体ががたがたになってしまうだろう。「夜勤の多い人は寿命が縮むらしいわよ」と妻に言われ、嫌な気分になったこともある。

「よし、昨夜の一件のまとめだ」若林が話を始めた。どこから手に入れてきたのか、ホワイトボードには現場や遺体の写真が貼りつけてある。

「既に諸君らも承知していると思うが、被害者は前島裕、二十三歳、住所は大宮区大成町。職業不詳。現段階——午前七時十五分現在、家族とは連絡が取れていない」

「一人暮らしなんですか？」大杉が手を上げて質問を発した。

「いや、実家暮らしだが、家に誰もいないんだ。所轄が引き続き、連絡を取るべく作業を続けている。死因は解剖待ちだが、おそらく失血死だろうな。全身の刺し傷は上半身、下半身で数十か所に及ぶ。犯人は刺し殺そうとしたというより、拷問したのかもしれない」

刑事たちが一斉に息を呑む。嫌な緊張感が部屋に満ちる中、若林だけが高いテンションを保っている。

「それで、だ。一つ重要な疑いが出てきた。この男は、一昨日夜から昨夜の連続放火事件に関係しているかもしれない」

何だ、それは？　桜内は混乱した。そんな話は初耳である。若林がたっぷり時間を取って、メンバーの顔を眺め渡す。役者か何かのつもりかよ……白けた気持ちが芽生えたが、疑問がそれを上回る。放火と殺人が関係している？

「放火と殺人の犯人が同一人物ということですか？」桜内が訊ねた。

「いや」もったいぶった低い声で若林が否定する。

「だったら——」

「殺された前島は、放火犯かもしれない」

「どういうことですか」桜内は思わず立ち上がった。あまりにも突拍子もない……しかし若林は、自信たっぷりの表情を浮かべている。それを見ながら、桜内はゆっくりと腰を下ろした。

「前島の家から、ガソリンを入れていたらしいペットボトルが発見された。というか、俺が発見した」若林が、ホワイトボードに貼った写真をはがし、桜内に手渡した。

手に持ったペットボトルの写真。少し傾けて撮影したので、底にほんのわずか液体が残っているのが分かる。ただし、それが水なのかガソリンなのか分からない。ごく少量なので、色もはっきりしないのだ。ラベルははがしてあり、ボトルの形を見ただけではブランドは分からなかった。その疑念を読んだように、若林が「ボルヴィックだ」と言った。

「一昨日の放火現場に残っていたのと同じですね」

「そういうこと」

若林が人差し指を桜内に向けた。毎度苛々させられる仕草だが、上司に向かって「やめて下さい」とも言えない。桜内は、ペットボトルの写真を他のスタッフに回した。

「放火現場で使われたものと同じなんですね?」桜内はしつこく念押しした。「このブランド、そんなに一般的なんですか」

「輸入物のミネラルウォーターの中では、人気商品だな」

「つまり、誰でも手に入れられるものなんですね」

「それは間違いない。コンビニでも売ってる」

桜内は、何とか否定の方向へ話を持っていこうとした。これでは決定的な手がかりにはならない。あくまで「手がかりの一つ」で、ここにこだわり過ぎると捜査の方向性を間違ってしまう。

「しかし、仮に前島が犯人だとして、どうして殺されたんですか？　そこが分からない」

「仲間割れじゃないのかね」若林がさらりと言った。

「放火犯は複数だったと？」

「その可能性はある。実際、放火の捜査は進んでいないんだから、どんな可能性だってあり得るだろう」

「だったら、違う可能性もあるでしょう」

「そう、その通り」若林がにやりとした。「だから諸君らには、偏見や先入観なしで、この件を捜査していただきたい」

ざわついた空気が流れた。捜査？　警備班の仕事は、あくまで「初動」である。ここへ来る時、桜内も捜査一課長からそう聞かされていた。あくまで最初だけ。できれば、発生即現行犯逮捕の件数を増やしたい。それが夜間の治安維持の第一歩だし、そのためには遊軍的に「自由に」動いていいのだ、と。

どうやら若林は、この「自由に」の部分を拡大解釈しているようだ。

「若林さん、捜査って……」

「何か問題でも？」若林が涼しい顔で桜内に応じた。「刑事なんだから、事件が起きたら捜査する。当たり前じゃないか」

「いや、それは警備班の職分をはみ出すんじゃないですか」桜内は真剣に心配になってきた。放火の件もそうだ。初動捜査、それに検問の手伝いぐらいなら問題ない。それこそ警備班の役割そのものとも言える。しかし若林は、続けて聞き込みなどをするように指示してきた。しかも、所轄や捜査一課との正式な協力なしに。これがばれたら問題になる——あるいは既にばれているのでは、と桜内は懸念した。

この状況でこそ、桜内は本来の仕事——ストッパーとしての役割を期待されているのではないか？　しかし桜内が口を開く前に、若林は矢継ぎ早に指示を与え始めた。

「前島の周辺捜査を続ける。夜にならないと摑まらない人間もいるから、そこが俺たちの出番だ。今夜改めて指示するが、一部のパトロール要員は、前島の実家周辺で聞き込み捜査に当たる」

「しかし、捜査本部と連携しないと仕事になりませんよ」桜内が指摘した。別の刑事が同じ相手から話を聴く——それは非効率的だ。もちろん、わざとそうすることもある。

重要な情報を隠している相手、思い出せない相手に対しては、最初と違う刑事をぶつけることで、情報を引き出せることがあるのだ。だが今は、そういう状況ではあるまい。「そこは心配するな」若林が素早くうなずいた。「俺の方で、捜査本部との調整はやっておく」

「嫌われますよ」

桜内が続けると、突然、若林が声を上げて笑い出した。思わず桜内がぎょっとするような甲高い笑い声だった。

「好きだとか嫌いだとか、そういう感情で仕事をするわけじゃないだろう。俺たち警察官の仕事は、どんな時でも常に同じなんだ。ワルを捕まえる——それだけだろうが。そのためには個人の感情は関係ない」

そういうあなたは、手柄を立てたい、汚名をすすぎたいという個人的な感情で動いているんじゃないですか。桜内はギブアップしたくなってきた。この男は、桜内が考えていた以上に自分勝手だ。部下を「道具」としてしか見ていないからこそ、部下も好き勝手に手を抜いたり、暴走したりしたのだろう。

桜内は、自分の周りに座るメンバーの顔をちらりと見渡した。もしかしたらこの中にも、暴走する人間がいるのかもしれない。警備班で実質ナンバーツーの人間としては、それを抑えることも仕事なのだろうか。

これは給料以上の話だよ、と桜内はげんなりしていた。

せっかく禁煙できたのに……久々に味わう煙草《たばこ》の味に、桜内は後ろ暗い快感を覚えていた。八時過ぎまで続いた打ち合わせが終わり、ようやく家路につこうと署の裏手にある駐車場――警備班の部屋は道路側からいちばん奥まった部分にある――に出た途端、煙草をふかしている同期の正木《まさき》に出くわし、彼がいかにも満足そうな表情を浮かべていたので、つい一本ねだってしまったのだ。

「何だか、ストレスマックスって顔をしてるぞ」

浦和中央署の生活安全課に籍を置く正木が、どこか嬉しそうに言った。その顔を見て桜内は、自分たち警備班が一種の笑いものになっている事実を感じた。刑事部長の思いつきで作られたプロジェクト。部長が交替したら――おそらく来年の春だ――すぐに解散すると。

「若林さんがねえ……」

「相変わらず暴走してるのか」

「停まらないんだよ。停めるタイミングがない」

「そんなにひどいのか？」

桜内は周囲を素早く見回した。正木以外に誰もいないので、悪口を言っても外へ漏れる心配はない。正木は警察官としての適性・能力は今一つだが、人間として大事な美点が一つだけある。口が堅いのだ。

「やっちゃいけないことに手を出そうとしてるんだ」

「というと？」

「勝手に捜査しようとしてるんだ。一昨日来の放火、今朝の殺し……どっちも捜査一課が仕切ってるのに、そこに割って入ろうとしている。いや、多分、捜査一課を差し置いて独自に捜査するつもりなんだ」

「ああ……あの人は手柄が欲しいんだろうな。評判を回復するいいチャンスだと思ってるんじゃないか」

「だったら、警備班の仕事をきちんとやればいいんだよ。そうすれば、刑事部長の受けはよくなる」

「ただ、警備班の仕事自体がよく分からないものなんだろう？　手柄も立てにくいよな」

「一応、今までに現行犯逮捕が五件あった。これだけでも十分だと思うけど。治安回復にはある程度の効果があったはずだ」

「もっと分かりやすい形にしたいのかねえ」首を捻《ひね》って、正木が煙草を吸殻入れに放りこんだ。「大きな事件で派手な成果を上げるとかさ。放火や殺人の犯人を独自に捕まえたら、マスコミも注目するだろう」

「そのせいで、捜査一課に睨まれたらたまらない」

「ああ……お前も帰りにくくなるかもしれないな」

「よせよ」それがまさに、桜内が恐れていることだった。元々の所属——捜査一課に戻ることを念頭に置いている、というか桜内の中では既定路線だ。現在の仕事のせいで、捜査一課の連中が渋い顔をしたら、どうすればいいのか。「勝手なことをするな」「お前はどっちの味方なんだ」。一課の上司や同僚から文句を言われたらたまらない。下手をすると、警備班の仕事が終わった後で、一課への復帰が叶わなくなるのではないか。かといって、若林の暴走を抑えるのは、自分には荷が重い。彼とは話し合いができそうにないのだ。あの人との間では、まともな会話は成立しない。成立するとすれば、捜査の方針に関してだけだろう。

「お前も損な性格だよなあ」正木が同情をこめて言った。

「何が？」

「一人で抱えこむ方だろう？　しかも責任感が強いから、板挟みになるのは当然だよ……でもここは、若林さんを抑える方にいくべきじゃないかな」

「そうかな……」

「だって、今聞いた限りじゃ、若林さんのやり方は組織を無視している。それじゃ、示しがつかないだろう。放火だって殺しだって、一課がきっちり片をつけるはずだ。埼玉県警捜査一課、馬鹿にしたもんじゃないぞ」

「それは分かってる。俺の原籍は未だに捜査一課なんだから」

「ああ、これは失礼」正木が薄い笑みを浮かべた。「そうだったな。まあ、俺も愚痴ぐらいは聞いてやるよ。呑みに行かないか？」

「今の俺の仕事じゃ無理だ。お前が呑み始める頃に、仕事を始めるんだから」

「ああ、そりゃそうだな」正木がうなずき、ワイシャツの胸ポケットから煙草を取り出し、差し出した。「五本ぐらい残ってるよ。奢りだ」

「悪いな」

受け取ったが、正木に喫煙を煽《あお》られたのだと気づいた。心遣いはありがたいが……ありがたくはないいな、と情けない気持ちになる。

11

しばしばする目を乱暴に擦りながら、若林は車を走らせた。東北道を使って一気に時間を稼ぐことにする。朝方、下りの路線は空《す》いているので、気持ちよく飛ばせた。

蓮田署に着いて車を駐車場に入れると、唐突に空腹を覚える。それはそうだ……朝八時まで打ち合わせをしていて、そのまま出てきてしまったのだから。しかし、食事は後回しにしよう。

若林は、地域課に顔を出した。残念ながら蓮田署の刑事課には知り合いがいない。しかし地域課長は、自分より一年年次が下で顔見知りである。四十四歳で警部、所轄の地域課長……蓮田署は小さな警察署だが、十分早い出世だよな、と思うと軽い嫉妬を感じる。

朝の勤務交替のばたばたを終えたばかりであろう地域課長の増永《ますなが》は、電話中だった。若林の顔を見ると、少し引き攣《ひ　つ》った笑みを浮かべながら、自分の前の椅子に手を差し伸べる。若林はさっさと椅子を引いて腰をおろし、欠伸を噛み殺した。

「――じゃあ、その件は見送りで……そうですね、経過観察だけお願いします。ええ、また連絡して下さい」

電話を切ると、口をすぼめて細く息を吐く。

「今の電話は、年上のハコ長が相手ってところだね？」若林は会話の内容から話の相手を推測した。

「そうなんですよ」

「やりにくくてしょうがないだろう。出世が早いと、色々面倒なこともあるよな、ええ？」

「四十四で警部は、別に早くないですよ」

「四十四で所轄の課長、だろうが」若林は訂正した。「それは結構なスピード出世だぞ」

増永が咳払いした。愛想笑いを浮かべてみせるが、どこか疲れた様子だ。地域課は、所轄にとって「顔」である。交番や派出所を統括する立場で、市民にとっての「お巡りさん」といえばここのことである。

「どうかしたんですか？　夜勤でしょう」

増永が、傍らの若い警官に目配せした。若い警官は蹴飛ばされたように立ち上がり、すぐにお茶の用意を始めた。それを見ながら、若林は昆布茶だといいな、とぼんやりと思った。味が濃く、塩気がある昆布茶ならば、少しは腹塞ぎになる。警備班の部屋にも常備している。残念ながら、出てきたお茶はほうじ茶だった。しかも薄く、ぬるい。音を立てて啜り、眉をひそめて無言で「不味《まず》い」のメッセージを送ったが、増永は気にする様子もなかった。

「ちょっと情報を持ってきたんだ」

「何ですか」増永が用心するようにすっと身を引いた。

「だから、情報。もしかしたら、お前のところの若い奴が手柄を立てられるかもしれない。若い奴が手柄を立てて出世していくのを見るのは気分がいいもんだよな、ええ？」

「いや、手柄を立てても、試験に受からないと出世できませんから」

「仕事ができる奴は試験にも強いんだよ。これは、警察の世界の常識だろうが」もちろん、全員が全員そうではない。何故か試験に弱い人間というのはいるものだ。

「それで、どういう情報なんですか」

若林は話を整理して、簡潔に話した。

「それは……どうですかね」

増永が渋い表情で腕組みした。昔――この男が新任の頃は、毎日のように署の道場で一緒に柔道の稽古をしたが、最近はご無沙汰だ。腕も胸も萎んで、一方で腹は突き出ているのが分かる。課長ともなると、力仕事は全部部下がやるから、体を鍛える必要もないのだろう。短いもみあげに白い物が混じっているのを見て驚いた。自分より年下なのに……所轄の課長は課長なりに、苦労も多いのだろう。

「どうですかね、っていうのはどういう意味だ」

「何か起きるとは考えられないんですけど」

「どうして」

「いや、荒っぽい仕事は、さすがにもうできないんじゃないですか」

「何言ってる。三つ子の魂百まで、じゃないか。まだまだしゃんとしてるよ。そうでなければ、街中をうろついたりしない」

「徘徊じゃないんですか」

「違うな。昔から惚《とぼ》けた人間なんだ。それに騙されちゃいけない」

「ま、取り敢えずは監視ですかね」増永が妥協案を出した。

「そうだな。入念に張りつけよ。それも夜だ」

「うちは、そこまで人手がないんですけどねえ……若林さんのところで何とかしてくれないんですか」

「うちは、さいたま市内でしか動けないんだよ」これは仕方がないことだ。夜間緊急警備班を県内全域で展開するには、今の四倍程度の人数が必要になる。だからこそ現段階では、さいたま市内での活動のみに絞っているのだ。

「まあ……適宜監視しておきます」

「奴がどこで仕事をするかは分からない。家を張ってるのが一番確実だろう」

「……分かりました」

「よし。こんな小さな事案だって、一つ一つの積み重ねだぞ」若林は不味いお茶を一気に流しこんだ。「若くして課長になるような人間は、そういうこともとっくに分かってるよな」

「はあ、まあ」

「お前はいずれ、俺を追い抜くことになるだろうな」

「いや、とんでもない……」

「いやいや、それでいいんだよ。警視になるには上の覚えを目出度《めでた》くして、ひたすら実績を上げ続けるしかない。そういうことのお役に立てれば、俺としては涙が出るぐらい嬉しいね」

増永が目を細める。若林の真意を疑っているのは明らかだ。真意と言われてもな、とつい苦笑してしまう。ワルを一人減らしたい——若林が考えているのはそれだけだ。世の中の全ての事件に一人で対応できるわけがないのだから、こういう些末《さまつ》な事件は後輩に譲るのが一番である。

署を出て、次の現場に行こうとしたが、思い直して記憶にあった住所へ車を走らせる。まさか、こんなところに住んでいるとは……身寄りがないから、どこへ住もうが自由なのだが、普通のアパートを借りて住んでいるのが意外だった。その金はどこから出たのか。

車を停め、目の前のアパートを観察する。四角い箱を重ねた素っ気ないアパートで、全部で八室しかない。昭和が平成に変わる頃に、よくあったタイプだ。六畳間がついた1DK、家賃は五万円弱というところだろう。

やはり、家賃の出所が気になる。おそらくこの男は、全然懲りていないのだ。そろそろとどめを刺されるべき頃合いだ。若林は一片の同情も感じない。駄目な奴は駄目。人生のどこかで「終わり」を宣告されるべきで、それをするのが警察官の仕事なのだ。

車を降り、アパートを外からざっと調べてみた。ご丁寧に、郵便受けに名前が入っている。馬鹿な奴だ……自分の姿を隠す努力もせず、こんな風に名前を公表しているとは。鍵がかかっていなかったので、郵便受けの蓋を開けてみる。中は空っぽ——いや、奥の方にＤＭが一通、貼りついていた。何と、墓地の広告である。確かに奴は、そろそろ墓のことも気にしなければならない年齢だ。実に上手くマーケティングしているものだ、と若林は感心した。手当たり次第に送りつけているだけかもしれないが。

部屋は二〇一号室。南側にベランダ、東側にも窓があり、日あたりはよさそうだ。東側に回ってみたが、カーテンが閉まっていて、冬の陽射《ひざ》しを楽しんでいないのは明らかだった。朝はきちんと日光を浴びるのが、健康への第一歩なのだが……こいつは自分たちと同じだ。夜にうごめくタイプ。

階段を上がり、ドアの前に立つ。思い切ってノックしてみようかと一瞬考えた。ドアを開ければ、話ができる。向こうが応じるかどうかは分からないが、こちらには任意で話を聴く権利はあるのだ。話すことはいくらでもあるのだし……。

やめておこう。

俺には手が二本しかない。頭は一つ。やれることには限りがあるし、自分の限界は十分承知している。些細な——大した手柄にならない事案に関しては、誰かに押しつけてしまうに限る。

待ってろよ。うちの若い奴らが、お前を最後の獄につないでやるから。

昼間は休憩の時間。それは分かっているが、今日の若林はまだ活動停止するわけにはいかなかった。前島の家族と接触したい——車を走らせ、大宮区の自宅へ向かう。途中、コンビニエンスストアで握り飯とお茶を買いこみ、簡単に朝食にした。警察官が車を運転しながら食事をするのは模範的ではないが、今は非常時である。

前島の家の前には、パトカーが停まっていた。昨夜も顔を合わせた若い刑事が、疲れた顔でパトカーに寄りかかっている。

「よう」

若林が声をかけると、顔を引き攣らせながら一礼した。

「何ですか?」

「いやいや、応援に決まってるじゃないか。どうせ徹夜でバテてるんだろう? 注意力が散漫になる時間帯だ」

「そりゃそうですけど」若い刑事が欠伸を嚙み殺した。大方、当直勤務で仮眠でもしていたところを叩き起こされたに違いない。そのままずっと、この一件の捜査を続けているとしたら、超過勤務は長くなっている。疲労はピークに達しているだろう。

「で、家族は？」

「まだ連絡が取れないんです」

「近所の人に話は聴いたのか？　だいたい、携帯電話の番号ぐらいは割り出せるだろう。家族構成は？」

「父親と前島の二人暮らしですね」

「親の商売は？」

「それがまだ分からないんです。調査にも回答がなかったみたいだし、近所の人たちも知らないんですよ。五年ぐらい前にここに引っ越してきたようなんですけど、近所づき合いはほとんどなかったそうです」

「もしかしたら、父親が息子を殺したんじゃないか？　働かない息子にむかついて、滅多刺しとか。家の中は血まみれかもしれないよな」

「でも、車はここにありますよ」刑事が車庫を指さした。

「別に車を借りた、とかな」

「それはないと思います。少なくともレンタカーは……チェックしました」

「結構、結構」若林は刑事の肩を叩いた。「ところでお前さんたちは、ここで張りつきを命じられてるのか？」パトカーの中にもう一人若い刑事がいるのを見て、若林は言った。

「そういうことです」

「若いから仕方ないね。下働きは、若い人の専門だ」うなずき、同情の表情を作ってやる。「ところで、朝飯は食ったのか?」

「いや……」若い刑事が胃の辺りを摩《さす》った。「昨夜からずっと、張りつきっ放しなので」

「マジか」若林は左腕を大袈裟に突き出し、腕時計を覗かせた。「何時間待ってるんだよ……これは労務上、大問題だぞ。俺から抗議してやろうか」

「いや、あの……とんでもないです」若い刑事が顔の前で思いきり手を振った。「そんな、申し訳ないですから」

厄介ごとになると思っているな、と考え、若林はにやりと笑った。

「俺だったら、まず部下には飯を食わせるところから始めるね。人間は、腹が一杯なら簡単には文句を言わないんだ。どうだ、ちょっと張り込みを代わってやろうか?　その辺で飯を仕入れてくるか、ちょっと食ってきたらどうなんだ」

「いや、それはできません」若い刑事の顔が強張《こわば》った。「ここで張ってるのが自分の仕事ですから」

「おいおい、腹が減ってたら、いざという時に動けないだろうが。大丈夫だよ。何となく、動きがありそうな気配はないじゃないか。三十分ぐらい離れていても大丈夫だ。何かあったら、すぐに連絡してやるからさ」

「はあ……」

しばらく押し問答を続けた末、若い刑事が折れた。若林は財布を取り出して、「これで飯でも食ってこい」と金を押しつけようとまで考えたのだが、取り敢えず自分の懐は痛まなかったのでほっとする。

パトカーが路地を曲がって消えると、若林はすかさず家の敷地内に入った。玄関の鍵は……きちんと施錠されている。この辺は結構な田舎だが、施錠せずに家を離れる人間はいない。ブルゾンの内ポケットから、小さな革のポーチを取り出した。ピッキングの道具……ある窃盗の常習犯から贈られたものである。若林に逮捕された後、「自分は絶対更生する。そのために、これを手放す」と言って、若林に渡したのだ。自分の生きてきた証明、と大仰に見栄を張ったものだが、その男はその後も二度、窃盗容疑で逮捕されている。

ワルは絶対に更生できない。

後学のためにと、若林は、捜査三課の刑事たちから様々な道具を使うピッキングの方法を教えてもらっていた。時間はかかるものの、電子錠以外だったら何とか開けられる自信もついた。幸いこの家の鍵はシンプルなもので、警備会社とも契約していないようだ。家の中で犯罪の痕跡を探そうと鍵に手をかけた瞬間、外で車が停まる気配がした。

奴ら、もう帰って来たのか？　慌ててピッキングの道具をポケットにしまって体を伸ばすと、タクシーが停まったのが見えた。まさか、こんな時間にタクシーで帰ってきた？

まさか、ではなかった。タクシーから降り立った初老の男は、若林を見た瞬間、怒りを露わにした。

「あんた、そんなところで何してるんだ？　人の家に勝手に入りこんで」

「ああ、前島さんですか？」若林はほっとして歩き出した。男は睨んだままだが、姿は普通のサラリーマンである。スーツにトレンチコート姿で、ネクタイもきちんと締めている。

「前島だが、だったら何だ？」認めたが、口調はあくまで喧嘩腰だった。今にも食ってかかりそうな勢い。

「警察です」若林はバッジを示した。それを見ても、自分より少し年上のこの男は怒りを引っこめようとしない。警察を嫌う事情があるのだろうか、と若林は懸念した。

「警察が何の用だ」

「大変申し上げにくいのですが……ええと、何もご存じないんですか？」まずいタイミングだ。事情聴取はしたいが、身内の死を告げる仕事は避けたい。これればかりは、何十年刑事を続けていても慣れない。

「何の話だ」つかつかと歩いてきた前島との距離は、今や一メートルほどだ。

「息子さんが殺されました」

「何……」前島が大きく目を見開いた。「何言ってるんだ」

「残念ですが、息子さんが殺されました」

「まさか……聞いてないぞ」

「今、初めて申し上げました」

「聞いてない！」

　前島がいきなり殴りかかってきた。若林は、大振りなパンチを何とかかわしたが、相手を止めることができない。前島は体をそのままぶつけてきて、若林が一歩下がったところで胸倉を摑んだ。ネクタイを締め上げられ、息が詰まる。クソ、冗談じゃない……被害者の家族に、どうしてこんな目に遭わされなくてはいけないのだ。

　若林は、前島の両の手首を摑んだ。ぎりぎりと絞り上げたが、前島はまだ手を放そうとしない。何という握力なのか……ふっと意識が遠のきそうになる。だが次の瞬間、前島の体がぐっと後ろに下がった。若林は体を折り曲げ、激しく咳きこんで、何とか体の中に酸素を取り入れようとした。

「何してるんですか！」

　叱責するような声は、先ほどの若い刑事のものか……いいタイミングで戻ってきてくれるもんだよ、と若林は真っ白になりつつある頭で考えた。あと一分早く帰ってきてくれたらベストだったが。

「前島さんだよ」苦しい息の下、何とか若林は言った。

前島は、両腕を二人の刑事に抑えられていた。まるで犯人のようだ。そう考えると、大顔も凶暴……なわけではない。ウェーブがかかった長い髪に、ほっそりした顔つき。大きな目は、どこか愛嬌《あいきよう》を感じさせた。まあ、暴れるのも当然だな、と若林は自分を納得させた。知らない人間が家の敷地に入りこんでいて、しかもいきなり「息子が死んだ」と告げたら、冷静でいられるはずもない。

「とにかく、話を聴かせて下さい」若林はネクタイを直しながら言った。この格好がよくないのかもしれない。ワイシャツにネクタイはともかく、上に黒いブルゾンというのはバランスが悪い格好だ。

「息子はどこなんだ」

「今……」若林は腕時計を見た。「解剖中だと思います」

前島が声を上げて泣き崩れた。二人の刑事がまだ両腕を摑んでいるので、上からぶら下げられた格好になる。あれでは肩も痛いはずだが……前島が痛みのせいで泣いているのでないことは明らかだった。

前島はすぐにでも遺体に対面したがったが、確認したところ、まさに解剖の最中で、午後にならないと無理だと分かった。二人の刑事は、捜査本部が置かれた大宮中央署へ連れていこうとしたが、若林は家で簡単に事情を聴くように、と押した。

「署で聴くのが筋でしょう」

「いや、今は比較的落ち着いているから、ここでできるだけ情報を引き出した方がいい」署に連れていかれたら、自分は蚊帳の外に置かれる。ここにいれば、割りこんで話を聴いても誤魔化せるだろう。

「それはルール違反ですよ」

「署でまたパニックになったら困るぞ。それより、水か何か買ってきてくれないか？相当興奮してるから、このままだと脱水症状になるかもしれない」

「はあ」

「ところで、君の名前は？」

「生方《うぶかた》ですが」

「そうか。さっきは助かったよ、生方君」

若林は右手を突き出し、握手を求めたが、彼は反応しなかった。まったく、礼儀も知らない奴だ……内心では怒りが渦巻いたが、若林は顔に笑みを張りつけたままうなずいた。

「君のことは、きちんと上に報告しておく。警備班としても、正式にお礼を申し上げる」つまり、若林が頭を下げるということだ。「というわけで、さっさと事情聴取しよう。あくまで簡単に、だがね。君の腕前を拝見するよ」

もう一人の刑事が水を買いに走っている間、若林と生方は玄関先で前島から話を聴いた。前島は家に上がるまでの元気はなく、上がりがまちに座りこんでしまったのだ。玄関に広さがあるので、若林と生方は中に入りこみ、ドアを閉めた。家の中には湿った冷たい空気が流れており、若林は思わず身震いした。生方がそろりと切り出す。

「どこへ行かれていたんですか」

「それは、仕事で……」

「お勤めはどちらなんですか」

「大学です」前島が勤務先の名前を挙げた。誰でも知っている都内の大学。

「先生なんですか？」

「ええ……学会で、三日前から京都へ行っていたんです。昨日終わったんですが、後始末が長引いて……今日の朝一番で帰って来ました」

「携帯は持っていないんですね？」

「必要ないですから」

「何を教えているんですか」

「アメリカ文学です。正確に言うと、二十世紀のアメリカ自然主義文学……ドライサーが専門ですね」

　さっぱり分からない世界だ。この話は事件には直接関係あるまい。生方も同じように感じたらしく、話をどんどん先へ進めた。

「奥さんはいらっしゃるんですか」

「いや、亡くなりました。六年前に。病気です」

「その時の家は……」

「前に住んでいた、練馬の方です。その家に住んでいるのは辛くてですね」

「それでこちらに引っ越してきたんですね？　今は息子さんと二人暮らしなんですね？」

「ええ」

　その息子は、とんでもない奴なのか？　若林は芽生えた疑問を何とか呑みこんだ。放火事件と関係がある可能性もあるが、今はまだ証拠が薄い。ここで話を持ち出して、一気に落とせるとは思えなかった。

「息子さんは、どんな仕事をしていたんですか？　学生さんですか？」生方が質問を続ける。

「それは……まあ、あれです。働いてはいなかったです」

「無職、ということですか」

「有体《ありてい》に言えば」憮然《ぶぜん》とした口調で前島が答える。

彼がぽつぽつと語ったところを総合すると、息子は大宮市内の高校を卒業した後、大学受験に失敗。二浪の末に大学進学を諦め、専門学校に入ったが、それも一年もたずにやめてしまった。その後はたまにアルバイトをするぐらいで、最近は家にこもりがちな生活を送っていたという。

「引きこもり、というやつですか」

生方の問いかけに、前島のこめかみがひくひくと痙攣《けいれん》した。大学教授の息子が引きこもり——彼にとっては耐えられないことかもしれない。

「とにかく」前島が声を張り上げた。「普通に働いていなかったのは間違いないです」

「だけど、夜は結構出歩いていたんじゃないですか」若林は割って入った。生方が睨みつけてきたが、無視する。「バイクがありますよね？　足があれば、どこへでも出かけられるでしょう」

「……まあ、そういうこともありました」

「どんな連中とつき合っていたんですか？　高校時代の友だち？　それとも専門学校の？」

「そんなこと、知りませんよ」憮然とした口調で前島が言った。「子どものつき合いに、一々干渉しませんせん。大人なんだから」

「家にパソコンはありますか？」ふと思いついて若林は訊ねた。

「それは、パソコンぐらいはありますよ」

「息子さん専用の？」

「私の、です。最近の若い連中は、パソコンは使いませんよ。うちの大学の学生たちも、皆スマートフォンです」

「ああ、皆そんな感じみたいですね」うちの高校生の娘も、と言おうとして若林は気づいた。未来がスマートフォンを弄《いじ》っているのを見たことがない。それだけ娘と会う時間が少ないということか……やや愕然《がくぜん》としたものの、何とか気持ちを取り直して続ける。「スマートフォンは持っていたんですよね？　そういうのを通じた友だちというのは？」

　最近、ネットの世界は馬鹿にできない。というより、そちらが人間関係の主流になりつつあると言うべきか。出会いのチャンスは、リアルな世界だけに転がっているわけではないのだ。バーチャルな世界で知り合った人間がとんでもない奴だった、ということもよくある。ゆっくりと関係を醸成する時間がないが故に、相手の心に潜んだ悪や狂気に気づかないまま、とんでもないトラブルに巻きこまれてしまうことも少なくないのだ。

「それは……私は知りません」

「生方君」若林はわざとらしい硬い口調で訊ねた。「スマートフォンは見つかっているのかな?」

「いや、現場にはありませんでした」生方が否定する。

「まことに申し訳ないんですが、息子さんの部屋にスマートフォンがあるかどうか、確かめてもらえますか?」若林は前島に丁重に頼みこんだ。ないだろう、とは思っていたが、念のためだ。

「今、ですか?」

「今です」

前島がのろのろと立ち上がった。階段を上がっていくのを見送ってから、生方がいきなり詰め寄ってくる。

「何のつもりですか、若林さん」

「何が?」

「こっちの調べですよ。口を挟まれたら困ります」

「取り調べは、融通無碍《ゆうずうむげ》にやるんだよ……いや、これは取り調べじゃなくて単なる事情聴取だ。こういう時は、何人もの人間で気軽に声をかけるのがいいんだよ。雑談形式で進めた方が、向こうも話しやすい」

「だからって……」

「どうしてスマートフォンが見つかってないんだ?」若林は素早く話を切り替えた。

「はい？」

「今時、外出する時にスマートフォンを持たない人間はいないだろう。財布は忘れてもスマートフォンは忘れないいんじゃないか？」

「だったら、ここから直接拉致されたとか？」

「それなら、この辺がもう少し荒れていてもおかしくないがね。何か物が壊れているとか」靴箱の上には、背の高い一輪挿しと写真立てが二つ。一人の人間を拉致するのは結構大変なことで、家の中で完全に気絶させたのでもない限り、玄関は絶対に荒れる。一輪挿しや写真立てが倒れていない方が不自然だ。

　前島が階段を降りてきた。廊下に下りたつ前に、首を横に振る。

「なかったですか？」

「ありました」

「間違いないですか？」若林は目を細めた。

「見れば分かりますよ」前島が憤然と言った。「あの……クレードルですか？　そこに置いてありました」

「なるほど。では、持たずに家を出たことになりますね」これは、警察にとっては大きな手がかりだ。携帯電話やスマートフォンは、人間関係を解き明かすための最高の材料になる。

「そう、なんでしょうね」前島はいかにも自信なさげだった。上がりかまちに慎重に腰を下ろすと、頭を抱えて溜息をつく。

「最近、息子さんの様子はどうでしたか？」若林は質問を続けた。生方が不満げに睨みつけてくるのは分かったが無視する。嫌なら、最初から俺を排除しておけばよかったのだ、と思いながら。こいつも経験が足りないようだ。

「どうと言われても……」

「あまりお話しされていなかった？」

「そんなに話すことはないでしょう。とっくに成人した息子と……」

「あまり関係はよくなかったんですか？」

「いいかどうか、何と比較すべきか分かりませんが」前島が顔を上げた。「とにかく、息子と会わせてもらえませんか」

「分かりました」

若林は腕時計を見た。解剖はまだ終わらない……実際に遺体と対面できるのはもう少し先になるだろうが、ここで聴ける話はもうない、と判断した。生方に視線を向け、「送って差し上げて」とさらりと言った。生方は何か言いたげにもごもごと口を動かしたが、言葉は出てこなかった。さすがに、被害者遺族を前にして言い争いをするほど間抜けではないようだ。結構、結構……問題は、水を買いに行ったもう一人の刑事の方である。家のすぐ近くに自動販売機があって、そこでミネラルウォーターを売っているのを若林は覚えている。いったいどこまで行ったのか。

まあ、いい。家族の証言から事件の筋を辿るのは無理だ。となると、別の筋から事件を構築しなければならない。前島裕の交友関係を辿るにはどうしたらいいか……ここで所轄や捜査一課に後《おく》れを取らず、むしろ先手を取りたい。向こうには十分な人手があるのに対して、警備班は人数も少ないし、本来の夜間パトロールの仕事もこなさなければならないのだ。

何とかしよう。特に警備班の若い連中は、しっかり尻を叩いてやらなければ。人間は、若いうちに、ぎりぎりまでねじを巻かれるような仕事を経験しなければならないのだ。そうすることで自分の限界が見えてくる。限界を知るなら、早い方がいいではないか――使い物にならないと分かれば、放り出して別の道を行かせた方がいい。

若林は、何人かの若い刑事たちの顔を思い浮かべていた。

12

手元には二つの連絡手段がある。本来の自分用のスマートフォン、それに臨時で手に入れたプリペイド携帯。最近の連絡には、プリペイド携帯を使うことが多い。

ビルの屋上から街路を見下ろす。ここで十数時間前、警察がばたばたと動いていた。一一〇番通報から警察官が現場に到着するまでのレスポンスタイムは、全国平均で七分程度のはずだが、この現場ではもっと早かった。所轄との位置関係を考えれば、平均を下回るのが当然だ。問題はあの連中……機動捜査隊や所轄の制服組よりもフットワークが軽く、自分にとっては大きな脅威になりかねない。

だが、連中に勝たなければ意味がないのだ。俺を馬鹿にした奴ら……復讐は、あらゆる人間にとって、行動の大きな動機になる。奴らは今頃、一連の事件をどう分析しているだろう。犯人像を組み立てつつあるか……いや、これが一つの流れの事件だとは、気づいてもいないかもしれない。

警察を馬鹿にしてはいけない。しかし過大評価してもいけない。警察官——刑事に一番足りないのは「想像力」だ。AとBという別々の事件を結びつけるには、証拠と同時に想像力が必要である。今の埼玉県警に、そんなに鋭い人間がいるか。

十二月とはいえ、今日は気温が高い。ビルの屋上にいると強い風にさらされるが、寒さは気にならなかった。ライダーズジャケットの裾がはためき、埃っぽい風が顔を直撃する。そろそろ行くか……しかしその前に、もう一度現場を見ておこう。

未だにブルーシートが張られているので、上からは状況を把握できない。しかし、鑑識課員が忙しく出入りしているので、作業が続いているのは分かった。現場は南銀座でもいちばん賑やかな場所だが、そういう場所にもエアポケットはある。ここがまさにそうで、入念な調査の結果選んだのだった。ビルが取り壊されて空き地になっているのが最低条件だったが、両隣のビルのうち、右側も取り壊しを待つ空きビルになっている。左隣のビルには三軒の店が入っているが、いずれも日付が変わる頃には閉店する。夜中はほぼ無人だし、この辺の裏道には珍しく一方通行ではない。つまり、車を使ったとしても、後の始末が楽なのだ。今回も、車を方向転換させる感じでトランク側を空き地につけ、ほんの数秒で遺体を処理できた。我ながらいい場所を選んだものである。さいたま市の裏の裏まで知り尽くした自分だからこそ、できたことだ。

自分名義のスマートフォンではない、プリペイド携帯が鳴った。屋上の縁から奥へ引っこみ、口元を手で覆いながら話し出す。

「ああ、俺だ……分かった。予定通り、二日後で。足は確保してあるんだな？　分かった、それならいい。そうか……だったらそこは任せる」

電話を切り、一つ息を吐く。この件が上手くいけば、しばらくは金の心配をしなくていいだろう。これまで何度か取り引きして、全て上手くいっていた。十分な金も手に入った。今回を最後に手を引こう。いろいろと金が必要だが、何度も危ない橋を渡る必要はない。今度の取り引きで、計画を最後まで遂行するために十分な資金が手に入るはずだ。

まったく、世の中の人間は、どうして金に汲々《きゆうきゆう》としているのだろう。金儲《かねもう》けなど、簡単ではないか。今や、この方法による金儲けは目的ではなく手段になっていた。そして、本当の目的を達成した後は……行く先は決まっている。既に手配も終わった。金さえあれば、何とでもなるものだ。

さて、少し運試しをするか。あいつらにすれば、力試しというところか。

革の手袋をはめ、バッグの中から双眼鏡を取り出す。オークションで落とした古いもので、所有者の履歴を辿るのは不可能だろう。迷彩模様が施されているので、もしかしたら軍事マニアの持ち物だったかもしれない。

もう一度屋上の縁に歩み寄り、金属製の手すりの下に無造作に双眼鏡を置いた。ついでに、携帯灰皿から吸殻を取り出し、双眼鏡の周りに散らす。これで騙《だま》される刑事はいないだろうが、一種のテストだ。あとは、ここに「手がかり」があることを教えてやろう。一一〇番通報は駄目だ。こちらの居場所を特定される恐れが強いから、捜査本部の電話にかける。普通の電話なので、即座に逆探知するのは難しいはずだ。

これは力比べ、そして知恵比べだ。

警察は、競い合う相手として十分だ。自分が警察よりも知恵に長《た》けていると分かれば——心は満たされる。大きな組織を出し抜ければ、その満足感を胸に抱いたまま、ずっと生きていけるだろう。

13

若林はいきなり目覚めた。昔からだが、目覚ましに頼ったこともないし、誰かに起こしてもらったこともない。「六時に起きる」と自己暗示をかければ、必ず六時には目が覚める。

今も六時——ただし午後六時だ。目覚めて最初に目に入ったのは、やや黄色がかった天井である。かつて、署内が禁煙でなかった時期の名残だろう。煙草をやめると、服についた臭いは三日で消えるというが、建物の場合、その痕跡は長く残る。壁や天井が黄ばんでしまうと、塗り替えや張り替えをしない限り、いつまでもそのままだ。

毛布をはねのけ、上半身を起こす。クソ、暖房も入っていない……当たり前か。ここの仕事は、もう少し後に始まるのだから。

両手で思いきり顔を擦る。ブラインドは上がったままだが暗い。起き上がり、裸足のまま自分のロッカーに向かった。中には着替えが入っている。警備班の部屋に泊まりこむ刑事は、若林の他にはいない。新しい下着とシャツに着替え、生き返ったような気分になった。トイレを済ませ、冷水で顔を洗って、完全に意識を覚醒させる。うがいをしたら、口の中もさっぱりした。髭《ひげ》は……後で電気剃刀を使おう。コンビニエンスストアで千円で買った剃刀だが、最近のものは結構使える。

廊下に出ると、水原に出くわした。若林に気づいた瞬間、露骨に嫌そうな顔つきになる。だが若林は愛想笑いを浮かべ、「どうも、どうも」と言いながら彼に近づいた。

「何だよ、泊まったのか？」

「帰りそびれてね」若林は顎に残った水滴を指先で拭った。「お前はどうした？」

「どうしたって……まだ仕事だよ」

「連続放火の捜査はやりにくいだろう」

「ああ」

「大宮中央署に捜査本部を置いたんだよな？　あそこにとっても迷惑な話だ。放火の翌日に殺しだからな。相当ばたばたしてるんじゃないか？」

「だと思う」

「なるほどね。飯でも食うか？」

「は？」水原が目を細めた。「飯って……」

「どうせ飯は食うだろうが。それとも、弁当でも出るのか」

「そういうわけじゃないが」

「だったら行こうぜ」

「捜査会議が……」わざとらしく、水原が腕時計を見た。

「何時から？」

若林はすかさず突っこんだ。八時、と水原が素直に答えてしまう。直後に、「しまった」と言いたげな表情を浮かべた。まったく、素直な奴だ。

「それなら、まだ時間はあるな。捜査本部になると、ろくなものが食えないじゃないか……少しは美味い物を食って、気合いを入れようぜ」

「お前が食い物にこだわってるとは思えないんだけど」

「まあまあ。こういう難しい事件の時は、せめていい物を食うべきだろう」

「お前が捜査してるわけじゃないだろうが」

「いいんだよ。気持ちの問題だ」

若林が大仰にうなずくと、水原も仕方なくうなずき返した。飯はともかく、これで捜査の進展状況を聞けるだろう。水原はざるのような奴だ。上から降ってきた情報を秘密にできない。

とはいえ、この辺で食事をするのは案外難しい。国道十七号を挟んで向かい側が市役所という行政の中心地なので、安くて美味い店が集まっていそうなのだが、何故か飲食店はこの辺りにはない。店が並んでいるのは、県警本部からJR浦和駅にかけてだ。結局二人は、市役所の南側、国道十七号線沿いにあるうどん屋に入った。昔からある讃岐うどんの店で、手早く食事を済ませたい時にはちょうどいい。水原が指摘した通り、若林は食事に「味」は求めていない。いちばん大事なのは「早く食べられるかどうか」だ。というわけで、生醬油《きじょうゆ》をかけたうどんにかき揚げの天ぷら。油分を取り入れておけば、これから動くエネルギーにもなる。水原は釜揚げうどんだけだった。炭水化物オンリーの食事か……ストレスで胃をやられているな、と若林は読んだ。

「こういう事件の捜査は大変だろう」

「大変だ」水原があっさり認めた。「だいたい、複数の所轄が絡む事件だと、調整が面倒臭い。大宮中央署から本部に軸足を移そうかっていう話もあるんだ」

「それはそれで面倒だけどな……で？　まだ目途《めど》は立たないのか」

「駄目だな」

「前島は？」「ペットボトルの話は、既に流してあった。自分で捜査するのに限界がある以上、抱えこんではおけない。もちろん自分の手柄は大事だが、犯人逮捕はそれに優先するからだ。

「今のところ、上手くつながらない。指紋なんかが出てるわけでもないしな」

「結びつけるのは難しい、ということか」

「ああ……まあ、殺しの捜査本部とも情報のやり取りはしてるけど、この線は見こみ薄かもしれないな」

「そんなことはないだろう」若林は箸を叩きつけるようにテーブルに置いた。「偶然で片づけるのはまずいぞ」

「だったらお前はどう思うんだ」

さして関心なさそうに言って、水原がうどんを啜った——音も立てずに。釜揚げうどんは、もっと豪快に食べろよ、と若林はつまらないことにまで不満を覚えた。

「前島は放火犯だ」

「それは発想が飛び過ぎだ」水原が釘を刺した。

「そうか？　最近の前島の行動を洗ってみろよ。絶対におかしいと分かるから」

「ペットボトル以外に、何か根拠はあるのか？」

「ない」

若林が即座に断じると、水原が溜息を漏らした。

「おいおい……だったらその自信は、どこから来るんだ？」

「勘だ」

「勘ねえ……お前の勘は、どこまで当てになるんだ？」

「どこまでも。勘っていうのはな、経験が長くなるほど鋭くなるんだ。事件の読みができるようになるっていうことだからな」

「まあ、それは分かるけど」

水原はまだ納得できないようだった。こいつは勘に頼るタイプじゃないからな、と若林は得心した。もっと丁寧に……ひたすら証拠と証言を集めて真相に迫る。その辺は人それぞれだ。

「それより、変な通報があったらしいぞ……殺しの方だけど」

「お、他の署の事件に関しても、よく情報収集してるじゃないか」うどんを食べ終えた若林は、お茶を一気に呑み干した。「で、どんな話だ」

「犯人の遺留物じゃないかと思われるものが出てきた」

「現場で？」

「いや、現場の向かいのビルの屋上で」

そこまで調べたのか？　だとしたら、大宮中央署の執念は評価できる。しかし水原の説明によると、通報があったのだという。

「匿名の情報提供だったんだけどな。向かいのビルの屋上に人がいるのを見た、という話だった……遺体が見つかった時間帯に」

「それを信じたのか？」匿名による通報は、たいていがガセ（偽情報）である。警察をからかってやろうというふざけた人間は、案外多くいるものだ。

「ちょっと足を伸ばして調べるぐらい、何でもないじゃないか」水原がさらりと言った。

「それで、実際に現場から双眼鏡と煙草の吸殻が見つかったんだから」

「犯人に結びつきそうなのか？」

「何とも言えないな……煙草の吸殻から、吸った人間の血液型は分かったが。ＡＢだ」

「双眼鏡の方は？」

「何とも言えない。製造元は分かってるけど、持ち主までたどりつくのは大変じゃないかな」

「だろうな」

嘘くさい話だ、と若林は直感で思った。愉快犯なら、警察がばたばたしているのを見て喜ぶのは分かる。向かいのビルの屋上は、殺人事件の捜査現場を観察する特等席だろう。しかし、双眼鏡を忘れるか？　仮に本当に犯人が現場を見守っていたとしても、双眼鏡を忘れるほど慌てる状況だったとは思えない。煙草の吸殻にしてもそうだ。少なくとも煙草を我慢するか、吸殻を持ち去るぐらいの気配りはするのではないか。

「そいつはダミーだな」

「ダミー？」水原が目を細めた。

「あるいは悪戯だ。いかにも犯人がそこにいたかのように、誰かが後から現場を作った」

「何のために？」

「面白いからに決まってるじゃないか。俺たちが右往左往するのを見て、楽しんでいる人間がいるんだよ」

「意味が分からない」水原が力なく首を横に振った。「そんなことをしても、何にもならないじゃないか」

「犯罪者の心理を分析しても無駄だ。何を面白いと感じるのかは、人それぞれだからな。俺は……面白いと思うよ」若林はにやりと笑った。

「よせよ」水原がしかめっ面を浮かべる。

「人が困っているのを見ると、何だか優越感を持たないか？」

優越感……自分が発した言葉が独り歩きし始めた。殺しの方はともかく、連続放火の方は、確かに「警察を出し抜いた」感覚を犯人が楽しんでいた節《ふし》がある。捕まえられるものなら捕まえてみろ、という犯人の開き直りが感じられるのだ。

そして、こんな風に挑発されたからといって、警察が奮起して必ず犯人を逮捕できるというものでもない。いい例がグリコ・森永事件だ。犯人はマスコミを通じて散々警察をコケにし、しかもある程度物証があったにも拘わらず、犯人逮捕には至っていない。

「もしかしたら、殺しの犯人とは関係ないかもしれない」

「第三者が悪戯でもしたって言うのか？」水原が箸を置いた。うどんはまだ三分の一ほど残っている。

「その可能性もあるな。もうこれだけ大々的に報道されて、ネットでも情報が出回ってるだろう？　いろいろ考える人間がいてもおかしくないよ。捜査本部ではどう見てるんだ？」

「俺は殺しの方は関係ないから、何とも言えないが……ハーフハーフかな」

「俺は、八対二で、犯人とは関係ない人間の悪戯だと思う」水原は弱気だな、と思いながら若林は言った。

「犯人が、目くらましの工作をしたかもしれないぞ」

若林は、水原の言葉を頭の中で転がした。自分とは違う血液型の人間が吸った煙草を用意し、出所が辿れない双眼鏡を現場に置き忘れた振りをする——当然警察はこの手がかりを潰しにかかるわけで、その間、本当の犯人につながる情報は追えなくなる。しかし——。

「いや、違うだろうな」若林は断じた。「証拠隠滅したり、アリバイ工作したりする犯人なんか、実際にはほとんどいないんだから。工作説に傾く刑事がいたら、それはリアリティのない推理小説の読み過ぎだ。そういう奴はさっさと外した方がいい」

「それは言い過ぎだろう」

「ちょっと考えれば分かることだよ。俺たちを右往左往させて喜んでる奴がいるだけだ。で、この筋、追ってるのか？」

「……一応は」

「やめておくように、お前から進言した方がいいな。無駄だよ、無駄」

「だいたい俺は、殺しの方にはまったく関係ないぞ。他の署の事件なんだから」水原が激しく首を横に振った。「気になるなら、お前が言えばいいじゃないか」

「どういうわけか、俺の言うことは誰も聞かないんだよなあ。こっちは、有益なアドバイスをしてるつもりなんだけどね」若林は肩をすくめた。

「……お前、本気でそんなこと言ってるのか」水原が溜息をついた。

「ああ？　どういう意味だ」

「どうして自分が敬遠されてるか、分かってないのか」

「さっぱり分からないね」若林は再び肩をすくめた。先ほどよりも大きな動作で。「こっちは、二十四時間、三百六十五日、仕事のことばかり考えてるんだぞ。他の刑事がそうしてるか？　皆家庭や自分のプライベート優先だろう。それじゃ、警察は駄目なんだ」

「最近は、ワークライフ・バランスっていう言葉もあるんだよ。知らないのか？」

「知ってるさ、言葉ぐらいは。で、そいつは美味いのか？」

水原が苦虫を嚙み潰したような表情を浮かべた。冗談の通じない奴は、これだから困る。

無趣味と言えば無趣味。しかし若林にも癒しの時間はある。サボテンだ。自宅もそうだし、職場にはいつも小さなサボテンを一鉢だけ置いている。警備班にも当然持ってきていた。

サボテンを育てるには、少しの手間だ。「水がいらない」というのは迷信で、実際は二週間に一回程度、たっぷり水をやらなくてはいけない。その時間を自分で決めて、水をやりながら愛でるのが最大の楽しみだった。ただし、ずっと大きく育てる気はない。小さな鉢の中に展開する小宇宙——それで十分だった。だから大きな鉢に移植することもなく、ある程度の大きさになったら挿し木で一部を他の鉢に移し替える。枯れたら枯れたで仕方ないと思っているが、それでも順調に育つのを見ると、仕事では得られない快感がある。

警備班に持ってきたサボテンは、この二か月でずいぶん大きくなった。秋口から冬にかけてはあまり育たない。上にすっと伸びていくタイプで、棘《とげ》は目立たない。この部屋は陽もよく入らないので、サボテンの明るい緑色は目の保養になる。

久々に水をやり終え、そろそろ挿し木で他の鉢に移さなければならないな、と考えていると、刑事たちがどかどかと入ってきた。先頭に桜内。三勤一休のローテーションでは、今日は非番の前々日だ。こういう日には大抵元気になるが、桜内には疲れが見える。

「やあ、おはよう」若林は桜内に声をかけた。桜内は暗い声で挨拶を返してきたが、その直後、数秒だけ若林の顔を凝視した。

「泊まったんですか?」

「何故分かる?」捜査一課の刑事の観察力のどこに引っかかったのだろう。

「髭、剃ってないじゃないですか」

「おっと、失礼」若林は顎を撫でた。無精髭の感触が鬱陶しい。剃らねば、と思っていてすっかり忘れていたのだ。「打ち合わせの前に、髭を剃る時間を貰えるかな」

「どうぞ、ごゆっくり」

デスク——若林以外は決まっているわけではない——にバッグを下ろしながら桜内が言った。溜息をつくと、自分の分のコーヒーを用意しにいった。普段の彼らしくない疲れた様子が気になる。

「どうかしたか?」

「いや……ちょっと疲れてるだけです」

「明日は明けで、次の日は非番じゃないか。今日一日、頑張ってくれ」

桜内が苦笑した。その意味を捉え損ね、若林は首を傾げた。

「何か変なことでも言ったかな?」

「いや……最近は、そういう気合いの入れ方はしないですよ」

「ワークライフ・バランス」若林は桜内に人差し指を突きつけた。「大事なことだな」

「そんな言葉、いつの間に覚えたんですか」

「とある管理職から聞いた」

「……俺はともかく、若い連中にはもう少し気を遣ってやってくれませんか。だいぶへばってますし、精神的なプレッシャーもひどいですよ」

「ある程度は負荷をかけないと、いつまで経っても駄目なんだ。楽な方へ流れていたら、人間は成長できない……さて、今日はいろいろ重大な報告があるから、全員に気合いを入れておいてくれよ」

桜内は無言だった。まったく、副官なんだから、俺の意図を汲《く》んでしっかりやってくれ。もしかしたらこの男も、管理職には向いていないのかもしれない。与えられた仕事なら、どんなに難しい内容でもこなすのだが、人を束ねるのは苦手のようだ。人にはそれぞれ向き不向きがあるが、若い連中はどんどんこき使ってやらなければならない。多くの仕事を経験させないと、適性も見抜けないのだ。これは俺なりの育て方なんだ、と若林は一人納得している。

14

桜内はハンドルを握ったまま、欠伸を嚙み殺していた。

「お疲れですか？」助手席に座る加奈が遠慮がちに切り出す。

「さすがに、ちょっとね」後輩の前で素直に認めたくはなかったが、変に意地を張っても仕方がない。「今朝——今朝というか夕方か、嫁さんとちょっとやり合ってね」

「夫婦喧嘩ですか？」

「そこまでいかないけど……この仕事はいつまで続くのかって、真面目に訊かれたよ。そんなこと訊かれても、俺たちには分からないよな？」桜内は同意を求めた。

「人事を決めるのは、私たちじゃないですからね」

「でも、嫁さんが相当参ってるのも事実なんだ。こっちのペースに合わせてると、生活のリズムが狂うんだろうな。最近、不眠症だってぼやいてるよ」

「奥さんも昼間寝て夜起きてるんですか？」

「いや……普通に昼間働いてるから」

「心配してるんですよね？　いい奥さんですよね」

「まあな」

自分にはできた妻だし、仕事で長いこと家を空けると、今でも恋しくなる。この仕事はあと約四か月。体調も思わしくないし、できれば正式のセクションにならずに解散、となって欲しい。いや、正式部署に昇格してもいいが、自分の名前は入れて欲しくなかった。今まで人事で文句を言ったことはない——ややこしい警察庁の特命捜査でさえ受けた——が、今回ばかりは上に泣きつこう、と決めた。どうしても若林と合わないというわけではないが、この仕事は無茶だ。所轄の外勤警察官を増員して対処すべきだったと思う。

「君はどうなんだ？　体調、おかしくないか？」

「確かに寝不足ですよ。帰ってもよく眠れないし」

「そうだよなあ」桜内は溜息をついてハンドルをきつく握りしめた。「昼間の連中と連携を取らないで捜査するのは無駄だよ」

今も空振りをしてきたばかりだった。「前島裕の交友関係を解き明かせ」それは通常の殺人事件捜査だったら当たり前のことである。殺しの動機は、普段の人間関係の中に閉じこめられているはずだから。しかし、こういう捜査を夜中にするのは非効率的だ。普通の人は、夜眠るのだから。若林はそれを承知で、「夜の街で聞き込みをしろ」と言った。彼はどこから情報を仕入れてきたのか、前島の立ち回り先を何か所か割り出していたのだが、そういうところで聞き込みをするにも、午前一時というのは相応《ふさわ》しい時間ではない。南銀座に何軒か、前島が入り浸っていた店がある。スナックであったり、ゲームセンターであったり、ネットカフェであったり……どこの店でも「昼間、他の刑事さんが来ました」と言われた。自分たちは、捜査一課の刑事が歩いた後の、草一本生えていない道路で探し物をしているようなものだ。

「回るところは回っちゃいましたけど」加奈が手帳を広げた。「他にも広げられませんでしたね」

「そうだな」

「若林さん、どこからこのネタを仕入れてきたんでしょうか。自分で聞き込みしたんですかね」

「たぶん、捜査一課か所轄のネタ元だと思う」

「ネタ元?」

「同期とか後輩とか。話を聴けそうな人間を何人かキープしてるらしい」

「何なんですかね」溜息をついて加奈が手帳を閉じた。「そんなことして、何の意味があるんでしょうか」

「あの人、ずっと人事の本筋から外れているだろう? でも今でも、捜査一課に帰り咲きたいと思ってるんだ。そのためには、たくさんの人と関係をつないでおくのが大事なんだよ」

「大変ですねえ」

「普通に仕事をしている限りは、そんなことを気にする必要はないんだけどね……まあ、若林さんも、一つだけは立派だと思うよ」

「そんなところ、あるんですか?」

桜内は思わず声を上げて笑ってしまった。駆け出し刑事の彼女から見れば、若林は明らかに「面倒臭いオッサン」だろう。しかし、自分が若い刑事たちと彼の悪口を言い合うのは、あまり格好いいことではない……桜内はふと、朝のファミリーレストランの様子を思い出してしまった。ああいうところでは、朝七時、八時からビールを吞んでいるタクシー運転手の一団がいるものだ。夜勤明けなのだろうが、酒を吞んで大丈夫なのか、と心配になる。マイカー通勤している運転手もいるのではないか――いずれにせよ、朝から酔っ払って、ぐずぐず他人の悪口を言っている姿は、褒められたものではない。若い刑事たちも愚痴を零しているかもしれないと考えると、心配になった。酒を吞めば気が緩みがちになるし、朝からトラブルを起こされたらたまらない。

「何なんですか、立派なところって？」加奈がさらに追及してきた。

「若林さんは、部下の悪口は言わない」

「ええ？　そうですか？　だってミーティングで、いつも私たちのことを馬鹿にしてるじゃないですか」

「あれは、『気合いを入れてる』というレベルじゃないかな。あの人が、部下のミスで閑職に追いやられたことは知ってるだろう？」

「ええ」

「その時も、庇いもしないけど、悪口も言わなかったそうだ。その辺は、筋が通ってるんじゃないかな」

「そうですかねえ……私たちから見れば、ただの元気なオッサンですけど」

桜内は思わず笑ってしまった。彼女の「若林観」も正確だ。

「実際、結構鍛えてるみたいだぜ」

「いつですか？　そんな暇、ないでしょう」

「朝……じゃなくて夜、起き出してから走ってるみたいだ」

「元気ですよねえ」加奈が溜息をつく。「私、そんな余裕ないですよ」

「俺もだ」桜内も溜息をついてしまった。以前は暇があれば柔道の稽古をし、ウェイトトレーニングで体を鍛えていたが……最近、どんどん動きが鈍くなっている感じがする。夜中にどんなに歩き回ろうと、それは仕事であってトレーニングではない。

だが、警察官としての目まで駄目になったわけではない。

桜内はハンドルを急に左へ回した。交差点に半ば入りかけた覆面パトカーが、タイヤを軋らせて左折する。加奈の体が右側に振れ、若林にぶつかりそうになった。

「どうしたんですか？」

「前の車」

桜内の言葉に加奈が反応する。身を乗り出すようにして、前を走る車を確認した。

「左のテールランプ、切れてますね。追いますか？」

「よし、行こう」

「パトランプ、どうしましょう」

「しばらくこのまま追跡だ」桜内は気持ちを集中させた。単なる整備不良ではない気がする……その原因はすぐに分かった。トランクが開いているのだ。大きくばたばたするほどではないが、薄く隙間が開いたままである。トランクが開きっぱなしだと警告灯が点くはずで、運転者が気づかないわけがない。

　その状況を説明すると、加奈が「整備不良なのに走らないといけない事情があるのかもしれませんね」と指摘した。

「そうかもしれない。あの車、何だろう」

「ホンダのインスパイア……だと思います。結構古い車じゃないですかね」

「詳しいんだな」

「刑事課に来る前に、半年だけ交通課にいたんです」

「それは珍しい人事だな」

「交通課に向いてなかったのかもしれませんけど……その時に、車種は覚えこまされました」

「交通課ならそうだろうな……おっと」トランクの蓋が突然大きく開いた。一瞬、垂直になるぐらいだったが、運転手は気づかないのだろうか。バックミラーが一瞬真っ暗になりそうなものだが。

二台の車は、埼京線のガード下を通過した。このまま真っ直ぐ走れば、浦和中央署の前に出る。しかし前を行くインスパイアは、下落合の交差点で右折し、前方に巨大なマンション群が見えてくる。もう少し先に行くと、郵政庁舎の特徴的なビルが見えてくるはずだ。非常に前衛的というか……昼間見ると妙な違和感を覚えるほど、デザイン的に凝っている。明るい茶色と白を基調としているのはともかく、窓枠が十字型になっているのと、中央部分に鉄骨の枠組みのような物が残っているせいか、全体にぼやけて見えるのだ。

インスパイアは、路肩に寄って停まった。さすがに、トランクが開いているのに気づいたのだろう。桜内は一瞬の判断で車を停めた。

「出てくれ」

桜内の意図を悟ったのか、加奈が誘導棒を持って飛び出す。一人で行かせるのは心配だったが、仕方がない。インスパイアの助手席が開き、若い男が出てきた。後をつけられていることには、まったく気づいていない様子である。桜内はすぐに車を発進させ、インスパイアを追い越して前に割りこみ、進路を塞ぐ形で急停止した。エンジンをかけっ放しにしたまま飛び出し、インスパイアの運転席に駆け寄る。大慌てでウィンドウを叩いたが、反応はない。後ろを見ると、加奈が誘導棒を両手で高く掲げていた。街灯の灯りも頼りない闇の中、毒々しく赤い光が目立つ。助手席から飛び出した男は、車の後ろまで辿り着かないうちに固まっていた。

「そこの人、車に戻って」桜内が怒鳴ると、男は加奈の方を向いたまま、のろのろと後退し始めた。運転席側のウィンドウは未だに閉まったまま。桜内は思い切ってドアに手をかけた。ロックはされていない。

運転席に座っていたのは、二十代半ばぐらいの男だった。助手席の男と同年代だろう。短く刈り上げた髪。息が白いほどの寒さにも拘わらず、Tシャツ一枚だった。車内の暖房を強めているようで、むっとした熱気が外に出てくる。代わりに冷気が入りこんだためか、男が身を震わせた。

「警察です。エンジン、停めて」バッジを示しながら、桜内は通告した。一番緊張する時間である。前は覆面パトカーで塞いでいるが、大きく右にハンドルを切り、桜内を撥《は》ね飛ばせば前に出られるだろう。だが、男は一瞬躊躇った後、右手を伸ばしてエンジンを停めた。それでほっとして、桜内は免許証の提示を求めた。確認して、男の顔に視線を戻す。

「工藤礼二《くどうれいじ》さんだね？」

どこかで聞いた名前だ……男が無言でうなずく。目を合わせようとはしない。肩が震えているのは寒さのせいか、あるいは恐怖のためか。

「トランクが開けっ放しになってた。それにテールランプも点いてない。整備不良だね。

気づいてなかったか？」

工藤がはっと顔を上げる。ハンドルから手を放して外へ出ようとしたが、桜内が大きく手を広げたので動けなくなってしまった。その隙に、桜内は素早く手を伸ばしてキーを抜いた。

「ちょっと――」

「一応、規則なんでね」そんな規則はない。しかしこの車はいかにも怪しく、単なる整備不良とは思えなかった。とにかく、逃亡を阻止しないと。「外へ出てもらえるかな」

工藤は反応しなかった。ちらりと車の向こう側を見ると、加奈がもう一人の男を追い詰めている。気の弱さが透けて見えたので、彼女に任せて大丈夫だろう、と判断した。

「トランクを確認したいんだけど、立ち会ってくれるかな。それとも、見られてまずいものでも入ってるのか？」

工藤の体がまたぴくりと動く。しばらくハンドルを握ったまま固まっていたが、溜息を一つつくと、ようやく足を外へ出した。まだ諦めたわけではないだろうと、桜内は警戒を緩めなかった。

工藤が外へ出る。座っている時には分からなかったが、かなり背が高い。自分よりも五センチは身長があるな、と桜内は用心した。ただしひょろりとした体型で体重は軽そうだから、いざとなったら制圧できるだろう。格闘において、体重は何よりも物を言うのだ。

桜内は工藤に密着したまま、車の背後に回った。工藤をトランクの前に立たせる。トランクはやはり、五センチほど隙間が空いていた。中の様子は暗くて分からないが、荷物が一杯で閉まらないわけではなさそうだ。ヒンジが壊れているのかもしれない。

「開けてもらえます？」

工藤が渋々トランクリッドに手をかけた。大きく開けようとした瞬間、体を捻り、背後に立っていた桜内にひじ打ちを食わせようとした。予期していた桜内は瞬時に身を屈め、空振りさせた。バランスを崩した工藤に脇から抱き付き、足をかけて倒す。柔道三段の腕を発揮する必要もない。こんなのは、単なる街場の喧嘩だ。工藤があっさりと、アスファルトの上に転がる。若林は素早く手錠を抜き、工藤の左手にかけた。

「公務執行妨害の現行犯で逮捕」すぐに腕時計を見る。「……午前一時十七分」

手錠を摑んで体を引っ張り上げる。痛みが走ったのか、工藤が悲鳴を上げたが無視した。片手で手錠を握ったまま、トランクを撥ね上げる。ペンライトを抜いて中を照らすと、茶色い布袋があった。腕を伸ばして袋を摑み、引き寄せる。片手では調べられない……手錠のもう片方の輪を、トランクのヒンジにかけた。これで何とか動きを封じられるだろう。加奈を確認すると、もう一人の男を追い詰めて車に押しつけていた。抵抗する気はないようだが、桜内は男に「大人しくしてないと逮捕するぞ」と警告した。ところが男は、いきなり甲高い笑い声を上げた。笑いは止まらず、桜内は、何かがおかしいと気づいた。男の顔に懐中電灯を向け、目を確認する。瞳孔が開いていた。こいつ、ドラッグを使っている。異常な興奮、瞳孔の拡大——たぶんコカインだ。

桜内は、ラテックスの手袋を素早くはめて、茶色い布袋を開けた。中にはさらにビニール袋が入っている。白い粉末……おいおい、と呆れると同時に鼓動が激しくなってきた。手触りでコカインだと分かる。相当の分量だ。重さから計算すると、末端価格はどれぐらいになるのか。

自分の手柄だが、これも若林の手柄になるのかと考えると、何だか複雑な気持ちだった。

第二部　迷　走

1

「五キロ？」若林は思わず眉を吊り上げた。何とまあ、コカイン五キロときたか。末端価格にしたら、三億円程度だろうか。電話を握り締める手に力が入る。昼間の仮眠は短く、ぼんやりしていたのが、午前二時近くに受けた報告で一気に目が覚めた。

「確定するには、正確な鑑定が必要ですが」桜内の声は冷静だった。

「まだ現場か？」

「ええ。それで、ちょっと応援を貰えませんか？　大宮中央署に連行したいんですが、二人では無理です。運び屋二人はコカインを使っているようで、要領を得ないですし」

大宮中央署は、これで事件を三つ抱えこむことになる。盆と正月に加えてクリスマスまで一時《いちどき》にきたような騒ぎだろう。自分がその渦の中心にいないのを、若林は本気で悔しく思った。

「近くにいる連中を行かせる。それまで持ちこたえられるか？」

「何とか」

桜内が慎重に答える。コカインで興奮状態になっていると危険だが、今のところ、桜内は逮捕した二人を何とかコントロールしているようだ。

「とにかく、もう少し踏ん張ってくれ。正確な場所を……」

桜内の報告を書き取り、電話を切ろうとした瞬間、無線が鳴った。送話口に向かって「ちょっと待ってくれ」と叫び、電話をデスクに転がす。そのまま無線に取りついた。

「警備班一から本部。警備班一から本部」パトロールに出ている秦《はた》だ。浦和中央署からの出向組。周りからは「距離にして二十メートルの異動」とからかわれており、本人は本気で嫌がっている。

「本部、若林だ」

「えー、浦和駅前で乱闘騒ぎ発生。現認中です。数十人が暴れている感じです」

「何だと？」頭に血液がどっと流れこむ。「どこのどいつらだ」

「分かりません。制圧に入りますが、応援願います」

「ちょっと待て」どうせ酔っ払いのグループ同士の諍《いさか》いだろうが、酔っ払いだから怖い。理性のタガが外れている時、人は何をするか分からないのだ。「介入するな。応援が行くまで待て」

「しかし、あの様子だと危ないっすよ」秦の声は切羽詰まっていた。

「いいから待て。現場はどこだ？」

「浦和駅の西口です」

「五分で行く」

若林は無線を切り、デスクに転がった受話器を取った。

「ちょっと大事《おおごと》だ。そちらの応援には行けないから、大宮中央署に直接連絡してくれ」

「若林さん？」

「とにかく、頼む」

電話を切り、内勤の刑事に声をかける。

「パトロール中のメンバー全員を、浦和駅西口に集めろ」

言い残し、ブルゾンを羽織って走り出す。途中、浦和中央署の警務課に顔を出すと、別筋から通報が入ったのか、既に何人かが出動準備を整えていた。ここで所轄を出し抜ければ、うちの存在感はいや増すな……と考えながら、若林は嫌な予感を覚えていた。これは、この前の放火と同じ感じではないか？　あの晩も、散々引っ張り回された。そう、あの時はまるで誰かが悪意を持って、警察を振り回したようだったではないか。

県庁や県警本部――埼玉県の中枢部の最寄り駅なのに、浦和は地味な駅である。最近は周辺にタワーマンションも建ち並ぶようになったが、まだ北関東の古い街ならではの、ゆったりした雰囲気も漂っている。西口には伊勢丹、浦和コルソと大きなショッピングビルがある一方、昔ながらの商店も健在で、のんびりした空気を漂わせている。夜中の二時過ぎともなれば、静まり返ってしまう。

しかし今は、駅前の一角だけが大騒ぎになっていた。救急車やパトカーが路地を塞ぎ、何人かの制服警官が現場をガードしている。よりによって、駅前交番のすぐ近く……若林はパトカーから飛び降りると、ガード下へ向かう細い一方通行の路地へ駆け出した。途中、道路の右側にあるコインパーキングで、顔面を血に染めた若い男がへたりこんでいるのを見かける。傍らに救急隊員がしゃがみこんでいるので、任せておいて大丈夫だろうと判断し、そのまま走り続けた。

まだ規制線も張られておらず、制服警官が、何人かの若者たちを押さえていた。無線で話している者もいる。緊迫した空気は漂っていたが、既に山は越えた、と若林は判断した。おそらく何人かは逃げてしまい、逃げ遅れたか怪我をした人間がここに残っているのだろう。

どうやら現場は、一階に中華料理店の入ったビルの前だったらしい。そこから少し先へ行くとガード下になっており、夜間は暗く人目につかない。駅前とはいえ、この時間だと車が通るぐらいで、歩行者はほとんどいないだろう。乱闘現場としては目につかないが、どうしてこんな場所で、という感じもある。最近の若い連中には、そんな元気はないはずだ。

若林は、制服警官の一人を摑まえて話を聴いた。現場に早く到着した人間なら、状況を把握しているかもしれない。

「どういうことだったんだ？」

「はっきりしないんですが、五対五ぐらいの乱闘だったようです」

秦の野郎……何が「数十人」だ、と若林は歯嚙みした。もちろん、過少報告よりは大袈裟な方がましだが、もう少し冷静に状況を把握しろ。

「発端は？」

「酔っ払い同士の些細《ささい》な喧嘩から始まったようなんですが、周りの人が何人か巻きこまれたみたいです」

「怪我人は？」

「搬送済みが二名、現場に残っているのが一名います」

「怪我の程度はどうなんだ？」

「重傷者はいないと思います」

「よし」

若林は息を吐いた。怪我人が座りこんでいる駐車場に向かう。最初は若者と見たが、実際は三十代半ばぐらいのサラリーマンのようだった。額を割られたようで、ネクタイを包帯代わりにしている。酔っ払いのパロディのようで、若林は噴き出すのを堪《こら》えるために頰の内側を強く嚙まざるを得なかった。

消防隊員二人が手を貸して、男を立たせようとする。しかし足に力が入らないのか、すぐに膝から崩れ落ちてしまった。大人二人がかりでも、酔った人間一人を支えるのは案外難しい。若林は消防隊員に「ちょっと座らせてやってくれ」と声をかけた。警官の命令に、二人の隊員は渋い表情を浮かべたが、やはりもう少し休ませておいた方がいいと判断したようで、男を慎重にアスファルトの上に座らせた。男は左膝を折り曲げ、右足を前に投げ出した格好で、うなだれてしまった。右手を額に当て、ついてきた血を見て舌打ちする。若林は彼の前で蹲踞《そんきょ》の姿勢を取り、視線の高さを合わせた。

「話せるかな？」

「何とか」

「警察だけど、あんた、名前は？」

喋るのが面倒臭そうで、男が背広の内ポケットからカード入れを取り出した。免許証を引き抜き、若林に渡す。若林はペンライトの光を当てて名前と写真を確認し、男に顔を上げるよう頼んだ。男——名前は池戸《いけど》——がのろのろと顔を上げる。傷が痛むのか、表情が引き攣った。額の傷から流れ落ちた血は既に乾いていたが、そのせいで顔に茶色い縞ができている。白いワイシャツの襟や胸も血で汚れていた。

「池戸さんね。怪我の具合は？」

「いや、よく分からないです」

「痛みは」

「痛いけど、何かはっきりしなくて」

頭を打ったのかもしれない、と心配になった。しかし、言葉ははっきりしている。

「どうしてこんなことになったのか、覚えている限りで教えてもらえないかな」

「呑んでて、店を出たらいきなり因縁をふっかけられて……俺の連れの肩がぶつかったとか、そんな話でした」

「その連れの人は？」

「いや、いないですね……」周囲を見回すと、痛みに耐えかねたのか顔を歪める。

「先に逃げたのかな？」

「そうかもしれないです」

「で、相手は何人？」

「三人。若い連中でした。こっちは二人で……」

「相当手ひどくやられたみたいだな」

「まあ、三対二だったんで」バツが悪そうに池戸が言った。「だけど、野次馬まで巻きこまれて、大変だったんです」

「それは、何で？」

「たぶん、最初にいた若い奴らがまた因縁をつけていったんだと思うけど……はっきり分かりません」

「ということは、その三人組が話を大袈裟にしてしまった？」

「そんな感じです」

「よし」若林は立ち上がった。今のところ、嘘があるとは思えない。救急隊員の一人の腕を取り、池戸から見えないところまで引っ張っていった。「実際、怪我はどんな具合だ？」

「普通に話してるから大丈夫でしょう」自分より少し年下に見える救急隊員が、鬱陶しげに答えた。

「怪我は頭だけど……」

「出血だけだと思いますよ。もちろん、ちゃんと検査しますけど」

「他の怪我人は？」

「重傷者はいない、と聞いてますけどね」

「結構、結構」若林は激しくうなずいて、救急隊員を解放した。「後でまた、病院へ人をやるから」

「分かってますよ。怪我のことは病院で訊いてもらわないと……うちは搬送するだけだから」

「若林さん！」

呼びかけられて振り向くと、秦が駆け寄って来るところだった。馬鹿野郎、適当な情報を流しやがって。カウンターのパンチを見舞ってやるか、と考えた。秦は小柄だから、一発で吹っ飛んでしまうかもしれない。しかし危険を察知したのか、秦は一メートルほど手前で立ち止まった。クソ、俺のリーチの外だ。

「どこへ行ってたんだ」

「いろいろ大変だったんす、いろいろ」息を整えながら秦が言った。小柄で太り気味、運動能力には疑問符がつく男だ。「何しろ人数が多くて……」

「それで、容疑者は確保できたのか？」

「いや」秦が唇を噛んだ。

「何だ、お前、現場にいたのに見逃したのか。何やってるんだ？　まさか、その辺に隠れて、騒動が収まるのを待ってたんじゃないだろうな」

「いや……」秦がうつむき、黙ってしまう。

確かに若林は「介入するな」「応援が来るまで待て」と指示した。しかし、もう少しやりようがあったのではないか。怪我人が三人出ている事実は重い。それ以上に、先に突っかけたという三人組を逃してしまったのは、致命的なミスだ。おそらく、追跡は不可能だろう。この辺を根城《ねじろ》に、夜中に遊んでいる連中かもしれないが、これだけ騒ぎになったら、用心してしばらくは近づいてこないはずだ。

「聞き込みだ。こんな時間でも、誰か見ていた人間はいるだろう」

「マジすか」秦が目を見開く。「これ、単なる喧嘩でしょう？　そんなにむきになって捜査する意味、あるんすか？」

「じゃ、どうする？　放置しておくのか。治安っていうのはな、こういう些細な事件から悪化するんだよ。今回も、ただ歩いていた人が因縁をつけられて、それで大喧嘩になったんだぞ。怪我人も出ている。ちゃんと捜査して、犯人を特定しておかないと、この辺を安心して歩けなくなる」若林は一気にまくしたてた。

「はあ」秦はまだ不満げだった。

「お前、今日は誰と組んでた？」

「大内《おおうち》です」

あいつか……ガタイはいい。ガタイだけは。百八十センチ近い長身で、逆三角形の上半身、顔の幅と首の太さが同じタイプだ。ただし、頭蓋骨の中には、小動物並みの脳みそしか入っていない。人事は、何でこんな連中ばかりを寄越したのか……溜息をつきそうになったが、若林はこらえた。部下のことで文句を言っても仕方がない。人事は巡り合わせである。自分好みの、できる人間ばかりを集めるわけにはいかないのだ。「エース」の数は限られている。そういう人間を一か所に集中させれば、他の部署が弱くなるわけで、できる人間を分散させるのは、組織造りの基本だ。

こいつらでも、聞き込みぐらいはできるだろう。さらに秦の尻を叩いて送り出し、若林は吐息をついた。池戸は担架を断ったらしく、救急隊員二人が両脇を支えて救急車に連れていく。足取りはしっかりしている様子だった。先ほど崩れ落ちてしまったのは、まだショックが残っていたからだろう。重篤な怪我ではないようだ。

救急車のゲートが閉まったところで、若林は駐車場の入り口に置いてあった自動販売機でミネラルウォーターを買った。上手く考えたものだ……駐車料金を払うために必要な小銭がない時、自動販売機を使えば釣りが手に入る。各メーカーの自販機がずらりと並んでいる光景は、機械が無言で金を求めているようで滑稽でもあった。

水を一口飲んで、冷たさに思わず震え上がる。今夜は気温が氷点下で、冷たい水を飲むような陽気ではない。しかも、それほど喉は渇いていなかったと気づいた。きつく蓋を閉め、ブルゾンのポケットに突っこんで歩き出す。自分でも少し聞き込みをしてみるつもりだった。この時間だと、近所の飲食店もほぼ閉店しているから、話を聞けそうな相手は……目の前のホテルの従業員ぐらいだろう。それとも客を叩き起こしてやろうか、とも考える。ホテルは、乱闘騒ぎが起きたビルの向かいにあり、現場に向いている窓もあるのだ。しかもいくつかの窓はまだ明るい。

現実的ではないな。首を振ってその考えを頭から押し出し、もう一度現場を歩いてみた。身を屈めてアスファルトを観察する。血痕の類は見つからなかった。「乱闘」と言っても、結局は揉み合うだけだったのでは、と若林は想像した。最近の若い連中は、喧嘩のやり方も知らないから。

「この辺の連中、警備班が追い払ったんじゃないのかね」

顔を上げると、浦和中央署の地域課長、成川《なりかわ》が立っていた。今夜の当直なのだ。制帽からはみ出たもみあげ部分には白い物が交じり、顔にも深く皺《しわ》が刻まれている。実年齢よりも年上に見えるのは、長年の外勤警察官としての疲労によるものだ。

「ま、実際には、追い払ってもすぐに戻ってくるんでしょうけどね」若林は肩をすくめた。「虫みたいな連中だから」

「それじゃ、あんたらの仕事の意味がないだろうが」

「うちは、防犯に重点を置いているわけじゃないんで」若林は言った。「あくまで犯罪の摘発が仕事です。その結果、防犯的にもいい効果が出ると」

成川が鼻を鳴らした。いかにも不満げで、文句の一つも言いたそうだ——一つで済むとは思えないが。

「適当な理屈だな」

「一応、そういうことになってますので」

「この前追い払った連中……名前は全部割れてるんだよな」

「ええ」

浦和駅西口に深夜たむろしていた若者たちを追い払うのが、警備班の最初の仕事だった。グループ、というほどではない。グループだったらもっと楽だったと思う。ある程度組織がしっかりしていれば、一人捕まえれば糸をたぐり寄せるように実態を把握できるからだ。しかしあの連中は……年齢も居住地も職業もばらばらだった。高校生から、三十歳近い無職の人間までいるというカオスぶり。特徴は、ネットで知り合った、ということである。「浦和駅周辺で暇な奴集合」という呼びかけに応じて集まった連中。しかしどうやら、最初に呼びかけた人間は、その中にはいなかったようである。意味が分からない奴らだ……メールやＬＩＮＥで連絡を取り合い、日付が変わる頃に浦和駅西口で落ち合って、遅くまで営業している店で騒いだり、他の客とトラブルを起こしたりした。恐喝や傷害の被害も報告されている。所轄は実態を摑み切れず、この連中のせいで浦和駅周辺の治安が急速に悪化したのが、警備班が召集された理由の一つだった。

警備班は街に溶けこみ、一人一人名前を割り出した。うち何人かは、被害届が出ていた恐喝や傷害容疑での逮捕に成功。何よりも、「名前が分かってしまった」ことが、連中に対する抑止力になったようだ。ああいう連中は、匿名でいられる限り安全だと思っているが、名前を知られた途端、警察に全ての情報を握られたも同然だ。

「あの阿呆どもを揺さぶってみる手はあるのでは？」成川が言った。提案しているようで、実際は「お前らがやれ」と命じているのだ。

「結構ですね」やってみる価値はあるだろう。所轄としてやる気がないなら、こちらがやるだけだ。手柄が欲しくないなら、それはそれでいい。

しかし、どうしようもない心構えだな――これこそが問題ではないか。警察官というのは、とにかく仕事に追いまくられる。その結果「手を抜く」「無視する」「放置する」――若林いわく「三無主義」――ことを覚えてしまう。他の仕事なら、金儲けの機会を失うぐらいで済むが、公務員――特に警察官の場合はそうもいかない。成川のやる気のない態度は、被害届を受理するのを拒否して、結果的に重大な犯罪を誘発する失態につながる。かつて埼玉県警はそれで徹底的に叩かれたのに、怠慢な気持ちは消えないようだ。これではいけないと思うが、若林に説教する気はなかった。駄目な奴は、どんどん失敗してさっさと消えればいいのだ。その結果、人材の「上澄み」部分だけが生き残る。警察は、必ずしも終身雇用を保障しなくてもいい。

それで、埼玉県警には何人ぐらいの人間が残るのだろうか。

そんなことはともかく、今夜は忙しい。何しろ末端価格で三億円のコカインを押収しているのだ。この件も大宮中央署に引き渡すことになるが、今夜は警備班が主役である。

既に身柄の移送は終えただろうが、桜内たちからもっと詳しく話を聴かないと。

若林は周囲を見回し、秦を探した。聞き込みをしろと言ったのに、何となくその辺をうろついてるだけである。大内の姿は見当たらない。

「秦！」大声で呼びかけると、体をびくりと震わせた秦が、転がるようなダッシュで近づいてきた。うなずきかけて、「西浦和グループ」――若林たちはそう呼んでいた――全員のアリバイを調べるように指示する。

「これからですか？」驚いたような表情を浮かべ、秦が腕時計を見た。

「今やらなくて、いつやるんだ？　あの連中が動いてるのは夜だろうが。あの後、どこへ河岸《かし》を変えたかは知らないが、摑まえられるだろう。今夜、ここで乱闘騒ぎを起こしていなかったかどうか、確認するんだ」

「……分かりました」

「お前と大内で何とかしてくれ」

「ええ？　それじゃ全然、人数が足りませんよ」

「別件があるんだよ。そっちも大事なんだ。とにかく、何か分かったら連絡してくれ」

言いおいて、若林は歩き出した。その直後、「足」がないことに気づく。浦和中央署の連中に連れてきてもらったので、自由に使える車がないのだ。踵を返し、秦から覆面パトカーのキーを取り上げた。秦は憮然とした表情をしていたが、無視して車に向かう。

何だかんだ言って、たかが乱闘騒ぎじゃないか……三億円のコカインとどっちが重要か、考えるまでもない。

2

「三分五十秒」口に出してみると、事の重大さが身に沁みる。速い……いや、恐れることはないのだと自分に言い聞かせた。たまたま速かっただけかもしれないし。警備班の本部がある浦和中央署から現場までは、二キロもない。サイレンを鳴らして走るパトカーなら、五分もかからないだろう。

警備班は一一〇番通報によっても動くが、独自の情報で現場に出ることもあるようだ。その辺りの事情を知るため、浦和駅近くで思い切った作戦行動に出てみた。尾行していた連中が気づいてから、他のメンバーが来るまでの時間は四分を切っている。これは相当速い。警備班は、時には誰よりも現場到着が早くなるようだ。

要警戒だな。

だが、あの連中を出し抜かなくては意味がない。何のためにこんな危ない橋を渡っているのか。

騒ぎが治まってきたようだ。ゆっくりと体を起こす。駐車場の一番奥に停めておいた車の中で、仮眠を取っている振りをしていたが、誰も気づかなかった。この駐車場は乱闘現場ではないから、気づかなくてもおかしくはないが、納得がいかない。多少気の利く警察官なら――いや、基本を知っていれば、ここまで聞き込みに来るはずだ。深夜のコイン式駐車場に一台だけ停まっている車は、怪しく見えるだろう。

外へ出て体を伸ばしたかったが、我慢できないほどではない。最後まで待機していた救急車が去った後、赤色灯の光は見えなくなり、急に闇が深くなった。しかしまだ、動くのは危険である。警察官は当然現場に残っているだろう。もうしばらく、ここで待機しているしかない。時間の無駄だが、帰りそびれてここで仮眠を取っているサラリーマンを装うのだ。そのために今夜は、スーツにネクタイ姿である。自分が座っている助手席のシートは、思い切り倒している。そういう状況で外部を観察し続けるのは、首が苦しかった。これからしばらく、時々外の様子を見守りながら、寝たふりだ。

スマートフォンが振動した。連絡するなと言ってあったのに……舌打ちして画面を確認すると、ＬＩＮＥのメッセージが流れていた。

「大宮でまずい状況」

何だと？　短いメッセージを見ただけでは分からない。しかし深刻なトラブルが起きたのは明らかだった。よほどのことがない限り、連絡しないように念押ししておいたのだから……しかし、ＬＩＮＥでメッセージを送ってくるのは馬鹿としか言いようがない。

証拠が残ってしまうではないか。誰もがITに頼り過ぎていて、その弱点を認識していない。極秘のつもりで交わしている情報は、全てどこかにログが残っているのだ。それがある限り、警察は必ずたどり着く。

仕方なく電話をかける。相手は待っていたようにすぐに出た。

「奴らが警察に捕まった」

「何だって？」思わず声を張り上げ、慌てて周囲を見回す。誰かに聞かれたらまずいことになる。

「追跡されて捕まって……今、大宮中央署に連れていかれた。しかも、自分たちでもちょっとコカインを味見したみたいだ」

「阿呆が……」思わず歯嚙みする。軋んだ歯に痛みを覚えた。「それで、あんたは？」

「見届けて離れた」

「見られてないな？」

「ああ、多分……それで、どうするんだ」

「どうもしない」深呼吸で気持ちを落ち着かせた。大丈夫。あの連中から俺の名前が漏れることはない。「言いくるめてあるから、問題ない。後で、金で解決できる。そもそもこっちの情報は持ってないんだ」

「それは分かるけど、心配だ」

「心配してもしょうがない。とにかく、あの連中から情報が漏れることはないから」

「そうかねえ」

「しばらく連絡を取らないでくれ。念のためだ」

「分かった」

「警察には近づくなよ」

「そんなことするわけない」相手が鼻を鳴らした。「自分から危ないところに飛びこむほど馬鹿じゃないよ」

「分かってるならいい」

電話を切り、倒した助手席に体を横たえた。さて、どうしたものか……どうしようもない。この段階で、俺にできることは何もないのだ。三億円が泡と消えた……それはどうでもいい。もちろん、手に入るべきだった金を受け取れないのは痛いし、その面で危険も迫ってくるだろう。それは何とかなる……逃げ切れる自信はあったが、やはり警察の動きは気になる。こちらの名前が割れるはずはないと思っていたが、確信が急に揺らいできた。俺につながる線が、一本、警察の手のうちにある。喋らないだろうとは思っていたが、この世に「絶対」はないのだ。

何とかしなければ……しかし今は、どうしようもない。相手は警察の手のうちにある。何がどうなっているか、情報を得るのは難しいだろう。考えても無意味なことを考えても仕方がない。諦める——忘れることも大事だ。

取り敢えずの危険は潰しておこう。ある電話番号を呼び出した。この相手と話をするのは気が進まないのだが、致し方ない。後から、別のルートで知らされるよりはましだろう。商売は商売。きちんと礼儀を守らなければ。もちろん、こんな商売をずっと続けていくつもりはないのだが、身の安全を守るためにも、礼は尽くしておかなくてはならない。

「はい」相手は不機嫌そうだった。声にはかすかな酔いも感じられる。

「あの件は中止です」

「何だと」声に凄みが増した。「お前、最初からそのつもりだったんじゃないだろうな」

「いや……明日の朝、向こうに渡すことになっていましたよね？　運び屋が警察に捕まったようです」

「ああ？　警察？　何をやらかしたんだ」

「詳しい状況は分からないんですが、監視員が、逮捕される瞬間を見ています。大宮中央署に連れていかれたようですね」

「冗談じゃない。こっちはもう、先の予定を立ててたんだぞ」

「それは分かりますし、申し訳ないですが、とにかくなかったことにして下さい。あれだけのブツをまた手に入れるのは、不可能でしょう」

「それは駄目だ。すぐに——二日以内に同じブツを用意する」

「そういうの、よしましょうよ。そんなことができないぐらい、分かってるでしょう？　海外からのブツは、簡単に手配はできないですよね」

「俺の面子《メンツ》はどうなる？　金もだ。お前の命で保証してもらってもいいんだぞ」

「これは商売ですよ」相手の脅しは、まったく心に沁みてこなかった。こいつも小者だ……。「しかもリスクの高い商売です。ハイリスクハイリターンで、今回は失敗しただけの話です。そういうことがあるかもしれないというのは、織りこみ済みでしょう？」

「屁理屈だな」

「実際にそうなったんだから、屁理屈とは言えないんじゃないんですか」

「どう落とし前をつけるつもりなんだ？　金はどうする」

「残念ですが、どうもしません……金も駄目ですよ。取り引きが失敗した時に違約金をどうこうする、という話はしていませんでしたからね」

「舐めると痛い目に遭うぞ」

「舐めてはいませんよ……ただ俺の身に何かあったら、この情報は警察に流れるようになっています。そっちの名前、組織の実態、全部警察に伝わります。そうしたら、どうなりますかね……潰れますよ。潰れると、あなたにも物理的な被害が加わるんじゃないですか」

「貴様……」

相手が歯軋りする音が聞こえてくるようだった。ヤクザは怖いが、必要以上に怖がることはない。向こうも脛《すね》に傷持つ身であり、余計な騒ぎを起こせば自分に跳ね返ってくることは十分分かっている。

「とにかくこの件は、これで終わりにしましょう。期待させて申し訳なかったですが、あちこちに影響が出るとまずいですよね」

「……クソったれが」

「謝罪します。でも、それだけです。あとはあなたも、身を潜めておいた方がいいと思いますよ」

電話は一方的に切れた。どんなに怒っても、今は手出しができないと気づいたのだろう。さて、後は適当に時間を潰すだけだ。本当に寝てしまおうかと、シートに身を横たえる。今晩は神経が疲れた……一晩に二つのミッションは、荷が重い。自分は管制塔の役割を果たしていただけだが、これがいちばん疲れる。

目を閉じる。しかし眠気は訪れなかった。それで、自分が通常の精神状態にないと分かる。普段はどんな時でも、目を瞑れば眠れるのだ。今は昼夜が逆転した生活を送っているとはいえ、この時間の睡眠を「昼寝」と考えれば眠れるはずだ。眠れないまま時が流れ……誰かが窓をノックした。警察だ。だったら急に起きてはいけない。あくまで、寝ていたのを無理矢理起こされたように装わなければ。自分の顔を知った人間がノックしていたら……それを考えると鼓動が速まったが、その時はその時だ。いや、自分は四年と十七日前に辞めている。覚えている人間は少ないだろう。

二度目のノック。ゆっくりと目を開けた。肘をついて上半身を起こし、目を擦る。メインスウィッチも切ってあるから、パワーウィンドウは動かない。細くドアを開けると、寒気が入りこんできて思わず身震いした。

「警察です。どうかしましたか？」

「あ、いや……」寝ぼけた声を作る。いかにも起き抜けの演技をしながら、相手のバッジをしっかりと確認した。名前は大内、階級は巡査部長。ずいぶん大柄な男だ——しかし面識はない。「ちょっと帰りそびれて……寝てました」

「呑んでますか？」

「少し」これだけでは警察も厳しくチェックできないことは分かっている。運転していたわけではない。免許証の提示を求められたので、素直に出す。これも自分のものだ。偽造免許証を使ったり、他人の免許を借りたりすると、発覚する可能性が高くなる。この時点では、何も怪しい様子はないのだから、免許証を見せても問題はない。正体がばれるか——しかし若い警官は気づかない様子だった。間抜けが。

先ほどの乱闘騒ぎ……警察官は「何か見ていないか？」と訊ねた。当然「分からない」と答えると、相手の目が細くなる。

「かなりの騒ぎだったんだけど」

「そうなんですか？　寝てましたんで……」

「この辺に、誰か逃げこんできませんでしたか？」

「気づきませんでした」

大内が舌打ちした。手帳に何か書きつけたことで、こちらに対する興味を急激に失ってしまったようだった。

「酒を呑んでるなら、運転しないで下さいね……車の中で休んでるのも、あまり褒められたことじゃないですよ」

「どうもすみません」

「じゃあ、気をつけて……風邪引かないように」

素直に頭を下げる。言葉で気遣いをしてもらったが、余計なことだ、と心の中で舌を出した。そのまま横たわり、目を閉じる。「大内」という名前はしっかり頭に刻みこんだ。所轄の人間だろうか、それとも……ふいに記憶がつながり、目を開ける。大内は黒いブルゾンを着ていた。黒いナイロン製のいかにも安っぽいブルゾンだったが……左胸のところに「ＮＥＳＵ」のロゴがあったのを思い出す。「Night Emergency Security

Unit」の略。なるほど、なるほど。あれは連中の公式ユニフォームだ。夜の闇に溶け込む黒を選んだのだろう。

再び目を閉じる。本当に安らかな眠りを得られそうだったが……今夜はもう一仕事しなければならない。力仕事だ。この騒ぎから離れた、静かな街で。

3

「よし、よし。うちの優秀さがこれで証明されたわけですな。ええ？」

大宮中央署に到着した若林は、迷惑そうな視線に迎えられた。大手柄を立てた桜内も、困惑の表情を浮かべている——別に困ることなどないのに。若林は腰に両手を当てて、ぐるりと周囲を見回した。今のところ、当直の人間しかいない。薬物事件を担当する生活安全課のスタッフは、まだ署に到着していないようだ。緊急逮捕からまだ一時間も経っていない。連絡が回ってから、寝ぼけ眼《まなこ》で車を走らせている最中ではないか。家族優先で、署の近くに住むように意識している人間は多くない。自分が数少ない例外であることを、若林は意識していた。

もちろん、自分が正しい。

若林は桜内に目配せし、踵を返して歩き出し、庁舎の外に出る。途端に冷気に襲いか

から れ、身をすくめた。ついて来た桜内は煙草をくわえ、口の端でぶらぶらさせていた。

「禁煙したんじゃなかったのか」

「まあ……」桜内が顔をしかめる。「完全には成功してなかったんでしょうね」

「それは大変だ」若林は同情を顔に浮かべてうなずいた。「俺に協力できることがあったら、何でも言ってくれ」

「いや……平穏なら禁煙できますよ。忙しいと煙草が恋しくなるだけで」

「そういうものらしいな、喫煙者の心理は……思う存分吸ってくれよ。この時間帯なら、ここで吸ってても文句は言われないだろう」若林は振り返って庁舎を見上げた。三階建ての建物はかなり古く、タイル張りの壁には汚れが目立つ。チャイルドシートの確認を促す緑色の垂れ幕がアクセントのようになっていた。国道十七号線に面した外来者用駐車場——アスファルトはひびだらけで、白線もほとんど消えかかっている——には、今は車は数台しかない。この侘しい雰囲気に比べると、青みがかったグレーの色合いに、建物の角部分が全て丸くデザインされた浦和中央署は、ずいぶんモダンに思える。

桜内が煙草に火を点けた。深々と煙を吸いこんでから、右手で目を擦る。

「コカインの影響は？」

「抜けてきたみたいで、脱力状態ですね」

「二人の身元は確認できてるんだな？」

「それは大丈夫です。ただ、ちょっと気になることが」

「何だ？」

「態度がおかしいんですよ」

「そりゃまあ、逮捕されてまともな精神状態でいられる人間なんかいないだろう。それとも、ベテランさんなのか？」この場合の「ベテラン」は、家族よりも警察といる時間の方が長い人間——長々と犯罪歴が連なるタイプのことだ。

「いや、一人は二十三歳、もう一人が二十四歳ですからね。それに、前科《マエ》もありません」

「だったら、逮捕されただけでびびって、洗いざらい喋ってもおかしくないはずだが？そうじゃないのか？」

「ええ」桜内の顔が歪む。「人定に関する質問には素直に答えるんです。でも、容疑に関しては黙ってしまって……それだけならいいんですけど、にやにやしてるんですよ」

「笑ってる？」

「薄ら笑いですけどね」

「コカインのせいじゃないか」

「それもあるかもしれませんが」

「ほう、ほう。それはなかなか、叩きがいのある奴らじゃないか。さっそく俺がお話しさせてもらうよ」

「いや……一応、ここの生活安全課の連中を待ちませんか？　課長も来るそうですし、本部からも応援が入るみたいです」

「呑気なことを言ってる場合じゃない。最初にどう叩くかで、容疑者との関係が決まるんだ」

「やるなら、お手柔らかにお願いしますよ」

嫌そうな桜内の言い方に、若林は声を上げて笑った。

「何でお前に頼まれなきゃいけないんだ？　連中に同情でもしてるのか？」

「それは一切ないですけどね」桜内が一瞬で真顔になった。「とにかく、あまり問題を起こさない方が……」

「これまで、何も問題はなかったと思うけどねえ」桜内が何を心配しているかは分かったが、若林は敢えて強気に出た。気持ちは、わずかでも揺らいだ瞬間に折れるのだ。常に強風に立ち向かうつもりでいないと。

「それより、さっきの騒ぎは何だったんですか？　乱闘？」

「ああ、あれは秦の野郎が慌ててただけだ」若林は顔の前で手を振った。「もしかしたら、西浦和グループの連中が戻ってきたのかもしれない」

「え？」桜内が目を見開いた。「そうなんですか？」

「いやいや、あくまで推測だけどな……お前さん、何でそんなに驚いてるんだ」

「逮捕した二人、西浦和グループの人間なんですよ。後から気づいたんですが」

「それを先に言え」

若林は走り出した。体中に力がみなぎり、頭には血が上っている。全然関係ないと思われた事件が結びつくのか？　世の中には「偶然」ということはほとんどないのだが……。

「若林さん！」

桜内の声が響いたが、無視した。今はそれどころではない。


狭い取調室の中で、若林は工藤礼二と向き合った。同席しているのは桜内一人。

西浦和グループは、総勢三十人程度だった。暴力団でも半グレでもなく、実態は雲を摑むようなものである。分かっているのは、一部のメンバーの名前と住所だけ。何人かは検挙し、容疑の薄い連中に対しては警告したが、自分たちが「西浦和グループ」だと認めることは一度もなかった。その名前は、警察が勝手につけたもので、本人たちは特定のグループ名を名乗ってはいなかった。あるメンバーが鼻で笑いながら放った一言。

「そういうの、ダサいし」

「さてさて、工藤君」若林はテーブルに両手をついて身を乗り出した。「お久しぶりだね。夜間緊急警備班の若林です。俺の方は君の名前を知ってるけど、君は俺の名前を知ってるかな？」

工藤が薄い笑みを浮かべて顔を上げた。冷えこむ取調室の中でも半袖のＴシャツ一枚である。椅子の背にトレーナーをひっかけてあるのだが、それを羽織る気はないようだった。こいつはアメリカ人か、と若林は訝《いぶか》った。あいつらは真冬でも、Ｔシャツ一枚で浅草を歩き回る。

「まず、今回の件からはっきりさせようか。君たちは大量のコカインを所持していた。自分で使うわけじゃないよな。あんなに大量のコカインがあったら、一生ラリって暮らせるけど、その前にぶっ飛んで死ぬだろう。どこかに運ぶつもりだったんだな？」

無言。ゆっくりと腕組みする工藤の腕に鳥肌が立っているのが見えた。恐怖、寒さ、コカインの影響……どのせいだろうと若林は訝った。こういう奴は、丁寧に接して理性的に話をするよりも、いきなり爆弾を落として恐怖心を植えつけた方が口を割りやすいが、桜内が近くにいるので無理はできない。この男は真面目というか硬いというか、無茶な取り調べを容認するタイプではないのだ。

「何も言わないつもりか？　それはまずいねえ。当然分かってると思うけど、五キロのコカインは大変な量だ」ぱっと右手を広げてみせる。「末端価格で三億円だぞ。こういう金が裏社会に流れこむのは、警察としては看過できないことでね。ワルどもの首を絞めるには、違法な金儲けのネタを絶つのが一番なんだ。是非協力して欲しい……君らは、運び屋なんだろう？　まさか自分たちでこれだけ大量のコカインを仕入れて、売りさばくつもりじゃなかっただろうな？　これだけの量のコカインは、海外から買いつけたものじゃないのか。あんた、海外に伝《つて》でもあるのか」

やはり無言。一人で喋り続けているのが馬鹿らしくなってきたが、それでも言葉を連ねる。今のところ、工藤が口を開く気配はなく、引き結んだ薄い唇は接着剤を使って閉じたようであった。

「工藤君、こういう時、警察はシナリオを書きたがるものでね。この事件の場合だと、何人もの人間が絡んでいるはずなんだ。コカインを密輸した人間、国内の売人、それに密輸されたコカインを売人に運ぶ人間……少なくとも三段階に分かれているんじゃないかと思う。君らが運び屋だと正直に話してくれれば、印象もよくなるんだが。罪が軽くなるかもしれない。密売組織を潰すために力を貸してくれないか？」

工藤がもぞもぞと体を動かした。何か言い出すかと若林はまた身を乗り出したが、工藤は大きく体を震わせると、くしゃみを連発した。鼻を擦ると、トレーナーを取ってゆっくりと頭から被る。それで人心地ついたのか、にやりと笑った。明らかに人を挑発するための笑いであり、若林は腹の中で怒りを抑えつけるのに苦労した。小僧、なかなかやるじゃないか。

「よし、話を変えようか」若林は両手を組み合わせた。「あんた、西浦和グループにいたよな。いやいや、もちろんあんたら自身が西浦和グループと名乗ってなかったことは知ってる。あれは警察が勝手につけた名前だ。ご存じの通り、警察っていうのはネーミングセンスが悪くてね。西浦和グループって呼ばれても返事はしたくないよな？　何ならよかった？　チーム西浦和とか？　それもダサいか……まあ、いい。とにかくあんたが、浦和駅の西口近辺で暴れ回っていた連中の一員だったことは分かっている。具体的な容疑はないから逮捕はしなかったけどな——それで、今回のこととはどうつながるんだ？」一気に喋って息継ぎをする。そのタイミングで、工藤がまたくしゃみをした。こいつは……若林は怒りで頭が膨れ上がるように感じた。「で、どうする？　喋る？　それともこのまま黙ってるか？」

工藤がまたも、にやりと笑った。それまでの薄い笑みとは質が違う感じ。こちらの手のうちは全て分かっていて、黙って耐えていれば何とかなると確信しているようだった。この自信は何だ？　どうせなら、とんでもない言い訳をしてくれればいいと若林は思った。盗んだ車に乗っていたら、たまたまトランクにコカインが入っていたとか。繁華街で出会った人間に、この車を某地点まで運んだら十万円やると頼まれたとか。馬鹿げた言い訳なら、即座に叩き潰してやる自信があったが、黙りこまれると、どうしようもない。

桜内がちらりと視線を送ってきた。やめましょうよ、と無言で訴えている。警備班としては、大量のコカインを持った人間を緊急逮捕できただけで、十分職責を果たしたと言えるし、背景を調べるのは、生活安全課の仕事だ。それは分かっていても粘りたい。事件の背景まで調べ出せれば、こちらの評価はぐっと上がるはずだから。

若林は手を替え品を替え攻撃を続けたが、工藤は薄ら笑いを浮かべたままで無言を貫いた。三十分ほど経って諦めたのは、ドアがノックされたからだった。大宮中央署の生活安全課課長、春山《はるやま》が顔を覗かせる。もう少し遅くてもよかったのに……とは思ったが、そんなことは言えない。廊下に出ると、馬鹿丁寧に礼を言われた。実質的には「お引き取り下さい」ということだ。部下の刑事に逮捕時の状況を説明したら、用なしということだろう。

「そっちもいろいろ忙しいだろうから」というのが春山の言い分だった。それは確かにそうだ……強く反論はできない。

仕方なく引き上げることにして、若林は頭に残っていた疑問を桜内にぶつけた。

「奴が乗っていた車は誰の名義だ？」

「工藤本人ですよ」

「自分の車でコカインを運んでいたのか？」若林は目を剝いた。「そこまで間抜けなのか、奴は？」

「工藤の経歴については、詳しいことは分かってません。西浦和グループの件でも、逮捕したわけじゃありませんから。何かドラッグを使っていたとも聞きませんしね」

「本物の阿呆ということで、後はただ事件処理すればいいと思うか？」

若林の疑問に、桜内が黙って腕組みをした。さあ、どうなんだ、優秀な副官殿よ。君ならこの事件をどう組み立てる？　だいたい、おかしいではないか。工藤は脇が甘過ぎる。整備不良の車が警察に停められる可能性が高いぐらいは分かりそうなのに、何故そんな車で末端価格三億円分のコカインを運んだのか。捕まった時に、形だけの抵抗しかしなかったのは何故か。その後、沈黙を貫いているのは何故か——いくつもの「何故」が頭の中で渦巻く。

若林は、先日から感じている違和感がまた蘇ってくるのを感じた。何かがおかしい。一つ一つの犯罪については理解できるが……少しゆっくり考える必要があるな、と思った瞬間、そんな時間はないことを思い知らされた。

「殺しです！」

廊下の向こうから、加奈が全力疾走してくる。若林ははっと顔を上げ、加奈の表情を確認した。顔面は真っ青で、ひどく慌てている。これは本物だ。

「現場は！」思わず叫んだ。午前三時近い警察署……静まりかえった廊下に、若林の声が響き渡る。

「西浦和署の管内……今度は南与野駅近くです」

おいおい……若林は思わず顔をしかめた。この既視感はなんだ？　そうか、まるで一昨日の夜のようではないか。あの夜も連続放火事件で引っ掻《ひか》き回された。まるで犯人が、警察をからかっているような感じがする。いや、連続放火はそうかもしれないが、今夜は違うだろう。コカイン、乱闘騒ぎ、殺し——短い時間で、まったく違う事件が三件立て続けに発生した。それぞれがつながっているとは思えなかった。

だが、そうとは言い切れないか。西浦和グループの影が、二つの事件——コカインと乱闘騒ぎを結んでいる。もしも殺しにも、西浦和グループが関係していたとしたら。もちろん、世の中はそんなに都合良くつながらない。しかし若林は、嫌な予感を抱いていた。二度あることは三度ある。一見関係ないことがつながっている場合も少なくない。

とにかく現場を見ることだ。若林は加奈の背中を追って走り出した。

4

昨日の殺しとは違う、と若林は一瞬思った。いや、似ているのだが微妙な差があると言うべきだろうか。

現場は、ＪＲ南与野駅の西側にある住宅街。遺体は、アパートの駐車場に無造作に放り出されていた。「どさり」という音に気づいたアパート一階の住人が、家の中から外を見て誰かが倒れているのに気づき、慌てて一一九番通報したのだという。説明は要領を得なかった。通報者は普通のサラリーマンで、こんな事件に慣れていないのは当然である。

現場に着くなり、何かおかしい、と若林は直感した。この辺には、一戸建ての家よりもアパートや小さなマンションが多い。そして、遺体が遺棄されていたアパートの向かいでは、誰かが小さな菜園を作っていた。道路と隔てるのは高さ一・五メートルほどの鉄のフェンスで、その上から遺体を投げ捨てるのは、難しくはなかっただろう。この場所で遺体を遺棄するなら、むしろ菜園の方を選ぶのではないか。あるいは、犯人は、一人でフェンスを越えて遺体を持ち上げられず、アパートの駐車場に遺棄したというのなら、理解できないではない。

大胆過ぎる。というより、雑だ。

大宮の南銀座の現場は、繁華街にできたエアポケットのような場所だった。しかしここは住宅地なので誰かに目撃される可能性が高く、遺体を遺棄する場所としては相応しくない。

「おかしいな」若林は一人つぶやいた。朝が近づいて、急に風が強くなっている。ブルゾンのポケットに両手を突っこみ、背中を丸める。

「おかしいですね」横に並んだ桜内が同意する。

「君はどう思う」

　桜内ではなく加奈に訊ねる。彼女は無言で首を横に振るだけだった。分からないのか、寒くて考えがまとまらないのか、仕草を見ただけでは分からなかった。こんなところで謎掛けをする気にもなれず、若林は自分が感じた疑念をそのまま加奈に話した。

「いや……今そんなこと言われても、分かりません」加奈が引いた。

「おいおい、ちゃんと考えろよ。じゃあ、二つの殺人事件の関連性について、どう思う？」

「同一犯じゃないんですか」桜内が割って入る。「状況は似てますよ」

　若林も無言でうなずいた。特によく似ているのは、遺体の状況である。被害者は二人とも男、上半身裸で、無数の刺し傷があった。錐か何か、ごく細い刃物によるものだろう。現場にはほとんど血痕がなく、どこかで殺されて、ここまで運ばれてきたのも共通している。

　前回の事件について、警察は遺体の状況を詳細には報道発表していない。「全身に複数の刺し傷」としただけだから、一般の人は詳細な状況を知ることはできない。となると、模倣犯ではなく同一犯による犯行としか考えられなかった。こいつはサイコだ……

と若林は身震いした。

遺体が運び出される。三人は並んで、担架に乗せられた遺体に向かって一礼した。風の音の他に、ざわざわした空気が周囲に満ちている。住宅地の真ん中でこんなことが起きれば、時間帯に関係なく野次馬が集まるのは当然か……若林は顔を上げ、ぐるりと周囲を見回した。目つきの悪い奴はいないか？　放火犯ではないが、犯人はこの騒ぎを見るために戻ってきているとは考えられないだろうか。二件も続けてこんな事件を起こしたとすれば、犯人は自己顕示欲のために手を血に染めているのかもしれない。

「これからどうしますか」桜内が遠慮がちに訊ねた。

「所轄と本部の捜査一課は来てるか？」

「所轄の連中は見かけました」

「手伝ってやってくれ。俺は一度本部へ戻る」嫌な予感がまだ渦巻いていた。コカイン、乱闘騒ぎ、殺人・死体遺棄――まだ午前三時半で、夜は長い。これからさらに、何か起きるかもしれない。

誰かが仕組んでいるのか？

まさか。それぞれがばらばらの事件である。コカインの件に関しては、犯人側にとっては「失敗」だ。関係ないと見ておいた方がいいだろう。

一陣の風が吹き抜ける。冷たい風に血の臭いが混じっているのを、若林は確実に嗅ぎ取っていた。

本部へ戻ると、急に疲労感に襲われた。昨日も警備班で仮眠を取っただけで、あちこち振り回されて肉体的に参っている。それ以上に、精神的なダメージを受けていることに若林は驚いた。自分はタフだと自認している。ちょっとやそっと叩かれたぐらいでは何ともないし、いくら事件が重なってもパニックになることもなかった。しかし今回は違う。「これら全てを誰かが仕組んだ」という考えは却下したが、背後で何か黒い物が渦巻いている気がしてならない。

トイレに行って冷水で顔を洗う。震えがきたが、我慢して何度も顔に水を叩きつけ続ける。ほどなく意識が鮮明になり、気合いのリセットは完了した。ブルゾンのポケットにミネラルウォーターのボトルを突っこんであったのを思い出し、一気に飲み下す。冷水が胃に収まると、冷静さを取り戻せた。後はコーヒーでもあれば、朝まで——あるいは今日の昼間も——頑張れるだろう。ここが踏ん張りどころだ。

部屋へ戻ると、さっそく電話が鳴った。全員が出払ってしまっているので、仕方なく自分で受話器を取る。桜内からだった。

「被害者の身元が分かりました」

「何者だ？」

「加納賢人《かのうけんと》、二十五歳、住所はさいたま市浦和区岸町……」

桜内の語る情報を、若林は自分の手帳に殴り書きした。地図を広げ、被害者の自宅と現場の位置関係を確認する。直線距離にして五キロ弱。ただし、それぞれの最寄り駅は京浜東北線の浦和と埼京線の南与野なので、電車では行きづらい場所である。もちろん、こんな時間に電車は動いていないが。殺害現場はどこだろう、と考えた。二つの事件の殺害現場は、同じ場所かもしれない。リンチというか拷問を加え、殺した部屋――そこに籠る血の臭いを想像し、げんなりする。まさに異常者の行動ではないか。

「仕事は？」

「会社員です。勤務先は、南浦和に本社のある『エイジドテック』。名前だけだと、何の会社かは分かりませんが」

若林はパソコンに向かい、右手だけで文字を打ちこんで検索を試みた。どうやら、高齢者向けの介護機器を開発する会社のようである。ホームページは立派だが、どの程度の規模の会社なのか……これは後で詳しく調べよう。

「間違いないのか？」

「免許証と社員証で確認しています。会社の方は、朝にならないと連絡が取れないでしょうけど」

「分かった。自宅へは誰か行ってるのか？」

「所轄の連中が向かっています。ただ……名称からして、アパートみたいですね。地方出身で、エイジドテックに勤めるために浦和に住んでいるとか」

遠慮がちに報告する桜内が何を懸念しているかは分かった。アパートで一人暮らしだったら、家族と連絡を取るのに時間がかかるだろう。

「南浦和の会社に行くんだったら、むしろ都内に住みそうなものだけどね。地方から出てきて、埼玉の会社に勤めるのはともかく、住むなら東京の方がいいんじゃないか？南浦和なら、京浜東北線でも武蔵野線でも使えるし。通勤も逆方向だからラッシュに巻きこまれることもないだろう」

「ああ、まあ、理屈では……」桜内は話に乗ってこなかった。

「その辺は、家族に聴いてみないと分からないな。一人暮らしだとしても、実家は遠くじゃないといいけどな」

「そうですね……引き続き情報収集します」

「頼む。連絡を絶やさないようにしてくれ」

電話を切って、若林はエイジドテックの会社情報を集め始めた。従業員は五十人ほど。平成になってから設立された、比較的新しい会社だった。この手の業種は成長産業なんだろうな……と考えながら、さらにサイトを見ていく。本社の他に、東川口駅近くに自社工場を持っている。町工場に毛が生えた程度だろうと想像していたが、本社とは別に自社工場まで持っているとすれば、かなり大きな会社である。

先に殺された前島裕とは違う「人種」であるような気がした。前島は働きもせずにぶらぶらしている人間。一方加納は、真面目に勤めているサラリーマンだ。今、世間の人のイメージだと、高齢者・介護関係の仕事は、公務員並みに堅い職業に見えるだろう。おかしな連中とつながりができる可能性は低いのではないか。

この件は何とかなるのでは、と若林は予想した。前島のようにぶらぶらしている人間だと、普段どんな相手とつき合っているか、誰とトラブルがあったかを見つけ出すのは難しい。徹底した聞き込みで、人間関係の網を一本ずつ解《ほぐ》していくしかない。スマートフォンの通話記録、メールの記録から交友関係の捜査が進められているようだが、有力情報は見つかっていないらしい。しかし加納のような勤め人の場合、会社の人脈を辿っていけば、人間関係の八割は解きほぐせる。

パソコンを閉じ、溜息をつく。コーヒーが飲みたいが、準備も面倒臭かった。冷蔵庫を開けると缶コーヒーが見つかったので、それで我慢する。歯に沁みるような甘さに耐えながら飲んだが、コーヒーの苦みや深さはまったくない。壁に放り投げてやろうかと思ったが、自分の仕事場を汚すこともないと思いとどまる。

「クソ」思わず毒づき、壁の時計を見上げる。既に午前四時。夜の勤務で一番疲労が出る時間帯だが、それより朝まで満足な捜査ができないのに苛つく。会社を訪ねられる朝までの数時間が無駄になる。

朝いちばんでエイジドテックを急襲してやろう、と決めた。おそらく、犠牲者に関する情報がいちばん早く、そして多く手に入るのがそこだろうから。

ふと思いついて、もう一度ノートパソコンを開く。被害者の名前でネットの検索を試みた。ツイッターをやっている気配はない。フェイスブックで本人のブログページを見つけた。ネットでの個人情報発信を禁じている会社もあるが、エイジドテックはそういうことには気を遣っていない様子だった。

日々の雑記を綴《つづ》っているだけで、重要な情報が隠されているとは思えなかった。仕事関係の話は一切なし。そういうことを、半ば公の場所で綴るほど馬鹿ではなかったようだ。食べた物、観た映画、読んだ本。色々と書いてあるが、どれも内容は薄い。

中で一つだけ、気になった。加納の趣味はバイクだったようで、自分のマシンの写真が何枚も掲載されていた。それも大型スクーター。改造が趣味らしく、車高をぐっとローダウンして、ボディ全体はつや消しの黒に塗り直されている。あまり趣味のいい改造ではない。

タイムラインに沿って、ずっと目を通していく。バイク関連では、「ツーリングに行った」「軽い改造をした」という話題がほとんどだった。仲間と走りに行くわけではなく、ツーリングも常に一人だったようである。実際、バイクに跨った加納本人の写真は一枚もなかった。

一瞬、前島との関係を想像したのだが、これだけではつながりにはなりそうにない。思いついて、前島の名前をネットで検索してみたが、彼はツイッターもフェイスブックも使っていない様子だった。さらに思いついて、「西浦和グループ」の名簿を共有フォルダから呼び出す。二人の名前で検索をかけたが、見つからなかった。コカイン所持で捕まった二人の名前はあったのだが……今夜の自分はずれている。次々と考えは浮かぶが、成果につながらない。

缶コーヒーを飲み干し、ゴミ箱に放る。縁に当たり、外へ落ちた。上手くいかない時は何をやっても駄目だ……床に、残ったコーヒーが零れてしまったのに気づき、舌打ちする。放っておいてもよかったのだが、思い直してティッシュペーパーで丁寧に拭き取った。

思い立って外へ出た。当直の連中は警務課に集まっている……七人。外には何人出ているのだろう。浦和中央署が絡んでいるのは連続放火のうちの一つだけだが、さいたま市全体が何となく揺さぶられている感じの今、徹底したパトロールは必須だ。街中をパトカーで埋め尽くし、ワルどもの頭を引っこめさせなくては。

「騒がしいな」

「どうも」

　声をかけてきた刑事課の室橋《むろはし》に向かって軽く頭を下げる。やりづらい相手……捜査一課で駆け出しだった頃の先輩だ。とうに五十を過ぎたが、未だに巡査部長で所轄の刑事課で働いている。刑事としては大したことはないが、未だに苦手意識はある。若手の頃の先輩には、いつまで経っても頭が上がらないものだ。

「今日は、こっちの管内も大変ですね」

「お前だって乱闘の現場にいたんだろう？」

「はい。いや、他にあちこちでいろいろありまして。何度も転進したんですよ」

「警備班はお忙しい限りだな」室橋が鼻を鳴らす。

「忙しいですよ、何でもかんでも首を突っこまなくちゃいけないんだから」

「それで美味しいところだけ持っていくわけか？」

「そうでもないですが」若林は肩をすくめた。こういう皮肉には慣れた。

「警備班は、これからどうするんだ？　レギュラーの組織になるのか」

「それを決めるのは上の人間ですね」

「所轄としては、『お前らは仕事してない』と言われてるみたいで、気に食わないけどな」

「それもしょうがないでしょう。所轄の人員を大幅に増やすのも大変ですからね……それより、乱闘騒ぎの方、どうなりました？」

「今、お前らが割り出した西浦和グループの連中を当たってるよ。ただ、摑まえにくい奴らだな」

「アジト……本拠地がないですからね。一人一人の家を訪ねて歩くしかない」

「それがなかなか摑まらないから困ってる」室橋が顔を擦った。

困ってるという割に、あんたは椅子にケツを張りつけてぬくぬくしているわけか。そんなことだから、捜査一課を追い出されて所轄の刑事課で燻《くすぶ》ることになるんだ。定年までの年数を数えた方が早いこの先輩に向かって何を言っても意味はないが。

「西浦和グループだとしても、狙いがよく分からないんですよね」

「それはそうだな」

西浦和グループの掃討作戦に関しては、浦和中央署も全面的に協力してくれた。中途半端なワルども……浦和駅西口に毎夜何人かの人間が集まって悪さをしていたのだが、その顔ぶれは毎晩違っていた。計画的なことは一切できない連中なのだ。自分の都合でそこに集まった連中が、「今夜は何をするか」と相談するだけ。それがオールナイトのカラオケになることもあるが、酔っ払いのサラリーマンを襲って金を奪う計画に発展することもあった。常にその場のノリで動く連中——そういう曖昧なグループを潰すには、結局一人一人を追い詰めて逮捕、あるいは警告するしかなかった。

だから、メンバーを摑み切れていなかったのでは、という不安は残る。

「西浦和グループを潰して、警備班の仕事も終わりかと思ったんだがね」

「そうでもなかったようですね。もしかしたら、潰された恨みで、今回の乱闘騒ぎを起こしたのかもしれない」

「それは、昔の暴走族的な発想だな……ま、いずれは捕まるだろう。要は通行人に因縁をつけて喧嘩になっただけだから。暴行、傷害――その程度だな」

それに若林もうなずいた。最初秦は、街が揺らぐほどの大乱闘だと話していたのだが、現実はそんな大袈裟なものではなかった。

「それでも、逮捕まで持っていかないといけませんね」

「どうかねえ」室橋が耳の裏を掻いた。「こういうのは鬼ごっこになって、だいたい警察が負けるんだよな。街に散った人間を捕まえて、さらに吐かせるのは一苦労だ」

「いやいや、やらないよりはやった方がましでしょう」

曖昧な会話を交わしながら、若林は自分たちが警備班に呼ばれた理由――警備班を発足させなくてはならなかった理由を改めて嚙み締めていた。警察は保守的……端的に言えば怠慢な組織である。決められたこと以外はやりたがらない人間が多いのだ。パトロールも規定のルートを流すだけで、仮に何か起きても、よほどのことがない限りは見なかったことにしてしまう。きちんと目を配れば、街の中に転がっている犯罪の種を見つけて事前に対応することができるが、その分余計な仕事を抱えこむことになる。勤務時間を超える作業を強いられるのが嫌で、見なかったことにしてしまうのだ。それでも所定のパトロールはこなしたことになるので、査定は悪くならない。

昔はこうじゃなかったな、と考える。若林が巡査だった頃は、周りの人間はもっとぎらぎらしていた。ほとんど因縁をつけるような感じで怪しい人間に声をかけ、些細な容疑で引っ張る。そんなことが当たり前のように行われていた。しばしば「警察の横暴だ」と批判されたものだが、最近はそれすらない。若い制服警官たちは、ヤクザ者に声もかけられない、という話も聞く。

臨機応変に、そして勇気を持って手を出す警官は少なくなった。マニュアル以外の仕事をしたがらない警官が増えたと実感している。若林にしても、後輩の指導はとうに諦めている。警備班には、体力重視で若い警官がたくさんいるが——自分と桜内以外はほぼ「若手」と言っていい——積極的に何かを教える気にはなれなかった。ケツをひっぱたくだけひっぱたいて、それでもやる気が出ないなら、それで諦めるしかない。自由に動ける立場を利用して、自分で何とかするだけだ。

「ま、お前らは好きに動けるからいいよな」

「何だったらこっちに来ますか？　若い連中しかいないから、何となく頼りないんですよ」

「まさか」室橋が苦笑した。「こっちは、普通の泊まり勤務だってうんざりしてるんだ。

五十を越えたら、こういうのは免除して欲しいよ」

「そうもいかないでしょうけどね」

「お前は何でそんなに元気なんだ？」室橋が首を傾げた。「何と言うか……よく凹まないな」

「俺自身は何のミスもしてませんから」

「相変わらず、面の皮が厚いねえ」室橋が苦笑する。

「一々考えてたら、警察の仕事なんかできませんよ……いや、考えてはいるんですけどね」

「何を」

「ワルどもを追い詰めることを」

5

「いやもう、マジで勘弁して欲しいっす」秦が愚痴を零した。

何で俺にはこんな役回りばかりが回ってくるんだ、と桜内も愚痴りたくなった。またも浦和中央署の近くにある、例の喫茶店。今朝もゆで卵とトーストとクズ野菜のサラダの朝食。組織のナンバーツー、というか中間管理職は、部下の面倒を見るのも仕事なのだが、これではただのカウンセラーだ。しかし同時に、若い連中が相当参っているのをを実感する。どこかで息抜きさせてやりたいのだが、三勤一休のローテーションがずっと続くと、一息つくのも難しい。年末年始はどうするのだろう、と考えた。まだ若林と相談していないが、このままだと暮れも正月もないことになりそうだ。年末は街が騒がしいから、普段よりも人員を増員して——などと言い出しそうだ。

「何が勘弁なんだ」

「放置されました」

桜内は思わず吹き出しそうになった。

「放置って……乱闘事件の件で指示は受けたんだろう？」

「ああ、まあ……結局、所轄の手伝いをして終わったんですけどね」

「それだって立派な仕事じゃないか」

「でも、中途半端に終わるじゃないですか。だいたい、俺らの仕事って朝の八時まででしょう？　時間が来たら引き上げて、ミーティングして……夜中に起きた事件を、朝までに解決するなんて無理ですよ」

「それは、お前が悪い」桜内はぴしりと決めつけた。

「え？」非難される理由が分からないようで、秦が不機嫌に唇を歪めた。

「朝までに解決すればいいじゃないか。今回だって、西浦和グループの人間を一人でも逮捕できれば、きちんと仕事をしたことになったんじゃないかな」

「桜内さんは、ちゃんと逮捕して点数を稼いだから……」

「あれはまったくの偶然だ」もしかしたら、自分は運を使い果たしてしまったのではないか。ただ街を流しているだけで、末端価格で三億円相当のコカインを発見できるなど、偶然以外の何物でもない。あの連中が相当間抜けだったのだが。「それにもう、所轄に引き渡したから。本部の連中は張り切ると思うけど、俺の事件じゃないからね」

「いいなあ……俺もでかい事件の犯人にぶち当たりたいですよ」秦が、ジャムをたっぷり塗ったトーストに齧りついた。

「そんなの、意識してちゃんと捜査しないと無理だぞ。俺のは、何十年も警察官をやっていても一回あるかないかだからな」

当たり前のことである。だが秦は、ぶつぶつと文句を言い続け、鬱陶しい。しかし食事が終わる頃には、秦の表情は少しだけ明るくなっていた。若林はどう考えているのだろう。自由に使える若手が増えて、警備班での仕事に満足しているのだろうか。しかし彼は、自分でも動き回っている。それこそ、勤務時間を終えた後にまで。何を考えているかさっぱり分からなかったが、改めて訊いてみる気にもなれない。彼の考え方は、自分の理解を超えているような気がした。

「西浦和グループ、まだ実態があるんすかね」コーヒーを飲み干し、秦が言った。

「どうかな。元々、強い結びつきがあった連中でもないし」

「そうですね。何か……無軌道ですよね」

「そうだな」

「昨夜のコカインの一件ですけど、あの二人は、西浦和グループを潰した時も、特に容疑をかけられたわけじゃないっすよね」

「ああ」

「何か、変なんだよな……」秦が首を傾げたが、慌てて、「個人の感想っすけどね」とつけ加える。

「何でもいい。捜査の話なら聞くぞ」ようやく愚痴でなくなったのだから、それだけでもましだ。

「西浦和グループの連中って、基本的に粗暴犯じゃないっすか」

「そうだな」恐喝、暴行……有り余っているエネルギーが、単純な暴力の方向へ噴出した、という感じだ。それに多少のずる賢さがまぶされている。

「それが今回は、コカインの運び屋でしょう？　何だか全然ベクトルが違う感じなんですけど。連中、ヤクザとの関係なんか、なかったっすよね？」

「ああ」警察では、そんな事実は摑んでいない。

「連中、何て言ってるんですか」

「今のところ――俺が聞いた限りでは、事件については完全黙秘なんだ。ここから上手くつながるかどうかは分からないな」

全て自分たちで引っ被るつもりか、と桜内は訝った。末端価格で三億円のコカイン所持、ついでに使用……裁判での心証も悪くなるし、実刑判決を受ける可能性も高い。逃げ切るためには、自分たちはあくまで単なる運び屋で、売人は別にいると証言するしかない。ただ金のためにやったと言えば、裁判官も多少は情状を考えるのではないか。もちろん、「金のため」も許される動機ではないが。

「犯行の種類が違い過ぎるんじゃないかと思うんすけどね」秦が指摘する。「西浦和グループの連中が、実はヤクザとつながりがあったと考えるべきですかね」

「あったとしても、個人的に、じゃないかな。西浦和グループの事件の時、あの二人には誰が面会してるんだっけ？」逮捕できたのは数人で、他は面会して釘を刺しただけだった。それが抑止力になったかと言えば、なっていない、と桜内は暗い気分になった。実際、コカインの運び屋をやっているのだから。

「八幡さんだったと思いますけど」

「そうか」

八幡と話はしなければならないが、警備班の仕事は完全ローテーション制なので、一度ずれてしまうとなかなか顔も合わせない。八幡と会えるのは明後日以降か……いや、電話で話して、逮捕された二人に何があったか確かめようか。

いやいや、何で自分はこんなことを考えている？　事件は大宮中央署に引き渡したのだ。人の事件に首を突っこんでいたら、まるで若林ではないか。自分はそんなに図々しい人間ではない。周りからも「顔が険しい割に控え目だ」とからかわれるぐらいである。

気になるからだ。不安だからだ。

何かが蠢《うごめ》いている――さいたま市の地下で。


気が重い……秦と別れ、浦和駅へとぼとぼと歩きながら桜内は考える。自分のストレスの消却場はどこなのだろう。妻ではない。むしろ妻に愚痴を零すことだけは避けたかった。そんなことのために結婚したのではないのだから。

この時間帯はサラリーマンの出勤時刻で、駅の近くの道路はごった返している。自分以外の人間は駅に背を向けて歩いている。駅西口のスクランブル交差点を、忙しく人が行き来する。その中で、自分だけが異質の存在に感じられた。夜勤を終えて引き上げる人も中にはいるはずなのに、完全な孤独を味わっている。

一つ溜息をつく。まだ目が覚めない感じがするのが嫌だった。この感覚にも慣れない。疲れていて当然なのだが、やはり朝は一日を始める時間、という感覚は変わらない。喫茶店で飲んだコーヒーだけでは物足りない……交差点の向こうのセブンイレブンで、コーヒーを仕入れていこうか。冷たい風に背中を叩かれながら、信号が変わり始めた交差点を大急ぎで渡る。店に入ろうとした瞬間、携帯が鳴った。妻だろうか……見ると、思いもかけない人間の名前が浮かんでいる。桜内は自分から挨拶した。

「桜内です。ご無沙汰してます」

「いえいえ、こちらこそ……お元気ですか？　あまり元気じゃないでしょう」

「何で分かるんですか」

「私のところには、いろいろな情報が入ってきますからね」

「ああ」一瞬、不気味な感じがした。まるで知らない間に丸裸にされているようだ。しかし、電話の相手は情報を食って生きているような人である。警察庁刑事局理事官、永《なが》井《い》。

「警備班の仕事、だいぶ苦労しているようですね」

「苦労というか、混乱しています。基本的に機動捜査隊のようなものですけど、もっと忙しいですね」

「それだけじゃないでしょう」

「はい？」セブンイレブンの入り口の横、タイル張りの壁に背中を預けると疲れを意識する。

「さいたま市は、ずいぶんと騒がしくなっているようですね」

「そんな報告、受けてるんですか？」

「自然に入ってきますよ……もちろん私も、日本全国の情報を全て把握できるわけではない。でも、重点的に見ているところはあるんですよ。埼玉県警とか、北海道警とか、警視庁とか……」

「あとは大阪府警と福岡県警ですね？」桜内は彼の話に割って入った。全て、特命で動いた仲間がいる警察である。

「そういうことです」

「本庁の理事官は、公平が基本じゃないんですか」

「私も人間なので」永井が軽く笑った。「個人的に気になる部署、気になる人はいますよ」

「他の皆さんとは連絡を取り合っているんですか？」

「ごくたまに。何かあった時には、ですね」

桜内はすっと息を呑んで、壁から背中を引き剝がした。永井と自分たちは、キャリア・ノンキャリアの壁を越えた特別な関係だと思っている。神奈川県警の不祥事を「外部」の人間が検証するために集められた特命捜査班の仲間。困難な仕事だったが、一つだけ利点もあった。全国各地から集められた刑事たちとつながりができたのだ。今のところ、それが仕事に役立っているわけではないが、苦労をともにした人間が全国各地にいるというのは、心強いものである。そして、その任務の中心にいたのが永井だった。厄介な仕事を押しつけられ、キャリアとして苦悩もしていたが。

「つまり、今は埼玉県警が難儀している、という評判なんですね」

「埼玉県警というより、さいたま市内の各所轄と、ＮＥＳＵが。いくらなんでも、この三日間ほどの事件発生率は異常ですよ」

「確かに、平均ははるかに越えています」

「何かあるんですか？　私が報告を受けていないことが？」

「残念ですけど、理事官に耳打ちできるような材料はありません。あれば、すぐに話しますけどね」

永井がまた声を上げて笑った。この人も変わったな、と思う。神奈川県警の調査をしている時は、自信なさげにおどおどしていたのに、今は違う。混乱する事態を楽しむ余裕すらあるようだった。自分が直接捜査に絡んでいないせいもあるだろうが。

「こちらも残念ながら、手を貸せるような感じではないですけどね」

「埼玉県内の事件は、自分たちで落とし前をつけますよ」桜内は宣言した。

「そうですか？　この前の特命捜査の件は、警察庁の中でそれなりの評価を受けているんですよ。重要事案に関しては、他県警から応援を入れるのも一つの手です。これからの時代は、もっと柔軟に行かないと」

「そうかもしれませんが、仮に応援が入るにしても、神谷《かみや》警部補と保井《やすい》部長だけは勘弁して下さい」

「ああ……」永井が情けない声を出した。「分かってます。私もそんな危険は冒したくないですよ」

神谷悟郎《ごろう》——警視庁警部補。保井凛《りん》——北海道警巡査部長。二人とも神奈川県警の一件で中心的な役割を果たしたが、その暴走で桜内たちは面倒な目に遭わされた。ああいうことは避けたい。

「もちろん、埼玉県警だけで何とかしますよ」

「そうですね……緊急警備班は、もしかしたらモデルケースになるかもしれません。警察庁でも注目していますから」

「そうなんですか？」またスケールの大きな話を。もっとも刑事部長肝いりということは、当然警察庁にも話が通っているわけで、永井の言い分も不自然ではない。

「最近の社会の変化を考えて下さい。二十四時間化が進んでいるでしょう」

「ああ、そうですね」

「サービス業が盛んになって、夜中でも働く人が増えているんですよ。その結果、街全体が眠らなくなった。当然、警察としても、今までのように昼間を重点的に警戒しているだけでは済まなくなります」

　相手が目の前にいないのに、ついうなずいてしまった。事件は夜に多く起きるもので、警察はこれまでも夜の仕事を強いられてきたが、今では社会全体が二十四時間化している。コンビニ、ファミリーレストラン、ファストフード店——二十四時間営業している店が増えた。しかもそれが、どんどん郊外に広がっている。そして強盗に狙われるのは、市街地ではなく郊外の店だ。

「今のところは、成果を挙げているようじゃないですか」

「それはそうなんですが……今まで穴になっていたところへ人員を注ぎこんでいるんですから、それぐらいは当然かと。でも、労務的にはちょっと問題がありますね」

「と言うと？」

「正直、疲れてます」桜内は開いた右手で顔を擦った。溜まった疲労は、それぐらいでは拭い取れなかった。「通常の勤務とは違いますからね。完全に昼夜逆転の状態で長い間働くと、健康状態にも影響が出てくるんじゃないですか？」

「何か、具体的な症状は？」永井が心配そうに訊ねた。

「若い連中が、かりかりしてます」

「なるほど……」一瞬言葉を切ってから、永井が笑い声を上げた。「文句を言えるぐらいなら、まだ心配いらないでしょう。最近の若い人たちは、喧嘩もしないでいきなり職場を放棄するようなこともありますからね。そういう状況に比べればましです」

「さすがに、辞めるなんていう話はないですが……」大杉、八幡、秦。続けて三人から愚痴を零されると、それが警備班の若手の総意ではないかと思えてくる。「その辺をどうやってケアするかが、大事になると思います」

「分かりました。参考までに頭に留め置きますよ」

「もしかして、各県警で警備班ができたら、理事官が全体を仕切るんですか？」

キャリア官僚に関して世間が知らないのは、彼らは警察官であって警察官でない、ということだ。各県警の幹部として赴任している時は、事件捜査の指揮を執る警察官である。しかし本庁にいる時は、行政官としての役割が大きい。警察行政をどのようにスムーズに進めていくかを日々考えている。

「そうかもしれませんね」永井が認めた。「それも全て、埼玉県警の結果次第ですが……何か不自由なことがあるなら、私にも教えて下さい。今後の参考になります」

助けてはくれないわけか……一瞬がっかりしたが、それも当たり前かと思い直す。刑事局の理事官というのは、肩書きが与える印象ほどの影響力は持っていないのだろう。

電話を切り、少しだけ気持ちが楽になっているのを意識した。具体的に助けてもらえるわけではないが、自分を見守っていてくれる人がいるのはありがたい。しかも県警の外に。自分たちはしばしば、狭い範囲の動きに凝り固まって、肝心なことを見逃したりする。そういう意味で、外部にアドバイザーがいる自分は幸運なのだろう。

神奈川県警に対する調査は、桜内の心に確実に深い記憶を残したが、悪いことばかりではなかった。あのチームでつないだ人脈は、いつか自分を助けてくれるかもしれない。

6

早く着き過ぎたか……空きっ腹を抱えて、若林は途方に暮れた。「エイジドテック」の本社は南浦和駅に近いオフィスビルに入っているのだが、三階と四階にある会社には入れない。フロアまでは行けるのだが、この時間では各部屋の扉は当然ロックされている。しかし、外で待つ気にはなれなかった。朝一番で出勤してきた社員を摑まえ、所轄や捜査一課の連中よりも早く話を聴く。奴らに疎んじられないためにはそれが一番である。とにかく早く動くのだ。

九時……ちょっと遅過ぎないか、と若林は疑念を感じた。民間の会社は、この時間にはもう業務を開始するのではないか。ドアと腕時計を見比べながら、出社してくる人間を待つ。気持ちを持たせるために、今日の第一食について考え続けた。駅前の山田うどんか松屋の朝食セット……モスバーガーでホットドッグもいい。

九時五分過ぎ、エレベーターの扉が開いた。中年の社員が、コートの裾を翻しながら、ドアに突進してくる。若林の顔を見ると一瞬怪訝そうな表情を浮かべたが、無視して社員証を取り出し、カードリーダーに当て、ロックを解除した。若林は、慌てて社内に入っていこうとする男の後ろに続いた。男が振り返って険しい表情を浮かべ、「何なんですか」と乱暴に訊ねる。

「警察です」

バッジを示すと、男の表情が怒りから焦りに変わった。

「あ……どうも」

「加納賢人さんの件で、連絡はありましたか?」

「はい、昨夜遅くというか、今朝早くに」

所轄の連中もやるものだ、と若林は素直に感心した。あんな時間から、会社の人間を割り出して連絡を取るとは。しかし、その本人たちはまだ来ていない。こちらに追い風が吹いてきたようだ。

「ちょっと話を聞かせてもらっていいですかね」

「いや、あの、連絡するところが何か所かありまして」

「五分だけ待ちますよ」若林はぱっと掌を広げた。「こちらも早く状況を把握したいので。お願いします」

男が渋々うなずく。若林は男の後に続いて社内に入った。中はきちんと整理されていて、どこか警察署内を思い起こさせる。書類などは必ず所定の場所かデスクの引き出しにしまって鍵をかけて帰ること——若林が駆け出しの頃に叩きこまれた原則は、この会社でも生きているようだった。横一列に三つのデスクが並び、それが整然と四列。どのデスクを見ても、ノートパソコンと電話しか乗っていない。デスクもパソコンも電話機までも白いので、病院にいるような気分になってきた。

男はデスクの一つにバッグを置くと、コートも脱がないまま受話器を取り上げた。太い指で乱暴に番号をプッシュし、相手が出ると激しい調子で話し始める。

「ああ、高嶋《たかしま》だけど……落ち着いて聞けよ。加納が殺された……馬鹿、冗談じゃない。今、会社から電話してる」

相手は誰だろう。部下に向かって話しているような口調だが、少し気さく過ぎる。それがこの会社のカラーなのかもしれないが。

「とにかく、すぐにこっちへ来てくれ。もう向かってる？　だったらいい。あと、加納の個人データ、どこにある？　そう、家族に連絡を取らないと」高嶋がパソコンのキーを叩いたが、電源が入っていないので、当然反応しない。舌打ちすると、引き出しから大き目の付箋を取り出し、相手の言葉を書きつけた。それから電源ボタンを押し、パソコンを立ち上げる。「ああ、俺はこれから警察の人に話をしなくちゃいけないんだ。今日はいろいろ大変になるから、総務の人間は全員、そっちに振り分けてくれ。頼むぞ」

電話を切り、高嶋がパソコンの画面を睨んだ。まだ起動しない。相当古いパソコンのようだ。申し訳なさそうな表情を浮かべて、若林の方へ向き直る。

「すみません、何をお話しすればいいんでしょうか」

「その前に、お名前を」

「あ」呆気に取られたように、男の動きが一瞬停まった。背広のポケットから名刺入れを取り出すと、乱暴に一枚さし出す。「総務部長　高嶋哲司《てつじ》」と確認できた。部長という肩書きにしては若い。おそらくまだ三十代の後半だろう。

高嶋は、若林がさし出した名刺に視線を落とし、困惑の表情を浮かべた。

「夜間緊急警備班……NESU、ですか」

「ネス、と呼んでいただいてもいいですよ。内輪ではそう呼ぶ人はいませんが。ダサい名前ですからね」

「すみません、どういう組織なんですか？　加納の事件と関係あるんですか？　私、警察小説はよく読むんですけど……」不審感を浮かべた視線で若林を見る。

「ああ、ご存じなくても当然です。今、試験運用中でしてね。警察小説が好きなら、機動捜査隊はご存じですね？」

「ええ」

「似たようなものです。ただし、夜しか活動していません」

「そうなんですか」感心したように言ったが、それも一瞬のことだった。すぐに緊張感を取り戻し、早口でまくしたてる。「今日は、これからいろいろ大変になりそうです。総務の連中が集まれば手分けしてお手伝いできますけど、今はちょっと……できたら手短にお願いできますか」

「こちら、社員は五十人ぐらいですよね」若林は意識してのんびりした口調で言った。高嶋が慌てているのは当然だが、こちらまでそれに巻きこまれたら、必要な情報は手に入らない。

「そうですけど」

「加納さんのお仕事は？」

「営業です。うちの仕事はご存じですか」

「介護関係の機器の開発ですね」

「それと販売です」高嶋がつけ加えた。「高齢者施設や病院へ、直接営業に回ります。販売だけじゃなくて、後々のケアも含めてが営業の仕事ですね」

「ケア？」

「高齢者が使うリハビリ用の機器には、最大限の安全策を施していますけど、思わぬ事故が起きることもあるんです。そういうことがないように、利用実態や使い勝手を後から調べて回るのも大事な仕事なんですよ。それが、次の製品の開発にもフィードバックされるので。もちろん、故障の修理もあります」

「だったら、相当忙しいですね？」

「そうですね。相手がある仕事ですから、こちらの勝手では休めませんし」

「出張も多かったですか？」

「多いですね、土日も含めて。ただうちは、東日本……それも関東一円が中心ですけどね。この業界では、それほど規模は大きくないので。大手のシェアに比べれば、微々たるものですよ」

そのまま業界の解説に入ってしまいそうだったので、若林は無言で首を振った。それで高嶋は、余計なことまで喋り過ぎたと悟ったようで口をつぐむ。座らせる気はないようだ……一晩の仕事を終えてがっくり疲れていたが、若林は何とか気力を奮い起こした。

「最近、何かトラブルはありませんでしたか？」

「仕事でですか？　ないです。一切ないです」高嶋が大慌てで否定した。「そもそも、トラブルが起きるような仕事じゃないですよ、うちなんかは」

「でも、ビジネスなんですから、いろいろあるんじゃないですか」

「あなたが……」名刺に視線を落とす。「若林さんが想像しているようなことはないですよ」

「そうですか」こちらも、答えは期待してもいなかった。こういう時、「実は大きなトラブルを抱えていて」と打ち明けられることはないのだ。トラブルは、隠れているからこそトラブルと言える。そして誰も対処しない、あるいは無視しているうちに大きな悲劇に発展するのだ。

「加納さんは、この会社では何年目ですか」

「二年目です」

「大学を新卒で？」

「いや、彼は専門学校卒です。うちへ来るまで、地元で介護関係の仕事をしていたんですね。その後でうちへ転職して」

「生まれはどこなんですか？　元々埼玉の人ですか？」

「いや、群馬です。ほとんど新潟に近い方ですね……みなかみ町です」

「ああ、上毛高原駅がある？」

「そうですね。向こうの高校を卒業して専門学校へ行って、地元で介護の仕事をしていました。別の……といっても同じ路線の仕事をしたいということで、うちに応募してきたんですよ」

「仕事ぶりは？」

「真面目でした。よく働いてましたよ。毎日、結構遅くまで残業してましたし、休日が潰れても文句を言いませんでした。最近の若い人にしては、珍しいタイプですね」

「何か趣味とかは？」バイクだ、と思いながら若林は訊ねた。

「いや、そこまでは……プライベートのことは、私もよく知らないんですよ」

「小さい会社なのに？」

「彼は、呑み会とかに参加しないタイプですから。最近の若い人は、皆そうなんですよね……もちろん、仕事をきちんとやってくれていれば、こちらとしては何の問題もないんですけど」

「分かりますよ」若林は愛想よくうなずいた。高嶋の話に嘘はなさそうだ。「実家の方は……」

「ああ、そうだ」高嶋が慌ててパソコンに取りついた。ログイン画面に急いでパスワードを打ちこむ。「実家……家族と話をしないといけないんですよ。そろそろいいですか？」

「構いませんけど、誰もいないかもしれませんね」

「どうしてですか？」

「警察からは、もう連絡が行っているはずです」免許証から、本籍地は割れているはずだ。当然、最悪の知らせは既に家族にもたらされているだろう。「もう、こっちへ向かっているかもしれませんね」

「何だ……」高嶋の肩ががっくりと落ちた。今まで、相当気を張っていたのだと分かる。

「まあ……でも、会わないといけないでしょうね」

「向こうから会いに来るかもしれませんよ。ご家族だって、事情を知りたいでしょう。いきなり息子さんが殺されたら、会社に説明を求めるのは当然ですよね」

「しかし、説明と言っても、こちらとして何が言えるかは……」

「申し訳ないですが、警察としてはそこまでのアドバイスは――」

乱暴にドアが開く音がしたので振り返る。若林は思わず首をすくめた。入ってきたのは、社員ではなく所轄の刑事たちだった。若林を見て、抗議するように一斉に目を細める。さりげなさを装い、若林はゆっくりと両手を挙げた。高嶋に軽く会釈してから、出入り口に向かう。まだ冷たい視線が追ってくる。若林としては「俺は平和主義者だからな」と言って攻撃を避けるのが精一杯だった。

自宅に帰り着くと、ぐったりと疲れを感じた。何も食べていないので腹も減っている。しかし妻はいなかった。食事の用意もない。ぶつぶつ文句を言いながら、若林は卵を三個、冷蔵庫から取り出した。肉じゃがは、昨夜の残り物だろうか。こいつをもらおう。肉じゃがのジャガイモを潰すようにして卵に混ぜこみ、控え目に塩胡椒してオムレツを作り始める。不格好だが、味に変わりはあるまい。それとトースト、牛乳で何とか腹を膨らませる。食べ終えた時、妻の美沙が戻ってきた。

「あら、お帰りなさい」若林を見て、顔をしかめる。汚れた流しを見ると、さらに表情が険しくなった。

「今日、パートじゃなかったのか」

「今日は休みよ。あなたが知らないだけでしょう」

「そうか」口喧嘩する気にもならず、若林は汚れた食器を流しに運んだ。

「食器、自分で洗ってね」

「後で、な」シャワーを浴びて寝てしまえば、汚れ物はなかったことになるだろう。美沙は、汚れ物が残っているのは我慢できないはずで、文句を言いながらも片づけるだろう。

「ちょっといい？」

「何だ？」

「昨日も相談しようと思ってたんだけど」

「ああ……急に忙しくなったからな」昨夜は帰らなかったのだと思い出した。この仕事をしていると、時間の感覚が次第におかしくなってくる。「で、何の話だ？」

「未来の大学のことなんだけど」

「その話は、何度もしたじゃないか」若林は思わず顔をしかめた。未来の問題は、気持ちがふらついていることだ。元々目指していたのは音大。しかし現実問題として、音大はレベルが高過ぎる。ピアノは諦めて普通の大学を目指そうかと、再来年に大学受験を控えて迷走し始めたのはこの秋からだ。若林は夜の仕事に入ったので、本人から直接聞く機会はなかった。

「関西の大学に行きたいって言ってるんだけど」

「関西？」これはまた初耳だ。「何でまた、関西なんだ。大学なんて、東京の方がずっと数も多いだろう。選び放題じゃないか。だいたい、音大はどうしたんだ」

「いろいろ考えて、だって」

「いろいろって……何を考えてるのかね」若林は首を捻った。深く検討した結果ではないような気がした。

「音大は、やっぱりハードルが高いんでしょう」

「そんなに大変なのかね」

「そうよ。ある意味東大より難しいっていうし」

「大学選びも面倒だねえ」若林自身は、大学へ行くことに興味も意味を見出せず、高卒ですぐに警察の世界に飛びこんだが、音大が特殊な世界であろうことぐらいは想像できる。

「あなた、一回未来と話してくれない？」

「ああ？　何で俺が」若林は自分の鼻を指差した。「俺と話しても何にもならないだろう。ピアノのことなんか、何も分からないんだから」

「でも、父親のアドバイスも必要でしょう？」美沙は譲らなかった。「私とばかり話してると、考えが偏るから。たまには違う意見が聞きたいんじゃない？」

「何とまあ、甘ったれた話だな」若林は頭の後ろで手を組んだ。「そんなこと、自分で考えるべきじゃないのか。自分の人生なんだから。十八歳にもなって、親の意見が必要だなんて、そんな話、あるのかね」

「あの子、まだ十七よ」美沙が冷たい視線を向けてきた。

「おっと、失礼」若林は慌てて咳払いをした。高校二年生だということを、ころりと忘れていた。

「とにかく、ちょっと話してみてよ。今日は普通に帰ってくるから。夜、まだいるでしょう？」

「ああ……ちょっと忙しくてね。急にばたばたしてきたんだ」

「だけど、娘のことは大事でしょう」

美沙が腰に両手を当てる。怒りがこみ上げてきた証拠だ。顔から表情が消えているのもまずい。こういう時は早々退散するに限るが、若林としても、今日は一言言っておきたかった。

「だいたい、最近の親は、子どもと仲が良過ぎるんじゃないのかね。友だち親子とか言うらしいけど、親子は親子だろう？　友だちにはならないはずだよな」

「親だから、子どものことを心配するの。友だちだったら、そこまで心配しないわよ」

おっと、これは理屈で負けだ。どうも家のことになると、俺は頭が回らない。美沙と言い合いになって、勝てた例《ため》しがないのだ。

「いいわね？　今夜、ちゃんと話してよ」

「まあ、何だ……折を見て、な」

「未来が悩んでいるのは、今なんだけど」

「そうかもしれないけど、俺だって仕事があるんだ」

「仕事以外には何の関心もないわけ？　だったら家族でいる意味、ないでしょう」

娘の進学話から、いきなりここまで大袈裟《おおげさ》に話題が膨らんでしまうとは。立ち上がって欠伸をしてみても——演技だった——美沙は許してくれなかった。

「だいたい、これからどうするつもり？　未来は、もう独立しちゃうかもしれないのよ？　本当に関西の大学に行ったら、一人暮らしでしょう。私と二人で、この家、どうするつもり？」

「どうって、今まで通りじゃないのか」

「あなたはずっと夜勤をして？　こんなことが続いたら、一緒に暮らしてる意味もないでしょう」

「俺にとっては意味があるけどね」若林は精一杯の笑顔を作ってみせたが、美沙は感じることが何もないようだった。「とにかく、寝る。昨夜もあちこち行ったり来たりで疲れてるんだ」

午後六時、若林は夕食を取らずに家を出た。

7

千枚通し。

細長い針の部分は頼りなく、持ち手もさほど頑丈ではない。これは、何十年も昔の物だ。少なくとも子どもの頃から見ていたような気がする。しかし手入れして、鋭い光を放つようになった。

手入れは簡単で、自己流で十分だ。針の部分を柔らかい布で拭って汚れを落とす。その後、金属磨きを使って丁寧に磨き上げ、最後にまた布で乾拭《からぶ》きする。一回ごとに、持ち手にテーピングテープを巻きつける。幅一・二センチで伸縮しないタイプ。これを斜めに少しずつ端を重ねながら巻きつけていくと、相当乱暴に扱っても取り落とすようなことはない。何度も試して辿り着いた結論だった。今まで、途中で手が滑ったりテープがはがれたりしたことはない。

今もう一度、巻き直した。また使う機会があるかどうかは分からないが……。

俺は「異常」か？　そう自問することがある。

その都度、結論は「普通」だった。

殺すことで快感は得られない。殺したのは、単なる結果、そうしなければならなかったからだ。穴を塞ぎ、情報漏れを防ぐための一番簡単な方法……弱気になってしまった人間は、泳がせておくわけにはいかない。金を摑ませても、永遠に口を閉ざしてはくれない。結果、死体が増えた。

考えてみると、これは警察に対する目眩《めくらま》しになっているはずだ。二つの事件を、警察は間違いなく異常者の犯行と見ているだろう。それでいい。その方向で捜査が進めば、どんどん真相から遠ざかるからだ。

さて、そろそろ仕上げにかからなければ。これまで、調査は完璧だ。相手の戦力を分析し、弱点を着実に突く作戦ができ上がりつつある。

デスクに紙を広げ、ペンを走らせる。埼玉県警夜間緊急警備班、通称ＮＥＳＵ。誰が考えたか知らないが、何ともダサい略称だ。こういうのは、アメリカ人の方が絶対に上手い。ＦＢＩとかＣＩＡとかＩＲＳとか。ＣＨＰはカリフォルニア・ハイウェイ・パトロールだったか。日本人が命名すると、どうしても格好がつかない。

総員二十八人。平均年齢三十一歳。うち女性は二人——この際性別は関係ないが。二人一組のパトロールが基本で、毎日三組から四組が街に散っている。あとは指令役が二人ないし三人、浦和中央署にある本部に残り、全体で三勤一休のローテーションを組む。きめ細かくパトロールを行い、レスポンスタイムがいい。おそらく、何かあった時に一斉にスタッフを現場に集中させるのだろう。

そこにつけ入る隙がある。

トップは若林祐。

若林祐。

そう、あの若林祐だ。どうしても潰さなければならない男。

今のところ、計画は着々と進んでいる。最終目標を知ったら、あの男は何を思うだろう——何も思わないか。混乱の中、自分が破滅することを意識するだけだ。

警察官は、しばしば全能感を味わう。人を逮捕し、自由を奪えるのは、民主主義社会における最高の権力ではないか。一人一人はクソみたいな人間だが、この権力を持つが故に、自分は素晴らしい人間だと思いがちである。決してそんなことはない。

目的は一つ、その全能感を叩き潰すことだ。そのためにいちばん効果的な方法は分かっている。完全犯罪だ。

「完全犯罪、ね」声に出すと、無意識のうちに笑ってしまった。何が完全犯罪だ。計画を立てて犯行に取り組む人間など、実はほとんどいない。例外は経済犯だが、あんなものは犯罪とは言えない。「金儲け」の手段を少し法律の外側に押しやっただけだ。ほとんどの人間が慌てて犯行に走る。特に殺しは……追い詰められ、どうしようもなくなって、ぎりぎりの決断で犯行に走るのだ。

だから、犯人側が工作すると、途端に警察は対応力を失う。普段の殺しの捜査は、犯人のミスを探すことから始まるが、例えばそのミスが仕組まれたものだったとすれば……警察は見当違いの方向へ行ってしまう。今回の殺しがいい例だ。今のところ、まったく手がかりを見つけられず、右往左往している。まさに、こちらの狙い通りの展開だ。

そして犯人に振り回され続けると、警察は全能感を失う。グリコ・森永事件で警察が経験した敗北は、長く深い傷を残したはずだ。今度は埼玉県警に、同じ苦さを味わってもらおう。お前らは全能ではない。ただの間抜けの集まりだ。

そして最後には、若林に破滅してもらう。とにかくやり抜く。やり抜くことで、俺は新しいステージに上がれる。

資料を引き出しにしまい、新しい紙を取り出した。左上から、細かい文字で「若林祐」と書き連ねる。びっしりと埋まったところで、赤いサインペンで紙一杯にバツ印をつけた。その紙を細かく破いてゴミ箱に捨て、呼吸を整えながらパソコンを立ち上げる。周辺からの攻撃も大事だ。世論を巻きこむことは作戦成功への第一歩だし、今は自分で世論を作るのも難しくない。

埼玉県警の間抜けな毎日

さりげないタイトルで、奴らが右往左往している様を伝えてやろう。あとは自然に情報が広がっていく。俺がやるのは最初だけでいい。人は、嫌な話、人の悪口が大好きだ。放っておいても、埼玉県警は間抜けだということになってしまうだろう。

複数の掲示板で、同じタイトルで書き始める。辿られないようにする手も考えてあった。自分でやらなければいい。こういう情報を然るべき人間に送り、ネットカフェなどで書きこませる。自分はここに座ったまま、これ以上は掲示板に書きこみせずに、流れだけを見ていくのだ。

金と知恵さえあれば、どんなことでもできる。権力を凌駕することも——最近は、それをつくづく感じる。

さらにメールを送信……指示は、各種の掲示板にスレッドを立てて、このメールの内容をコピペして書きこむこと。ツイッター、フェイスブック、ネットでは様々な発信方法があるが、匿名の掲示板に勝るものはない。いずれ誰かがこのスレッドに気づき、ツイッターやフェイスブックで流してくれるのだし。

ＩＴ時代万歳だ、と心の底から思った。全ての風が、俺の背中を押している。

8

「こんな書きこみ、見つけたんですけど……」

「ああ？」

八幡の遠慮がちな報告に、若林は鈍く反応した。八幡が、プリントアウトした紙を若林の前に差し出す。受け取って目を通していくと、首の血管が膨れ上がるような怒りを感じた。

埼玉県警の間抜けな毎日

1：埼玉県警万歳：12/11（木）00:42:10
あいつら振り回されて、阿呆さらしてる
2：埼玉県警万歳：12/11（木）00:46:12
詳細？

3：埼玉県警万歳：12/11（木）00:48:32
放火、コカイン大量押収（これまだ秘密）、二件の殺人事件にガキどもの乱闘騒ぎ。どれもまだ手がかりなしで混乱中。警察も落ちたもんだ。

4：埼玉県警万歳：12/11（木）00:51:52
ああ、何か最近ばたばたしてた。地元民としてはちょい心配だけど、どうなってるの？

5：埼玉県警万歳：12/11（木）00:55:45
夜間緊急警備班、通称ＮＥＳＵ（笑）が癌《がん》。こいつらあたふたしてるだけで、何の役にも立ってない。

「何なんだ、これは！」若林はプリントアウトをデスクに叩きつけた。Ａ４の用紙にびっしり、三枚に渡って印字されているのだが、とても最後まで読んでいられない。
「ネットの掲示板ですよ。同じような内容が、あちこちの掲示板に書かれてます。コピペみたいですから、書いたのは同じ人間じゃないんですかね。それが拡散してるんですよ」

「うちを舐めてるのか？」

それも妙な話だ。警備班の仕事の内容は、表には出ない。マスコミへの露出といえば、発足時に短い記事が載ったのと、容疑者を逮捕した時……それ以外に、包括的に活動状況をまとめたリリースはない。警備班の行動は、隠密をもって良しとすべしだ。

「さあ……どうですかね」八幡が肩をすくめる。自分で情報を持ってきた割に、興味がなさそうだった。

「お前はどう思うんだ」

「いや、別に……一件も解決してないのは間違いないですからねえ」

「阿呆！　一般人にからかわれて、何とも思わないのか？　もっと危機意識を持て！　一件ぐらい、自分で犯人を捕まえてみろ」

「でもうちは、初動だけでしょう？」

「自分で自分の仕事の範囲を狭めるな。それより、これを書きこんだ奴は割り出せるか？」

「できないこともないでしょうけど……何のために割り出すんですか？」

白けた口調で指摘され、若林も我に返った。警備班が馬鹿にされているだけで、この書き込み自体は犯罪行為とは言えない。正当な批判？　いや……気になることがある。コカインの一件だ。

運び屋二人が逮捕された一件は、まだ報道発表されていなかった。薬物や銃器関係の犯罪の場合、販売ルートの全容を解き明かし、関係者を芋蔓式《いもづるしき》に逮捕するために、逮捕の事実自体を伏せておくことは珍しくない。

この書きこみをしたのは警察関係者ではないか？ それなら大問題だ。やはり、誰が書きこみをしたのか、割り出しておく必要がある。事情を説明すると、八幡の表情が急に引き締まった。普段は茫洋《ぼうよう》とした——間抜けな顔なのに。

「分かりました。やっておきます」

「もちろん、ここから漏れたとは思ってないけどな。俺はこのチームを信じているよ」

八幡が、今度は白けた表情を浮かべた。「チーム」のことなど考えてもいないのは明らかだった。もちろん俺も、実際にはお前たちを信じていないと若林は考えた。仮に警備班がこのまま正式な組織になるとしても、今のメンバーは総入れ替えだ。残って欲しいのは桜内だけだ。

憤然と立ち上がってみたものの、若林は行くべき場所がないことに気づいた。コーヒーを飲み干し、警察電話の受話器を取り上げて大宮中央署の生活安全課を呼び出す。間もなく午後七時半……あれだけ大量のコカインが押収されたのだから、ほぼ全員が居残っているだろう。

呼び出し音が一回鳴っただけで、課長の春山が出た。疲れが滲《にじ》んだ声で、若林からの電話を歓迎していない。

「どうも課長、お疲れ様です」若林はわざとらしく明るい声で挨拶した。

「実際、疲れてるね」声が暗い。とても、今年最大になりそうな事件を手がけている男のそれとは思えなかった。

「ちょっと気になる情報がありましてね。もうご存じかもしれませんが」

「あんたの持ってくる情報は、ろくなもんじゃないだろう」

「何言ってるんですか」若林はむきになって反論した。「コカイン密売の犯人を捕まえたのはうちの刑事ですからね。それをお忘れなく」あんたらは何もしないで、手柄が転がりこんできたも同然ではないか。

「ああ、その件についてはちゃんと礼は言ったよな、何度も」春山が意地悪く言った。いい加減にしてくれ、という本音が透ける。

「それよりこの件、表に漏れてますよ」

「何だと」春山の声が張り詰めた。「どこに」

「ネットです。うちの若いのが見つけましてね」事情を説明し終えても、春山はしばらく無言だった。さて、何を考えているのか……。「この書きこみが載っているサイトの情報、メールしておきますんで。お目通し願えますかねえ」

「ああ」

若林は先ほどのプリントアウトをかき集め、ざっと目を通した。

「今のところは、コカインの大量所持で二人が逮捕された、という情報しか載っていません。ただこの件は、警察関係者以外は知りませんよね。マスコミにもまだ伝わっていないはずです」

「そうだな」

「となると、漏洩源は限られてますよね」

「何が言いたい」

春山が歯軋りする音が聞こえるようだった。若林はふいに、自分の顔に嫌らしい笑みが浮かぶのを感じた。

「これは大手柄ですよ。ただ、うちの方では、積極的に漏らしてもメリットはないんです。警備班の存在なんて、県民は誰も知らないんですから」別に新聞に載らなくても、若林は困らない。マスコミが勤務評定するわけではないのだ。

「冗談だが、存在をアピールするためにやったんじゃないのか？」

「いやいや、うちの存在をアピールしても意味はないので」若林は受話器を右手から左手に持ち替えた。「今、うちの若いのに調べさせています。まあ、いずれにせよ、お互いに気をつけたいですなあ」

「……漏洩源が分かったらどうするつもりだ？　本部に情報を上げるのか」

「それは、分かってから考えます。もしかしたら、本部ももう気づいているかもしれませんけどね。サイバー犯罪対策課の連中は、情報をキャッチするのが早いですからねえ」

春山の返事を待たずに受話器を置き、立ち上がる。ストレス解消に、ちくちくと攻撃してやるつもりだったのに、電話する前より肩凝りはひどくなっていた。原因ははっきりしている。春山と話しているうちに、警備班のスタッフに対する疑いが頭をもたげてきたからだ。そんなことをする奴がいるはずがない……自分にそう言い聞かせても、一度浮き上がってきた疑いは、簡単には消えない。

全員を詰問してみるか。いや、そんなことは時間の無駄だ。今は他にやるべきことがたくさんある。

冷静になるために、まずは喉を潤さないと。コーヒーを飲もうと思ったが、コーヒーサーバーは空になっていた。八幡にやらせるか……しかし彼は、誰かと電話で話していて、手が離せない様子である。早速、書きこみをした人間の割り出しにかかっているのだろう。それなら邪魔するのは間違っている。

ぶつぶつ言いながら署のロビーに出て、ブラックの熱いコーヒーを買う。ちらりと壁の時計を見ると、まだ午後七時四十五分だった。最近、家族と話すのが面倒で――未来はまだ受験先を迷っているようだ――起き抜けの第一食を抜いて家を出る。外食ばかりで懐が厳しくなったが、それでも愚痴や余計な相談に悩まされるよりはましだ。一階の警務課は静かだった。午後八時前後というのは、警察的に最も暇な時間帯である。街では呑み会の一次会が終わって、人が溢れ出す頃……酔っぱらいがトラブルを起こすのは、もっと遅い時間になってからだ。

当直責任者の警備課長が、暇そうに夕刊を読んでいた。今日は何もなさそうで、ほっとする。二件目の殺しが起きて以降、さいたま市内では静かな夜が続いていた。若林は、夜間のパトロールを指揮すると同時に、複数の事件について個人的に調べていたが、今のところ手がかりはない。それは各所轄や本部の担当部署も同じで、捜査に大きな進展はないようだった。唯一、大宮中央署はコカイン事件の犯人二人を抱えていい気分かもしれないが、取り調べは上手くいっていない、と聞いている。容疑者二人はコカインの影響はとっくに抜けているのだが、雑談以外は口を閉ざしているらしい。逮捕される前の二人の動きについても、まったく裏づけ捜査ができていなかった。家族も「普段の行動は知らない」と非協力的だが、シラを切っているわけではなく、本当に把握していないようだ。

こちらで所轄や本部の担当課を出し抜くチャンスもあるはずだが、事件が多過ぎて集中できない。どれか一つでも、突出した手がかりがあれば、そこに集中して捜査を進めるのだが。

浦和中央署の警備課長は若林より一年年次が上で、警備班に来て初めて会った男だった。のんびりした性格で、いつも穏やかに話すので、若林にとっては癒しの存在である。今日も少し無駄話をして緊張を緩めるか、と思った瞬間、「こんばんは」と後ろから声をかけられた。嫌な予感がして振り向くと、地元紙のサツ回り、尾形絵美《おがたえみ》が笑顔を浮かべて立っていた。丸顔が特徴的で、いつも笑っているように見える。

「お忙しいですね」絵美が慎重に切り出す。

「忙しいよ、もちろん」若林は早くも逃げにかかった。まったく、新聞記者は邪魔だ……しかもしつこい。少しでも会話を交わすと食いついてくる。逃げの台詞《せりふ》を考えないと。

「いろいろありましたよね、最近。警備班も大忙しだったんじゃないですか」

「忙しいのはいいことだねえ」

「警察は暇な方がいいっていう人もいますけど」

絵美が首を傾げる。そうすると、まるで子どものように幼い表情になるのだった。それもそうだ。彼女は今年の春、新卒で地元紙に入ってきたばかりである。娘の未来とさほど年が変わらない。しかし、この娘は苦労していないと思う。取材の現場で一か月も荒波に揉まれれば、いっぱしの記者らしい厳しい顔になるものだ。取材相手を引っかけて——しかも引っかけたことを悟られないように——情報を引き出すぐらいのことは平然とやる。現場半年のこの記者は、そこまで成長しているかどうか。

「コカインの件で、ちょっと聞かせてもらっていいですか」

「コカイン？　何の話だ？」若林は恍けた。と同時に、こいつは簡単にあしらえる、とほっとする。こんな公の場所で未発表の事案を持ち出すのだから、気が利かないというか、用心が足りないというか。

「大規模な押収があったって聞いてるんですけど」

「へえ」

「本当なんですか？」

「そういうことは、本部で訊いてもらわないと。広報は本部が担当するからね」

「警備班で逮捕したって聞いてるんですけどね」絵美が若林の顔を真っ直ぐ覗きこんだ。

「夜中のパトロール中に」

「否定も肯定もできないね」若林は背中を汗が伝うのを感じた。熱い缶コーヒーを思わずきつく握り締める。「うちの仕事は、積極的に広報しないものだから」

「じゃあ、実績をアピールできないじゃないですか」

「外向けにアピールする必要もないんでね……とにかく、コカインの話については話せない」

繰り返したが、絵美は引く気配もない。それどころか、一歩前に出てきた。クソ、なかなか積極的じゃないか。

「別に隠すことじゃないと思いますけど。手柄じゃないないですか」

「あんた、薬物関係の事件は取材したことあるのかな？」

挑発的な若林の言葉に、絵美が目を細めた。笑った時と同じように目がなくなってしまうが、今は怒りのためである。侮辱された、と思っているのだろう。

「ありますよ、もちろん」

「それは、どの段階から取材したのかな？　警察から逮捕を発表されて、それから慌てて取材に入ったんじゃないか？　それも主に、警察に取材するだけで」

「……それは、そうです。サツ回りですから」絵美が細い唇を噛んだ。

「売人に当たったり、ヤクザに突っこんだりしたことはない？」

「ないです」

「なるほど、なるほど」さも納得したように、若林は大袈裟にうなずいた。「薬物関係の発表は、逮捕からかなり時間が経ってから行われるのが普通だよねえ。どうしてか分かる？　犯行グループを一網打尽にしたいからだよ」

「……ええ」

「今回、あんたが言うようなコカインの大量押収があったかどうか、俺には何も言えないけど、正式な発表がない段階で書くと、捜査を潰してしまう可能性が高い。それでいいと思ってるなら、書けばいいけど」

絵美は返事をしなかった。この辺は、刑事と記者で、考え方に違いが出るところだ。どちらも「社会正義の実現」を目標にしているが、その過程ではしばしばぶつかる。今のうちにこの若い記者に恐怖を植えつけてやろう、と若林は決めた。

「例えば、仮に薬物の密売人が逮捕されたとしても、それだけで捜査は終わらない。運び屋も元締めもいるだろう。密売人なんていうのはごく末端の人間で、いくらでも取り替え可能だから、元締めを逮捕しない限り、何度でも同じことが繰り返されるんだよ。そういう悪い輪を完全に叩き潰すためには、隠密行動が必要でしょうが。記者さんなら、それぐらいのことは簡単に分かりそうなものだけどね。大義名分のためには、下手な取材をしない、慌てて原稿を書かないのも大事なことでしょう」

「でも、この件、もう外部に漏れてるんですよ」

ネットか……今度は若林が唇を嚙む番だった。彼女が「当たり」の情報にぶつかったのは間違いない。

「漏れてるとは?」若林は素知らぬ顔で訊ねた。

「ネットで情報が流れてるんですよ。あちこちでね……元ネタは同じかもしれませんけど、いずれマスコミは知ることになりますよ」

「あんたは、いち早く情報にアプローチしたんだね。ずっとネットに張りついてネタを探すのは、大変なことなんだろうねえ」

若林の皮肉に、絵美の顔が赤くなった。しかし引こうとはしない。

「若林さんが言うように、極秘でやらなければならない捜査だとしたら、情報が漏れるわけがないですよね……漏らすのは警察の人かもしれないでしょう」

「本当に漏れていれば、ね」

「ネットの情報、ご存じないんですか？」

「俺は、そんなものを見ているほど暇じゃないんでね」

「でも、嘘とは思えない——」

「若林さん」

別の女性の声が割りこんできた。加奈。ほっとして振り向き、彼女に向かってうなずきかける。

「電話が入ってますよ」

「ああ、すぐ行く」絵美に向き直り、「変な情報に踊らされないようにな」と釘を刺した。絵美はまだ何か言いたそうだったが、軽く一礼して引き下がった。

加奈と並んで、警備班の部屋に向かう。体を彼女の方に少し倒して「助かったよ」と礼を言った。

「別にいいですけど……気をつけて下さいよ。あの記者、結構鋭いって評判ですから」

「鋭いかどうかは知らないけど、しつこいのは間違いないな……それで、電話は？」

「ああ、嘘です」加奈があっさり言った。

「嘘？」

「若林さんをあそこから救出するための嘘ですよ。あのままじゃ、いつまで経っても解放してもらえないじゃないですか」

「いや、あれぐらい、何とでもなったよ」若林は反論した。小娘の一人や二人……。

「若林さん、ちょっと記者に親切過ぎるんじゃないんですか？　最初にノーコメントだけ言って、後は黙っていればいいのに」

「そうそう、俺はサービス精神旺盛だからな」若林は両腕を広げた。「苦労している若い奴を、無碍に追い返すようなことはしたくないんだ」

「その気遣い、内輪に向かってもお願いします」

さらりと言って、加奈が歩く速度を上げた。何だか怒ったような背中を眺めながら、若林は自分がどうして文句を言われているのか、まったく理解できなかった。

9

現場百回は基本だが、歩き回るばかりが捜査ではない。時には考えるのに集中した方がいい日もある。

今夜は若い刑事たちをパトロールへ送り出した後、連絡係を大内に任せて思考に没頭した。やたらと体格のいい大内は、そこにいるだけで目障りだが――警備班の部屋は広くない――次第に気にならなくなった。

あの騒がしい三つの夜に立て続けに起きた事件。

それぞれの事件には、何の関連もない。関係していそうなのは二件の殺しだけだが、こちらは手がかりがないままだ。殺しの手口と死体遺棄のやり方は共通しているが、被害者二人には今のところ何のつながりもない。手口からして異常者の犯行である可能性が高く、被害者は適当に選ばれた犠牲者だったのだろうか。一種の通り魔事件とも言え、捜査は難航していた。

他の事件は、たまたまあの三晩に集中して起こっただけなのか……若林は釈然としない気分を抱えたままだった。あまりにも振り回されてしまったと思う。首都圏の大都市であるさいたま市は、犯罪発生件数は多い方だが、重要事案がこれだけ集中して起きることは滅多にない。

全て、誰かが仕組んだことでは？

一度は否定した考えが、また頭に入りこんできた。犯人は……やはり愉快犯だろうか。街の守護者である警察や消防が右往左往するのを見て、喜ぶ人間。歪んだ感情だが、これまでもこういう動機で犯行に及んだ人間はいた。

しかし、コカインの件はどうなる？　あれだけが異質ではないか。他の事件は裏で全てつながっていて、コカインだけは別なのか？　考えが堂々巡りした。

「大内！」若林は彼に背中を向けたまま叫んだ。

「オス」

大内が低い声で返事をする。しかし、立ち上がってこちらに来る気配はなかった。振り返ると、無線の前で新聞を広げている。

「どうした、何かお得な情報でも載ってるのか」

「いや、そういうわけじゃないですが」大内が、誤魔化すようにばさばさと音を立てて新聞を畳んだ。

「ちょっとブレーンストーミングしよう。お前のそのでかい頭には、相当な知恵が詰まってるはずだよな？」

大内がむっとした表情を浮かべる。この男の頭の大きさは、陰で「ヘルメット」と呼ばれているほどである。しかし文句は返さず、立ち上がって椅子を引いてきて、デスクを挟んで若林と向き合った。

「今回の一連の事件について、お前の考えを聞かせてくれ」

「考えって……」

「おいおい、これだけ大きな事件になったんだから、当然何か考えてるだろう」若林は早くも苛立ちを感じた。この男は議論に向いていない。

「いろいろあって、大変ですよね」

「阿呆、そんなことはお前に言われなくても分かってる」目の前の巨大な頭をひっぱたいてやりたい、という欲望と若林は必死に戦った。「それぞれの事件に関係があるかどうか……お前はどう思う」

「関係ないでしょう？　だって、全然別の事件ですよ」

「放火はどうだ？　手口が似てるし、時間が集中し過ぎてるよな」

「でも、一人の人間がやったとは思えません」

「というと？」ようやく意味のある言葉が出てきた——若林は少しだけ身を乗り出した。

「だって、そうじゃないですか」大内が唇を尖らせた。巨大な丸顔がそんな風にすると、ただ滑稽の一言である。「放火は、約三時間の間に四件、起きてるんですよ」

「お盛んな犯人だよな」若林はがくがくとうなずいた。

「犯人はバイクか自転車で動いていたとしか考えられませんけど、あれだけ大がかりな検問をやって、捕まらないわけないでしょう」

「やっぱりお前は阿呆だな。テストは不合格だ」

「え？　これ、テストだったんですか？」不満そうに、大内が下唇を突き出す。「何で不合格なんですか」

「さいたま市内の道路の総延長、どれぐらいあると思う？　毛細血管みたいに走ってる裏道までは、警察もチェックしようがないんだよ……ご苦労さん」

「はい？」

「だから、ご苦労さん。無線の番に戻っていいぞ」

大内がのろのろと立ち上がり、溜息をついた。若林は「元気をなくすようなことじゃないだろうが」と背中に声をかけたが、大内はうなだれたまま無線機に向かった。

若林はデスクの下で足を投げ出し、缶コーヒーを開けた。甘ったるい液体を啜り、顔をしかめる。常にコーヒーが用意してあるようにしないと……何も書いていない紙をデスクに置き、腕組みをした。きつく、体を締めつけるように。そうすることで、体の中でもやもやと渦巻いている疑念を、一つの仮説に固められる気がする。

複数犯だ。

それだけは間違いない。一人の人間の犯行だとしたら、狙いがさっぱり分からないのだ。放火、殺し、コカイン、乱闘騒ぎ——単に騒ぎを起こしたかった？　それが目的なら、二件の殺しは重過ぎるし、全部を一人でこなせるわけがない。

若林はぱっと腕を解き、目の前の紙に、時系列で情報を書きつけた。

1・連続放火4件
2・殺人事件その1（被害者・前島裕）
3・コカイン所持で2人逮捕
4・浦和駅西口乱闘事件
5・殺人事件その2（被害者・加納賢人）

二件目の殺し……若林は、乱闘で死んだ人間の遺体が遺棄されたのでは、という推理もしていた。しかしそれは、加納賢人の遺体に、前島裕と同じような無数の刺し傷があった事実と矛盾する。乱闘騒ぎで武器になるのはまず手足、その次は小型のナイフのような刃物だ。それでは二人の体につけられたような傷は生じないだろう。解剖の結果、二人は錐のようなもので刺された、と推定されていた。

それも恐ろしい話だ。錐か目打ちで何度も突き立てられ――しかも目まで刺されている――最後は心臓と肺を刺されて死に至ったのだ。被害者はいったいいつまで痛みを感じていただろう。

それに二人の遺体には、明らかに拘束された跡があった。両手首、足首、膝などに擦過傷があり、皮膚の状況や遺留物から、犯人は粘着テープを使ったと推定されている。前島は相当抵抗したようで、左肩の筋肉が断裂していた。椅子か何かに縛りつけられていて、必死で逃げようと体をよじり過ぎたのだろう。

椅子、か……それも気になる要因だ。

「椅子に拘束されていたのでは」という推理は、解剖の結果生じた。二人は全身を何十か所も刺されていたのだが、体の背面——背中側に傷がないことが、「椅子説」を強化する理由になっていた。座らせたまま、錐でずぶずぶと刺し続ける。

一種の拷問か、と若林は想像していた。何かを喋らせるために、少しずつ傷をつけていく。拷問は、それを加える方の労力は最低限で、相手に最大の恐怖と痛みを与えることを眼目としている。犠牲者を拘束し、何十回も刺すとなると、やる方も体力を消耗するだろう。鋭い刃物で相手を一度刺すだけでも大変なのだ。錐や目打ちのように握りにくい小さな道具を使って、延々と傷つけていったら、自分も汗だくになり、最後には力尽きるのではないか。

犯人は、純粋に人を傷つけることを楽しんだのか。嫌な汗が背中を流れ始める。今のところ、異常者による犯行という見方が、捜査本部の主流になっている。しかし若林は、その考えに素直にうなずけなかった。この手の残虐な犯罪は、日本では意外なほど少ない。

さらに気になるのは、短い間隔で同じような犯行が行われたことだ。

海外の事件の資料などを読むと、大量殺人犯は欲望がピークに達した時に、一気に爆発するケースが多い。一方、長期間にわたって同じ手口で犯行を繰り返す連続殺人犯の場合は、パターンに「波」がある。そのリズムは比較的ゆったりしており、数か月に一度、あるいは数年に一度、欲望を抑え難くなるらしいのだ。基本的に「大量殺人犯」と「連続殺人犯」は、行動的にも犯罪心理学的にも分けて考えるべき存在だ。今回の殺しはどうなのだろう……二件だけでは、「大量殺人」とも「連続殺人」とも言えない。「連続」だとしたら、犯人は次の犠牲者を狙っているかもしれない――ぞっとする想像だ。

さらに、前島と放火の関係が気になる。根拠は弱いとはいえ、ガソリンを入れていたらしいペットボトルの存在は無視できない。

コカインの一件は、他の事件と関係ないのでは、と若林は推測した。

その根拠には、他の事件は「愉快犯」ではないかという読みがある。人を二人も殺しておいて愉快犯もないものだが、犯人は、警察があたふたするのを見て楽しんでいる節がある。何人かの人間が共謀して、短時間に凶悪事件を次々に引き起こし、慌てる警察の様子を見て陰で笑う――あり得ない話ではない。ネットの書きこみこそが、その証拠ではないか。あれは、歪んだ形での犯人の自己主張かもしれない。

一方、コカインについては、警察が慌てるのを狙ったわけではないだろう。そのためにわざわざ違法薬物を用意し、犯人を逮捕させるのは、危険過ぎる。二人を操っている人間が背後にはいるはずだが、逮捕はされないように細心の注意を払うはずだ。ところが二人は勝手にコカインを使い、ヘマをした。

あの二人は喋っていない。にやにやと嫌らしい笑みを浮かべたまま、重要な話に関しては無言を貫いているのだ。西浦和グループの人間ではあるが、過去に逮捕歴はなく、警察とのかかわりと言えば、「忠告を受けた」程度である。しかし現在の態度は、警察のやり方に慣れ切ったベテラン犯罪者のそれだった。

他にも何か気になることがあったのだが、思い出せない。

仕方ない。できるところから手をつけるだけだ。どの事件も——犯人を確保しているコカインの事件でさえ——捜査は難航していたが、どの事件でも適当に動いていたら、手がかりは摑めないだろう。

まずは殺し。二人が犠牲になったこの件がいちばん悪質である。若林はメモを書き殴った紙を折り畳んで引き出しに放りこみ、立ち上がった。

「大内」

「オス」面倒臭そうな返事。

「外へ出てくる。今日は静かそうだから、留守番を頼むぞ」

「分かりました」素直な返事に溜息が混じるのを、若林は聞き逃さなかった。

大宮南銀座の現場は、最初に遺体が発見された時とはだいぶ様相が変わってしまっていた。人の背丈ほどあった雑草が、綺麗《きれい》に刈り取られたのだ。地面に落ちた証拠を一つも逃すまいと、鑑識の連中が徹底してやったのだろう。だが、ろくな証拠が見つからなかったことは、若林も知っている。正式な報告書は見られないが、情報は自然と耳に入ってくる。そういうルートをきちんと切り開いて、今も手入れしているから。何も、正式な手続きで得られる情報ばかりが情報とは限らないのだ。

夜中にここを調べるのは無理だな……若林はゆっくりと膝を伸ばした。ずっと中腰、あるいはひざまずいてペンライトの光を地面に当て続けていたので、下半身が強張ってしまった。寒さのせいもある。空気が湿っているのは、雪が降る前兆かもしれない。確か、今夜の天気予報は、曇り後雪になっていた。

震えがきた。ここはビルに囲まれた空き地なので、小規模ながらビル風が渦巻くのだ。大したことはないが、若林を凍えさせるには十分である。

歩道に出て、靴底をアスファルトに擦りつけると、泥が細い筋になって歩道を汚す。発生から一週間、何か新しい証拠を見つけたかったが、靴が汚れただけで、まさに無駄足であった。

近所の店で聞き込みをしてみるか。もちろん、所轄と捜査一課が、徹底した聞き込みを終えたことは分かっている。事件当日、近所の人は既に全員摑まえて、話を聴いているだろう。気になるのは、近くのロシアバーぐらいか……ああいう店には、だいたい違法滞在者がいるものだ。警察を恐れて、事情聴取を避けようとする人間もいるはずで、その網にまだ引っかかっていない連中が何か知っている可能性もある。

軽く伸びをした。体のあちこちで、ぼきぼきと硬い音がする。嫌な感じだ……欠伸を嚙み殺す。この現場は終わりにして、もう一件の殺人事件の現場に行ってみよう。あの辺は住宅街だから、目撃者が見つかる可能性はもう少し高いかもしれない。

ふと、歩道と空き地を分ける有刺鉄線の柵に、花束が立てかけられているのに気づいた。花束だけではない。ペットボトルや缶飲料も……誰がやったのだろう、と若林は訝った。交通事故の現場などで、近所の人が犠牲者を悼み、自発的に花を手向けることはままある。しかしこの現場の近所の人たちは、迷惑がっているのではないだろうか。この一件で南銀座の客足が落ちたという話は聞かないが、客商売の人にとって、「近所で死体遺棄」というのは縁起でもない話のはずだ。もっとも呑み屋では、気味の悪い話題として盛り上がるかもしれない。悪趣味な話は、酒の肴《さかな》に最適である。

小さな「祭壇」の前でひざまずいてみる。花束が三つ……いずれも小さなもので、しかも枯れかけていた。寒さのせいもあるが、だいぶ前に置かれたものではないだろうか。それこそ事件直後にでも。誰かが煙草の箱の封も切らず、そのまま置いていっていた。マルボロライト……これが、前島が吸っていたブランドなのだろうか。

何となく、手を合わせてみる。前島の無念を晴らすためにと祈るというよりも、この謎に対するヒントが欲しい、と神頼みするような気分だった。

ふいに空気が動く気配がして、目を開けてみる。誰もいない。首を捻って背後を見ると、若い女——二十代前半だろうか——が立っているのが見えた。誰かに奪われるのを恐れるように、胸に小さな花束を抱えている。

若林はゆっくり立ち上がり、女に目礼した。前島の知り合いだろうか。きちんとしたシルエットのオフホワイトのコートに、黒いブーツ。働き始めてしばらく経ち、ある程度仕事を任せられるようになった会社員、という感じだった。

後ろへ下がると、若林が先ほどしゃがんでいた場所まで女が進み出た。ゆっくり膝を折り、花束を柵に立てかけるように置く。そのまま両手を合わせて頭を垂れた。これは少し、話してみる価値がある。若林は慌てて近くの自動販売機に向かい、供え物として缶コーヒーを買った。前島がコーヒー好きかどうかは分からなかったが。

女が立ち上がったのと、若林が自販機からコーヒーを拾い上げたのと、ほぼ同時だった。大股で女の脇に歩み寄り、「彼は、コーヒーは好きかな」と訊ねた。

「いえ……分かりませんけど」

「知り合いじゃないんですか」

「高校の同級生です」

うなずき、若林は先ほど女が供えた花束の脇に缶コーヒーを置いた。

「ちょっと話をさせてもらえませんか」若林はバッジを示した。

「警察……ですか」女が一歩下がる。無意識の行動だろうが、かすかに怯えているのは明らかだった。

「時間は取らせませんよ。警察に行く必要もありません。何だったら、立ち話でもいい」

「別に、話すことはないんですけどね」

「あなたのところに、警察は事情聴取に行きましたか？」

「いえ」

「怠慢だなあ。友だちに話を聴くのは、捜査の常識なんだけど」若林はわざと怒った振りをした。「……同僚の怠慢を、ここでカバーさせてもらえないですかね」

「犯人、捕まらないんですね」

「申し訳ない」若林はいきなり、膝につきそうな勢いで頭を下げた。すぐに思い切りよく顔を上げる。女の顔に浮かんだ戸惑いを認めた。「一刻も早く犯人を捕まえるために、協力してもらえませんか」

「ええ……はい」

嫌々ながら女が同意した。これでもう、こっちのものである。女が体を震わせ、両腕で上半身を抱くようにしたので、若林は立ち話での事情聴取を諦めた。

「とはいえ、ここだと寒いですよね」

「そうですね」

「じゃあ、お茶でも飲みましょうか。この近くに喫茶店があったでしょう。わざわざ交番や警察署に行く必要はないですから」警察へは行かない、を再度強調した。

「……分かりました」

「じゃあ、行きましょうか」若林は先に立って歩き出した。ちらりと後ろを見ると、女はうつむきがちに、しかししっかりした足取りでついて来る。これなら逃げる心配はないだろうと考え、少し歩く速度を上げた。

二人は南銀座を抜け、高島屋脇の交差点を通り過ぎた。この先は南銀座ではなく、「銀座通り」と呼ばれる地区だ。南銀座特有の「風俗店街」の印象は薄れ、「飲食店街」という感じになる。すぐに一軒の喫茶店を見つけて入った。

既に夜九時で、店内に他に客はいない。長年店内の空気を汚染してきた煙草の臭いで、座った途端に鼻がむずむずしてきた。女は気にならない様子だったが。

若林はブレンド、女はカフェラテを頼む。若林はまず、女の情報を集めることから始めた。

「失礼……お名前を聞いてませんでしたね」

「大澤《おおさわ》です。大澤静香《しずか》と言います」

字を確認して手帳に書きつける。顔を上げて、相手の様子を素早く確認した。細面の顔立ちで、前島と同年齢だが、大人っぽく見えた。最近は若く——というか幼く見える女性が多いが、静香は化粧も大人っぽく見える方向に振っているようだ。落ち着いた雰囲気が好ましい。コートの下は白いブラウスに明るい紺色のジャケットで、仕事帰りの感じだった。名前の他に住所、勤務先を確認し、殴り書きでメモしていく。

「高校の同級生、という話でしたね」

「そうです。前島君、途中で転校してきたんですけど」

「ああ、お母さんが亡くなった後でね」

「ええ。でも、そんな大変そうな感じじゃなかったですけど」

「周りに溶けこんでいた？」

「バスケをやっていたんです。部活をやっていれば、友だちもできるじゃないですか」

「彼は、そんなに身長が高い方じゃないと思うけど」若林は首を傾げた。

「ああ……ポイントガードなんで、そんなに身長は……」

静香は、ポイントガードの役割を教えてくれた。攻守を統率する司令塔。特に攻撃面では、シュートにつながるパスを出すアシストが大事な仕事だ、等々。

「あなたも詳しいんですねえ」

「中学まではバスケをやっていたので」

「なるほど」ヒールのあるブーツを履いているせいもあってか、彼女はかなり長身だ。靴なしでも、百六十センチ台後半だろう。「強かったんですか?」

「いえ、全然」静香が苦笑する。「県大会で三回戦を突破できるかどうかのレベルでした。でも、前島君は楽しそうにやってましたけどね。前にいた東京の高校はレベルが高くて、レギュラーになれなかったんだそうです」

「なるほどね。試合に出てナンボでしょうしねえ」若林はうなずいた。ゆるゆるとした高校時代を送ってきたのではないか、と想像できる。県大会三回戦負けのチームでは、そんなに練習で厳しく追い詰められることもなかっただろうし。

「そうですね。まあ、普通の部活動って感じです」

「高校を卒業した後ですけど……彼は大学受験に二回失敗している」

「らしいですね」

「知らないんですか?」

「そんなに親しくはなかったので」

「でも、花を持ってきたでしょう」若林は突っこんだ。

「あの……当時の高校の友だちって、今はあまり地元に残ってないんですよ。東京で働いてたり、住んでたり。だから私が、代表みたいな感じでお参りしなくちゃいけないかなって……友だちとも相談して、そういうことにしたんです」

「今日初めて、あそこに行ったんですか？」

「ええ。今までは、何だか怖くて」

「それは分かりますよ。生々しいですからねえ」

静香の顔から血の気が引いた。現場の様子を想像したのだろう。といっても、テレビドラマや映画で描かれる現場だろうが。映像は現実を伝えるものではない。現場特有の死臭——それを彼女は知らないだろう。若林は一つ咳払いをした。参考人を怯えさせてしまってどうする。

「最近、どうしていたかご存じないですか？　たまにバイトするぐらいで、ぶらぶらしていたそうですけど」

「ああ、そうですね……」

「いい噂は聞きませんか？」

「噂は……ただの噂ですけど……」

「噂でも何でもいいんです。こっちで裏を取りますから」

「悪い人たちとつるんでいたっていう話があります」

「どんな？　ヤクザとか？　半グレとか？」

問いつめると、静香の顔が強張った。自分の人生とは関係ない世界が、いきなり入りこんできたように感じたかもしれない。

「それは分からないんですけど……とにかく、変な人たちとつるんでるって」

「西浦和グループという名前、聞いたことないですか」思いついて訊ねてみた。名簿に彼の名前はないが、漏れているかもしれない。元々実態のない組織なのだ。

「ないです」

「そうですか」あれは警察が勝手につけた名前で、彼ら自身、特に名乗ってはいなかったのだから。「その辺の事情をよく知っている人はいないですかね。例えば昔の友だちで、今もつき合いのある人とか？」残された前島のスマートフォンの通話やメールの履歴は、全て消されていた。犯人が、証拠隠滅のためにやったのだろう。ということは、犯人はあの家に上がりこんだことになるのだが……。

「そうですね……」静香がハンドバッグからスマートフォンを取り出した。しばらく画面を見ていたが、一人の男の名前と電話番号を告げる。

「この人が？」

「高校時代のバスケ部の仲間です。三年生の時のキャプテンで、たぶん今も連絡を取り合っていると思います」

「結構ですね。若い時の仲間は大事だ」手帳に書いた自分の字を見下ろしながら若林は言った。現住所は東京か……早急に話を聴く必要がある。若林は話を切り上げた。

有楽町線千川《せんかわ》駅から歩いて五分ほどの住宅街。五階建てのマンションは、単身者用のワンルームのようだった。百八十センチを軽く超える長身の三嶋大悟《みしまだいご》は、ジャージの上下という格好で若林を出迎えた。背の高い人間にありがちだが、背中はかすかに丸まっている。電話で話した時から困った口調だったのだが、それはマンションのドアを開けた時にも変わらなかった。そして、口調から想像していた以上の困り顔だった。

「別に、中に入らないでもいいよ」若林は家に上がるのを遠慮した。問題はどこで話を聴くかだ……車を使うより電車の方が速いだろうと、埼京線と有楽町線を乗り継いできたので、車の中で、というわけにはいかない。かといって、この辺は完全な住宅街であり、駅前にも手軽にお茶が飲めそうな店はなかった。

仕方なく、マンションの前で立ち話することにした。足元を吹き抜ける寒風が、先ほどまでいた大宮駅付近に比べてわずかに暖かい感じがする。

「亡くなった前島さんのことなんだけどね」

「ええ」三嶋が首をすくめ、自分の上半身を抱きしめる。ジャージの上下姿では寒いのだろう。

「最近、連絡は取りあってた?」

「そうですね、たまに電話やメールで」

「どんな様子だった？　どんな連中とつき合ってたんだろうか。悪い仲間とのつき合い

まう。

「そう、ですね」繰り返す口調が曖昧だ。すぐに口を引き結んで、言葉を呑みこんでし
「亡くなった人のことを悪く言いたくないのは分かるけど、今は少しでも情報が欲しいんだ。交友関係は、重要な手がかりになる」

「ええと……俺は知らない人なんですけど」

「ああ」

「前島は、『やっさん』と呼んでたんですけどね」

「綽名《あだな》かね……他に記憶にない？」

「ないですね」

否定の言葉はひどくはっきりしていた。悪い仲間とつき合っている友だちと、露骨に距離を置こうとするように。

「どんな風に悪い奴なのか、具体的に話は聞いてないですか」

「いや、あいつもはっきり言わないんですけど……とにかく、最近は夜中によくうろついてたみたいですよ。バイク、買ったって言ってましたから」

「ああ、確かに家にバイクがあったね」しかもそのバイクを使って放火していた疑いがある……ただしこの件について、大宮中央署の捜査本部は、まだ方針さえ示そうとしな

い。ガソリンが入ったペットボトルが見つかっただけでは、放火に結びつけることはできない、ということだ。もう少し突っこんで真面目に捜査しろよ、と若林は腹の中で毒づいた。

「結局あいつ、働きもしないで、夜中にバイクでうろついてただけなんですよ。今時暴走族なんて、流行《はや》らないと思いますけどね」

「実際、警察が規定しているような暴走族は、今はさいたま市にはいないんだ」

「そうなんですか?」三嶋が目を見開く。

「あなたの言う通りで、ああいうのは今時、流行らないからね……まあ、でも夜中に改造バイクで走り回っている奴はいる」加納もそうだ。自慢の改造スクーター。昼間は真面目にサラリーマンとして働き、夜は爆音を巻き散らしながら闇の中を走っていたのだろうか。二人の被害者の、唯一の共通点である。

「それで、問題の『やっさん』が誰か、分かるといいんだけどな」

「すみません。記憶にないと言うか……詳しい話は知らないので」

「他に誰か、知っていそうな人は?」

「どうですかねえ。今は、地元の連中とあまりつき合いがないんですよ」

若林はうなずいた。三嶋は優秀な男らしい。現役で早大に合格した後、今年の春から
IT系企業で営業職として働いているという。ほんの数十キロ離れた場所にある故郷は、

今や遠い存在になりつつあるのかもしれない。若林のように、生まれた時から埼玉県と縁が切れていない男にすれば、愛着のある土地だ。

埼玉県は、そんなに捨てたものではない。骨を埋める覚悟さえできていれば。

10

見取り図を広げる。ポイントはいくつもあった。何しろ広い場所だから、何とでもなりそうだ。一番効果的なのはどこだろう……何度も見返し、写真とつき合わせて適当な場所を探す。この見取り図を持って歩き回りたいところだが、怪しまれる。事前に撮り溜めた写真と見取り図を照合して、頭の中で具体的な形にするしかない。

ここか……確かここに、使いやすそうな自動販売機があったはずだ。いや、自動販売機の陰やゴミ箱は、警察が真っ先にチェックするだろう。オウム事件以降、監視の目が厳しくなり、それは現在でも続いている。

ここにしかけても、さほど大きな被害にはならないのではないか。もっと驚かせないと、最高の高揚感は得られないだろう。

一度、ここは忘れよう。もっと劇的な効果が期待できる場所がある。そちらの方が、警戒も緩いはずだ。明日にでも下見に行こう。偵察は何度繰り返してもいい。刑事が言うところの「現場百回」のようなものだ。それにこればかりは——一番肝心の作戦は他人に任せられない、自分で足を運んで調べ、準備するしかない。

電話が鳴った。思わず舌打ちする。集中している時に邪魔されるのは死ぬほど嫌いだ。電源を切っておかなかったことを思いきり悔いる。だったら出なければいいのだが、それができないのが自分でも分からない性分だ。いや……スマートフォンに手を伸ばしながら考える。これは元々の性格ではない。電話が鳴ったら出る。そう叩きこまれたのが、未だに生きているだけだ。それを考えるとぞっとする。消したい過去なのに、人は自分の記憶さえコントロールできないのか。

「はい」相手の声に耳を傾ける。次第に表情が緩んでくる。「ああ、その件はもういいんですよ。後は好きにして下さい。ええ。もちろん、謝礼はそのままで。この前の話で十分ですから。そうです。あれでいいんです。こちらとしては、百パーセントの評価ですよ」

馬鹿馬鹿しい。こんな男のご機嫌を取る必要があるのか？　沈黙を守ってもらうための金は渡した。これ以上、かかわり合いたくない。こいつはまだ金が欲しいのか。

「とにかく、もう連絡は取らないで下さい。お互いに危ない橋は渡らない方がいいでしょう。ええ。やっさんも、あまり余計なことはしない方がいい」言い切って口を閉ざす。予想通り、相手が金の話を持ち出した。「それは駄目です。約束は守ってもらいますよ。

そうです、これで二度と会わない。それがお互いのためです。え？　まさか……警察にこの話を持ちこんで、何になるんですか？　私が何か企んでいるとでも？　警察に相手にされるわけがないでしょう。だいたいあなた、警察に行けますか？　話ができますか？　あなたの言うことを、警察が信じるわけがないでしょう。馬鹿なことを考えないで、これで満足しろ」急に声を低くし、脅しにかかる。「俺は、あんたが想像しているような人間じゃない。あんたが今まで会ったこともないような人間なんだ」

返事を待たずに通話を切った。呼吸が少し荒くなっている。携帯を壁に投げつけたくなったが、物に当たっても仕方がない。一つ深呼吸して、そっとデスクに置いた。

これまでいちばん危険な仕事……死体の処分。ランク付けすればAの上、Sということになるだろう。一人でやるのは無理だからヘルプを頼んだが、もっと相手を選んでおくべきだった。

暗い怒りが湧き上がる。ふざけた話だ。社会の縁から零れ落ちそうになっている奴らは、俺に注文をつけることなどできない。そんな権利はない。

11

伝《つて》は大事だが、向こうとこちらで温度差がある場合も少なくない。気楽に接していいか、悩む。

桜内にとって、神谷はまさにそういう存在だった。向こうがどう思っているかは分からないが、桜内にとっては気になるが、近づきたくない男である。何を考えているか分かりにくいし、行動が危なっかし過ぎる。警視庁の捜査一課から、伊豆大島の小さな所轄に左遷されたのがその証拠だ。神奈川県警への調査で一緒になった時には、やることなすこと危うい感じがして、常に冷や冷やしていたものだ。

非番の日の夕方。スマートフォンの画面に神谷の名前を見て、桜内は緊張感を覚えた。昔は携帯も持っていなかった——へそ曲がりなのだ——が、正式に本土に戻って手に入れたのだ。いきなり電話がかかってきた時に、「主義が変わったのか」と驚いたのを今も覚えている。

「今、電話して大丈夫か？」神谷の声は低く、警戒している様子が感じられる。

「ええ」キッチンにいる妻をちらりと見た。起き抜けの桜内のためにコーヒーの準備をしてくれている。非番の日には、普通の生活をしようと心がけているが、体調が変わってしまったのか、寝るのは明け方近くになってしまう。妻に対しては、本当に申し訳なく思っていた。

「ちょっと会えないかな」

「ああ……そうですね」何の話か分からず、躊躇いが先に立つ。「今、夜の仕事なので」

「それは知ってる」知らないわけがない、とでも言いたそうな不機嫌な口調だった。

「君の都合のいい時間で構わない。今日は？」

「非番です」

「俺がそっちに行くよ」

だったら家に呼んで、一緒に夕食でも食べようか、とも思った。離婚歴のある神谷は、家庭の味に餓《う》えているかもしれない。しかし彼の性格では、そういうことはしたがらないだろう。埼玉まで来てもらうだけでもありがたい——もっとも、会いたがっているのは彼の方だが。

「神谷さんは、何時なら大丈夫ですか？」

「そっちに合わせるよ」

頭の中で時計を回して、「八時」と告げた。今日の第一食を食べた後である。

「ちなみに、仕事の話ですか」

「ああ」

だったら酒は抜きだな、と思った。自宅近くのＪＲ浦和駅前なら、長居しても文句を言われない喫茶店が何軒かある。いろいろ考えた末、桜内は、浦和駅西口にあるホテルを面会場所に指定した。一階にカフェ兼用の大きな呑み屋が入っていて、レッズの試合がある時はサッカーファンで賑わうが、試合のない日は比較的閑散としているはずだ。とはいえ、常にそれなりにざわついており、秘密の話はしやすい。

秘密の話なんだろうな、と考えると気が重くなる。他県警に仕事を頼む場合は、捜査共助課を通してというのがルールだが、神谷の場合、それを無視して話を押し通してくる可能性もある。

先に店に着いた桜内は、大画面テレビのすぐ脇にある席に案内された。客の入りは五割程度。テレビは海外のサッカーの試合を流していたが、注目している人はいないようだった。これならテレビの横に座っていても目立たない。

桜内はメニューを眺めた。何度か入ったことのある店で、料理はかなり独特だった。何故か凝ったエスニック料理が多い。タイ風のカレーやチャーハンは本格的な味だが、一方で普通のパスタも出す。ありがたいのは値段が安いことだ。コーヒーで三百円台は、この辺にしても格安である。

注文したコーヒーを一口啜った時、店に神谷が入ってくるのが見えた。膝まである黒いトレンチコート。表情は相変わらず厳しく、店内に敵がいないかと探すように、あちこちに視線を投げている。しかも「見つけ次第射殺」の使命を帯びているような目つきだった。

桜内は軽く右手を上げた。神谷がすぐに気づいてうなずいたが、表情は変わらない。

これはよほど難しい話なのだな、と桜内は気を引き締めた。神谷が桜内の前にすっと座り、店内をぐるりと見回した。

「変な店だな」

「何がですか」

「あれ」神谷が道路側を指差した。「爆撃にでも遭ったのか？　窓も入っていないじゃないか」

「ああ」桜内は苦笑した。通りに面して、窓代わりに半透明のビニールシートが垂れ下がっている。「夏場はオープンになるんですよ。今は真冬だから、取り敢えずああやって塞いでいるだけで」

「道理で寒いはずだ」うなずくと、やっと相好を崩す。メニューをちらりと見ると右手を高く上げ、店員を呼んでコーヒーを注文した。

「何か食べなくていいんですか」桜内は思わず訊ねた。

「済ませてきた」腕を突き出して時計を確認する。「もう、いい時間じゃないか」

「まあ、そうですね」

「夜勤専門の仕事はどんな感じだ？」

「常に時差ぼけです」桜内は首を横に振った。寿命が縮むよ、と本気で心配になる。

「埼玉県警も、妙なことを始めたんだな」

「まったくです」

「でも、それなりに効果は上がっているみたいじゃないか」

「検挙者数は増えましたよ」あまり自慢する気持ちではなかったが。

「どうでもいいような奴を捕まえてるんじゃないか」

この言い方にはむっとした。神谷は、人の神経を逆撫でするような台詞を平気で口にする。

「それはないと思いますけど」

神谷のコーヒーが運ばれてきた。それを機に、神谷が煙草に火を点ける。目を閉じたまま、いかにも美味そうに深く煙を吸いこんだ。桜内もつい、自分の煙草を取り出してしまった。

「この前話した時、禁煙したって言ってなかったか」とがめるように神谷が目を細め、訊ねる。

「夜勤のストレスで」

「それは大変だ」

「神谷さんはどうなんですか？　本土の暮らしは」

「あー、地に足を着けて仕事をしてるよ」

冗談なのか分からず、桜内は表情を崩さなかった。冗談だろう……この人が、落ち着いて仕事ができるわけがない。常に周りを刺激し、トラブルを巻き起こしてしまうタイプなのだ。

「まあ、基本的には暇だな」

「そうですか」

「所轄は本部とは違う」

「それは分かります」

デリケートな部分に入りつつあるな、と桜内は意識した。神谷は元々、警視庁本部の捜査一課にいた。そこでヘマをして伊豆大島の所轄に飛ばされ、燻っていたところで、神奈川県警に関する調査のために呼び戻されたのである。その仕事が終わってからしばらくして、本土の所轄に異動になったが、本人がそれを気に入っているかどうかは分からない。板橋中央署の刑事課係長というポジションは、どの程度神谷の虚栄心を満たしてくれるのだろう。

「そっちは充実してるんじゃないか？」

「どうですかね」桜内は顔を擦った。「トップがちょっと変わった人でしてね。立場上、上と下の板挟みになるのがきついです。何だか、苦情処理係みたいですよ」

神谷が薄く笑った。コーヒーを一口、煙草を一吸い。最初のぴりぴりした雰囲気は次第に薄れてきた。が、すぐに表情を引き締める。

「いろいろ、そっちの噂は聞いてる」

「俺の上司の話を、ですか？」

「まさか」神谷が否定した。「どんな事件をやっているか。噂というか、かなり具体的な話として」

「そうなんですか？」

「永井理事官から、ね」

「ああ……この前、俺のところにも電話がかかってきました」

「あの人にすれば、今でも俺たちはチームなのかもしれないな」

同意の印に、桜内はうなずいた。あの時集められた他の刑事たちと永続的な関係を保つのは、不可能だと思う。全国各地に散らばっているから、よほどのことがなければ会う機会さえない。それに、辛い、嫌な仕事の記憶が共通している。いつまで経っても笑い話にならないような……こうやって神谷と相対しているだけでも、当時の緊張感が蘇ってくるのだった。全員集まっての和やかなOB会などできそうにない。

「実際、彼の情報は役に立たないわけじゃない」

「それはそうでしょう。情報のハブにいるんだから」

「コカインの運び屋を挙げたそうだな」神谷が一際声を低くした。

「ええ」

「あんたが逮捕した」

「そう、ですね」

「本部長表彰間違いなしだな」

「それは別にいいんですけど……」唯一期待しているのは、この手柄で自分の意見が言えるようになるかもしれない、という可能性だ。強い意見——警備班から外してもらいたい。「NESU」のロゴがついたブルゾンを着るのも嫌になってきた。それに、今回街を騒がせている一つ一つの事件にしても、自分が本部か所轄にいれば、最初から最後までかかわれるのだ。初動だけ受け持ち、後は何もできないのは生殺しである。若林はむきになって桜内たちの尻を叩いているが、人が寝静まっているような時間に動いても、効率のいい捜査はできない。

「うちの所轄で、ちょっと怪しい人間をマークしているんだ」

「と言うと？」

「あのコカインの卸元か、あるいは受け取る立場だった人間」

「何者なんですか？」桜内は鼓動が速まるのを意識した。

「ヤクザだよ」神谷がさらりと言った。

「逮捕歴は？」

「一度もない。警視庁や大阪府警では『ネズミ』と呼んでいるんだけど」

「大阪府警も関係しているんですか」桜内は目を見開いた。横浜で一緒に仕事をした、府警の島村《しまむら》辺りが絡んでいるのだろうか。

「関係というか、府警もずっと追ってるんだ。要するに大物ディーラーなんだよ。末端の売人の取りまとめもするし、海外からの輸入も請け負う。英語が喋れるんだ」

「ああ、今のディーラーは、英語が必須でしょうね」最近は、在日の外国人が売人になっているケースも少なくない。犯罪においても、英語が「国際語」として重要なのだ。しかし、外国人が平然と街に溶けこみ、普通の主婦や学生にまでドラッグを流しているのはやりきれない。大きな話題にはなっていないが、今は戦後第何次かの薬物禍の時代である。危険ドラッグなどの流行で、過去とは違う様相を見せている。さらに「カジュアル」になり、使うことに対する抵抗感が低くなっているのだ。「ところでそいつ、何でネズミなんですか?」

「顔がネズミに似てるから」神谷が両手で自分の頬をすっと撫でた。「極端な逆三角形で、顎が細いんだ」

「それにネズミは、逃げ足が速いですよね」

「そうなんだ。だから今まで、上手く証拠を摑ませなかった。ただし、今度は何とかなるかもしれない」

「ええ」この話がどこへつながるか、桜内にはまだ想像もつかなかった。

「もしかしたら、埼玉県警が押収した大量のコカイン……それが、ネズミに関係しているかもしれない」

「そうなんですか？」桜内は身を乗り出した。こういう話になると、頭の中のアンテナが動き出す。

「本人をパクったわけじゃないから、はっきりしたことは言えない。でも最近、周囲にそういう話を漏らしているっていう情報があるんだ……大損したってな」

「具体的には？」

「三億円ほど、と」

桜内はうなずいた。押収されたコカインは五キロ、末端価格では三億円と見こまれている――話は合致した。大物ディーラーとして、大儲けのビジネスだっただろう。

「そんな大きな取り引きは、滅多にないですよね」

「ああ。それに話の内容が『儲け損ねた』なんだ。どういうことか、想像がつくだろう」

「分かりますけど、もう一本、筋が欲しいですね」桜内は人差し指を立てた。「例えば、具体的な場所とか」

「あー、まあ、そうだな」神谷が苦笑した。「俺が直接担当してるなら、いくらでも押せるけど、他の課の仕事に首を突っこむには限界がある。ただ、俺の勘では埼玉なんだ。

三億の取り引きは、そんなにしょっちゅうあるわけじゃない」

「勝負に出たのかもしれませんね」桜内も同意した。国内でのドラッグ流通ルートは様々だ。リスク分散の意味もある。あまりにも大量のドラッグを一手に扱っていると、逮捕された時のダメージも大きい。

「しかし、おかしなこともある。普通、三億円の売買が潰されたら、激怒しまくると思うんだ」

「そうでしょうね――それも運び屋のヘマだとしたら」

「ところがネズミは、表面上は怒りを露わにしていないんだ。元々、気の短い男なんだけどな」

「こっちもおかしな感じです。逮捕された二人なんですけど、一切供述しないんですよ。世間話はするみたいですけど、肝心の事件のことについては、完全黙秘で」

「誰かを庇ってる感じじゃないのか？　それこそネズミを恐れてるとか」

「二人は……チンピラですよ。逮捕歴もない。そういう人間が、いきなり大物ディーラーとつながるものでしょうか。間に他の誰かが入っている可能性もあるんじゃないかな」

「そうだな」

「ところでそれ、神谷さんが担当している事件なんですか？」

「いや。刑事課の俺が手を出す事件じゃない」神谷がさらりと言った。「うちの署の生活安全課が動いているけど、ネズミレベルのディーラーになれば、本部が主導で捜査する。ただ、所轄の刑事課にも、情報ぐらいは流れてくるんだ」

「ああ……でしょうね」

「たまたま、ネズミはうちの管内に住んでいてね」

「そうなんですか？」暴力団幹部にして大物ドラッグディーラーが板橋に住んでいるのは、イメージ違いだった。

「板橋を馬鹿にするなよ」神谷が真顔で抗議した。「別に、ヤクザが全員、赤坂辺りに住んでるわけじゃないんだから」

「分かりますけど……」何か納得がいかなかった。

「まあ、俺の方でもちょっと気をつけて観察しておくよ。もしもネズミを逮捕できれば、そっちの捜査のヒントになるかもしれないし」

桜内は無言で応じた。こっち——埼玉県警の事件ではあるが、自分の事件ではない。そんな思いを、せっかく情報を教えてくれた神谷には言えなかった。

「でも神谷さん、何でわざわざ俺に教えてくれる気になったんですか？」

神谷が目を見開く。桜内の質問に訝っている様子だった。

「どうしてって……こういうのは、お互いに情報を流し合うものじゃないか？　捜査共助課を通じた公式の情報交換だけじゃ、分からないこともあるから。せっかく知り合いがいるんだから、それを生かさない手はない」

「でも、俺の方では、神谷さんに渡せる情報はないですよ」

神谷が短く、しかしはっきり声を上げて笑った。

「別に、そんなことは期待してないよ。いつもバーターってわけにはいかないだろう? もちろん、気に留めてもらっていて、何かあった時には教えてもらうと助かるけど……俺は今でも、あのチームは生きていると思ってるから」

「それでいいんですか?」

「何が」

「あの時、嫌なこともあったじゃないですか」

「プラスマイナスで考えたら、プラスの方が大きかった。あのチームは、俺を変えてくれたんだ」

「いい方に?」

「そう信じたいね」

チーム——同じ釜の飯を食った仲間。あまり実感はないが、彼自身が「いい方向」と言うなら、桜内としては特に異論はない。

「だいたい、永井さんも変わったよな」

「この前、電話で話しましたけど……」確かに、「前に出てくる」感じは強くなってい
る。桜内が知っていた永井は、少し線の細いタイプだった。神奈川県警に対する調査で
も、相手の卑劣な攻撃で精神的なダメージを受け、一時戦線離脱していたぐらいである。
「大胆になったというか、図々しくなったというか。君のところの警備班を仕組んだの
はあの人だよ」
「まさか」桜内は目を見開いた。「うちの刑事部長の肝入りだと聞いてましたけど」
「埼玉県警の刑事部長は、キャリアじゃないか。確か、永井さんは大学のゼミの後輩な
んだ」
大学のゼミの先輩後輩――そんな関係で、自分たちの業務が決められたらたまらない。
しかし日本のトップエリートたちは、ごく狭い世界から生み出されるのだ。
「この前、電話で話したんですが……そんなことは一言も言ってませんでしたよ」
「毎日夜勤で苦労している人間に、そんな下らない話はしないだろうな」神谷が苦笑し
た。
「されても困りますしね」
「とにかく、永井さんの入れ知恵らしいんだ。行政的な話だけど、ずいぶん積極的だよ
な。以前の永井さんなら、こんなことはしなかったと思う。例の調査の時も、ずっと戸
惑っていたし」

「確かにそうでした」

「それが変わったんだろうな……別に、君をどうこうしようというつもりはなかったと思うけど」

「埼玉県警の人事にまで首を突っこまれたらたまりませんけどね」桜内はコーヒーを一口啜った。

「直接推薦するようなことはなかったと思うけど……刑事部長には話したんじゃないかな。特殊任務向きだって」

「勘弁して下さい」桜内は思わず顔の前で手を振った。「こういうのは……体力的にも精神的にもきついですよ」

「でも結果を出してる」

「コカインの件は偶然です」

「しかし、何か裏がありそうじゃないか？　俺は、捕まった二人のことが気になるね」

神谷が、すっかり短くなった煙草を灰皿に押しつけた。新しい一本に火を点けようとして迷い、パッケージに戻してしまう。節煙しているのだろうか、と桜内は訝った。神奈川県警の事件を調査している時、彼とはずいぶん一緒に煙草を吸って、それで親しくなったのだ。今や、喫煙者は大事な同志である。肩身が狭い思いをしながら、「吸う権利」を小声で主張するしかない。

「禁煙するつもりじゃないでしょうね」

「いや……でも、減らそうとはしてる」

「健康のために？　それとも懐が痛みますか？」

「そういうわけじゃない」神谷の口調は歯切れが悪かった。「しつこく注意されると、何となく吸いにくくなるじゃないか」

女だな、と想像がついた。神谷は離婚経験者だが、新しい女に出会ったのだろうか。煙草のことを忠告されると苛々するが、健康を慮ってくれるなら、ありがたい話ではないか。自分の妻は、また煙草を吸い始めてしまったことについて、何も言わない。家ではあまり吸わないようにしているので、大目に見てくれているのだろう。

「とにかく、俺の方でも注意して見ておく」

「生活安全課の方に首を突っこみ過ぎないで下さいよ。また胡散臭《うさんくさ》がられますから」

「その辺のノウハウは持ってるよ」神谷がにやりと笑った。

後は馬鹿話。そしてかつてのチームの面々の噂話。桜内は次第に気持ちが解《ほぐ》れてくるのを意識した。悪くない……あのチームは、もしかしたら今後の自分の人生に、プラスの影響をもたらしてくれるかもしれない。だとしたら、苦労した甲斐があったというものだ。

12

若林は名簿と睨めっこをしていた。西浦和グループで、「や」がつく人物……「やっさん」と呼ばれそうな人間は誰だ？

すぐに二人に絞りこんだ。「矢澤光《やざわひかる》」と「光石泰之《みついしやすゆき》」。苗字なり名前なりで「や」がつくのはこの二人しかいない。若林は、どちらとも面識がなかった。近くにいた加奈を大声で呼ぶ。

「何でしょうか」加奈はゆっくり近づいてきた。危険な泥沼にはまらないように、慎重になっている様子だった。

「ちょっとこの名簿を見てくれ」目の前に座るのを待って、若林は加奈の方へ向けて名簿を置き直した。

「西浦和グループですか？」加奈が二人の名前を指差す。若林が事前に、緑色の蛍光ペンで目立たせておいたのだ。

「君は、この二人と会ったか？」

「ええと……矢澤には会いました」

「奴は何て呼ばれてた？」

「はい？」

加奈が目を細める。何で質問の意味が一発で推測できないんだ、と若林は苛立った。

しかし加奈は、逆に訊いてきた。

「何でそんなことを知りたいんですか」

一瞬呆気《あっけ》にとられた後、若林は早口で説明した。「やっさん」と呼ばれていた男が、殺しに関係していたか、前島裕を悪の世界に引っ張りこんだ可能性がある。

「矢澤さん、ですけど。たぶん……こいつの周辺の人間全員に当たったわけじゃないですけど、だいたい矢澤さんと呼ばれてたと思います。年齢も、他の連中に比べてちょっと上でしょう？」

確かに。西浦和グループの平均年齢は、二十一歳か二歳ではないか。高校生もいる。その中にあって、矢澤は二十九歳。ベテランというか高齢の方だ。

「こいつのことは知らないか？」若林は光石の名前を指差した。

「直接会ったことはないです。ええと……確か、八幡さんが担当したんじゃなかったですか？」

「ああ、そうだったな。奴は？」

「もう、とっくにパトロールに出てますよ」加奈が壁の時計を見上げる。午後八時半……部屋に残っているのは若林と、今夜の内勤の加奈だけである。

「呼び戻してくれ」

「いきなりですか？　まず確認してからの方がよくないですか？」

「ああ。聞いてみて、奴が知っているなら呼び戻してくれ」若林は顔の横でひらひらと手を振った。

憮然とした表情で加奈が立ち上がり、無線の前に座った。八幡を呼び出し、すぐに警備班の部屋に電話をかけるよう、要請する。こういうやり方は正しいのだが、今日ぐらい省略してくれよ、と若林は思った。いきなり電話すると、本人がハンドルを握っている可能性があって危ないということだが、警察官がそんなことで事故を起こすはずもない。一般ドライバーに示しがつかないと言われるかもしれないが、これは緊急事態なのだ。

無線が切れた直後、電話が鳴った。加奈を仲介役にするのが面倒臭くなり、若林は自分で身を乗り出し、受話器を取った。

「若林だ」

「八幡です……電話するように、長宮に言われたんですけど」

八幡の声は露骨に不機嫌だった。若林はちらりと加奈を見た。「呼び戻してくれ」と言ったのを「電話をかけろ」という指示に勝手に脳内変換したようだ。面倒なことはこっちに押しつけるつもりか……まあ、いい。

「西浦和グループの中で、光石って男を覚えてるか？　光石泰之。お前が会ったはずだよな」

「会いましたよ」

「どんな奴だ」

「蛇」八幡が即座に言い切った。

「蛇？」

「そういう目をした奴、いるじゃないですか。体温を感じさせないっていうか」

「ああ、分かる……奴は何と呼ばれていた？」

「いろいろですけど。光石さんとか」

「やっさんと呼ばれてなかったか？」

「そうですね……そんな風に呼ぶ人間もいたかなあ」

「よし」若林はつい声を張り上げてしまった。

「はい？」

「パトロールは取《と》り敢《あ》えず中止だ。奴に会わせてくれ」

若林は受話器を叩きつけるように置き、すぐにブルゾンに腕を通した。

「いったい何なんすか、いきなり」

八幡が零した。何が……と白けた気分になる。そんなにパトロールに熱を入れていたか？　こいつの普段の行動からして、それはあり得ない。

「殺しの捜査だよ」

「まだ首を突っこんでるんですか？　あんまり邪魔してると……」

「邪魔っていうのは、捜査の妨害をしたりすることだろうが」若林は後部座席から、運転席の背中を蹴飛ばした。「そんなことをする奴がいたら、俺が殺してやる。俺たちがやってるのは立派な手伝いだ」

八幡が何かぶつぶつ言ったが、聞こえなかった。助手席に座る大内は、若林の存在を完全に無視している。

浦和駅東口から、車で五分ほど。駅の近くには高層ビルが建ち並んでいるが、この辺まで来ると、比較的古い一戸建てが密集する住宅街になる。八幡たちと合流して、ここに車を停めてまだ三分。八幡の不満はあっという間に頂点に達したようだった。こらえ性のない男だ……腕組みをして、運転席からはみ出した彼の後頭部を睨みつけながら、若林は頭の中で「やっさん」こと光石泰之のデータを確認した。二十八歳。この男と矢澤光が、西浦和グループの中心人物だった。実際この二人は、同じ高校の先輩と後輩に当たる。高校卒業後は様々な職業を転々とし、ともに前科一犯。いずれも傷害で、街中の喧嘩で相手に大怪我を負わせた、というものだ。これがほぼ同じ時期で、それぞれ執行猶予付き判決を受けている。知り合ったのは判決が確定した後で、偶然、街——浦和駅西口で出会ったのだった。高校の先輩後輩、そしてほぼ同時期に有罪判決を受けた身として意気投合し、他の若い連中を糾合するようになった。

ただしこの二人は、今回の警察による掃討作戦では、身柄を拘束されていない。恐喝や暴行事件など、西浦和グループのメンバーにかけられた容疑に関して、裏で糸を引いているのではと疑われたのだが、逮捕された連中は口を割らなかった。意味不明な忠誠心だ。中には、二人とはまったく関係なく事件を起こした人間もいたのだが。

もちろん警備班では、この二人を徹底的に叩いた。というより、警備班が発足して最初の一か月は、西浦和グループの対策にかかりきりになっていた。発足の目的の一つが、西浦和グループを潰すことだったのだから。

リーダー格の二人を逃したのは痛かったが、監視をやめたわけではない。今も時々、様子を見ているのだ。現在は、以前の仲間とつるむことはないようだが、夜中に街をうろついているのは同じである。何度か職質をかけたが、引っ張れるほどの材料はなく、軽くいなされてしまう。向こうも警察のやり方に慣れてきたのだろう。

「普段は何してるんだ、奴は」

「相変わらずぶらぶらしてますよ。今は働いていないみたいですし」

「それでよく金が続くもんだね。またどこかでカツアゲとか盗みとか、やってるんじゃないのか」

「やってれば、とうに見つけてます」

「結構、結構。お前の観察能力には全面の信頼を置いてるよ」

八幡が身を硬くするのが分かった。侮辱されたと思ったのだろう。

それからは無言で時間が流れる。光石の家は古びた一戸建てで、家族——母親が在宅しているのは既に確認した。母親は最初不安そうな表情を浮かべたが、すぐに諦めたように言った。

「そのうち帰りますので」

帰ってきたら、警察の方で好きに処分してくれ、とでも言いたそうだった。息子の更生はとっくに諦めているのだろう。だったらさっさと家を追い出して、親子の縁を切ってしまえばいいのに。

苛々する待ち時間は、どんなことでも紛らせない。若林は、八幡に対する不満を募らせることで、何とか苛立ちから逃れようとした。普段の立ち回り先を完全に把握しておかないから、こんな「待ち」になってしまうのだ。

しかし、待機の時間は思ったより長くは続かなかった。午後九時、駅の方から一人の男が歩いてくるのが視界に入る。

「来ましたよ。奴です」溜息混じりに八幡が言った。

「よし、捕まえてここまで連れてきてくれ」覆面パトカーの後部座席が、臨時の取調室だ。

「はいはい」八幡がドアを押し開ける。助手席の大内も後に続いた。若林は、こちらに向かってくる光石の姿を凝視し続けた。小柄な男だ……データでは百七十センチとあったが、もっと小さく見える。色の抜けたジーンズの裾を黒い編み上げブーツに突っこみ、上は黒い革ジャケットという格好。あれでは、今夜の寒さに耐えるのはきついだろう。背中を丸めて夜の冷気に対抗している様子だった。

八幡と大内がすっと近づき、光石を両側から挟みこんだ。光石は特に驚いた様子もなく、二人の顔を順番にちらりと見ただけだった。もう慣れっこということか……光石は二人に挟まれたまま、覆面パトカーの方に近づいてくる。後部座席に押しこめられると、盛大に——多少演技臭く——溜息をついた。

「ちょいと話を聴かせてくれ。前島を知ってるか。前島裕」

若林が訊ねると、光石の肩がぴくりと動いた。それまでの、どこか余裕のある態度が一気に消し飛ぶ。前の座席の二人がそれぞれのポジションに戻るとすぐに、ドアロックをかける「ガチャリ」という音が重々しく響いた。完全に閉じこめられたわけではないのだが、光石の顔が目に見えて蒼くなる。

「こいつは、お前らのグループの人間じゃないな？　何者か、知ってるか」

「いや」短い返事。意外に甲高い声だったので、若林は拍子抜けするのを意識した。

「知らない？」

無言。否定し続けるのが賢いやり方かどうか、必死で考えているのだろう。阿呆が。何をやっても賢くない。お前はこれから、息を吸うたび、一歩を踏み出すたびに、破滅に近づく人生を送るのだ。俺たちに目をつけられたことで、人生は終わってしまったと考えた方がいい。

「あんた、『やっさん』って呼ばれてるそうだな」

「そんな風に呼ぶのは、一部の人間だけだけどね」

「前島もそう呼んでたな？」

一瞬の反応の後は、すぐにまた黙りこんでしまう。これは当たりだ、と若林は確信した。

「さて……あんたが前島を殺したのか？」

「まさか」

「まず、アリバイから調べさせてもらうとしてだな……」若林は右手を開いたまま掲げ、最初に親指を折った。「次はあんたの家の家宅捜索《ガサ》、銀行口座の確認、親からの事情聴取……おっと、右手の指はあと一本しか残ってないけど、左手の指を出す頃には、あんたの有罪は確定するよ。おい、出してくれ」

若林が指示すると、八幡が車のエンジンをかけた。当然、まだ走り出さないが、いつでも連行できる——容疑者にプレッシャーをかける基本的なやり方だ。

「ちょっと、ちょっと……」光石が慌てて言った。「待ってくれ。俺は何もやってないよ」

「で、前島も知らないのか？　なあ、人間一人の犯罪をでっち上げるぐらい、何でもないんだぜ？　別に、後で『間違いでした』と謝ったっていいんだ。それでも、世間はあんたを犯人だと見る。もう、ここで暮らしていけなくなるだろうな。親の脛を齧って、甘えて暮らすのはお終いだ。真っ当な仕事を見つけて、額に汗して働くんだな。もっとも俺たちは、すぐにあんたを見つけて、職場の人間に情報を耳打ちするけど。こういうことを繰り返したら、どこまで落ちると思う？」

「脅しじゃねえかよ。ふざけるなよ」

「脅し？」若林は肩をすくめた。「現在分かっている事実の説明、それに将来何が起きるかについて俺なりの推測を喋ってるだけだぞ。ただし、あんたがちゃんと喋らないと、今言ったことは全部本当になる可能性が高いけどな」

「……クソ、ふざけるなよ」

「大真面目なんだけどねえ、こっちは」若林は体を傾け、光石との距離を一気に詰めた。「人が一人殺されてるんだ。いつまでもだらだらやってるわけにはいかないんだよ。で？　あんたが殺したのか？」

「違う」

「だったら、前島とはどういう関係だったんだ」

「それは……たまに会うぐらいで」前島を知らないと白《しら》を切り通すつもりはなくなったようだ。いずればれる、と判断したのだろう。

「知り合ったのは？」

「最初は、バイト先で」

「どこの？」

「四年ぐらい前に、道路工事の……誘導のバイトで」

「あんたが誘導棒を振ってたのか？　あんなきつい仕事をするタイプじゃないだろう」

「金になるんだよ、あのバイトは」

「ああ……それは分かる」そうやってずっと、真面目に働いていればよかったのに。

「で、前島とはどういうつき合いだったんだ？」

「一緒に酒を呑んだり、飯を食ったり、それぐらいだよ。後はバイクで走りに行ったり」

「あんた、バイクは持ってたんだっけ」

「バイクぐらいあるよ」

「そいつはまた、仲がよろしいことだな」若林はまた肩をすくめた。「親友ってやつか？　最近珍しいな。その割に、前島が死んだショックを見せないじゃないか」

「別に、親友なんてもんじゃないから」

「そうかい？　二人でツーリング、楽しかったか？　いや、待てよ。あんた、もしかしたら男の方の趣味で……」

「違うって」一面倒臭そうに光石が言った。

「だったら何なんだ？　あんたは、前島の先生ってことか。酒の呑み方や喧嘩の仕方を教えた？　あとは、効率的な放火の方法とか？」

「は？」

「放火だよ、放火。前島の遺体が見つかった前の日、市内のあちこちで放火があっただろう。実は俺は、前島がやったんじゃないかって睨んでるんだが」

「……さあね」

　微妙な反応だった。知っているかもしれないが、直接は関係ないとでも言いたげな……。

「なあ、何もあんたを貶《おとし》めようとしてるわけじゃないんだぜ。俺は、前島を殺した犯人を捕まえたいだけなんだ」

「俺は何も知らないから」

「いやいや、良き先輩として仲良く接してたんだろう？　何も知らないわけがないだろう」

「知らないものは知らないね」光石は余裕を失ってきたようだった。今までの話のどこに、一番敏感に反応したか……全てだ。要するに、前島の話は一切したくない、ということだろう。

「だけど前島のことは知ってる……どうなんだ？　奴は他に、どんな人間とつき合ってた？　誰か、放火を企むような本物のワルがいたんじゃないのか？　あんたみたいな、可愛いワルとはレベルが違う……」

光石はいつの間にか、膝の上で両手を拳に握っていた。どこに反応して緊張しているのか……もしも「可愛いワル」だとしたら、こいつは本物の馬鹿だ。

「ま、何か思い出したら連絡してくれ」

若林は声の調子を切り替えて名刺を渡した。受け取ろうとしないので、鼻先まで持っていってやる。光石は右手を払うような動きで名刺を奪った。そのまま右手で握り締めて
……名刺に皺が寄り、歪む。

「おお、さすがに動きは素早いね。じゃあ、ご苦労さん。今度街で会ったら、気軽に声をかけてくれよな」

光石が車を出る。若林は前部座席の隙間に顔を突っこんで、光石が家の中に消えるまで見守った。

「いいんですか」八幡が訊ねる。「ずいぶんあっさり放しましたね」

「単なるご挨拶だよ。奴はこれで動きそうな気がする」

「ということは？」

「もちろん、張り込みだ」若林はぴしりと言った。「これから午前零時まで、お前らはここにいてくれ。零時を過ぎたら、交代要員を出す」

「マジすか……」八幡の語尾が力なく消える。

「何だ、街中で車を転がしてる方が楽しいか？　これだって立派な仕事だろうが」

「それは分かってますけど……どうせなら、もっと揺さぶって喋らせればよかったでしょう。あいつ、きっと落ちましたよ」

「俺は何事にも、焦るのが嫌いでね。じっくりやりたいんだ。いいか、正しい取り調べっていうのは、正しい男女交際と似ている」

「は？」八幡が頭から突き抜けそうな声を上げた。

「手順ってもんがあるんだよ。いきなり襲いかかったら嫌われるだろうが。最初は話をして、次は手をつないで……そういう手順は大事なんだぞ」

「はあ」

「というわけで、しばらく張り込みを頼む。ああ、俺が見てないところで、勝手に奴と手を握り合うなよ。これは男女交際じゃないんだから」

　八幡が鼻を鳴らしたようだが、気のせいだと考えることにした。目の前に手がかりが転がってきたのだから、部下の反応など考えている暇もない。

13

十一時過ぎに、若林はまた警備班の部屋を出た。張り込みの交代に、大杉を呼び戻してパートナーにする。この男は文句が少ない分、張り込みの相棒としてはましだ。張り込みに入る前に夜食——若林の感覚では「昼飯」だが——を奢ってやろう。それでこの男の集中力を買えるなら安いものだ。

「ラーメンでもどうですか」夜食の話を持ちかけると、大杉はすぐに乗ってきた。

「ラーメンねえ」この時間の食事を「昼飯」と考えれば、ラーメンというのはちょうどいい。が、気分と体のずれがある。実際には、寝る前に脂っこいラーメンを食べるのと同じようなものではないか。

「最近、凝ってるんですよ。大宮駅周辺がラーメンの激戦区で、美味い店が多いんですけど、浦和駅周辺も悪くないです」

「ほう。それで、行った店の情報を手帳に詳しく書きつけておくのか？　それをブログにアップしたりするのか？」

「ブログなんかやってませんよ。禁止でしょう？」急に大杉が勢いをなくした。「別に、ラーメンでなくてもいいんですけど」

「いや、せっかくお前が食べたいと言っているんだから、乗ろう。最近、浦和駅近辺でお勧めの店は？」

「この時間だと、そうですね……九州ラーメンの店がまだ開いてます」

「豚骨味か……」若林は、醤油味がすっきりしている昔の東京風ラーメンが好みなのだが、今はそういう店を見つける方が難しくなっている。「ま、たまには若い人の好みにつき合うとするかね」

若い人、ね。そういう言い方をすると、途端に自分が年を取ってしまったように感じる。四十五歳で年を取った、もないものだが……若林は助手席に背中を預け、目を閉じた。今日の張り込みは空振りに終わりそうな予感がしている。光石も用心して、わざわざ危険を冒すような真似はしないだろう。もしもあの男が、まだ危険なことをしているなら、だが。

覆面パトカーに乗った途端、大杉は九州ラーメンの魅力について滔々《とうとう》と語り始めた。東京にも豚骨ラーメンの店が増えてきたが、実際に博多で食べ慣れた味ではない、食べ終わった後、上下の唇が張りつくぐらいの粘度がないと……云々。そうか、こいつは北九州の出身だったなと思い出す。そんなにしつこいものばかり食べてると長生きできないぞ、と言おうとした瞬間にスマートフォンが鳴った。一瞬どこの番号か分からなかったが、取り敢えず出てみる。

「もしもし？」

「ああ。蓮田署の増永です」

「どうした？」

「いえ、ご報告までなんですが」増永は今にも笑い出しそうだった。「吉岡元を逮捕しました」

「ほう。容疑は」増永に釣られて若林も軽い口調になった。

「窃盗未遂。マンションの敷地内でうろうろしていたところを、職質で捕まえました。七つ道具を持ってたんですよ」

「ああ……そりゃ言い逃れできないな」若林は笑いを噛み殺した。予想通りだ。「誰が手錠をかけたんだ？」

「うちの若い連中が、パトロール中に」

「中途半端な時間だな」盗みのために人の家に忍びこもうとしたら、真っ昼間か、もっと夜遅い時間を選ぶ。午後十一時というのは、在宅で、しかも住人が起きている可能性が極めて高い時間帯だ。おそらく下見だったのだろう。

「そうですね。でも、とにかく無事逮捕しましたから、お礼までにご連絡を」

「言った通りだっただろう？」

「そうですね」

　これで電話を切ってしまってもよかった。しかし、吉岡の顔を拝んでおきたい、という気持ちが高まる。あいつと顔を合わせるのは、これが最後になるかもしれない。夜のこの時間でも片道三十分以上はかかる。ラーメンは抜いてしまおう。そうすれば、八幡たちとの交代時間に遅れなくて済む。奴らには、少しだけ遅くなる旨、通告しておけばいい。

「これから、そっちへ行く」

「はい？」途端に増永が疑わしげな声を出した。「若林さんにお力添えをいただかなくても、こっちだけでやれますよ」

「いやいや、取り調べをやらせろって言ってるわけじゃないんだよ。個人的に会いたいだけだ」若林はすっと息を吞んだ。「最後のお別れとしてね」

　吉岡元は、若林の記憶にあるより年老いていた。最後に会ったのは十年も前だから、当然だが……十年前に比べて皺が増え、首の筋肉が衰えたのか、前屈みの姿勢になっている。座っていても疲れが滲み出ているように見えるのは、自分が置かれた立場を理解しているからか、年齢のせいか。五十歳を過ぎると、人の外見にはばらつきが出るものだ。あっという間に年齢の波に吞みこまれる人間もいるが、稀にいつまでも若いまま、という人もいる。

冷たい空気が淀んだ取調室で、若林が向かいに座ると、吉岡が薄い笑みを浮かべた。

「あんたが調べるのか」

「いや」若林はゆっくり首を振った。あまりにも衰えた姿を見ると、かすかに同情心が湧き上がってくるが、首を振ることでそれを押し潰した。「お別れを言いに来た」

「ああ」吉岡の唇が歪む。「あんたも相変わらず人が悪いね」

「悪い人間に合わせてるうちに、こっちも悪くなるんだ」

「相変わらず口も減らない人だ」

「そういうのは、こっちの台詞なんだけどねえ」若林は呆れて言った。窃盗犯としての腕は鈍っても、口の悪さは変わっていない。

「あんたねえ、未だにこんなことやってて、恥ずかしくないの？」

「こっちも飯を食っていかなくちゃいけないからね」

「こんな方法で生活費を稼ぐのは間違ってるよ。まあ、これからは刑務所のお世話になるんだから、食事の心配は必要なくなるだろうけど」

「勝手に言ってろ」吉岡が吐き捨てた。

「あんたも迂闊《うかつ》なんだよ。街をうろついてたら、警察に見つかって当然だ。ヘマしたな。だいたい、蓮田に戻ってくるってのが考えが浅いんだよ」

「しょうがねえだろう、ここが地元なんだから」

「東京にでもいれば、俺に見つかることもなかったのに」

「あんたに？」

「最初に与野であんたを保護したのは、俺の部下だよ」

吉岡が目を見開く。唇をすっと閉じると、急に震えだした。顔が怒りで真っ赤になっている。

「俺を泳がせたのか？」

「そういうこと」

「それで、現行犯逮捕を狙った？」

「完璧にシナリオ通りだな」

「卑怯《ひきょう》じゃないか！」

吉岡が拳をテーブルに叩きつける。しかし、ごく軽い音しかしない。年を取ったな……と若林はしみじみと思った。もっともこの男は、若い頃――二十年前から「重量級」ではなかった。忍びこみの盗みを専門にする人間には、身の軽さも必要なのである。特に吉岡は、ベランダ伝いに窓から侵入したり、雨どいを使って二階によじ登ったりするような、軽業師《かるわざし》のような手口が得意だった。

「とにかく、あんたはもう逃げられないよ。マンションの敷地内に勝手に入って、しかも泥棒の七つ道具を持っていたら、言い訳しようがない」

「勝手にしろ」

「これが最後のお勤めなんだから、神妙にしておけよな。その年になると、刑務所暮らしも辛いだろう。せいぜい、裁判官の前では神妙に反省して、情状酌量を考えてもらうんだな」

「別に……慣れてるよ」吉岡がそっぽを向く。

「そいつはよかった」若林は大きな笑みを浮かべた。「悪く思うなよ。これが俺の仕事なんでね」

「まあ……いいよ」今度は吉岡が笑みを浮かべた。「あんたは本当のことは何も知らないんだから」

「何だと」若林は目を細めた。「何が言いたい」

「俺は刑務所に入るんだから、もうあんたとも関係なくなるからな。別に言う必要もないだろう」

言って、吉岡が椅子に背中を預け、腕組みをした。何かおかしい。吉岡は、余裕の笑みさえ浮かべているではないか。

「俺はな、街をよく知ってるわけよ」吉岡が嬉しそうに言った。

「そりゃそうだろう。ターゲットを探してうろうろしてるんだから」タクシーの運転手というより、地図会社の調査員という感じだろう。道だけではなく、一つ一つの建物まで記憶に叩きこむ。

「そういう人間には、余禄もあるもんだ」

「余禄？」

「……いや、何でもない。忘れてくれ」

「おいおい、何だよ。気持ちが悪いな」

「だとしたら成功だね」吉岡の笑みがさらに大きくなった。「あんたの気分が悪くなればなるほど、俺は気分がよくなるんでね」

取調室を出ると、大杉が遠慮がちに切り出してきた。

「あの……あの男を泳がせていたんですか」

「そうだよ」

「最初に保護した時、解放しろって言ったのはそういう意味だったんですね」

「ああ」

「どうしてですか？」

「奴と俺には、長い歴史があってね。二十年前、俺が所轄の刑事課に上がったばかりの時に、初めて逮捕したのがあいつだ。窃盗の常習犯で、娑婆《しゃば》にいるより、刑務所に入っていた時間の方が長い。俺が逮捕した後も、何度も逮捕されて服役もしたんだが……二年前に出所した後は、行方が分からなくなっていたんだ」

「それが、元々住んでいた蓮田に戻ってきたわけですね。でも別に、そういうことは珍しくもないんじゃないですか？　七十にもなって、収入もなくて……自分の身の振り方が心配になって故郷に帰ってくるのは、不自然じゃないと思います」

「あの男は違う」若林は、床を踏む足に妙に力が入るのを感じた。「あいつは死ぬまで泥棒だ。ああいう奴は、刑務所にぶちこんでおくのが一番なのさ。娑婆にいる限り、絶対矯正はできないんだ」

「それで泳がせておいて……また何かやるのを待ってたんですか」

「そうだよ」

「それって、何か……」

声が小さくなったので、横を向くと、大杉の姿はなかった。いつの間にか立ち止まり、若林の斜め後ろにいる。

「どうかしたか？」

「いや……他にやり方、あったんじゃないんですか。何だか騙し討ちにしたみたいなんですけど」大杉が自信なさげに言った。

「俺のやり方、間違ってるか？」

「よく分かりませんけど、どうなんですかね。警告して、追い払えばよかったんじゃないですか」

「お前の正義感は何だ？」

「え？」大杉が目を見開いた。

「お前だったらどうしてた？　生涯の大半を刑務所で送って、残り時間も少ない、更生のチャンスもなさそうな男がいる。そういう人間が、新しい獲物を探して街をうろついているのをたまたま発見した……挙動不審者として。お前はどういう処理をする？」

「諭します」大杉が立ち直った様子で毅然と答える。「そういう人間だと分かっていれば、何とか更生させようとしますよ。逮捕するだけが警察官の仕事じゃないでしょう」

「それがお前の方針なら……同じようなことがあったら、そうすればいい。俺はやらないけどな」

「また相手を引っかけるような真似をするんですか？」

「引っかける、罠《わな》にかける……何でもいいよ。ワルは所詮ワルなんだ。稀に更生してまっとうな人間になる奴もいるけど、大抵はワルのまま一生を終えるんだ。そんな人間を諭しても、時間の無駄だろうが。警察はそこまで暇じゃない」

大杉が唇を嚙んだ。納得していないのは明らかだったが、今に分かるだろう。警察官は、キャリアを重ねるごとに三つのタイプに分かれる。一つが自分のように、ワルはワルと割り切って、できるだけ社会から隔絶させようとするタイプ。二つがあくまで犯罪者の「更生」にこだわり、同情と親切心を持って接するタイプ。三つが、疲れ切って「どうでもいい」と諦めてしまうタイプ。厄介なのは三つ目だ。捜査すべき事件を捜査せず、放置して腐らせてしまうこともままある。しかも最近は、この三つ目が徐々に増えつつある気がしてならない……。

「どうでした？」

いきなり話しかけられ、顔を上げる。増永が心配そうな表情で立っていた。

「どうもこうも、ああいう人間はどうしようもないね。できるだけ長く刑務所に入れておくように、あんたも頑張ってくれ……で、どうなんだ？　取り調べの方は」

「否認するような真似はしてませんね。奴《やっこ》さん、警察慣れしてますよ」

「ああ。もしかしたら吉岡が警察にかかわっていた時間は、あんたが警察にいる時間よりも長いかもしれないからね。もしも警察官になったら、成功してたんじゃないか？　少なくとも、警察との相性はいいんだから」

増永の顔が歪んだ。笑っていいのかどうか、判断しかねている様子である。若林は余裕の笑みを浮かべたが、それはすぐに引っこんでしまった。何かが気になる……余禄。余禄とは何だ？

「何か、変わったことを言ってなかったか？」

「そう言えば……」増永が顎を撫でた。「逮捕された直後に、『あんたらも決まった動きしかしないんだな』って言ってましたけど、どういう意味でしょうね」

「何だ？　こっちの動きを読んでたみたいな言い方だな」気に食わない。

「まさか、そんなことはないでしょうけどねえ」

「どうかな」嫌な予感が頭をもたげる。こちらの動きを読む、あるいは観察する。街の様子、さらには警察の動きに詳しいあの男なら、できないことではあるまい。例えば警備班の動きやどんなメンバーがいるか知るために、わざわざ挙動不審の動きを見せて職質を受けてみるとか。

問題は、何故そんなことをしたかだ。一歩間違えば、二度と娑婆に出てこられなくなると分かっているはずなのに。

もう一度話を聴いてみるか……吉岡の反応はよく知っているし、どこを突けば本音を吐くかも分かっている。腰を据えて話をすれば、必ず落とせる。増永にそう申し出てみたが、彼は首を振って拒絶した。

「今日は駄目ですよ。もう遅いですから。あまり遅くまで引っ張ると、いろいろ問題になりますからね」

「人権、人権か……」若林は吐き捨てた。「まったく、皆どこを向いて仕事してるのかね」

なおも文句を連ねようとしたが、スマートフォンが鳴り出した。八幡だ。そろそろ交代の時間だが、多少遅れると連絡してある。泣き言を言ったら懲罰ものだ。

「八幡です」

「分かってるよ」

「光石が動き始めました。バイクで出かけたので、尾行します」

「よし」何かあったのか？　今夜は大人しくしていると思ったのに。「きっちり尾行してくれ。こっちもすぐに戻る。途中で合流するから、こまめに連絡を入れてくれないか」

「了解です」

八幡が電話を切った。若林は頰を膨らませ、すぐに電話をブルゾンのポケットに落としこんだ。さっと後ろを振り向くと、大杉に「戦闘再開だ」と告げた。

第三部　ターゲット

1

　光石は自宅を出ると、浦和競馬場の南側を通り、県道三十五号線へとバイクを走らせた。武蔵野線の跨線橋《こせんきょう》を越えると、すぐに細い道路を左折して、一軒のマンションの前にバイクを停める。走っていたのは十分弱。途中、八幡から連絡を受けるたびに、若林は焦った。光石がバイクを停めた時もまだ、さいたま市に入っていなかったのである。東北道の岩槻インターチェンジに入る直前、若林の方から八幡に電話をかけた。

「訪問先はどこなんだ?」

「今確認中なんですけど……マンションの三階の部屋ですね」

「到着まで、もう少し時間がかかる。俺が着くまでに、相手を割り出しておいてくれ」

「それは、ちょっと……」

「難しい、とか言うなよ。知恵を絞れ。それと絶対、向こうには気づかれないようにしろ」

「それは大丈夫です」少しむっとした口調で八幡は電話を切った。

若林は溜息を一つついて、シートに身を預けた。大杉が左へぐっとハンドルを切り、若林の体が揺れる。

「とにかく飛ばせ」

「分かってます」苛立った調子で大杉が答える。

本当に分かっているのかね、と若林は訝った。まだまだスピードが出ていない。

今夜は、一つの分岐点になりそうな気がしていた。捕まえる予定でなかった人間が捕まり、家に籠っているはずの人間が動き出す。もしかしたら自分たちの動きが、連中に刺激を与えてしまったのかもしれない。光石は、何故これほど動揺したのだろう。警察が訪ねてくることなど、予想してもいなかったから？

所詮は小悪党。

しかしそういう人間の方が、警察的には扱いにくい。犯罪に慣れた者の考えは、手に取るように分かる。むしろ光石のような「アマチュア」の方が、何を考えているか分からないものだ。

結局、現場のマンションに到着するまで、八幡から連絡はなかった。浦和インターチエンジを降りたところで、よほどこちらから電話を突っこんで怒鳴り上げてやろうかと思ったが、無駄だと自分に言い聞かせる。あの男は、どこか鈍い上に愚痴っぽい。自分が説教すれば、後で桜内に泣きつくだけだろう。

現場のマンションから少し離れた場所に、覆面パトカーを停め、大杉と車を降りて歩きだす。少しでも警察の事情を知っている人間なら、覆面パトカーだとすぐに見抜いてしまうだろうし、近くに二台も停まっているのが分かったら、警戒するだろう。余計な危険は冒せなかった。

現場は静かな住宅街だった。交通の便という点から考えれば、川口市のエアポケットのような場所である。武蔵野線、京浜東北線、埼玉新都市交通の各駅からは遠く離れている。近くに東京外環自動車道の川口西インターチェンジがあったが、車を利用しない人には関係あるまい。そしてマンションの住人が車を使っていないであろうことは容易に想像できた。駐車場がないのだ。

若林はちらりとマンションを見てから、通り過ぎた。光石のバイクは、電柱の陰に停めてある。ナンバーが軽く上へ折り曲げられているのは、警察に追われた時の対策だが、これだけで道交法違反だ。引っ張る理由になるが、今は無視することにした。泳がせるのは俺の得意技だからな、と皮肉に考える。

いつの間にか雪がちらつき始めている。このまま雪が激しくなったら、光石はマンションから出てこないかもしれない。道路に雪が積もったら、バイクで走り出すのは自殺行為だから、一晩泊まっていくのではないだろうか。単純に女のところにしけこんでいる可能性もある。大杉と一緒に歩きながら上を見上げ、冷たい雪片を顔で受けた。わずかに濡れた顔を両手で激しく擦り、かっと目を見開いて大股で歩き続ける。気に食わない……何かが気に食わない。

マンションの手前に、八幡たちの覆面パトカーが停まっていた。運転席のドアが細く開き、八幡が顔を見せたので、若林は慌てて右手を突き出し、中に止《とど》まるように合図した。鈍い八幡でもその意味を読んだのか、ドアがすぐに閉まる。これでよし……目つきの悪い男たちが四人、街灯の淡い光の中で密談していたら嫌でも目立つ。車の中にいれば、怪しまれることはないだろう。あくまで程度の問題だが。

若林は、警戒のために大杉を外で立たせることにした。

「寒いのは分かってるけどな」一応、気遣いを見せてやる。「光石を見逃す訳にはいかないんだ。特にバイクを注意して見張っていてくれ」

大杉がすぐにうなずいた。監視が必要なことは、彼自身も分かっているのだ。若林は助手席側の後部座席に滑りこみ、運転席の八幡に訊ねる。

「住人の名前は」

「まだ分かりません」

「何なんだ、今まで何をやってたんだ」若林は低い声で叱責した。

「三〇一号室に入ったのは確認できたんですよ。窓が二つあるんですが、光石がマンションに入った直後、それまで灯りが点いていなかった方の窓が明るくなったんです」

「それだけじゃ弱いな」たまたま住人が、一つの部屋から別の部屋へ移動しただけかもしれないではないか。

「いや、その後で窓が開いて、光石が顔を出しましたから。間違いありません。用心してる様子でした」

八幡の声は得意げだった。どうだ、きちんとやっているだろうとでも言いたげに。若林は「それで？」と素っ気なく先を促した。

「いや、それだけです」途端に八幡の声が萎む。

「で、三〇一号室の住人が誰かは分からないわけだ」

「郵便受けに名前がないんですよ」

「所轄には確認したか？」

「しましたよ」むっとした口調で八幡が言った。「三〇一号室はノーチェックだったようです」

どうやって割り出すか……方法はいくらでもあるが、基本的には明日の朝まで待たねばならない。その数時間がもったいなかった。今晩中に部屋の住民の正体を知り、もう一度光石と対決したい。

「取り敢えず、ここで張り込んでくれ」

「はあ」八幡は不満そうだった。「あの……こんなこと、いつまで続けるんですか」

「いつまで？　まだ始まったばかりだと思うが」

「いや、警備班の仕事自体……自分、こういう感じじゃないと思ってたんですけど」

「だったらどんな風に思ってたんだ？」若林は頭が膨れ上がるのを感じた。「単なるパトロール？　それで偶然ワルどもにぶつかるのを待つ？　そんなのは、誰でもできるんだよ。わざわざ警備班を組織する必要もない。いいか、警察官にとっていちばん大事なのは、自分の頭で考えることなんだぞ。何がおかしいか、誰が怪しいか、そういうことを考えなくなってただの歯車になるぐらいなら、俺は死んじまうね。この張り込みの意味だって、自分でしっかり考えてみろ。さいたま市で何が起きているか、死ぬほど頭を絞って推理してみろ。それができないなら、交番勤務に戻った方がいいな。制服を着て立ってれば、通学の子どもたちは喜ぶだろうよ。お前は、制服がよく似合いそうだし」

八幡の顔が真っ赤になった。もう一発皮肉を食らわせてやろうかと思った瞬間、ドアが開く。大杉が顔を突っこみ、「どうしました？」と心配そうに訊ねた。外に漏れるほどの大声で喋っていたことに気づき、若林は「何でもない」と短く言って車の外に出た。冷たい空気を吸いこみ、背中を思い切り伸ばす。車の中では、八幡が相方に俺の悪口を並べたてているだろうが、知ったことか。俺には部下を育てる義務などない。そもそも、「育てられる」と考えるのが間違っているのだ。優秀な人間は放っておいても自分で考えて成長する。若林が欲しいのはまさにそういう人材だ。

「だいぶでかい声でしたけど」と大杉が指摘する。

「地声がでか過ぎるのが俺の弱点でね。ミュージカルでもやればよかったかな?」

大杉が戸惑いの表情を浮かべる。若林は両手で顔を擦った。目を開けると、目の前を雪片が一つ、二つ……本格的に雪になりそうだった。空気は重く冷たく湿っていて、指先が凍える。そろそろ、パトロールには手袋が必要だ。

「あ」大杉が短く声を上げる。

「どうした」

「あそこの窓」

言われるまま、マンションを見る。三階の一番端の部屋――おそらく三〇一号室の窓が開く。距離にして十五メートルほど……しかし夜目にも、窓から顔を突き出した男の姿が確認できた。

光石ではない。しかし――。

一瞬、若林は混乱した。あの男なのか?　あいつがここに住んでいる?　しかも光石と知り合い?　様々な疑問が頭を埋め尽くし、混乱した。

向こうも若林に気づいたようだった。目が合う——ほんの一秒ほど。短い時間で、二人の間には多くの情報が行き交ったように思った。相手は無表情だったが。

窓が閉まる。若林は、痺《しび》れたような感覚を味わっていた。これは偶然なのか？　それとも全てが背後でつながっている？

「どうしました？」

大杉が怪訝そうに訊ねる。若林ははっとして顔を上げ、大杉を見た。心配そうに目を細めている。

「いや、何でもない……お前もここに残ってくれないか？　三人いれば、何があっても見逃さないだろう」

「交代は……どうしましょう」遠慮がちに大杉が切り出す。

「申し訳ないが、朝まで頼む。俺は警備班の方でやることがあるから」若林なりに計算してのことだった。向こうはおそらく、こちらの存在に気づいた。一晩中でも、逆監視を続けるだろう。監視が交代すればすぐに気づき、自分が完全マークされていることを——現段階でマークしているのは光石だが——確信するはずだ。できるだけ目立たないようにしなければならない。

気づくと、大杉があんぐりと口を開けていた。

「どうした」

「いや……若林さんが『申し訳ない』なんて言うの、初めて聞きましたよ」

「言葉の綾《あや》だ。俺は別に申し訳ないなんて思ってないよ。悪いことは何もしてないんだから」

右手を広げて突き出す。大杉が、掌に車のキーを落としこんだ。きつく握り締めてから歩き出したが、マンションの前を通って戻るのは避けたかった。

恐れているから？

違う。

ただ、不利になりたくないだけだ。こちらはあくまで隠密行動で行きたい。二度と相手に姿を見られてはいけないのだ――そう思っても、不安は消えなかった。

そう、俺は恐れているのかもしれない。あの男の存在が、自分の理解を超えた悪であったが故に。

2

まさか。

まさに「まさか」だった。自分は完全に姿を隠しており、誰かに正体を探られる恐れはなかった――ないはずだった。

しかし情報はどこからか漏れる。完璧な秘匿が不可能なことは、経験からも知っていた。秘密は、甘い菓子のようなものである。手に入れれば、誰かに分けてやりたくなるものだ。独り占めしたくなりそうなものなのに、何故か分け与えてしまう。

ということは……目の前にいるこの男が、情報を漏らしたのか。あるいは何か別のことで目をつけられて、尾行され、その結果、警察がここまでたどり着いた？

どちらにせよ、許せない。許すわけにはいかない。

「警察が来てるみたいですね」

「え？」相手の表情が一気に変わった。「まさか」

「間違いない。尾行されてませんでしたか？」

「いや、全然分からなかった」

「それじゃ駄目ですよ。やっさん……あなたには、外れてもらうしかないようですね」

このプロジェクトからではなく、人生から。慌ててここへ駆けこんでくるような人間は、もう信用できない。直接の接触は避けるように、何度も警告したのに。二人の人間が、同じように信用を失って死んだ。

「ちょっと、ちょっと待ってくれ」相手が両手を前に突き出す。

引き出しを細く開け、右手を突っこんだ。しっかりと指先に馴染む感触。千枚通しを握り締める。ここではやりたくないが、仕方がない。いつもの「拷問部屋」へ誘いこむのは不可能だろう。こいつはあそこのことも知っているのだ。大丈夫、急所を一撃すれば、それほど部屋を血で汚さずに済む。

しかし相手も、こちらの動きを注視していた。立ち上がると同時に、ヘルメットを投げつけてくる。顔の高さに、かなりの勢いで——思わず左手を上げて顔を庇った。鈍い音と痛み。一瞬の隙をついて、相手が駆け出す。狭い部屋だ、玄関まで一直線。辛うじて肘を摑んだが、相手は思い切り腕を振るって縛《いまし》めから逃れた。そのまま、靴も履かずに飛び出していく。クソ、まずい……いきなりのピンチに、思考が固まってしまった。

追えば警察に見つかる。追わなければ、あいつが警察に駆けこむ恐れがある。致命的なミスだ。焦らず、もう少しあいつと話して、その間に打開策を見つければよかった。しかしもう、手遅れである。どうするべきか……計画は既に動き始めており、今からストップをかけるのは不可能だ。

だったら、やるしかない。それもできるだけ早く。

警察を出し抜く。若林を破滅させる。それを最後まで見届けることはできないかもしれないが、とにかくやるしかないのだ。このまま捕まるようなヘマはしたくない。

部屋の灯りを消して窓をほんの一センチほど開け、外の様子を確認する。裸足のまま飛び出したあの男は、少し離れたところに停めたバイクに飛び乗った。ヘルメットもなしで、発進させる。あれで検問を受けたら、どう言い訳するつもりか……と考えると、苦笑してしまう。

覆面パトカーに視線を転じると、まだ先ほどと同じ場所に停まっていた。刑事たちは、たった今、ノーヘルでオートバイを飛ばしていった男を見たはずだ。追いかけないとしたら……軸足はこちらに置いておくつもりだろう。あくまで俺を監視し続けるのか。

しかし予想に反して、覆面パトカーが急発進した。サイレンを鳴らさずにバイクを追い始める。頭の中で、素早く状況を検討した。連中は若林に報告し、指示を仰いだのだろう。奴を追え。もう一度捕まえて締め上げろ。誰と会っていたか、何があっても吐かせるんだ――と。指示があったことは、容易に想像できる。

俺は絶対に、警察の手に落ちるわけにはいかない。落ちないための方法も考えてある。バックアップのバックアップ。警察がつけ入る隙はないはずだ。

いくつかの予想外の出来事――失敗とは言いたくない――もある。しかし警察は間抜けで、大事なことを見逃しがちである。自分には、そこを突く力がある。

手早く荷物をまとめた。

逃げ出すわけではない、と自分に言い聞かせる。

ここから別のステージに移るだけだ。

3

午前七時、パトロールを終えてようやく浦和中央署に戻り、車を降りた瞬間、桜内は身を震わせ、両腕で自分の体を抱きしめた。夜のうちに断続的に雪が降って、駐車場の隅の方が薄《うっす》らと白くなっている。あまり積もらなくて助かったな、とほっとした。埼玉県は、首都圏の他の都県と同様、雪に弱い。少しでも積もると鉄道は停まり、動けなくなった車で、道路は長大な駐車場と化す。その結果、交通課と地域課の仕事が急増し、忙しくなるのだ。そして、そういう対策――それこそ交通整理などに、警備班が駆り出される可能性もある。あらゆる緊急事態に対応するのが警備班のモットーだし、何をやるかは若林のさじ加減――あるいは機嫌次第で決まってしまう。あの男のことだ、暇を持て余すぐらいなら、交通整理の手伝いをする方がまし、と考えるかもしれない。

背中を丸めながら部屋に入る。途端に桜内は、普段とは違う雰囲気に気づいた。若林が電話に取りつき、怒鳴っている。いや、それ自体はよくある光景で、警備班のメンバーを電話で怒鳴り上げるのは、彼にとって息をするのと同じぐらい自然な行為だ。しかし今日は、話し方から、電話の相手が警備班のメンバーではないと分かる。

「だから、あんたの記憶力はどうなってるんだ？　記録を見ないと分からない？　すると何だ、奴は記憶ではなく記録に残る男とでも？　馬鹿言うな。ああ、そうか、覚えてないなら仕方ない。だったら今すぐ布団から出て、さっさと本部に行ってくれ……雪は関係ない。今のところ、交通網に影響はないから。阿呆、こっちは一晩中起きてたんだから、それぐらいのことは分かってる」一呼吸置き、さらにまくしたてる。「まさか、その後をチェックしてないってことはないだろうな？　してない？　何だ、それは！　辞めたらそれで終わりなのか。警察っていうのは、ずいぶんいい加減な組織なんだな、ええ？　とにかく一分でも――一秒でも早く調べて連絡してくれ。俺はずっとここで待ってる。いいか、あんたの連絡が遅れたら、その分俺には手当がつくことになる。何もしないでもメーターは回るんだからな。このご時世、そんな贅沢《ぜいたく》は許されないだろうが。そう、俺に無駄な金を払いたくなかったら、さっさと調べて電話しろ！」

若林が受話器を叩きつけた。興奮して肩を上下させている。話しかけにくいので、桜内は少し離れたデスクの椅子を引いて座った。話したいのだが、タイミングが摑めない。若林はいきなり立ち上がると、「阿呆が多くて困るな、ええ？」と桜内に話しかけてきた。

「ああ、まあ……」

曖昧に答えるのを無視して、若林がコーヒーをカップに注いだ。一つを桜内の前に置き、自分は向かいのデスクに直に腰を下ろした。桜内を見下ろす格好になる。

「何かあったんですか」

「あった」若林があっさり言った。「まだ話せないが」

「そうですか」秘密主義は、彼が得意とするところだ。無理に突っこんでも答えが出てこないことを、桜内は経験から知っている。

「ま、時間の問題だろうな。一人逮捕したから、そのうち吐かせられるだろう」

「誰ですか？　容疑は？」桜内は仰天すると同時に、少しだけむっとして訊ねた。一連の事件に進展があったとしたら、一報ぐらい入れてくれてもいいではないか。

「光石だ」

「西浦和グループの？」若林が、西浦和グループの動向を気にかけていたのは知っている。一連の犯行に、やはりあのグループがかかわっていたのか？　もしかしたら連中は、警備班に活動をストップさせられた腹いせに、しかけてきたのかもしれない。「容疑は何なんですか」

「道交法。よりによって、ノーヘルに靴も履かないで、夜中の国道をバイクで制限速度五十キロオーバーで走ってた。しかも追跡した覆面パトを振り切ろうとしたんだぜ。悪質だよな？　逮捕は当然だろう」怒りに任せて、若林がまくしたてる。

「それは分かりますが……誰が捕まえたんですか」

「八幡」

「パトロールの最中に？」

「詳しい話は後にしないか？」若林がデスクから腰を浮かした。表情が険しい。「話せば長くなるんだ」

「俺の方でも話があるんですけど」何故若林はこんなに苛立っているのだろう？　やりにくい状況だが、話さなければならない。

「十秒で」若林が人差し指を立てた。指の数と秒数が合っていないのに気づいたのだろう、すぐに指を折り畳む。「……まあ、十秒じゃなくてもいい。とにかく話してくれ」

「五キロのコカインの件ですが、裏で糸を引いていた男が分かる……かもしれません」

喋ってようやくほっとした。数日前に神谷から聞いた話は、タイミングが合わずにずっと話せなかったのだ。

「ほう」若林がのしかかるようにして訊ねた。「どこの人間だ？」

「東京です。暴力団員で、ドラッグのディーラー……最近、大損をしたと周りに話しているらしいんです」

「どこの情報だ？」若林が目を細めた。「適当な噂を元に話をされたら困るぞ。あれだけでかい事件なんだから……そうか、薬物銃器対策課か？　それとも所轄の人間が割り出したのか？」

「違います」

「違う？」若林が眉毛を吊り上げた。「困るね、そういういい加減な情報は……」
「いや、俺の情報源は、うちの薬物銃器対策課や所轄よりもずっと確実かもしれませ
ん」どこまで話していいか悩みながらも桜内は言った。確定した情報ではないが、思い
切って話すことにする。「警視庁ですよ」
「もしかしたら、神奈川県警の一件で一緒だった人間か？」
桜内は無言でうなずいた。若林はいい勘をしている。
「それだったら信用できるな。普段の仕事とは違うプロジェクトで苦楽を共にした人間
の言葉は信じていい。そいつが嘘をついているわけじゃない、というだけの話だがね。
情報が本物かどうかは分からないだろう」
「そうですね」
「何だい、えらく素直だな」
「自分で調べたわけじゃないですからね。百パーセントの自信はありません」肩をすく
めて、桜内はコーヒーカップを引き寄せた。一口飲むと、強烈な苦みで眠気が一気に吹
き飛ぶ。「これからも、何か分かったら情報は流してもらえることになっています」
「結構、結構。そのパイプは詰まらせないでおいてくれ」若林ががくがくとうなずく。
まだ相当熱いはずのコーヒーを一気に飲み干すと、紙コップを握り潰した。ちらりと腕
時計を見てから、桜内の顔に視線を据える。「あまり時間がないんだ」

「ええ」

「お前の方では、話を聞く気はあるか？」

「ありますよ。同じチームなんですから」

「警備班で、そんなことを言うのはお前ぐらいだろうな」若林が自嘲気味に言った。

「チームワークを考えている人間なんか、誰もいない」

それはあなたも同じでしょう、と桜内は心の中で毒を吐いた。部下の尻を蹴飛ばすのに、自分は秘密主義で情報を漏らさない。何でも一人で抱えこんでいては、捜査が上手くいくはずがないのだ。特殊な任務で見ず知らずの人間と仕事をした桜内には、自明の理である。あのチームでは常に情報を共有し、隠し事は一切なかった。チームのメンバーに喋らなくていいのは、プライベートな事情だけ。それ故、桜内も、神谷や永井の個人的な情報はほとんど知らない。二人には何か秘密がありそうで、刑事ではなく人間として興味はあったが、立ち入るのは失礼だろうという考えが先に立つ。

「とにかくだ、意外な人間が浮かんできた……青天の霹靂《へきれき》、というやつだな」

「誰なんですか」

「人の恨みっていうのは、どれだけ深いと思う？　どれだけ長く続くと思う？」桜内の疑問には答えず、若林は逆に質問してきた。

「それは……ケースバイケースでしょう。何かいいことがあれば忘れるかもしれないし、相手が死ぬまで気持ちが収まらないかもしれない」

「死ぬ、ぐらいで済めばいいんだがね」

「どういうことですか」

若林がまた、デスクの端に尻を引っかけるようにして座った。

「人間にとって、死ぬよりひどいことがあると思うか？」

謎かけか、と思いながら桜内は首を傾げた。ふざけているのかとも懸念したが、若林の顔つきは極めて真剣である。

「あるかもしれませんね」

「あるだろうな」若林がうなずく。「死ぬより辛い目に遭ったと思って、ずっと恨みに持つ人間もいるだろう。人間っていう生き物は、俺たちが想像しているよりもしつこくて残酷だからな」

「残酷というか……それも自分のためかもしれませんよ。復讐《ふくしゅう》で恨みを晴らそうとするのは、精神状態を正常に保つためかもしれません」

「あり得るな」若林が深くうなずく。

「だからと言って、許されるものではありませんけどね。法に触れる行為は、どんな理由があっても駄目です」

「お前も杓子定規《しゃくしじょうぎ》な男だねえ」

「若林さんほどじゃないですよ」

「まさに、それが問題なんだよ」若林が桜内の顔に人差し指を向けた。

「え？」意外な答えに、桜内は目を見開いた。

「俺は確かに、杓子定規な男だと思う。一定の規範からはみ出した奴は遠慮なく切り捨てる。例えば、警察のルールに従わない人間とか」

「それは当然でしょう」桜内は神奈川県警の事件を思い出していた。あいつらはルールを破った。法も。だから断罪されたわけで、それ自体は当然のことだと思う。

「書かれてないルールってあるよな」

「ああ……慣習とかですか」

「そう。それは長年、先輩たちが培ってきたものだよな。曖昧なやり方が慣習になるには、当然理由がある。いろいろと試行錯誤を繰り返して、一番いい方法だと誰もが納得してるから残っているわけだ。それは、明確に決められたルールじゃないけど、警察官なら誰でも守るべきものだろう」

「ええ」話が抽象的になってきたな、と思いながら桜内は相槌《あいづち》を打った。「その話はどこへつながるんですか？」

「それは――」

若林が一人の男の名前を告げる。さらに説明を続けようとしたが、その言葉は、鳴り始めた呼び出し音に遮られた。桜内はブルゾンのポケットからスマートフォンを引っ張り出した。神谷。慌てて立ち上がり、若林に断って部屋の出入り口に向かう。彼に聞かれていい話かどうか分からないが……聞いてから判断したかった。

「逮捕した」神谷がいきなり結論を口にした。

「え？」

「例のドラッグのディーラーだ」

「何の容疑ですか」

「あー、ドラッグのディーラーを道交法違反で捕まえる奴はいない。本筋だよ。ずっと追ってた件だ」

「それで……」

「鈍くなったのか？　奴とそっちの事件に関係があるかどうか、知りたくないか」

板橋中央署は、首都高五号線と中央環状線に囲まれた三角地帯の中にある。板橋区役所も近い。騒音対策は大変だろうな、と桜内は同情した。首都高だけでなく、中山道《なかせんどう》——国道十七号線も通っているので、この辺は東京二十三区北西部の交通の要衝となっている。

埼京線で朝のラッシュに揉まれた桜内は、疲れた足を引きずるようにして板橋中央署に足を運んだ。これが結構遠く、JR板橋駅からは、歩いて十五分以上かかった。

板橋中央署は、標準的な造りの警察署だった。国道十七号と首都高に面した十階建ての庁舎で、やや縦長の窓が整然と並んださまは、ビジネスホテルを彷彿《ほうふつ》させる。庁舎の前には小さいが駐車場があり、神谷はその一角に腕組みして立っていた。

彼に対する第一声は「いいんですか」になってしまった。非公式ルートで話が入ってきたことが、今も気になっている。

「いいんだよ」神谷はさらりと言った。「君は今、明けだろう？　何をしてもいい時間帯だ」

「勝手に管内を離れるのは問題ありですけどね」

「それは俺も、この前やってる」神谷がにやりと笑った。「下らないルールなんか無視しろよ。知り合いに会いに来ただけだろう？」

「ええ、まあ……」他県警が持つ情報を知るには、本当は捜査共助課を通す必要がある。当該部署に質問をぶつけた後は、返事が戻ってくるのをじっと待つしかない。しかし実際には、非公式な情報交換はよく行われている。違う県警に所属していると言っても、意外に横のつながりはあるものだ。昇任の際に警察大学校で一緒に講義を受けたり、警備業務で派遣された先で知り合いになったり、そういうルートを通じての非公式の情報交換は、ごく当たり前だし、役に立つことも多い。

しかし今回の件は、重みが違う。相手は「大物ディーラー」——神谷が言うのだから間違いなく大物なのだろう——だし、こちらは五キロのコカインの事件を抱えている。二つが結びつけば、警視庁も埼玉県警も万々歳だが、桜内がどうやって正式な話にするかは悩ましいところだ。今日ここで聞いた話を、大宮中央署の連中に耳打ちするぐらいしかできないだろう。それだって、嫌な顔をされる可能性が高い。

それは分かっていたが、情報は欲しかった。自分たちがやっていることの意味を知るためにも。先ほど聞いた若林の推理に従えば、全ては壮大な「しかけ」である。それをにわかには信じられなかったが、端《はな》から否定することもできない。人間は、実に愚かな、あるいは大胆なことをするのだ。

「誰と会えますか」

「うちの生活安全課の人間だ。信頼できるから、率直に話を聞いてくれ」

「今、忙しいでしょう」

「忙しいというか、疲れてるだろうな。昨夜は徹夜で張り込みで、早朝に逮捕だったから」

人は疲れていると不機嫌になる。今は、逮捕後の手続きで目も回る忙しさのはずだ。神谷の心遣いはありがたかったが、日を改める方法もあったな、と悔いる。

「そろそろだな」

神谷が腕時計を見た。釣られて桜内も自分の時計を確認する。八時半。勤め人がそろそろ一日の活動を始める時間帯だ。顔を上げた瞬間、神谷が表情を緩める。大柄な女性——百七十五センチの桜内とそれほど身長が変わらず、横にも広い——が正面玄関から出てきたところだった。

「誰ですか？」桜内は神谷の耳元で訊ねた。

「うちの生活安全課長だよ」

「女性なんですか……珍しいですね」桜内は内心驚いていた。

「ああ。警察は相変わらず男社会だからな」神谷がうなずいて同意した。

桜内は馬鹿丁寧に挨拶をした。所轄の課長——中間管理職だが、それなりに権力は持っている。女性でこのポジションにいるということは、相当の実力と野心の持ち主だと考えた方がいいだろう。こういう相手には、下手《したて》に出た方がいい。

「どうも、初めまして」彼女の声が、鈴が鳴るように高かったのに、また驚く。体型と声がまったく合っていない。「生活安全課長の元橋《もとはし》です」

交換した名刺で名前を確認する。元橋友紀子《ゆきこ》。桜内はさらに丁寧に、「お時間いただいてすみません」と言って頭を下げた。

「いえいえ……こっちの役に立つ話かもしれないから。上を通していたら、話は遅くなるだけですからね。率直にいきましょう」

話が通りやすそうな人だ、とほっとする。もちろん、そういう人でなければ、神谷も紹介しようとは思わないだろうが。

「あまり時間はないんですが、立ち話もまずいですし、署の中というわけにもいきませんから……」言い訳するように課長が言った。「朝食はどうですか。私も昨夜は徹夜だったので、エネルギー補給しないと」

「近くにファミレスがあるんだ。そこでいいよな？」神谷が割りこんできた。

外で朝食を食べようとしたら、今時はファミレスかファストフード店ぐらいしか選択肢がない。刑事の食生活などこんなものである。家に戻って食べないと妻が心配するが……桜内の妻は、外食を悪の根源のように思っている節がある。

三人は、国道十七号の向かい側にあるファミリーレストランに入った。桜内は初めて入るイタリアンレストラン風の店だった。あらゆるチェーン店を制覇しても何の自慢にもならないぞ、と苦笑してしまう。それぞれ卵を中心にしたモーニングのセットを頼み、まずコーヒーが運ばれてきたところで一息つく。課長は、既に神谷から事情を聴いていたようで、前置き抜きで切り出してきた。

「そちらで抑えている人間の件ですね？」

「ええ」

「うちで逮捕した三坂那津男《みさかなつお》と関係がありそうね」

「はっきりした関連情報はないですが……三坂というのは、それぐらい大量のブツを動かせる立場の人間なんですか？」

「それを解き明かすのはこれからだけど」課長がうなずいた。「何しろ一度も逮捕されたことがないから」

「ネズミも運が尽きましたかね」

課長がうなずき、コーヒーを一口飲む。かすかに顔をしかめたのは、不味かったからかもしれない。

「うちと、合同の捜査ができるかもしれないわね」

「ええ……自分はそれを言う立場ではないですけど」

「分かってます。現段階では、簡単でもいいから情報が欲しいだけ」

と言われても自分は、逮捕した後の調べにはタッチしていない。それでも桜内は、自分が知る限りの情報を話した。途中で料理が運ばれてきたが、誰も手をつけようとしない。スクランブルエッグが冷めていくのを想像すると、何だか食欲が失せてしまった。

「その二人は、今でも否認したままなのね？」

「というより、事件に関することは一切供述していないようです」

「なるほど……今回の件と似てるわね」

「と言いますと？」

「運び屋を逮捕して、そこから何とか三坂にたどり着いたんだけど、そこまでが大変だったのよ。最近の末端の運び屋は、基本的にバイトだから。ディーラーは、暴力団の人間は使わない。大きな取り引きの時には、一回ごとに運び屋を変える……そうやってリスク分散をしているんでしょうね」

「バイトですか？　素人に簡単にできることとは思えませんけど」

「そう？」涼しげな声で課長が疑義を呈した。「単に荷物を運ぶだけよ。Ａ地点からＢ地点へ……おかしなことをしない限り、警察に捕まる恐れはないでしょう」

「何もなくても検問に引っかかる可能性もありますよ」

「誰かが計算してたけど、ある一台の車が、百キロ走る間に一度でも検問に引っかかる可能性は、一万回に一回ぐらいだそうよ。三十年、毎日百キロずつ走っても一回引っかかるかどうか」

それだけ？　桜内は首を傾げた。検問をやる立場としては、もっと頻繁に引っかかる感じがするのだが。

「私たちが考えているよりもリスクは小さいわ。それでこの三坂という男は、バイトには徹底して脅しをかける。バイトなんだけど、使う相手のことはよく調査して、家族関係なんかも丸裸にしておくのよ。それで、万が一逮捕されて圧力をかけられても、絶対に喋らないように言い含める。今まではそれで逃げてきたのね」

「脅しが十分じゃなかったんでしょうね。だから運び屋が簡単に喋った。そう考えれば、あなたのところの二人が喋らないのはおかしくはない。額が大き過ぎるから、脅しもずっと強烈だったんじゃないかしら」

桜内は無言でうなずいた。実際に三坂が逮捕されたのなら、あの二人の自供が得られるかもしれない。これは警備班にとっても、表には出せないが大きな手柄になる。下手に出て情報を持っていけば、所轄の連中も決して嫌な顔はしないだろう。あとは正式ルートで情報をつき合わせればいい。今回は黒子に徹するべきだろう。

「三坂も、身を隠すための手をいろいろ考えてはいたのよ。自分に直接累が及ばないようにって。バイトを雇うにしても、信頼できる人間を仲介役に使うようなことをしていたみたいだし」

「その仲介役は当然、罪に問われることになるでしょうね」

「そうね……それが、この前のそちらの一件とつながるかもしれない。三坂は、逮捕されたら案外簡単に喋り始めたのよ。逮捕されないことには意識を集中していたけど、いざ逮捕されたら、余計な工作をしない方が印象がよくなるっていう計算もあるんでしょうね。組に対する配慮もあるはずだし……仲介役の人間の名前を出してるんだけど、その中に埼玉の人がいるのよ」

「そうなんですか？」桜内は目を細めた。

「そう」

うなずき、課長がその名前を告げた。聞いた瞬間、桜内は皿をひっくり返しそうな勢いで立ち上がってしまった。これは……朝飯を食べている場合ではない。

4

朝八時半を過ぎて、若林は県警本部の警務課に乗りこんだ。こういう時は、直接トップを落とすに限る。警務課長の秋田《あきた》とは面識がなかったが、この際遠慮してはいられない。

「うちの若いのに脅しをかけたそうだが」面会は認められたものの、いきなり渋面に迎えられた。

「あの程度で脅しなんて言われたら、警察の仕事はやってられないんじゃないですか」

若林は肩をすくめた。朝方の電話が、警務課内では「警報」のように鳴り響いたのだろう。「とにかく、事実関係が知りたいんです」

「無理な注文だということは分かってると思うが……辞めた人間のフォローまではしていない」

「情報ぐらいはあるでしょう。円満退職じゃない奴は、何かやらかす可能性があるんだから」若林はなおも食い下がった。

「それは、まあ……」

「事件にかかわることかもしれないんですよ。少しでも手がかりがあれば……」

秋田が渋々引き出しを開けた。取り出したのは、小さな手帳である。やはり正式なファイルはないのだ、と若林は悟った。しかし、非公式なフォローはしていたに違いない。その結果が、この「閻魔帳《えんまちょう》」に書いてあるはずだ。

「奴は四年前に辞職してから、警察とは完全に縁が切れている」秋田が無愛想に言った。

「それはそうでしょう。そもそもあんな奴に、警察の仕事は無理だったんだ」プライドだけ高く、泥をかぶることも人の哀しみを忖度《そんたく》することもできないような奴には。

「とにかく、だ」話の腰を折られたと思ったのか、秋田の口調が厳しくなった。「辞めた後で、二つほど仕事を変わっている。とはいっても、どちらもバイトに毛の生えたようなものだった。最初がスーパーの店員、続いてカラオケ店の店員。どちらも、三か月も続かず辞めている」

「こらえ性のない奴は、どこへ行っても駄目でしょうねえ」

「あのな」秋田が音を立てて手帳を閉じた。顔が真っ赤になっている。「一々茶々を入れるんなら、帰ってくれ。何もあんたに話す義務はないんだから」

若林は口をつぐんだ。謝罪する気はないが、必要な情報は引き出さなければ。それにしても、と自分に呆れる。あれからもうずいぶん時間が経っているのに、未だにあの男に対してこれほどの怒りを抱いていたとは。結局俺は、仕事ができない馬鹿野郎が嫌いなのだろう。この性癖は直しようがない。一方あの男は、俺が辞めるように勧告した時、無言だった。それでも怒りははっきり伝わってきた。プライドが高い男故、自分がそんな目に遭うとは考えてもいなかっただろう。何も言わず、こちらを凝視する目の不気味さを、ありありと思い出す。

秋田がゆっくりと深呼吸した。もう一度手帳を広げると、急に目を細めて顔を近づける。おそらくこの手帳は、代々の警務課長が極秘情報を手書きで綴ってきたものだ。解読するのに少し手間取っているようだ。しばらくして顔を上げると、「二つ目の仕事を辞めた直後に、両親が相次いで亡くなっているようだな」

「何か不審点は?」ないと分かっていて、敢えて訊いてみた。あれば当然、こちらの耳に入っているはずだ。

「父親は、長患いしていたようだ。病名までは分からないが……五十五歳で亡くなっている。その直後、母親が自殺した。看病の疲れだったんだろうな」

「殺されたんじゃないでしょうね」自殺だったら、情報ぐらいは入っていたはずだが、と思いながら若林は訊ねた。

「誰に？」秋田がまた目を細める。すぐに機嫌が悪くなるタイプらしい。

「さあ」

「そういう情報はない。とにかく、父親が亡くなってしばらくしてから、母親は一人で旅行に出かけて、旅先の沖縄で入水自殺した。この件は、沖縄県警からうちにも情報が入っている」

「後追い自殺ってことですかね」

「だろうな」秋田がまた手帳に視線を落とした。「確認したわけじゃないが、こいつは相当な額の遺産を手にしたと思うよ」

「というと？」

「親父さんは、不動産をいくつも持っていた。少なくとも、さいたま市内にビルが三棟ばかりあるのは確認できている。今は何をしているか分からないが、賃貸にでも出せば、食うには困ってないいんじゃないか」

「その三棟のビル、分かりますか？」

「そこまでは調べていない。奴の親の会社――『青山《あおやま》不動産』の名前で調べれば分かるんじゃないか？　もちろん、うちの仕事じゃないからな。勝手にやってくれ」秋田が釘を刺した。

「分かってますよ。どうも」若林は立ち上がった。軽く眩暈《めまい》を感じる。この件が、これから先どう転がっていくのか……。

「おい」

呼びかけられ、若林は振り向いた。秋田が眼鏡を外し、目を擦っている。

「何でこんなことを調べてるんだ？　青山仁《ひとし》が何かやったのか」

「どうですかね。まだ何とも言えない」

「お前が追い出した男だろう？」

「そうですよ」若林は顎を引き締めた。「追い出されて当然の男でした。警察には、能力のない人間を飼っておくような余裕はないですから。税金泥棒って言われてもいいんですか？」


やはり奴なのか……浦和中央署へ戻る道すがら、若林は必死に想像力の翼を広げようとした。今回の一連の事件の犯人は、警察の手の内を探っているような気がしていたのだが、今やその疑いはさらに強くなっていた。吉岡の台詞「あんたらも決まった動きしかしないんだな」。もしかしたら……吉岡は青山に雇われていたのかもしれない。街と警察のやり方に精通したあの男なら、こちらの動きを探るのも難しくはないはずだ。

一連の事件は、こちらのレスポンスタイムなどを見るためだったのではないだろうか。特に連続放火。放火する場所に監視役の人間を置けば、火を点けてからどれぐらいで警察が——警備班が到着するかは分かる。自分たちの制服——黒いブルゾン——はいい目印になっていたはずだ。

県警本部のある県第二庁舎から浦和中央署までは、歩いてほんの数分の道のりである。第二庁舎の向かいにある県危機管理防災センター——ここは桜の名所でもある——脇の細い道を北上すると、すぐにT字路にぶつかる。奥が県知事公館。そこで左折し、さいたま市役所前の交差点で右折して合同庁舎と税務署の前を通り過ぎると、すぐに浦和中央署だ。考え事をしながらでも辿り着ける道筋で、今日も若林はいつの間にか中央署の前まで来ていた。一度立ち止まり、これからやるべきことを考える。

まずは青山の周辺捜査だ。それが常道である。

奴が何を考えているかは、だいたい想像がついた。復讐だ。それも、俺に対する個人的な復讐。奴はクズで、警察官になり切れなかった男だが、警察内部のことをある程度知っている強みはある。辞めた後に発足した警備班の実態を割り出すのも、難しいことではなかっただろう。

奇妙なのは、そのためにわざわざ人を使っていることだ。資金源は……三棟のビルか？　マンションやオフィスとして賃貸に出したら、どれだけの収入があるのだろう。あるいは、これとは別の資金源があったのか？　きちんと働いていたとか？　秋田の話を聞いただけではその辺の情報は分からず、クエスチョンマークが積み重なるだけだった。

いずれにせよ、許されることではない。

若林は周囲をぐるりと見回した。国道十七号線の向かいにはさいたま市役所、その横には市の消防局。この辺りがまさに、さいたま市の行政の中心である。自分が守らなければならない街。

かつて青山も浦和中央署に配属され、自分と同じ志でいたはずだ。それが捻《ね》じ曲がったのは自分の責任……いや、違う。あのまま青山を警察に置いておいたら、今頃は面倒な不良債権を抱えこむことになっていたはずだ。あの時の判断は間違っていなかったと、今でも強い自信がある。

何故か、時間がない気がする。

これまでの犯行は小手調《こてしら》べだったのではないか。青山は何か、もっと大きな犯行を計画している――たぶん、俺に復讐するために。

居場所は分かっているから、急襲しようか、とも考えた。逮捕できる容疑はないが、会って圧力をかけるだけでもだいぶ違うはずだ。

あるいは……自分たちの手元にある駒を使う。吉岡、そして光石。奴らを揺さぶれば、青山との関係を吐かせられるかもしれない。攻めるなら、警察慣れしている吉岡ではなく光石だ。よし、周辺捜査をしつつ、光石を揺さぶろう。「残業」に文句を言う八幡たちを足止めしておいたのは正解だった。いずれ、東京へ行っている桜内からも連絡があるはずである。今日は「徹夜」かもしれないと覚悟した瞬間、スマートフォンが鳴った。桜内だった。

「コカインの件なんですが」

「ああ」

「青山とつながりました」

若林は一瞬言葉を失った。短時間に、何度も青山の名前を聞かされるとは……事態は急激に動きつつある。問題は、自分たちがそれをコントロールできていないことだ。青山はコントロールしているのか？　何を企んでいるか分からないが、あの男自身も状況を把握できていないのではないかと思えた。光石との間にトラブルがあったのは間違いない。彼は青山の部屋から、靴も履かずに逃げ出してきたのだ。仲違《なかたが》いしたのか。そこを警察が突いたら、まずいことになると分かっているだろう。

「……今ちょうど、青山のことを本部で調べてきたところだ」

「こっち――警視庁で捕まえたディーラーなんですが、青山を仲介人として使っていたようです。青山が、ディーラーに運び屋を紹介していたんですね。それで今回、五キロのコカインが押収されて、二人の間でトラブルになったらしい」

「どういうことだ？」

「ディーラーにすれば、いい加減な運び屋を紹介した青山は許せない。青山の方は、元々リスクがある商売なんだから、仕方ないと言って責任逃れをしたそうです。文句があるなら警察に駆けこむと言って、逆に脅しをかけたらしいですね」

「なるほど……」青山の度胸には驚かされる。若造が大物ディーラーに逆らうとは……しかし、阿呆どものレベルの低い争いなのだ。真っ当なビジネスなら賠償問題にもなるだろうが、事は裏の商売である。ディーラーにしても強くは突っこめないかもしれないが、無責任な態度を取っていても、青山も実際には肝を冷やしていたかもしれない。とにかく、青山の収入源の一つが見つかったことは収穫だ。「奴の取り分はどれぐらいだったんだろう」

「末端価格の一パーセント、とディーラーは言ってます。今までにも、何回も大きな取り引きにかかわったそうですから、信用はしていたでしょうね。青山本人が運び屋をやったこともあるそうで、その場合は取り分はもっと多かったらしいですよ」

「奴はそうやって金を稼いで、ろくでもない連中を部下として動かしていたんだよ」単なる推測だが、確定事項として若林は話した。

「何のために？」

「ここから先は俺の想像だ。証拠はない」前置きしてから、若林は自分の推測を話した。

「それは……」桜内の言葉が濁る。「だいぶ——いや、ほとんど想像じゃないですか」

「まあな。でも、必ず詰められる。こっちの手の内には駒があるからな」

「分かりました。今のところ、その線で詰めていくしかないでしょうね」

「で、戻ってくれるか？　昼間じゃないと調べられないこともたくさんある」

「了解です」

「何となくだが……時間がないような気がするんだ」

「そうですね。すぐに戻ります」

「頼む」電話を切り、周囲を見回す。昨夜の雪の名残は既になかった。ただし今日も冷たい湿気が残り、再度雪が降る予感がする。雪が降れば、青山も動きにくくなるだろう。まずやらなければならないのは、青山に対する監視だ。これは所轄に任せるしかないだろう。容疑は……ない。となると、自分の推理だけが頼りである。一つ深呼吸し、若林は大股で庁舎に入っていった。


若林は早くも失敗を悟った。八幡を斥候として青山のマンションに向かわせたが、本人は既にいないようだという。

しばらくその場で張り込みを続けさせることにして、若林は青山不動産の所有物件について、加奈に調べさせた。午前中一杯かかって加奈が調べ上げた結果によると、青山不動産は既に会社としての実態を失い、浦和駅前にあった事務所も閉鎖されているという。しかし依然、三棟のビルを会社名義で所有していることが分かった。青山は父親の死後、業務を縮小して「個人商店」のような形にしているのかもしれない。

加奈は、以前青山不動産に勤めていたという人間を捜し出し、話を聴くことにも成功した。それによると父親の死後、青山が自らの意思で会社を実質的に廃業したのだという。書類上で会社を存続させているのは、税金対策のためだけらしい。元社員の証言によると、会社を実質的に畳んだ時にはテナントはほぼ埋まり、その家賃だけで年間数千万円の収入があったはずだという。相続税を払うために借金をしなければならなかったそうだが、それも順調に返しているらしい。現在、テナントの管理は別の不動産屋に委嘱しているようだ。

その報告を受けた時、若林は思わず口笛を吹きそうになった。濡れ手で粟《あわ》の年間数千万円か……コカインの資金もあるし、やろうと思えば何でもできるのではないか。

昼過ぎ、警備班の部屋は静かだった。若林は加奈の報告メモを見返していた。どこかに電話をかけていた桜内が、受話器を置くと乱暴に両目を擦る。かなり疲労が溜まっているようだ。既に残業は四時間以上に及んでいる。いい加減休ませないと。若林はデスクの引き出しから勤務表を取り出した。桜内は明日も連続勤務。加奈と八幡は今日は本来明けで、明日は非番である。だったら、あの二人はもう少し引っ張ってもいいか。警務に文句を言われそうだが、今は非常時だ。

「桜内」

声をかけると、桜内がくたびれた顔をこちらに向けた。

「何か新しい情報は？」

「今、警視庁の方と話しましたけど、特にないです。まず、向こうの調べが優先ですからね」

「そりゃそうだ……おい、お前はそろそろ引き上げてくれ」

桜内が目を見開く。それを見て、若林はうなずいた。

「お前、明日も……今夜も勤務だろう。少しは寝ておけよ」

「若林さんはどうするんですか」

「俺は電話待ちなんだ」若林は目の前の受話器をボールペンで突いた。「これから、偉いさんと膝突き合わせて話し合いをしなくちゃいけない。それが終わらない限り、帰れないから」

「だったらここは、俺が残ってますよ」

「いや——」

「まだ二人が現場に出てるでしょう？　ここで受ける人間がいないと、連中も困るじゃないですか」

「……そうだな。じゃあ、もう少し頼む。奴らの動かし方は——」

目の前の電話が鳴り、若林は素早く受話器をひっつかんだ。待っていた相手。すぐに会話を終え、立ち上がる。

「本部に行ってくる。何か分かったら連絡する」

「ええ」

「少し寝てたらどうだ」若林はソファに視線をやった。狭い部屋には三人がけの長いソファが置いてあり、仮眠が取れるようになっている。だがあそこで寝ると、だいたい体のどこかを痛める。

「大丈夫ですよ」

あまりしつこく言っても仕方ないな、と思い、若林は桜内にうなずきかけただけで部屋を出た。外はどんよりとした曇り空。冷たい空気を吸いこんだだけで気が滅入ったが、それも一瞬だった。

自分はおそらく、戦いを挑まれている。負けるわけにはいかない。負ければ、さいたま市を本格的な恐慌が襲うかもしれないのだ。

「事情は分かった」捜査一課長の水浦《みずうら》がうなずいた。普段から険しい顔つきは、今は凶暴と言っていいほどになっている。

若林は、むしろほっとして、少しだけ肩の力を抜いた。水浦とは何度も一緒に捜査をして、互いのことは分かっていると信じていた。この厳しい表情は、彼が本気になっている証拠だ。

「しかし、裏づけがないな」

水浦がぽつりと言って、傍らに座る機動捜査隊の隊長・丸井《まるい》に顔を向ける。丸井は唇を引き結んだまま、渋い表情を崩さない。

「数々の証拠から、青山が非常に疑わしいのは間違いないです」若林は食い下がった。

「それでも、引っ張るだけの材料はないだろう」

「引っ張る必要はないんです。取り敢えず、監視を——」

「監視するにしても、相手がどこにいるか分からないんじゃ、どうしようもない」丸井が手帳を開き、そこに視線を落とした。

「確かに、今現在の所在は不明です。ただし、立ち寄りそうな場所はリストアップしています」

青山不動産が所有する物件——三棟のビルそれぞれに、青山が姿を隠せる空き室がある、と若林は踏んでいた。あの男は妙に入念なところがある。それは、仕事にはあまり役立たなかったが、今回は十分に力を発揮していると言えよう。

「そこ全部に張りつくには、人手が足りない」

「昼間だけでいいんです。夜は、警備班が担当しますから。本当なら、うちが全部担当したいですけど、それでは警備班本来の仕事ができなくなる。刑事部長もいい顔はしないでしょうね」

丸井が手帳に何か書きつけた。それから顔を上げ、一課長に耳打ちする。水浦は前を向いたまま話を聞いていたが、最後に素早くうなずいた。

「夕方、五時まででどうだろう」水浦が右手をぱっと広げて妥協案を提示した。「機動捜査隊はローテーション勤務だ。それを崩すのは難しい」

「分かってます」それなら何とかなる、と若林は安堵《あんど》の吐息を吐いた。今から連絡を回して、今夜の当番を早めに召集しよう。勤務時間はだいぶ前倒しになるが、この際仕方がない。文句を言われても、今が踏ん張り時だ。「五時まで、三か所に張りついていただければ」

「それで何かあったらどうする」丸井が無愛想に訊ねた。

「ケースバイケースで」そんな当たり前のことを聞くな、と若林は頭の中で愚痴をこぼした。「私は待機していますから、連絡いただければ」

「では、これで」

水浦が立ち上がろうとしたので、若林はすかさず「ちょっと待って下さい」と声をかけた。水浦は中腰のまま動きを止めた。

「捜査一課としては、どうされるつもりなんですか」

「今のところ、うちにできることはないと思うが」

「警戒の意味じゃありません。捜査です。青山に対する捜査はしないんですか？」

「それは、お前のところでやってるんだろう？」

「うちは、いつでも手放していいんです」宣言してから、若林は大きく息を吸った。ある意味自己否定になるが、今はそんなことを言っている場合ではない。「あくまで初動捜査がうちの仕事です。捜査一課としては、今まで捜査してきた殺しや放火の関係で、青山の周辺を調べるやり方があるんじゃないですか」

「お前に指図されるとは思ってもいなかったな」水浦は不機嫌というより、意外に思っている感じだった。

「指図じゃありません。容疑者が目の前にいるんですから、追わないのは損ですよ」

「自分で見つけたいんじゃないのか」

「そんなことをしている暇はありません」

「お前は部下を信用していない……つまり、周りを信用していないということだ」

「そんなことはありません」否定するしかなかった。

「組織にいる人間はな、ある程度は周りを信用しないと駄目なんだぞ。しかしお前は、平気で人を馬鹿にして、見下している」

思わず言葉を呑み、唇を噛んだ。そう、確かに……今の警備班のスタッフも信用してはいない。唯一、桜内にはある程度本音を漏らしているが、他の若い刑事たちは、自分にとっては単なる駒だ。文句を言っても愚痴をこぼしても、こちらの考え通りに動いてくれればそれでいい。

「お前が優秀なのはよく分かってる」忠告するように水浦が言った。「だけど、周囲の人間に、自分と同じものを求めても駄目だ。だから――」

「だから青山を追い出した、とでも言いたいんですか」

「あそこまでする必要があったのか？　お前は、一人の人間の将来を奪ったんだぞ」

「クズは一人でも少ない方がいいでしょう。自分の判断は間違っていなかったと、今でも思っています」

「その結果、こういうことになったんじゃないのか」

「もしも私を査問したいなら、どうぞ」下らないやり取りに耐え切れなくなり、若林は立ち上がった。「原因の究明は大事なことですからね。でもそれは、青山を捕まえて、真相を吐かせてからにして下さい。最優先事項はそれです」

「ずいぶん偉そうなことが言えるようになったな」水浦のこめかみが痙攣した。「一国一城の主になると違うもんだ」

「そんなことは、どうでもいい！　これ以上事件が起きたらどうするんですか！」若林は爆発した。水浦は比較的まともな上司だと思っていたが、どうやら勘違いだったようだ。もしかしたらこの男は俺を恐れている？　確かに今は、一つの部隊――それも刑事部長肝入りだ――を率いる立場だ。いずれ部長の覚え目出度く、勢力を増長させるのでは、と考えてもおかしくない。そんな心配はいらないんだよ。俺の人事査定は最悪に近いはずだから。今は、一応一国一城の主かもしれないが、それだってどうなるか分からない。

「どうでもいい、だと？　だいたいお前は――」

急に鳴り始めた呼び出し音に、水浦の怒声は中断された。ちらりと携帯を見て、一瞬だけ眉根を寄せる。

「どうぞ、出て下さい」若林は椅子に腰を下ろした。「さぞかし、大事な用件でしょうから」

水浦が若林を一睨みし、携帯を手にした。「ああ、俺だ」という話しぶりから、部下からの電話だろうと判断する。

「何だと？」水浦の眉がさらに寄り、一本につながりそうになった。「間違いないのか。ああ……分かった」

電話を切り、唇を尖らせて小さく息を吐く。両手を組み合わせてテーブルに置き、ぐっと身を乗り出した。

「たった今から、青山仁の捜索は、捜査一課で担当する」

「は？」突然の宣言に、若林は事態が急に動いたのを悟った。

「放火犯が――放火犯の一人が捕まった」

「初耳ですが」全身が総毛立つようだった。

「すべての捜査の結果が、お前の耳に入るわけがないだろう」嘲るような口調で水浦が言った。「それとも何か、俺たちは誰を逮捕したのか、一々お前に報告しないといけないのか」

「いえ」短く否定する。一課長に対してというより、自分に腹が立っていた。やはり、県警内の情報網が錆《さ》びつき始めているのかもしれない。今は詳しい話を聞くのが先決だ。何だったら頭を下げてもいい、と思い始めたが、水浦は躊躇いもせず、一気に話し始める。

「捜査線上に浮かんでいた人間を捕捉したところ、放火の事実を自供した。先ほど逮捕して、取り調べと、関係各所のガサを行っている。そいつが言うには、殺された前島も放火にかかわっていたということだ」

「そう、ですか」やはりそうか……この件を詳しく詰めてこなかったことを悔いる。ガソリンを詰めていたペットボトルの存在に、最初に気づいたのは自分だ。ずっと前島と放火の関係を疑っていたのに……。

「詳細は調査中だが、前島が直接火を点けたわけではないようだな。何人かがかかわっていたが、前島はガソリンなどの調達を担当していたらしい」

それで、ガソリンの入っていたペットボトルが自宅にあったことも理解できる。あのガレージで小分けして、実行犯に渡していたのではないだろうか。返す返すも悔しい……いつの間にか、若林は頭を垂れていた。警備班の最大のマイナスポイントがこれだ。集中して捜査を継続できない。

「それと、もう一つ」

水浦の指摘に、若林ははっと顔を上げた。水浦が人差し指を立てている。

「放火犯が、青山から指示を受けていた、と供述した」

「どういうことですか？」

「詳細はまだ分からないが、金を受け取ってやっていたようだな。青山本人は名乗りもしなかったようだが、実行犯に教えた携帯電話の番号から割れた……奴も、百パーセントではないようだな」

水浦の皮肉に、若林はうなずいた。足がつかないように連絡を取る手段は、いくらでもある。それを怠った青山は、やはり詰めが甘い。警察官としては駄目だ、というのを若林が直感した理由もそこにある。

「いずれにせよ、これで青山に対する容疑はできた。となると、うちの出番だ」

「分かりました」若林はうなずいた。複雑な気持ちだが、自分たちがやれることの限界は分かっていた。捜査一課の方が人手もノウハウも豊富だし、経験もある。高飛びでもしない限り、青山が捕まるのも時間の問題だろう。警察全体として、正しい方向に向かっているのは間違いないのだが、自分が詰めの捜査をできないのは辛い。食べる直前にケーキを取り上げられた子どものような気分だった。皿に取り分け、既にフォークも構えていたというのに。

「忠告しておく。警備班は手出しをしないように」

「聞きました」

「何だ、それは」

「課長は忠告しました。俺はそれを聞いた、ということです」

「従うつもりはない、ということか？」水浦のこめかみが引き攣った。

「課長はきちんと責務を果たされたと思います」若林は立ち上がった。「失礼します」

浦和中央署への帰り道、若林は警備班に電話を入れ、八幡と加奈に撤収を命じるよう、桜内に指示した。桜内は口を挟まず、素直に話を聞いた。おそらく捜査一課で何があったか、想像がついたのだろう。

副官から突っこまれないだけましだ、と若林は自分を慰めた。

5

夕方近くに警備班の部屋で仮眠から目覚めた後、若林はスマートフォンにメールが届いていたのに気づいた。珍しく、妻からである。明日の午前、娘のピアノの発表会があるので、一緒に行って欲しい、という誘いだった。

こんな話は初耳だ。どうして知らせてきたのだろう。今まで、発表会になど一度も行ったことがないのに。自宅に電話をかけると、美沙ではなく未来が出る。一声聞いただけで真剣な様子なのが分かった。

「明日、ピアノの発表会だって？」

「そう」

「俺も行かなくちゃいけないのか？」

「たまには聴きに来てくれてもいいんじゃない？　私のピアノ聴いて、受験先の意見を聞かせてよ」

「俺は、ピアノのことも大学のことも、全然分からないぞ」若林は愕然とした。どこの大学を受けるかは、娘自身が決めるべきではないか。基本的に、親は金を出すだけだ。何というか……最近は、社会全体で子どもを甘やかし過ぎ、気を遣い過ぎているように思う。

「発表会は、母さんが行けばいいじゃないか。何で俺まで行かなくちゃいけないんだ」

「私だって、悩んでるの。いろいろな意見が聞きたいんだから」

「何時からだ？」

「十時。駄目かな？」

未来は珍しく必死だった。間に合わないことはない……午前八時にここを離れ、一度家に戻って着替えても何とかなるだろう。場所は、ニューシャトルの鉄道博物館駅近くにある、市の公会堂だという。いや、今から家に帰って着替えを取ってくれば、より確実に間に合うだろう。浦和中央署から直行した方が早い。

何も動きがなければ、だが。

あるわけがない。俺は動きを封じられた。捜査一課が青山の捜索に乗り出すというのだから、無断で動いているのがばれたら面倒なことになる。結局、奴らも自分で手柄が欲しいだけなんだよな……警察官だって、普通のサラリーマンと変わらない。熟して落ちんばかりになっている果物――事件が目の前にあって、手を伸ばさない馬鹿はいないのだ。その際、他人を軽く押しのけるぐらいは当然だろう。

電話を切って、盛大に溜息をついた。どうしてこうも、面倒なことが続くのか。ふと、娘がピアノを習いたての頃に弾いていた曲が脳裏に蘇る。自分はピアノの傍らに立って、たどたどしい娘の指使いを見ていて……あの曲は何だったのだろう。もう少し、娘と話をしておけばよかった。

午後七時半。一度家に帰って戻ってきた桜内は、多少生気を回復していた。同じ時間の睡眠でも、警備班のソファの上と自宅のベッドでは、深さが違う。若林は夕方慌ただしく家に戻り、風呂と食事を済ませて、新しいスーツに着替えて戻ってきた。結局、疲れは取れていない。

「どうかしました？」桜内が心配そうに訊ねた。

「ちょっとした家庭の事情だ」若林はスーツの上着を脱いで、いつものブルゾンを羽織った。

「何かあったんですか？　それなら、こっちは俺たちで何とかしますけど……」

「いや、明日の話だから」普段だったら絶対に話さないだろう。だが、今夜の若林は少し弱気で、つい娘のことを話してしまった。

「それは、大事なことじゃないんですか？　進路は一生の問題ですよ」

「分かってるよ」若林は激しく顔を擦った。せっかく風呂に入ったのに、汚れがまったく取れていない感じがする。「とにかくそれは明日の話だ。今夜は今夜だよ」

「まあ……取り敢えず捜査一課に任せることにしたんですし……」慰めるように桜内が

言った。

「分かってる」無愛想に若林は答えた。

「若林さん、どうして周りを信用しないんですか」

いきなりの質問に、若林は一瞬言葉を失った。軽く流せる話ではなく、桜内の表情も真剣である。

「青山のせいですか」

いきなり核心を突いてきた。まあ、桜内が知っていても不思議ではない。内部では有名な話なのだ。

「俺は、部下に恵まれなくてね」

「知ってます。ついてなかったのは確かですよね」

「普段の心がけが悪いんだろうな」若林は自嘲気味に言った。「しかし青山の件は……判断は正しかったと思ってる。いらない奴を追い出すのも、管理職の仕事だから。だから後悔はしてないんだが……」

「してるんじゃないですか」桜内が指摘した。「一人の人生を変えてしまったんだから」

「それはそうだが――」

若林は口を閉ざした。他のメンバーがぞろぞろと部屋に入ってくる。大勢いる場所で話すことではない。桜内に目配せする。お前を信用してないわけじゃないけど、こんな状況では話せない——桜内はすぐに了解したようで、素早くうなずいた。

さて……今夜は長くなるだろう。若林は覚悟した。捜査一課からは何の連絡もない。もしかしたら今頃、既に青山を確保しているかもしれないが、こちらから電話を入れて確認するのも気が進まなかった。もう、向こうの事件なのだ。こちらが口を出せることはない。


午前四時。警備班の部屋は、けだるい雰囲気に包まれていた。街が本格的に活動し始めるのはもう少し先で、今は一日の中で一番静かな時間帯である。そののんびりした雰囲気は、警察署の中にいても伝わってくるようだった。若林は無線の前に座り、両足をデスクに放り上げていた。だらしない格好で、どうにも気合いが入らない。捜査一課はまだ青山を捕捉していない。桜内が知り合いに電話を入れて確認してくれた。こういう感情は正しくないな、と思う。警察全体として考えれば、容疑者確保は早い方がいいに決まっている。一課が手こずって、自分に手助けを要請して欲しい、と若林は夢想していた。その時は、「ざまあみろ」という感情を抑えられないだろう。

電話が鳴る。足を下ろして、近くのデスクに載っている電話に手を伸ばした。相手の声を聞いた瞬間、若林は凍りついた。

「お久しぶりです」

「……青山か」大胆な奴、と正直に思った。

「ええ。覚えていてくれましたか」

「忘れるわけがないだろうが」どこか呑気な青山の声が、凍りついた若林の心を溶かした。

「良心が痛んで？」青山の口調は嫌みっぽかった。

「いや、まったく」

「相変わらずですね。あなたはいつでも、自分が百パーセント正しいと思っている」

クソ、逆探知したい。しかし、青山と話しながら逆探知の指示をするのは無理だ。せめて周りに誰かいれば……。

「警察の業務に関しては、俺のやっていることは百パーセント正しい。間違ったことは絶対にしない」

「変わりませんね」

「人間は簡単には変わらないんだ。お前もそうだろう。一人よがりなところは、昔とまったく同じだよ」

「いや、変わりましたよ」

「何が」

「より緻密に、大胆になりました」

若林は口をつぐんだ。緻密に、という点ではうなずけない部分があるが、大胆になったのは間違いない。そしてこの男の気持ちは、満たされていないはずだ。

「今日は、お知らせがありまして」

「そいつはご親切にどうも、だな」こいつは、自分に危機が迫っていることを理解しているのだろうか？　警察が追いかけていることは当然分かっているはずで、普通なら高飛びを考えるだろう。

「いえいえ……今日、マラソンですよね」

「何だと？」

「ご存じないんですか？」

馬鹿にしたような口調。青山が眉をひそめる様が容易に想像できた。この男の太い眉は、感情の動きによって大きく動く。それも、警察官としての弱点だった。相手に簡単に気持ちを読まれてしまう。

「さいたま市民マラソン、今日ですよ。確か、一万人ぐらい走りますよね。かなり大きなイベントです」

「だから？」若林は背筋を汗が伝うのを感じた。

「騒ぎを起こすにはちょうどいいと思いませんか？」青山が平然と言った。

「何をやらかすつもりだ？」

「爆破とかしてみたら、楽しいかもしれませんね」

「馬鹿なことを言うな」自分の台詞の方がよほど馬鹿だ、と思った。こんな直情径行的な言葉では、相手を抑えられない。

「これは失礼な……」青山が鼻で笑った。「俺が今まで何をやってきたか、ご存じでしょう。あなたが振り回された件、全部俺がやったんですよ」

「それは、自供だな？」

「電話で曖昧に話したことが自供になるかどうか、分かりませんけどね……どっちにしろ、俺は捕まらないいんだから、関係ないでしょう」

「ふざけるな。絶対に捕まえてやる。人を殺した人間が野放しにされていいわけがない」若林はかまをかけた。今のところ、青山が二人の殺害にかかわった証拠はない。

「殺されて然るべき人間もいるでしょう……無能な奴とか、気持ちの弱い奴とか」

「否定する。人を殺す権利は、誰にもない」

「じゃあ、あんたには権利があったのか」青山の声が急に低くなった。仮面を脱ぎ捨て、どす黒い本音を覗かせる。「あんたは俺の人生を破滅させた。殺したも同然だろう。そんなことをする権利があったのか？」

「警察にいない方が、お前のためだったんだよ」若林は言い返した。「お前には元々、犯罪者の性癖がある。今、こんなことをやっているのが何よりの証拠だろうが。お前を追い出せて、本当によかったと思うよ。俺の警察官人生最大の成功だな」

「警察にいれば、こんなことはしていなかった。あんたのやったことが生んだ結果がこれだ……また人が死ぬんだよ」

「ふざけるな」若林は受話器をきつく握りしめた。「そんなことは許さない」

「これを止められなければ、あんたのプライドはずたずたになる」青山が宣言した。「あんたにとって、警察官でいることのプライドは何より大事だろう？　それがなくなったらどうなる？　抜け殻になったあんたを、俺はぜひ見たいよ」

「そんなことはさせない」

「勝手に言ってろ。あんたは同僚や家族の前で大恥をかくんだ。それは絶対我慢できないことだろうな」

いきなり電話が切れた。若林は受話器に向かって「おい！」と怒鳴ったが、反応があるはずもない。怒りがこみ上げ、頭の中が真っ白になった。壁の時計を見上げる。四時八分。いそいでパソコンに取りつき、さいたま市民マラソンの情報を収集した。スタートは午前九時……あと五時間しかない。ずいぶんぎりぎりの状況を作るものだ。

だが青山よ、お前は俺のことを何も分かっていない。追いこまれた時こそ、俺は普段以上の力を発揮するのだ。

「本当にここで何かあるのか？」

大宮中央署の生活安全課長、春山は顔をしかめた。仮眠中を叩き起こされたのだろう。目は赤く、寝癖もついている。小太りで、元々動きは鈍いのだが、早朝なのでさらにのろのろしていた。

「奴はそう言ってました」

「しかし、どうしろと……」

春山が周囲を見回す。若林もそれに倣った。

さいたま新都心の中心の中心、さいたまスーパーアリーナに隣接した「けやきひろば」。地下は駐車場、一階と三階にはレストランやショップがあるが、見るべきは二階部分だ。人工地盤の上に二百本以上のけやきが整然と植えられたイベント広場になっている。今は無人で寒々としているが、昼間は人の往来が激しい。スーパーアリーナでイベントがある時などは、待ち合わせや時間潰しで、都心部の雑踏並みに混雑する。同時に、付近で働く人たちが一休みする場でもあった。

さいたま市民マラソンのスタート・ゴール地点は、けやきひろばのすぐ下を走る東西大通りである。一万人が時差スタートするので、自分の順番を待つランナーは、けやきひろばで待機する。既に主催者である市のスタッフを叩き起こして、必要最低限の情報は手に入れていた。

それにしても……ここは広い。北へ目を転じれば、巨大なさいたまスーパーアリーナ。東側がさいたま新都心駅で、他にもNTTドコモやランドアクシスタワー、合同庁舎などの高層ビルが周辺を囲み、まさに都会のビル街の真ん中にいるような気分になる。

爆発物をしかける場所はいくらでもある。けやきひろばの二階は完全なオープンスペースで、あちこちにゴミ箱があるし、自動販売機やエスカレーター、看板の背後など、しかける方からすれば理想的な場所とも言える。既に機動隊の爆発物処理班には連絡済みで、他にも多数の警察官が捜索・処理に当たることになっているが、本当はマラソンそのものを中止にしたいところである。人さえいなければ、仮に爆発が起きても、被害は最小限に食い止められるはずだ。

爆発物処理班を待たずに、既に警備班、それに大宮中央署の当直の連中が爆弾の捜索を始めていた。しかし……広いけやきひろばのあちこちに警察官がぽつぽつと散っている様子を見て、若林は唐突に絶望的な気分になった。あまりにも広過ぎる。この後は爆発物探知機、それに爆発物探知犬も投入される予定だが、それで百パーセント発見できるとは限らない。

「下かもしれないな」春山がぽつりと言った。

若林は即座にうなずいた。けやきひろばは、地下の駐車場、一階と三階のショップなど、爆弾をしかける場所には困らない。警察に有利なのは、新しい施設なので、多数の防犯カメラがあることだ。もしも誰かが爆弾をしかけたとすれば、映っている可能性は極めて高い。しかしカメラには死角もあり、犯人の姿を割り出せる絶対の保証はない。ごく最近爆弾をしかけたと決まったわけでもないのだ。数日レベルの時限式だとすると、確認するだけでも時間がかかり、マラソンのスタートまでに間に合わないだろう。

「クソ！」吐き捨て、若林は近くのベンチに乱暴に腰を下ろした。ベンチは、中央部分に巨大なライトを埋めこんだ四角い箱のようなものである。夕方から夜にかけては、カップルでにぎわう場所だろう。そこに座って、自分の部下たちが歩き回っているのを見ていると、胸元を他人の指でかきむしられるような焦燥感を覚えた。風が吹き抜ける。二階に植えられたけやきは防風林になってくれず、思わず背筋を丸める。考えろ、考えろ……どうすればいちばん効率的に爆弾を探せるんだ？

「悪戯じゃないのか」

春山の一言に、若林は脳みそが沸騰するのを感じた。弾《はじ》かれたように立ち上がり、胸をぶつけるようにして迫る。春山の顔はすぐ目の前にあった。

「奴は今までに、人を二人も殺してるんですよ！　冗談で電話をかけてくるはずがない。真面目に探さないと、どれだけ犠牲者が出るか、分からないでしょう！」

「ああ、分かった、分かった」

面倒臭そうに言って、春山が顔を背ける。若林はなおも追及した。

「本気になってもらわないと困るんだ！　ここで全力を尽くさないと、本当に爆発があった時に、あんた、責任を取れるのか！」

若林さん、と耳元で囁《ささや》かれ、誰かが二人の間に割って入る。桜内だった。背後には加奈も控えていて、若林の腕を引っ張っている。

「何だ」若林は無愛想に桜内に訊ねた。

「落ち着いて下さい」

「落ち着いてるよ」

そんなことはない――自分でも分かっていた。鼻と鼻がくっつきそうな距離で、春山の顔は蒼くなっている。明らかに身の危険を察知していた。しかも若林の両手は、きつく拳に握られている。もう少しで、春山を殴りつけるところだった。しかし寒さと怒り、それに緊張のためか、拳が開かない。若林は乱暴に腕を振り、何とか手を開いた。後ろを向くと、飛び退《とすさ》って難を逃れた加奈が、驚いたように目を見開いている。

「一人で焦っていても、どうしようもないですよ」桜内が言った。

「分かってる」

「すぐに爆発物関係のプロが来ますから、この場は任せた方が……」

桜内の言葉に被さるように、サイレンの音が聞こえてきた。同時に、春山の携帯が鳴る。春山は若林に背を向けて話し始めた。風に流されながら、声が断片的に聞こえてくる。

「ああ……分かった……五分？　十分？　こっちで待機……」

電話を切った春山が振り返る。表情も声も冷静だった。

「施設の担当者がこっちへ向かってるから、一階もチェックできる」

若林は無言でうなずいた。捜索範囲は広いが、人手は足りるのだろうか……やはり警察も、夜には弱いのだと実感する。人はいても、夜間に集めるには時間がかかる。ここはまず、近隣の所轄から応援を貰うしかない。当直の人間を出動させ、さらに独身寮で眠りをむさぼっている若手を叩き起こす――それでも十分とは言えないかもしれない。だいたい、青山が爆破しようとしているのが、けやきひろばだという確証もない。スタート・ゴール地点は一般道路だし、ここ以外の沿道にしかけられた可能性もある。

考えれば考えるほど、絶望的な気分になってくる。

桜内がすっと近づいてきた。

「考えても仕方ないですよ。今できるベストを尽くしましょう」

「そう簡単にはいかない。だけど、考えるのが俺の仕事だから」

情けなく思いながら、若林は歩きだした。行く当てもなかったが。

担当者に案内されて、建物の一階部分を回ってみた。二十四時間営業のコンビニエンスストアは開いているが、他のレストランやカフェは当然、全て閉まっている。建物内には、寒々とした空気が流れていた。

店舗は、一階部分のほぼ中央にある広場を取り囲むように設置されている。この広場はコンクリート製の小高い丘のようになっており、周囲には木や花が植えられている。地下空間に無理矢理作った憩いの場所、という感じだった。「丘」の周辺にはテーブルと椅子、それにベンチなどが設置されている。上に登ると、一階部分全体がぐるりと見渡せた。爆弾は店舗内にしかけられた可能性もあるし、柱の陰やトイレかもしれない。一階だけでも三か所にトイレがある、と若林は説明を受けた。

「きりがないぞ、これは」若林はつぶやいた。五メートル四方単位のメッシュで捜しても、相当時間がかかるだろう。

また春山の電話が鳴った。今度も短く話しただけで、すぐに若林に向き直る。

「上に爆発物処理班が到着してる。今から作戦会議だ」

「誰が仕切るんですか」

「爆発物処理班に決まってるだろう」春山が怪訝そうな表情で言った。「ここはプロに任せるべきだ」

「それだけじゃ人手が足りないでしょう。どうします？」

「所轄からもかき集め始めている。そこは君が心配する必要はない」

「しかし――」

口を開きかけたところで、後ろから腕を引っ張られた。桜内が首をゆっくりと横に振っている。そのまま後ずさりながら、ちらりと横を見たので、内密の話があるのだ、とすぐに分かった。桜内は、若林を柱の陰に引っ張っていった。

「ここは撤収しましょう」

「何言ってるんだ」若林は思わず桜内に詰め寄った。「現場はここなんだぞ」

「青山を探すのが先決だと思いませんか？　その方が早い」桜内が囁いた。

「……ああ」一理ある。奴を捕まえて締め上げれば、爆弾をしかけた場所を吐かせられるかもしれない。それに、自分たちの最終目標は、青山の身柄を拘束することだ。これは、既に動いている捜査一課や機動捜査隊に任せてはおけない。

「そうしましょうよ。もちろん、他のメンバーはここの仕事を手伝わなくてはいけないかもしれませんけど、若林さんには……調べるべき場所もあるんじゃないですか」

「分かってる」三棟のビル。中に、賃貸に出されていない空き部屋があることは分かっていた。青山がそこをアジトに使っていた可能性もある。

「俺たちは、そっちを探りましょう」

若林は桜内の顔を凝視した。桜内が苦笑する。

「別に、若林さんの手柄を横取りするつもりはないですから」

「手柄とかそういうことじゃない」桜内はぽつりと言った。「奴は俺の獲物なんだ。だから逃がしたくない」

「同じ意味じゃないですか」

「もとい」若林は顔の前で手を振った。「俺は、奴に対して責任がある。最後までその責任を全うしたいだけだ」

6

馬鹿は何をやっても馬鹿なんだ。

無意識のうちに、口元に歪んだ笑みが浮かぶ。現場でばたついていて、こちらの存在に気づかないのだろう。現場を封鎖し、全ての車や人を追い出して捜した方がよほど効果的だが、連中はそういうやり方を思いつかない。

パトカーや消防車が結集して、明け方の空を赤く染めている。その近くに車を停めているのに、気づかれないとは。しっかりしてくれよ、と思わず皮肉が口を突いて出る。

「ま、せいぜい頑張ってくれ」

捨て台詞を残して、車のエンジンに火を入れる。目の前には高層ビルが何棟も建ち並んで、うすら寒い光景だった。人の影が見えない……昼間でもそれはあまり変わらないのだ。人口の街はわざとらしいというか、白々しいというか。ここが一つの街として個性と生活の臭いを得るには、まだまだ時間が必要だろう。そういう街を、警察官が大勢うろつきまわっている様子は、滑稽でもある。

ふいに胸の中に熱いものがこみ上げる。今感じているのが、まさに「全能感」なのだ。これだけの人数の警察官を自在に動かせるのだから、自分は神に近い存在になっている。現代の日本において、警察は権力の象徴だ。その連中が、俺の前では無力。

こんな愉快なことはない。

浮かれた気持ちのまま、シフトレバーを「D」に叩きこむ。この車のことも、奴らにはまだ知られていないはずだ。交差点を右折し、道路の端に停まっているパトカーの列を眺めながら、制限速度以下でわざとゆっくり走る。誰にも停められなかった。何とも間抜けな連中だ……これで、こちらの計画は実現したも同然である。

骨がないな。

もっとしっかりしてくれないと、十分な達成感は得られない。先ほどまでの高揚感は急激に薄れ、心の中にぽっかりと空洞が開く。溜息をついて右側を見た瞬間、けやきひろばの二階に通じる階段を、若林が駆け下りてくるのが見えた。もう一人、ＮＥＳＵのユニフォームである黒いブルゾンを着た男も一緒だ。現場を離脱するつもりか。車を停めて二人の様子を確認することはできなかったが、沈みこんでいた気持ちが再び高揚してくるのを感じる。

あんたは……あんたは、他人と同じ動きはしないだろうな。ここを離れて、独自に俺を捜し回るつもりだろう。そうでなくちゃ。弱い敵を相手にしてもつまらない。敵は強ければ強いほど燃えるのだ。レベルの低いゲームは、プレーしていても面白くない。

車を走らせながら、ダッシュボードの時計を見た。午前六時……あと三時間。

あと三時間で、あんたに何ができる？　しっかり見せてもらうからな。あんたが否定した俺は、あんたに勝つ。つまりあんたは、俺より劣っていることを、あと三時間で実感するのだ。

7

桜内は、これまで経験したことのない疲れを感じていた。一晩中走り回り、夜明け前にはいきなり大事件出来《しゅったい》を聞かされた。あと三時間で爆弾を見つけるか、犯人を逮捕しなければならないが、できる保証はなかった。

副官としては、若林の精神状態も心配だ。今は桜内が覆面パトカーのハンドルを握り、若林は助手席に座っているが、上司の殺気ははっきりと感じられた。ちらりと横を見ると、肘をウィンドウに預けて頬杖をつき、真っ直ぐ前を見詰めている。目は血走って爛々《らんらん》と輝き、精気が体中から溢れているようだった。この人は「猟犬」の系譜に繋《つな》がる人なのだ。獲物を追う時に、いちばん生き生きするタイプ。

さいたま新都心駅近くから、青山が所有する三棟のビルがあるさいたま市の中心部までは、この時間でも少し時間がかかる。いい機会なので、思い切って若林に訊ねてみることにした。

「青山とは、どういう関係だったんですか」

「俺が捜査一課にいた時、やつは警察学校を出て浦和中央署に配属されたばかりだった。例の証言でっち上げ事件から一年ぐらい経った頃だから、だいたい四年前だな」

証言でっち上げは若林にとって嫌な記憶のはずなのに、すらすらと話し始めた。話しにくい事情だろうと桜内は想像していたのだが、躊躇う素振りも見せない。

「交番に、ですね」

「ああ。それでたまたま、ある現場で一緒になった。殺しだったんだが、交番勤務の連中を応援に召し上げることもあるだろう」

「ええ」特に見どころがある若手に早いうちから刑事の経験を積ませ、優秀な人材を選抜する狙いもある。一種の実地試験だ。

「前評判は悪くなかった。頭の回転は速かったしな。でも、奴には警察官として大事なものが欠けていた」

「何ですか」

「心」

桜内は思わずハンドルをきつく握り締めた。心？　いきなり抽象的なことを言われても困る。

「哲学的ゾンビって知ってるか」

「聞いたことはあります」哲学の思考実験か何かの話だっただろうか。

「外見も行動もまったく普通の人間と同じだけど、内面的に意識がない、主観的体験がない人間のことを言うそうだ。実際にそんな人間がいるかどうか分からないけど、不気味だと思わないか？　口では『痛い』とか『可哀想』だと言って、意味は分かっているにしても、自分の経験からは理解できないんだ」

ぞっとして、桜内は背筋を冷たい物が這い上がるのを感じた。ただ「冷たい」とか「感受性が鈍い」というのとはまったく違うようだ。

「何か具体的なトラブルでもあったんですか」

「被害者の家族に事情聴取に行かせたんだ。その時の言動が……被害者家族に話を聴く時には、絶対に守らなければならないルールや礼儀があるだろう」

「そうですね」明文化されているわけではないが、傷ついた人に接するには、こちらも襟を正さなければならない。

「それをあいつは、いきなり被害者の方が悪いような感じで話し出した」

「どんな事件だったんですか」

「暴行殺人。被害者は女性だった」

「つまり――」

「レイプされて殺された」

桜内もピンときた。直接担当はしなかったが、凶悪な事件故に様々な情報が入ってきていた。

「確か、知り合いの犯行でしたよね」

「最初からその疑いはあったんだ。でも、断定はできないからな……それをあの野郎は、いかにも被害者が挑発的な格好をしていたのが悪いと決めつけた。確かにそうだったよ。ケツが見えそうな短いパンツに、これまた肩が丸出しで臍《へそ》も見えてるようなカットソーだったから。だけど、最近はそういう格好は普通だろう？　日本の夏は熱帯並みなんだしさ」

声がくぐもっているので横を見ると、若林は拳を口に押し当てていた。彼にとっても嫌な記憶だろうと容易に想像できる。

「今でも覚えてるよ。遺族に対して、『普段から挑発するような格好をしてたんですね』と言ったり、男関係をしつこく訊いたり、な。もちろん、そういう質問をしなくちゃいけないこともあるが、時と場合による。あの時は、そういうタイミングじゃなかった」

「そりゃ、そうでしょう」

「遺族からは激しい抗議がきた。俺も厳しく指導したけど、治らなかったな。自分がどうして悪いのか、理解してなかったんだと思う」

「それで放り出すことにしたんですか？」

「今時の警察官は、人権意識がしっかりしてないと話にならない。特に被害者に対しては、な。聞くと、それまでにもあちこちで人を怒らせていたようなんだ。そういう人間は、いつか必ず大きなトラブルを起こす。だから俺が、引導を渡したんだ」

「引導って……」桜内は戸惑いを覚えた。若林は人事権者ではないし、警察は身内に甘い。よほどのことがなければ、馘《くび》にはしない。

「辞めるように説得した。向いていない人間を警察に置いておくわけにはいかないからな。そんなことをしたら、あらゆる人間が不幸になる……俺たちは、利潤を追求する普通の企業じゃないんだ。なあ、知ってるか？　普通の会社の場合、利益をもたらす社員は二割ぐらいしかいないんだってな。六割がとんとん、残りの二割は足を引っ張って赤字を出すらしい。それでも会社としては何とかなるらしい……警察の場合、赤字を出す二割の人間がいたら駄目なんだ」

実際には、その手の出来の悪い人間は確実にいる。そういう不良債権は次第に閑職に追いやられ、いずれ税金泥棒と呼ばれるようになるのだ。

「だから俺は、諄々《じゅんじゅん》と説いた」

「それで、奴は納得したんですか？」

「あいつが今警察にいないのが、何よりの証拠じゃないか」

若林があっさり答える。桜内には、二人の間で不快なやり取りがあったことが容易に想像できた。果たして若林は、その出来事を乗り越えたのだろうか。あるいは彼にとっては大した問題ではなく、晩酌のつまみ代わりにバリバリと嚙み砕いてしまったのだろうか。

「青山……どんな人間だったんですか」

「常に上から目線だ――卑近な言い方をすればな。もう少し高尚なことを言えば、全能感を求めていたんだと思う。奴を説得するために話していた時に、はっきりと感じたよ」

「全能感？」

「奴の親父は不動産を何軒も持っていた。まあ、金持ちの部類だったんだろう。日本では、土地に絡む商売が一番金になるからな……子どもの頃から金には不自由してなかったと思うけど、それだけじゃ満足できなかったんだろうな」

「何で警察官になったんですかね」

「一般の人にとって、警察官っていうのはどういう存在だと思う？」

「お巡りさん、でしょう」

一般市民の目につく警察官は制服姿である。まさに「お巡りさん」であり、安全と安心の象徴だ。そう言うと、若林は鼻を鳴らした。

「青山が考える警察官っていうのは、権力の象徴だったんだろう。奴は言ってたよ、『手錠をかける瞬間って快感ですよね』ってさ……俺たちが言うのとは、明らかにニュアンスが違っていた。性的な興奮を覚えていたかもしれないな」

本当かね、と桜内は訝った。しかし今、青山の精神状態を慮る余裕はない。ただ不気味さを感じるだけだった。あの男は、どこまで周到に準備をしていたのだろう。今この瞬間にも、青山に監視されている感じがしてならなかった。

朝日が街を照らし始めていた。普段なら勤務明けが近く、ほっとする時間帯である。しかし今日だけは別だ。少しでも時間を引き延ばせないか……これから九時までの短い時間で、解決できる自信はまったくない。

「奴は、神になりたかったんだと思う。誰もが恐れていた、戦前の警官みたいなものだな。昔は『オイコラ警官』なんて呼ばれてたそうだぞ。それだけ威張ってた、ということだろうな」

「聞いたことがあります」

「おそらく、それ以上の存在になるのが目標だったんだろう。考えただけでぞっとするね」

「辞めたことで、もっとひどくなったんじゃないですか」

「……そうだな」若林が認めた。「ということは、今回の件は俺にも責任があるわけだ。奴を警察に置いて、飼い殺しにしておくべきだったかもしれないな。野に放したら、暴走する。公権力がなくても、人を支配下に置く方法はあるんじゃないか」

「暴力と金」

「ああ。おそらく奴は、警察を辞めさせられたことで、俺に恨みを抱いている」

「それで、警察に挑戦してるんですか？」桜内は首を振った。俺には理解できない……。

「おそらくな。警察を出し抜くことで、自分は神だと証明したかったのかもしれない」

「ああ……」

「だから俺たちは、負けたら駄目なんだ。必ずあいつを見つけて叩き潰す。マラソン大会で万が一、被害が出たら、俺たちは負けだぞ」

「その件なんですが」桜内はブルゾンのポケットからスマートフォンを取り出した。

「さっき確認しました。所轄の方で、主催者側から詳しく事情を聞いてるようです。毎年のことなんでだいたい状況が分かるんですが、七時ぐらいから、もうランナーが集まり始めるそうなんですよ」

「それはえらく早くないか？」

「九時スタートで、参加者が一万人ですよ。混乱を見越して、早目に来るのは普通らしいです。実際、さっきももう、参加者らしき人を見かけました」

「だったらもう、時間がないじゃないか」若林の声に焦りが滲む。「レースを中止にして、参加者を解散させられないのか」

「大宮中央署が交渉するようですけど、それは難しいかと」

「だったらせめて、スタートを遅らせるとか」

「それは何とも……」桜内はハンドルを握ったまま肩をすくめた。参加者に一斉に「中止」ないし「スタート延期」を知らせることは可能なのだろうか。おそらく参加申し込みの際は、メールアドレスを書かせているはずである。そこに「中止」を送信すれば……しかし、周知徹底するのは難しいだろう。走り出す前に、一々メールをチェックするランナーは少ないはずだ。大量の係員を動員して、現場で知らせる？　それでは駄目だ。あそこには誰も近づけたくない。危険は事前に排除したいのだ。結局、警察が責任を持って現場を封鎖するしかない。捜索を続けながら、来た人に事情を説明して追い返す。だがそれで、百パーセント大丈夫なのか？　パニックになるかもしれない。スタート予定の午前九時に、けやきひろば付近から民間人を排除するのだ。不幸中の幸いは、今日が土曜日だということである。あの周辺で働く人たちがどれぐらいいるか分からないが、多くは休みだろう。しかし、今日が仕事という人もいるはずだ。そういう人たちを安全に守るにはどうしたらいいのか。

そういうことは地域課、そして警備課の仕事だ。しかし、民間人の安全を守れたとしても、仲間が傷つくのを見なければならないかもしれない。それもまた、耐え難いことであった。

若林が静かなので、気になって横を見た。相変わらずフロントガラスを凝視していたが、先ほどまでとは少し様子が違うようだ。

「どうしました？」

「いや……」若林が言葉を濁す。何かに心を奪われているのは分かったが、詳しい事情を話す気はなさそうだった。「とにかく急いでくれ。奴のアジトを探すのが、いちばん効果的だ」

桜内はうなずき、アクセルを踏む右足に力を入れた。街の景色が流れ始める。いくらサイレンを鳴らしていても、出せるスピードには限界があるが、今日ばかりはそれを破るつもりだった。

青山が所有している三棟のビルのうち、桜内たちはまず、浦和駅東口にある四階建ての雑居ビルに向かった。パルコの裏手で、駅にも近い。外観は普通のマンションだが、郵便受けの表示では、小さな会社や事務所が入居しているようだ。郵便受けに一つだけ――最上階だ――名前がない部屋がある。空き部屋か、あるいはそこが青山のアジトかもしれない。

「どうしますか」

「どうもこうも、突入だ」乱暴に言って、若林がエレベーターのボタンを拳で叩く。そこへ、桜内も顔見知りの捜査一課の刑事たちが三人、どかどかと入ってきた。一瞬顔を見合わせ、険悪な雰囲気になったが、若林が「縄張り争いはなしだ」と宣言すると、三人は不満げな顔つきながらも文句を呑みこんだ。確かに、管轄云々を言っている場合ではない。今は人海戦術で調べるのが先決だ。

小さなビルでエレベーターは、五人が乗るともう一杯だった。しかも相当古く、停まる時に体が浮くようなショックがある。ドアが開き切らないうちに、若林がまず他の人間を押しのけるようにして飛び出した。桜内はすぐに後に続く。

四階には四つの部屋があり、空いているのは一番南側だった。五人がドアの周囲に散る。若林がすかさずドアの前に進み出て、ドアハンドルを押し下げた。途端に顔をしかめる。ハンドルを引くと……鍵はかかっていなかった。

「罠かもしれないな」若林がつぶやいて、細く開いたドアをまた閉めると、捜査一課の三人が彼を制してドアの前に立った。全員が拳銃を抜く。桜内は顔から血の気が引くのを感じた。

三人は銃を構えたまま、思いきりドアを引き開けた。一人が先に飛びこみ、残る二人が背後でカバーに回る。手順通りのやり方……そのまましばらく沈黙が続いた。桜内は三人の背後から覗きこんだ。部屋の中は薄明るい。カーテンは閉まっていないので、朝の光が既に室内に入りこみ始めているのだ。

何かおかしい。

三人は慎重に部屋の中を調べた。桜内と若林も後から玄関に入り、三人から「ＯＫ」の合図が出るのを待つ。わずか数十秒のことだが、やけに長く感じられた。一番最初に部屋に入った刑事が戻ってきて「誰もいない」と告げるのを待って中に入る。

事務所のような作りだった。大きなワンルームで、デスクと打ち合わせ用のテーブル、それにファイルキャビネットぐらいしか見当たらない。生活の臭いはまったくしなかった。実質的に会社を閉じていると言っても、青山不動産の登記簿上の本社はここになっている。不動産管理の仕事は、ここで行っていたのだろう。青山が潜んでいたマンションの部屋はこれよりずっと小さく、狭いはずだ。しかもさいたま市の中心部からはかなり外れた場所である。金があるはずなのに、何故あんな場所に住んでいたのか……あそここそ本当のアジトだったのでは、と桜内は考えを巡らした。

誰かが声を上げる。見ると、クローゼットを開けた刑事が、青いビニールシートを引っ張り出したところだった。広げると、茶色い染みが大量についているのが見える。桜内は思わず「血だ」と声に出した。自分の台詞で、事態の深刻さを意識する。部屋の温度が急に下がったようだった。

「ここが拷問部屋だったのか？」若林が唖然としてつぶやく。

「そうかもしれません」桜内は、体の芯が震えるのを感じた。自分たちは今まさに、二人の犠牲者が殺された現場に足を踏み入れている……この部屋で、二人が体を何十か所も刺され、殺された。青山はたっぷり時間をかけ、相手が徐々に弱るのを楽しんだのだろうか。

床に広げられたビニールシートは、一メートル四方ほどしかない。付着した血の量はそれほど多くない。遺体に、広範に内出血が見られたこととも合致する。太い血管を破って失血死させるのではなく、臓器を徐々に傷つけて死に至らしめた――桜内は久しぶりに吐き気を覚えた。こんなことは、駆け出し時代以来で、それだけこの事件が異様なのだと意識する。

若林が突然、テーブルにつかつかと歩み寄った。何枚かの紙が無造作に放り出してあるのを見て、素早くラテックスの手袋をはめ、紙を綺麗に並べる。

「これは……」桜内は思わずつぶやいた。けやきひろばの見取り図ではないか。手書きの地図で、青山が自分で描いたのは明らかだった。何度も消した跡があり、さらに線を書き足したりしたので、ごちゃごちゃしている。それが三枚……地下駐車場から二階部分までだ。

素早く見取り図を検めていく。基本的に黒い鉛筆で描かれているのだが、中に赤いボールペンでくっきりと丸印がつけられている箇所がある。桜内は頭の中にけやきひろばの様子を描き出した。特に二階……見取り図には、一か所だけに赤い丸印がある。ひろばの中心より、少しだけさいたま新都心駅寄りの場所だ。エレベーターの脇……ここは何だっただろう――ふいに記憶が蘇る。

「これ、自動販売機じゃないですか」桜内は指摘した。

「ああ」若林が同意する。口調も表情も冴えなかった。

「ここに爆弾をしかけたんじゃないですか？」

「自販機の裏か？　そこは俺が直接見たぞ。何もなかった」

「だったら、缶ごみやペットボトルを捨てるゴミ箱では？」二つの自販機に挟まれる格好でゴミ箱があったのを思い出した。当然小さな穴が空いているわけで、小型の爆発物なら簡単に置けるだろう。

「調べさせよう」若林がスマートフォンを取り出した。しかしすぐには連絡せず、残り二枚の見取り図を凝視する。ほどなく「変だな」とつぶやいた。

桜内も、先ほどから微妙な違和感を抱いていたのだが、それが何なのかが分からない。若林の表情からヒントを摑もうとしたが、彼の顔つきは強張るように緊張しているだけで、考えは読めなかった。

「これを見ろ」若林が見取り図に指先を走らせた。一階部分だとすぐに分かる。「ここだ……この赤丸は、例の小さな丘みたいになっている部分の下の花壇じゃないか？」

「そう、ですね」すぐに記憶が蘇る。造花か本物かは分からないが、花で埋め尽くされていたはずだ。

「俺は確認してないけど、こんな分かりやすい場所に隠すものかね」

「候補、というだけかもしれませんよ」

「違うな」若林が断言した。「候補なら、何か所も赤い丸が描いてあってもおかしくない。赤でも黒でもいいんだが……他に消した跡もないだろう？　もうここで決まり、という感じじゃないか」

言われてみればそんな感じもする。だがこれなら、すぐにチェックできるだろう。仮に二か所にしかけられていたとしても、取り除く時間の余裕は十分ある。

「これはダミーだ」若林が突然断じた。

「ダミー？」

「だいたい、おかしいと思わないか？　この部屋が奴のアジトや拷問部屋だとしたら、何で鍵をかけない？　ここにいないのは分かるよ。でも、証拠がたんまり残っている部屋に鍵もかけないで出かけるか？　この部屋は全部が引っかけだよ。マラソンに俺たちの目を向けさせるための罠じゃないか」

一理ある……これまでの一連の犯行の裏に全て青山がいたとすれば、これはあの男のやり方ではない。神になりたかった——神を超えたかった男は、こんなに簡単に手がかりを残すようなヘマはしないだろう。

「だったら、狙いは……」

「市民マラソンじゃないのかもしれない」若林がうなずいた。その顔には、わずかな自信が透けて見える。何か、心当たりがあるのだろうか。

「どうしますか」

「他のビルも当たってみるしかないだろうな」言って、捜査一課の刑事たちに視線を向け、「残りの二棟はどうなってる？」と訊ねた。

当然、既に刑事たちが向かっている。それを聞いて若林はうなずき、刑事たちには何も言わずに玄関へ向かった。桜内は慌てて後を追い、廊下に出たところで「どこへ行くんですか」と話しかける。

「最初に奴を見つけたマンションだ」振り向かずに若林が答える。エレベーターに飛びこんだ途端、右手を差し出した。「車のキーを。お前の運転は丁寧過ぎるよ。今は時間がないんだ」

8

若林は、あらゆる交通規則を無視して車を飛ばした。既に午前七時を過ぎた。サイレンを頼りに他の車を無理やり追い越し、赤信号の交差点に徐行せずに突っこむ。競馬場の南東側に当たるT字路の交差点を直進する際は、左側から走ってきた車とぶつかりそうになり、急ハンドルで難を逃れた……と思った瞬間、ハンドルを切り過ぎたことに気づく。電柱がすぐ目の前に迫ってくる。慌ててハンドルを戻したが、車を完全にコントロールすることはできず、右側のドアミラーが電柱に当たって吹っ飛んでしまった。

「若林さん！」桜内が助手席で悲鳴を上げた。

「大丈夫だ」鼓動が速まり、返事をするにも難儀した。しかしハンドルを戻し、アクセルをさらに深く踏みこむ。あっという間にスピードメーターの針が百キロに達した。片側一車線、さらに住宅街の中だということを勘案すると、危険過ぎるスピードだったが、時間を稼ぐためにはどうしようもない。片方のドアミラーはないが、取り敢えず運転に支障はなかった。

若林は、アクセルを踏む右足にさらに力をこめた。街の景色があっという間に後ろに遠ざかる。頭の中にはもやもやが残る。青山が残したもやもや……俺をここまで悩ませるのだから、あいつも大したものだ。しかし所詮は犯罪者だ。その能力を、人の役にたつ方向へ生かせ――犯罪者に対する定番の説教だが、上手く逮捕できても、青山にそんなことを言うつもりはなかった。あの男がまともな人間になって娑婆に戻れる可能性はゼロである。社会に対するプラスマイナスで考えれば、あいつの存在はマイナスでしかない。

駆除しなければならない害虫だ。だから俺は、絶対にお前を仕留める。

捜査一課は、さいたま市内にある三棟のビルの捜索に専念しているのか、青山のマンションには誰もいなかった。若林は外に立ってしばらくマンションを観察したが、人の出入りが気になる。鍵がかかっていれば、こじ開けて忍びこむしかないが、住人には怪しく思われるだろう。バッジを示すことになるが、これも青山が味わいたかった全能感の一つなのだろうか。実際、バッジがあれば、かなりの無理も許される。

「どうしますか？」桜内が訊ねる。

「突入だ」

「ちょっと待ちませんか」桜内がスマートフォンを取り出し、振ってみせた。「応援を

「呼びましょう」

「誰を」

「警備班のメンバーに決まってるじゃないですか。浦和中央署で待機している連中もいますから」

「必要ない」若林は即座に言った。「手が多くなっても、何ができるわけじゃない」

「仲間を信用しましょうよ」

桜内の発言に、若林は一瞬言葉を呑んだ。何を言っているのか……何が仲間だ。警備班の若手は頼りない。こんなぎりぎりの状況で、背中を預けることもできないのだ。

「お前がいれば十分だ」

「それは駄目です」桜内が、若林に向き直った。「若林さんが、若い連中を信用できないのも理解できます。青山に傷つけられて、他の部下の失敗でも痛い目に遭わされた。信用しないのも当然だと思います。でも、いつまでもそれでいいんですか？」

青山に傷つけられた？　まさか。青山が傷つくのは分かるが、どうして俺が？　それほど神経は細くない。睨みつけてやったが、桜内は臆する様子もなく続けた。

「確かに青山は役に立たない——危険な人間だったかもしれないけど、それでも辞めさせるのは大変だったはずです。若林さんにも覚悟が必要だったんじゃないですか」

若林は無言を貫いた。部下を退職に追いこんだのは、あの時だけである。確かに苦い思いは味わったが、若林にすれば、警察の「質」を守るための決断に過ぎなかった。

「他にも、若い連中に悩まされたのは、大変だったと思います。だからといって、後輩のチャンスの芽を摘んでしまうのはどうなんですか？　一度や二度失敗したって、経験を積めば、そのうち、いい警察官になるかもしれないでしょう。だいたい俺だって、若い頃は褒められたものじゃなかった。死体を前にして足がすくんだこともあるし、同じ失敗を何度も繰り返してます。そういう俺を若林さんが信じてくれるんだったら、他の連中も信じましょうよ」

　勝手にしろ、という言葉が喉元まで上がってきた。今は、人を待っているような余裕はない。突入しかない……しかし若林は、無意識のうちにうなずいてしまっていた。それを見て桜内がほっとした表情を浮かべ、スマートフォンを耳に押し当てる。一言二言話すと、すぐに切って大きく息を吐く。

「十分で来ます。待ちましょう」

「十分だけだぞ」

　吐き出すように言って、若林はマンションの周囲を回り始めた。古びたマンションで、すぐ裏は民家のブロック塀になっている。窓を見上げると、カーテンが閉まっていた。奴はいるのかいないのか……いないはずだ。おそらく現場に行っている。しかしその「現場」はどこなのか。車でここまで走ってくるうちに、さいたま市民マラソンは目眩しに過ぎないという仮説が真実味を帯びてきたが、青山の本当の狙いが何なのかは依然として分からない。

一周して戻ってくると、桜内は覆面パトカーに寄りかかってマンションを監視していた。ちらりと腕時計に視線を落とし、若林が近づいていくと、「まだ五分しか経ってませんからね」と忠告する。それはそうだが……もう待てない。

「取り敢えず、部屋を見てみよう。見るぐらいなら問題ないだろう」

若林は、ブルゾンのポケットからピッキング用の七つ道具を入れた革のポーチを取り出した。それを見た桜内の顔色が蒼くなる。

「それは……」

「心配いらない。捜査三課の先輩たちにちゃんと仕込んでもらったから」盗犯捜査専門の捜査三課の刑事たちは、日々手口を研究している。しばらく前にピッキング盗が流行った時は、どのように鍵をこじ開けるか、自分たちでも練習していた。そうすることで、ピッキングで鍵をこじ開けた時に残る特有の形跡を知ることができる。

「そういう問題じゃないでしょう。令状抜きで部屋に入ったら、後々問題になりますよ」桜内が警告する。

「そんなことは分かってる」この部屋で何かが見つかっても、証拠として採用されない可能性もあるが、どうでもいい。「今は、事件を固めることは重要じゃないんだ。奴の狙いを探り出して止めるのが先決だ」

「しかし……」

「何百人も犠牲になって、何万人もの人に影響が出るかもしれないんだぞ」

「そんなに人が集まるところを狙うなんて……」桜内が唇を嚙んだ。

「上手い狙い目だな」若林は自虐気味に言った。

「褒めてる場合じゃないですよ。だいたい、何でマラソンのスタート地点なんですか？駅でも狙った方が簡単じゃないかな」

若林ははっと口をつぐんだ。青山の最終的な狙いは何か。できるだけ騒動を大きくして、警察に——俺に復讐することだろう。犯行を阻止できなかったら、警察の評判は地に落ちる。今のところはマスコミにも情報は漏れていないはずだが、いずれは多くの人間が知ることになる。もしかしたら青山は、自分から名乗り出てくるかもしれない。裁判では、自分の狙いや行動を堂々と説明できるからだ。しかも裁判で出た話は、公の物であり、隠すことができない。

騒ぎを大きくする。警察の裏をかく。そのために青山が考えていることは……。

「今、何て言った」

「駅の方が簡単、と……」桜内が困惑した表情を浮かべた。

「さいたま市内だけでも、どれだけ駅があると思ってるんだ」桜内が悪いわけでもないのに、思わず非難するような口調になってしまった。

「さあ……JRの他に私鉄もありますから、三十ぐらいじゃないですか」

「一番でかいのは？」

「それはもちろん、大宮駅でしょう。JRだけでもホームが二十二番線まであるんですよ？　それプラス、東武野田線とニューシャトルがあるんだから」

「一日の乗降客数、分かるか？」

「確か、JRだけで二十万人を軽く超えてます。首都圏の駅で、ベストテンには入ってるはずですよ」

若林は顔から血の気が引くのを感じた。東京駅や新宿駅ほどではないが、大宮が巨大ターミナルであるのは間違いない。新幹線のハブ駅でもあり、何かあったら影響は計り知れない。青山が大きな騒動を起こそうとしているなら、これ以上の舞台は考えられなかった。

大宮駅の様子を考えると眩暈がしてくる。桜内が指摘した通り、ホームが二十二番まであるが故に、コンコースである中央自由通路も長い。駅構内にも、トイレや売店、ゴミ箱など、爆発物を隠せる場所はいくらでもあるはずだ。しかも駅ビルがある。この駅を利用する人は、電車の乗降客だけではないのだ。土曜日なので通勤・通学の人は少ないが、代わりに駅ビルに買い物に来る人たちは平日より多いだろう。大宮駅を守るのは、一つの街を丸ごと防衛するようなものだ。

絶望的な気分になったが、若林は頭を振ってそれを追い出した。やるべきことをやらなければ。

「若林さん、どこへ行くんですか」

知らぬ間に歩き出していた。声をかけられてはっと我に返ったが、立ち止まれない。

「若林さん！」

駆け寄ってきて横に並んだ桜内が、若林の肩に手をかける。若林は乱暴に肩を揺すって、桜内の手を振り払った。

「時間がないんだ」

若林は駆け出した。そのままホールに飛びこむ。古いマンションのこととて、オートロックや監視カメラなどの防犯設備は皆無である。エレベーターを待つのももどかしく、階段で三階まで駆け上がった。息が上がる間もなく、青山の部屋の前に達する。一呼吸してから、ノックは省略してドアノブに手をかけた。鍵はかかっている。案の定、古いタイプのシリンダー錠で、不器用な若林でも、一分もかからずに開けられそうだ。

「ピック」と呼ばれる細い道具を取り出し、慎重に鍵穴に差しこむ。息を殺し、指先の感触に全神経を集中させた。三課の先輩刑事の教えでは、「とにかく動くな」。指先に伝わる感覚が全てだから、息もしてはいけない、と。慣れれば、呼吸を止められる限界の時間が来るまでに、鍵を開けられるようになる。

長い時間がかかったように思ったが……鍵は開いた。ほっとして、細く息を吐き出す。額に滲んだ汗を、ブルゾンの袖で拭った。すぐに立ち上がってドアノブに手をかけたが、そこで桜内が「待った」をかけた。

余計なことを……と思ったが、桜内は若林の背後から、ドアの開口部へと回りこんだ。

「一番乗りする気か？」

「バックアップ、お願いします」

お前がか、と思ったが、ここで面子にこだわっても無意味だ。一人が先行し、もう一人が背中を守る——当然のやり方である。ただし心配なのは、二人とも銃を持っていないことだ。ドラッグのディーラーとも関係のあった青山のことである、銃ぐらい用意しているかもしれない。

そう考えると心配になって、若林は「俺が先に行く」と言ってしまった。反論を待たず、桜内を押しのけてドアの左側に移動する。ノブを回してドアを引くと、すぐに細く開いた。ここは慎重に——と自分に言い聞かせた時、桜内が「危ない！」と叫ぶ。次の瞬間には、突き飛ばされていた。何のつもりだ、と訊く間もなく、若林は何かが鋭く空気を切り裂く音を聞いた。何だ？　銃ではない。発射音は聞こえなかった。

尻から廊下に落ちた若林は、吹き飛ばされた桜内が、外廊下の手すり部分にもたれかかっているのに気づいた。顔面は蒼白で、喰《く》いしばった歯の隙間から苦悶《くもん》の声が漏れている。

「どうした！」慌てて立ち上がり、駆け寄る。

「矢です……たぶん、クロスボウ」

「奴がいたのか？」

「分かりません」

苦しげに言って、桜内が廊下にへたりこんでしまった。左肩を押さえている。若林は慌ててドアを閉め、背中を預けて中から開けられないようにした。そうしておいて、桜内の怪我の状態を見る。

左肩より少し下……腕の上部に矢が突き刺さり、小さな矢羽の部分で止まっていた。急所は外れているし、貫通していない分、出血も心配しなくていいだろう。後は痛みとの戦いだが、桜内のことだ、負けるはずもない。

「歩けるか」

「何とか……」

若林は桜内に手を貸して立たせた。青山の部屋のドアから二メートルほど離れたところで、再び廊下に腰を下ろさせる。その時、覆面パトカーがマンションの前で停まり、加奈と大杉が飛び出してくる。

「こっちだ！」若林が叫ぶと、二人は声の出どころを探すようにあちこちを見回したが、すぐに気づき、大きく手を振ると、ホールに向かって駆けこんでくる。

「援軍が来たぞ」

「結構早いじゃないですか……だから待とうって言ったんですよ」

軽口を叩ける余裕はあるようだ、とほっとする。顔面は蒼白だが、痛みを耐えているというより、ショックを受けているようだった。見ると、矢が刺さった辺りが濡れ始めている。ブルゾンは元々黒いから出血は目立たないが、早急な手当てが必要だ。

「奴は……中にいるんですかね」桜内がかすれた声で言った。

「分からん。俺たちがここに来るのを見越して、クロスボウをしかけていたのかもしれない」

「一々やることが細かい男ですね」

「元々そういうタイプなんだ」しかもさらに緻密になった、と本人は言っていた。

加奈と大杉が、エレベーターホールの方から走ってくる。若林は、桜内の前で座りこんだまま、「救急車だ！」と叫んだ。壁にぶつかったように加奈が立ち止まり、慌ててスマートフォンを取り出そうとしたが、焦って廊下に落としてしまう。

「焦るな！　急げ！」怒鳴ったが、それで救急車が早く来るわけもない。深呼吸して、もう一度桜内の様子を観察した。呼吸は浅いが、落ち着いている。それは、悪くない兆候だった。傷は急所を外れているはずだから、今はパニックで過呼吸になる方が怖い。

「横になってるか」

「無理でしょう」桜内がようやく返事する。額に汗が滲み始めていた。「矢が邪魔です」

「じゃあ、このまま大人しくしていてくれ」

どう対処していいか分からない。矢が貫通していれば、傷口近くを縛って出血を食い止めればいいのだが、この状態では下手に触れない方がいいだろう。まず矢を抜かないと処置ができないし、それは自分たちには無理だ。若林は大きく息を吸いこみ、立ち上がった。桜内の左腕に刺さった矢が、異様な雰囲気を醸し出している。あと二十センチ、いや、十センチずれていたら、桜内は致命傷を負っていたはずだ。

「救急車、呼びました」加奈が近づいてくる。既に落ち着きは取り戻したようだが、桜内の姿を見ると顔を引き攣らせた。「……何があったんですか?」

「青山の野郎が、部屋にクロスボウをしかけていたみたいだ」

「罠ですか?」

「そうだな」ドアの方にちらりと目をやった。第二の罠はあるのか? ない、と判断する。そこまで入念にしかけを施すまでの余裕は、青山にはなかったはずだ。

そのまま、ドアに向かった。「反対側へ回ってくれ」と大杉に指示し、ドアノブを掴む。大杉の顔も引き攣っていたが、それでも小走りに近づき、反対側に立った。用意がいいことに、拳銃持参である。抜いて低く構え、若林に向かってうなずきかける。

「大丈夫なんですか」加奈が背後から声をかけてきた。「もっと応援をもらった方がいいんじゃないですか」

「機動隊の一個小隊がいても同じことだ。時間がない」ドアノブをきつく握り過ぎたせいか、右手に軽い痛みさえ感じる。大杉に目配せして、耳を押し当ててみた。音はしない。人がいる気配も感じられなかった。「行くぞ」

「若林さん！」

加奈が悲鳴のような声で忠告したが、無視する。一刻も早く手がかりを摑まないと、手遅れになってしまうのだ。

「三、二、一だ。開けたらまず様子を見ろ。いきなり中に入るなよ」

大杉に声をかける。うなずく大杉の顔には、汗が滲んでいた。声に出してカウントダウンを終えた瞬間、一気に右手を引く。大杉が片膝立ちになり、部屋の中に向かって銃を突き出した。何もない……若林は大杉を押しのけて、玄関に足を踏み入れた。カーテンが閉まって、中は薄暗い。手探りで照明のスウィッチを探す。ぱちん、という軽い手ごたえがあった後、一気に周囲が明るくなった。

クロスボウは、廊下に置かれた三脚の上に固定されていた。衝撃対策か、三脚の足はガムテープで床に固定されていたが、右側だけが斜め後ろにずれているのは、青山が予想していた以上の発射時の衝撃によるものだろう。他にもクロスボウが、あるいは他の武器がしかけてあるかもしれない。ドアは二枚。右側はトイレか風呂場、奥がリビングだろうと見当をつけた。罠がしかけられているとしたら、その二か所だろう。突入か……唾を呑んだ瞬間、救急車のサイレンが聞こえてきた。まずは、桜内を無事に病院に送り届けないと。

若林は外へ出て、手の甲で額の汗を拭った。震えがくるほどの寒さなのに、火に炙られたように顔が熱い。桜内の横にしゃがみこんでいる加奈に声をかけた。

「病院についていってくれ」

「大丈夫ですよ」桜内が言ったが、口調は明らかに弱々しくなっている。

「無理するな。とにかく病院まで行って、後は家族へ連絡。やれるな？」

「はい」蒼い顔をして加奈がうなずいた。

「それは後にしてくれませんか？」桜内が頼みこんだ。「女房がパニックになりますから。大した怪我じゃないですよ」

「分かってるけど、後で知らされたら、奥さんだってたまらんぞ」

桜内が目を見開く。それがひどく不自然で、若林は「何だ？」と訊ねた。

「いや……若林さんが家族のことを言うのは、何だか不思議な感じですね」

「俺にも家族はいるんだよ」吐き捨て、若林はエレベーターホールに目をやった。二人の救急隊員が、ストレッチャーを押して急行してくる。それを見て、鼓動がだいぶ収まってきたのを感じた。彼らの精神安定効果は相当なものだな、と感心する。

若林は手短かに状況を説明した。うなずいた救急隊員が鋏《はさみ》を取り出し、桜内のブルゾンの袖を割く。中綿がぱっと飛び散り、若林は思わず顔をしかめた。あれが傷口に入ったら……と心配になったが、救急隊員は気にする様子もない。

傷口が露わになる。幸い太い血管は外れたようで、出血は若林が予想していたよりも少なかった。救急隊員がストレッチャーに乗せようとしたが、桜内は断った。自分で傷を見て、大したことはないと判断したのかもしれない。救急隊員の手を借りて立ち上がると、自分の足でゆっくりと歩き出した。ふらついてもいないし、ショックの時期も去ったようだ。加奈の付添いも、桜内は断った。

「無理するな」前に回りこみ、桜内に声をかける。

「大丈夫です。抜けば治療は終わりでしょう。すぐに戻りますから」

「馬鹿言うな」

「とにかく、頑張ります」

若林はちらりと腕時計を見た。七時半。マラソンのスタートである午前九時という時刻が頭にあるが、その時刻に青山が何かしかけてくる保証はない。場所も分からない。

今この時間にも、どこかで何かが起きているかもしれないが……焦っても仕方がない。まずは、態勢を立て直すことだ。

桜内と救急隊員がエレベーターの中に消えると、若林は頭の中で素早く状況を確認し、大杉に指示した。

「所轄に連絡。現場を保存したら、通常の家宅捜索を行う……その前に、徹底して調べるんだ。青山は何か、証拠を残しているかもしれない」

「あの……」大杉が遠慮がちに切り出す。

「何だ」

「この捜索に、正当性はあるんですか？」

「ああ？」

「もしかしたら若林さん、鍵をこじ開けたんじゃないんですか」

若林はズボンのポケットに手を突っこみ、ピッキングの七つ道具を収めたポーチを握り締めた。

「最初から鍵はかかってなかったんだよ。それでドアを開けたら、いきなりクロスボウの矢が飛んできた。これで、捜索する理由ができたじゃないか。殺人未遂容疑だ」

「はあ」大杉はまだ不満そうだった。違法捜査の片棒を担がされる、とでも思っているのかもしれない。

「責任は俺が取る。とにかく所轄に連絡しろ」

言って、若林は部屋へ入った。慌てて加奈がついてくる。女性警官に背後を守ってもらうのは気が引けたが、この際仕方がない。しかし、こいつらも気が利かない……大杉は、自分がバックアップに回ることを考えなかったのだろうか。連絡は加奈に任せ、自分が銃を抜いて、と。若林は、「他の連中も信じましょうよ」という桜内の言葉をふと思い出した。

あの時は心が動いた。しかし今は違う。

こいつらは、やはり頼りにならない。

9

よし……これで万全だ。

一連の事件は、復讐が目的の自分にとってはゲームのようなものだ。警察を出し抜くか、見抜かれて先回りされるか。今のところ、自分は完全に警察の先を行っている。

電話が鳴った。密かに「監視員A」と名づけた相手だったので、仕方なく出る。よほどのことがなければ連絡するなと言ってあるから、間違いなく非常事態のはずだ。

「警察がマンションに来た」

「そうか」

「その後、救急車が来て、一人搬送していった……あれは、何を……」

「ちょっとした悪戯だ」

声を上げて笑うと、相手が黙りこむ。電波を伝って、怯えているのが感じられるほどだった。

「で？　死んだのか？」

「いや、歩いてた」

思わず舌打ちする。仕留め損ねたか。負傷した相手の容貌を詳しく聞くと、どうやら若林ではないようである。残念だが仕方がない。あのトラップは、単なる冗談のようなものだ。特定の人間を狙ったものではないし――飛びこんでくるとしたら若林だろうと思っていたが――威力も大したことはない。しかし、矢は腕に突き刺さっていたようだと聞くと、腹の底から笑いがこみ上げてきた。あの程度のしかけでも、命を奪えた可能性はあるわけだ。

「マンションの方、警察が調べ始めてる」

「放っておいていいよ。そうなることは分かってたんだから」

「俺、ばれないだろうな」

「どうかな」何故か嘘がつけなかった。関係者は一網打尽にされる可能性もある。もちろん、俺は逃げ切るが……。

「何だよ、それ」相手の声に不安が滲む。

「そろそろ、そこを離れてくれてもいいよ。混乱してるから、今ならばれないで逃げられるだろう」

「金の方、頼むぜ」

この期《ご》に及んでまだ金かよ、と白けた気分になった。今は、逃げ出すことを最優先に考えるべきなのに。

「心配するな。今日中にはちゃんと振りこむから」

「……あんた、何をするつもりなんだよ」

「知らない方がいいんじゃないかな」さらりと言ったが、やはり相手の怯えが伝わってくる。まったく、気の小さな奴だ。「とにかく、無事に逃げることだけ考えてくれ。さっさと逃げないと、あんたも捕まるぞ。そうしたら、金なんか振りこまれても意味はないだろう」

「金のこと頼むよ、本当に」

「ああ、分かってる」次第に面倒臭くなってきた。こういう連中は、単純な作戦の手駒としては役立つが、複雑なことや、厳しい状況には参加させられない。場合によっては足を引っ張られかねないから。

さっさと逃げてくれ。俺の作戦の邪魔をしないでくれ。

電話を切り、上空を見上げる。視界の大半を埋め尽くす、コンクリートの巨大な建造物。日本という国は、本当に呑気だ。これだけ重要なライフラインがむき出しで、セキュリティはないも同然なのだから。

馬鹿な奴らだ。

これを見届けたら、俺は海外へ飛ぶ。日本には何の未練もない。そのための準備も万全だ。

10

所轄から大量の警官が送りこまれ、現場の保存が始まった。青山の部屋の中はざっと調べたが、手がかりはなし。今後は、鑑識に一ミリ単位で調査してもらうしかない。若林は現場を任せてマンションの外に出た。

何だ？　視界の隅に映る異変に気づく。

視線を動かす。バイクだ。またも大型のスクーター。今回は、ビッグスクーターに縁がある。そう言えば、西浦和グループの連中は、多くの人間がビッグスクーターに乗っていた。

あいつだ。

咄嗟《とっさ》に頭と体が反応する。フルフェースのヘルメットを被っていれば目隠しになるのに、顔の前面が開いているお椀型のヘルメットである。サングラスはかけているが、顔ははっきりと判別できる。

宮内《みやうち》——宮内隼人《はやと》だ。西浦和グループの一員で、若林は直接顔を合わせて話したことがある。

単気筒ならではのビート音が次第に大きくなってくる。パトカーが集結している脇を、堂々と通り抜けて走り去ろうとしているのだ。若林は道路の真ん中に飛び出し、大きく両手を広げた。スクーターはスピードを上げ始めており、宮内は左側へ大きくバンクさせて横をすり抜けようとしたが、動きが急過ぎた。いきなり後輪がスリップし、横倒しになってしまう。宮内は投げ出され、アスファルトの上で転がった。スクーターのタイヤが空転し続ける。

若林はすぐに駆け寄り、宮内の腕に手をかけた。無理矢理立たせようとすると、宮内が情けない悲鳴を上げた。

「立て！」

騒ぎに気づいた大杉が飛んでくる。すぐに宮内の脇の下に手を差し入れ、体を引っ張り上げるようにして立たせた。宮内が、左膝を庇うように体を斜めにする。若林はすかさず、その左膝に正面から蹴りを見舞った。悲鳴を上げて、宮内が体を前に折り曲げる。

「こいつは……誰ですか」宮内の腕を摑んだまま、大杉が困惑の表情を浮かべる。

「忘れたのか？　我らが西浦和グループの宮内隼人氏だよ。で？　宮内氏、君は何でこんなところにいるのかな？」

若林は宮内のダウンジャケットの奥襟を摑んで強引に立たせた。顔が近づき、額がぶつかりそうになる。

「事情を聞かせてもらおうか。あんたら、青山と組んでたんじゃないのか？　そもそも西浦和グループそのものが、青山に操られていたんだろう」

「……知らない」

「お前、このままだと殺されるぞ」若林はあっさりと言い放った。「青山が何を計画しているか、知ってるのか？　俺は知らない。しかし奴が、人を二人も殺してるのは間違いないはずだ。お前がそれに嚙んでいるとしたら、共犯だ。死刑は免れないだろうな」

「死刑って……」

「喋れば、考えてやらないでもない」

「脅すのかよ」

「脅すよ。問題にしたければ、すればいい。弁護士は、お前の下らない言い訳にも耳を貸してくれるだろう。だがな、その前に喋れ。これは取り調べじゃない。お前の証言には、何万人もの命がかかってるんだよ。どうする？　このまま人が大勢死んだら、お前は責任を取れるのか？　お前だけじゃない。家族にも親戚一同にも迷惑がかかるんだ。それにお前は、一生、刑務所だぞ」

若林は宮内の胸倉を摑んで引き寄せた。大杉が「若林さん……」と弱々しく声をかける。マンションの、青山の部屋の前には目隠し用のブルーシートがかかっているが、野次馬は前の道路に集まっている。規制線が張られて、制服警官が野次馬を遠ざけているが、若林が宮内を締め上げている様子は丸見えである。

若林が手を放すと、バランスを失った宮内の体がぐらりと揺れる。若林は彼の横に回りこんで肩を抱き、そのまま覆面パトカーの方へ誘導していった。

「ゆっくり話を聴かせてもらおうか……いや、急いでだな。時間はないんだ。この件に関しては、俺は誰に何を言われようと吐かせるからな。何だったら、千枚通しを使ってやろうか？　青山が二人を殺した凶器は、そいつじゃないのか」

腕の中で、宮内が身を固くするのが分かった。この男は知っている、と確信する。普通の人間は「千枚通し」と言われても、すぐにはピンとこないはずだ。青山から話を聞かされていたか、あるいは現場に居合わせた可能性もある。それとも一緒に殺したのか……共犯として立件できるのではないか。

さてさて……青山よ、お前は警察内部の事情を少しは知っている。その知識を元に、俺たちを出し抜くつもりなんだろう。だがお前は、実際には警察の一番怖い部分を知らない。知る前に辞めてしまった。

お前はまず、「裁判で立件することが大事だ」と教わっただろう。きちんと証拠を固め、容疑者と信頼関係を築いて揺るぎない証言を引き出す。それを元に、公判維持できるように事件を仕上げるのが警察官の仕事だ、と。「捜査」に関してはそれは正しい。自白の強要も、証拠のでっちあげも絶対にやってはいけないことだ。だが今、俺たちは普通の捜査をしているわけではない。これはいわば、軍事的な作戦行動だ。市民を守ることが最優先で、事件として立件できるかどうかは、今は考えなくていい。凶行を阻止するためなら、どんな手でも使う。

若林は、拷問さえ厭《いと》わないつもりだった。これ以上の被害者を出さないために、警察の枠を越えてしまうことに、何の惧《おそ》れも躊躇いもない。


若林は、鑑識課員で溢れている青山の部屋に飛びこんだ。誰かが怒声を上げたが、無視する。廊下の奥の部屋へ向かい、デスクの正面に立った。

「ちょっと！　そこ、いじらないで下さい！」

「煩《うるさ》い！」若林は怒声に怒声を返し、引き出しを乱暴に引き抜いた。腕を伸ばし、天板の裏側を探る。指先に触れるものがある。粘着テープで貼りつけてあるようだ。引っかくようにして何とか引き剝がし、手に取る。

鍵だった。宮内の証言通り。これが大きなヒントになるだろう。あるいは青山に先回りして、驚かすことができるかもしれない。

青山はやはり素人だった、とほくそ笑む。家捜しする時に、引き出しの裏側などは真っ先に探す場所だ。こういうやり方はマニュアルにはなく、先輩から口伝えで教わるものだが、青山はそういう知識を得る前に辞めてしまったわけだ。

鍵を握り締め、部屋を出ようとした瞬間、指先の記憶が蘇った。まだ何かある。若林はデスクの下に潜りこんで天板を見上げた。暗い……若林は思わず「照明！」と叫んだ。誰かが懐中電灯を手渡してくれたので、光を当てる。

あった。一番奥の部分に、小さな封筒が貼りつけてある。小さいがかなり分厚く膨らんでいる。急いで引き剝がし、封を開ける。逆さにすると、写真や折り畳んだ図面が滑り落ちて床に散らばる。

何だ？……若林は写真をまとめて取り上げた。高架下……大きさ、そして右端に緑色の別のレールがあることから、新幹線のそれだと分かる。緑色のレールは、新幹線の高架橋を利用して作られた、埼玉新都市交通伊奈線——通称ニューシャトルのものである。これがはっきり見える場所は……始発駅である大宮の先なのは間違いない。この直線部分はおそらく、鉄道博物館駅の手前だろう。

他の写真を検める。間違いない。ニューシャトルと並行して走る道路から撮られた写真に、新幹線の高架の向こうにある鉄道博物館が写っているのだ。

写真は何枚もあった。高架下には比較的自由に立ち入りできるのは知っていたが、気になったのは、メンテナンス用の階段が様々な角度、大きさで撮影されていることである。階段の入り口部分もクローズアップ撮影されていた。上の方には有刺鉄線が張り巡らされ、侵入者を防いでいるが、入り口の扉そのものはごく簡単な南京錠《なんきんじょう》でロックされているだけで、侵入は難しくあるまい。そこから先に階段が長く続いて、高架を横断するような格好の通路に続いている。通路はニューシャトルの線路側に伸びて、一度扉を突破してしまえば、すぐ近くまで接近できる。

若林は、顔から血の気が引くのを感じた。仮に、新幹線の線路上にでも爆発物がしかけられたらどうなるか。

実際、宮内が証言した青山の言葉もそれを裏づけていた。

「さいたま市の中心は大宮だ」

「交通の要衝を破壊すれば、大混乱する」

「そのための手はある」

青山の本当の狙いは、大宮駅だったのか？　いや、大宮駅というより、大宮駅近くの新幹線の高架？　あり得る。新幹線が爆破されるようなことがあれば、新聞の一面トップだ。神になりたがっていた青山の最後の目標としては、いかにも相応しい。しかも今の写真を見た限り、簡単に侵入できそうだ。監視カメラの類はなく、深夜なら誰かに見《み》咎《とが》められることもあるまい。

クソ、今から何とかなるのか……腕時計を見る。既に八時十五分。九時に何かが起きる保証はないが、とにかく現場へ急がないと。しかし、あの付近を管轄する大宮中央署の連中は、さいたま新都心駅に集中しているはずだ。連絡だけはしよう。大宮中央署がどう動くかは向こうの判断である。とにかく急いで……そう思った瞬間、若林の頭の中に、青山の言葉が蘇った。「あんたは同僚や家族の前で大恥をかくんだ」

同僚の前で恥をかく、というのは理解できる。事件の現場で右往左往し、青山の嘘に引っかかってしまったら、確かに恥である。だが、家族というのはどういう意味だ？

ふいに思い至った。奴は、俺のことも監視していたのか？　宮内の言動から考えると、青山は西浦和グループの連中を手足のように操って——金を使ってだが——市内中に監視の目を光らせていた。それで必要な情報を手に入れ、俺の家族の動きも監視されていた可能性がある。

そして未来たちは、今日、大宮からニューシャトルに乗って鉄道博物館駅に向かっている。

部屋を飛び出し、階段を二段飛ばしで駆け下りながら、自宅へ電話をかけた。出ない……もう家を出てしまったのか。続いて妻、娘の携帯に順番にかけてみたが、やはり反応はなかった。電車に乗っている時間かもしれない。父親の言いつけを正しく守っている。「電車の中では携帯の電源を切るように」と口をすっぱくして言っていたのだ。未来など、普段は反発してばかりなのに、どうしてこういうことだけは素直に守るのか。

嫌な予感を抱えたまま、若林は加奈を摑まえた。

「俺の家に行ってくれ。大至急だ」

「はい？」

事情が分からない様子で、加奈が目を細める。状況を説明するのも面倒だ……若林は早口でまくしたてた。

「青山の本当の狙いは俺だ。家族が狙われている可能性がある」

若林は、ズボンのポケットから家のキーを取り出して放った。加奈が危なっかしく両手でキャッチしてから訊ねる。

「住所は？」

若林は住所を告げ、加奈が復唱して覆面パトカーに駆けこむ。後部座席に宮内と大杉を乗せたまま急発進した。若林は、自分で乗ってきた覆面パトカーに乗り、サイレンを鳴らして思いきりアクセルを踏みこむ。野次馬たちが驚いたように目を見開いて視線を送ってきたが、それがまた怒りを生む。馬鹿野郎、見世物じゃないんだ。

裏道から国道十七号線に出て、普段なら三十分ほどかかるところを、若林は二十分で走り切った。途中、大宮中央署に連絡を入れて応援を貰うことにしたが、鉄道博物館駅前で若林が車を降りた時には、パトカーが一台、停まっているだけだった。クソ、これでは絶対的に人数が足りない。駆け出した瞬間、スマートフォンが鳴る。加奈だった。

「家には誰もいません。特に荒らされたような形跡もありません」

「分かった」盗聴器を探せ、と言おうとして言葉を呑みこむ。家の中の会話が、青山によって盗聴されていた可能性は高いが、探すには時間がかかるだろう。そんなことは後回しでいい。盗聴器は逃げないのだ。「すぐに鉄道博物館駅に向かってくれ」

今から若林の自宅を出発して、九時に間に合うか……まだ自分が九時にこだわっている根拠は何なのかと考えながら、若林は電話を切った。制服警官が駆け寄ってきて、「メンテナンス用の階段に入る扉の鍵が壊されています」と報告した。

「ふざけるなよ」吐き捨て、若林は階段の入り口に向かった。南京錠はボルトカッターのようなもので切断され、扉が五センチほど開いている。思い切り引き開け、狭い階段を駆け上がった。上り切ったところにもまた扉があったが、完全には閉じていない。隙間に身をこじ入れて、高架を横断する通路へ足を踏み入れる。右か、左か……右だ。一瞬の判断で、若林は走り出した。追いかけてきた二人の制服警官に向かって「左側を調べろ！」と叫ぶ。二人は一瞬事情を理解しかねたように固まってしまったが、すぐに再起動した。

いちばん端からだ……クソ、息が上がる。足が痛い。眩暈が襲ってくるようだった。思い切り頭を振り、何とか意識を鮮明に保ちながら、通路を右端まで走り切った。頭上にはコンクリートむき出しの新幹線の高架、そのさらに外側に深い緑色に塗られたニューシャトルの高架がある。通路の端にある階段を駆け上がれば、両方の高架を見られる……手すりに手をかけた瞬間、「爆弾だ！」と叫ぶ声が聞こえた。

慌てて引き返し、通路を全力疾走する。左端の階段に取りつき、二段飛ばしで駆け上がった。二人の制服警官が、階段のいちばん上で固まっている。

「どけ」

二人の肩を押し、間に割りこむようにして現場を覗きこんだ。コンクリート製の走行路に、無造作に袋が置かれている。普通の半透明のビニール袋の中に時計があり、配線がのたくっているのが見える。爆発物自体は確認できない。

こんなもの、下に叩き落としてしまえばいいのではないか？　一瞬、乱暴な解決策が頭に浮かんだが、これが時限爆弾だという確証はない。時計は単なるダミーで、動かした瞬間に衝撃で爆発するとか。この爆弾が設置された後にも、新幹線は何度も通り過ぎたはずである。振動感知型ではないだろう。考えるだけ無駄だ。俺は爆弾の専門家ではないのだから。

まず、電車を停めないと。

大きく深呼吸し、二人の警官の肩に手をかけて、階段の中ほどまで戻る。いつ爆発するか、それに爆弾の威力も分からないから、遠ざかっていないと。三人が全滅したら、この後をフォローする人間が面倒なことになる。

「いいか、君はニューシャトルの会社——埼玉新都市交通か、近くの駅に電話をかけて、全ての車輛《しやりよう》をストップさせろ」背の低い方の警官に指示した。続いて太った警官に目を向け、「君は警察の関係各署に連絡。大宮中央署からできるだけ多く応援を貰って、爆対にも急行してもらうんだ」

「爆対は今、さいたま新都心の方にいますが……」

「あっちは、ダミーなんだ！」遠慮がちな警官の台詞に対して、若林は乱暴に言葉を叩きつけた。「新都心に警察官を集中させて、ここに気づかせないようにするためなんだよ。とにかくここに爆弾があるんだから、人手が必要なんだ！」

二人が揃ってうなずいた。事情は把握したようである。指示も簡単だから、間違うことはあるまい。

「よし。一旦下へ退避しよう。爆発に巻きこまれたらまずい。それと俺は……」腕時計を見る。九時まで、あと七分。「鉄道博物館駅へ行く。ここで爆発したら、駅にも被害が出かねない。乗客を避難誘導する」

うなずく二人を残して、若林は階段を駆け下りた。朝の冷たい空気が顔にまとわりつき、鬱陶しい。空気が壁になって前に立ちはだかっているようで、酸素が足りずに呼吸が苦しい。相反するような状況に、若林は思わず悪態をついていた。これじゃ、ジョギングして鍛えている意味がない。明日からはもっと距離を伸ばし、常にタイムトライアルするような激しい走りにしよう。

俺に明日があれば、だが。

11

さあ、終わりだ。

思わず顔がにやける。馬鹿どもがいくら慌てても足掻《あが》いても、もうどうしようもない。完璧な作戦を練ったのだから、当然だ。

全能感。

警察官には習性がある。大きな音がしたら、とにかくそちらへ向かうようにしつけられているのだ。それは決して間違っていない——簡単な現場では。現有勢力の一点への投入は、混乱を抑える最良の方法である。しかし往々にして、指揮官も同じように考えて、視野が狭くなる。持てる戦力を一か所に投入すると、当然、他が手薄になるが、そこを考えている警察官はいない。警備班も同じだ。あそこは機動力は高いが、絶対的に人数が足りない。しかも若林は、何でも自分でやらないと気が済まない男だ。全部自分で仕切って、全ての現場を見たがるが故に、部下も振り回される。今がまさにそういう状況だ。制服警官を二人現場に残しても、何もできまい。爆対がこちらに転進するにはかなり時間がかかる。ここでタイムアウトだ。

腕時計を見る。顔を上げると、若林の乗った覆面パトカーが、急加速して目の前を通過していくところだった。直後、いきなり右へ急ハンドルを切り、駅の構内へ突っこんでいく。

まさか……他人事《ひとごと》ながら、顔面から血の気が引くのを感じた。若林は、歩道と駅構内を分けるコンクリート製のポールに覆面パトカーを突っこませた。激しい衝突音が響き、しかし覆面パトカーは停まることなく、駅の構内に向けてなおも突っ走っていく。そこまで無茶するか？　少しでも時間を稼ぐつもりか、車は、大きな柱にぶつかりそうになる直前で停まった。若林が車から飛び出し、脚を引きずりながら構内へ駆けこんでいく。大慌てで構内放送させ、乗客を避難させるつもりだろうが、それでは間に合わない。

もう一度、腕時計を見る。

日本の鉄道ダイヤの正確さは世界一である。一分遅れただけで騒ぎになるぐらいだ。その前提がなければ、この計画は立てられなかった。よし……高架の上に、派手な黄色と緑に塗り分けられた車輛が見えてきた。新交通システムを使ったこの車輛は、普通の電車の車輛よりも一回り小型で、おもちゃのようなものである。それ故、爆発に対する耐性も低いはずだ。炎に包まれた車輛がバランスを崩し、高架から転落する様を想像すると、激しい興奮に襲われた。痛みを感じるほど勃起しているのを意識し、戸惑いを覚える。

大勢の人を殺すのは、大勢の人間を支配するのと同じだ。力。人の命を自分の手の中に握った快感。間もなく……もう少し……ぎりぎりで間に合わなかった若林は、これ以上ないほどの屈辱を味わう。

残念なのは、それを見られないことだ。口惜しさでホームに突っ伏して、床に拳を叩きつけるあいつの姿を見たい。その背中に足を乗せて抑えつけ、恨みをぶつけてやりたかった。

だがそれでは、自分が逃げられない。逃げ切らなければ、計画は完遂しないのだ。残念だが、仕方がない。爆発の瞬間を確かめられればそれでいい。

もう一度、時計に視線を落とす。あと十秒……ニューシャトルは、駅に近づいてスピードを落とし始めている。残念ながら乗客の皆さんは、そこへたどり着けません。笑いがこみ上げてくるのを、抑え切れなかった。世の中にこんな楽しいことがあったとは。

時間がどうしても気になる。左腕を持ち上げたまま、デジタル時計のカウントを見詰めた。七、六、五……どのタイミングで顔を上げるか、悩む。きっちりゼロまで時計で確認したいのだが、そうすると爆発の瞬間を見られない。よし、時計はここまでだ。

車のドアを押し開け、外へ出る。思わず唾を呑み、その瞬間を想像して興奮が全身を包みこむ。頭の中でカウントダウンが続いている。これも、警察にいる時に身につけた癖だ。時刻の頻繁な確認。そして自分でタイミングを取るために、正確に頭の中で時を刻むこと。ふっと息を吐いた瞬間、頭の中でカウンターがゼロになった。

何も起こらない。

何故だ?

ニューシャトルの車輛が、ゼロポイントを通過していく。まさか、不発？　そんなことはあり得ない。俺が失敗するわけがないではないか。

車輛はそのまま、駅へ滑りこんでいった。車輛が見えなくなった直後、線路の上で激しい火柱が上がった。遅れて爆発音。炎は新幹線の高架の上まで上がり、電線を焼いて火花を散らす。これで新幹線もしばらくは不通だろうが、これでは失敗なのだ。

クソ、何故だ？　タイマーの設定を間違えた？　そうとしか思えなかった。痛みが走りそうな勢いで歯軋りする。炎がニューシャトルの走行路を舐め始めた。しかしコンクリートの建造物なので、可燃物がそれほどあるわけではないから……長くは続くまい。

どうなったのか、何故失敗したのか知りたかった。だがそんなことをしていては、逃げ遅れる。今は一刻も早く、ここを離れなければならないのだ。

呆然《ぼうぜん》としたまま車に戻り、エンジンをスタートさせる。まだ心残りだった。これでは計画は完遂しない。最後の最後で失敗したことは、長く嫌な記憶として残るだろう。俺は、このままにはできない男だ。ほとぼりが冷めた頃、必ず舞い戻り、今度は絶対に失敗せずにやり遂げる。

自分にそう言い聞かせないと、怒りと悔しさで体が爆発してしまいそうだった。

12

若林は駅の事務室に顔を突っこみ、バッジを示しながら大声で叫んだ。

「爆弾だ！　すぐに退避のアナウンスを！」

駅員たちはぽかんと口を開けたまま、状況が把握できない様子だった。若林は再度、さらに大きな声で怒鳴りつけた。

「警察だ！　線路上に爆弾を見つけた！」

それだけ言い残し、構内を駆け抜ける。地上階からホームへ。当然、下り線だ。ホームへ出ると、ほとんど人はいない。しかし、新幹線の高架を挟んでかなり遠い場所にある向かいのホームは、多くの人で埋まっていた。あれも危ない……爆弾の威力がどれほどかは分からないが、爆風で怪我人が出ないとは限らない。ようやく構内アナウンスが流れ始めた。

「お客様にお知らせします。線路上に危険物があるとの情報があります。ホームにいるお客様は、地上フロアまで避難して下さい。繰り返します。線路上に危険物があるとの情報があります――」

やるじゃないか、と若林はほっとした。こういう言い方なら、乗客がパニックになることもないだろう。向かいのホームの乗客の動きは鈍かったが、やがてゆっくりと階段に向かって動き始める。アナウンスが間断なく続いているせいもあるだろう。

こちらのホームにいる数人の客は、事情が分かっていない様子だった。不安げに、混乱する向かいのホームを覗きこんでいる。

「避難して下さい！」若林は叫んだ。「ここは危険です。すぐに避難して！」

ヒステリックな若林の声に、ようやく乗客が動き始めた。こちらのホームには数人しかいないから、慌てて階段に押し寄せてもパニックになることはあるまい。これで人払いはできた……若林は深呼吸して、息を整えようとした。ホームにいる乗客の安全は確保できたにしても、車輌自体を停めないと最悪の被害が生じる。もう一度下へ行き、駅を通じて運転指令に連絡してもらおうか、と思った。いや、さっきの俺の話で、既に処置しているはずだと信じる。

若林はホームのいちばん端に行き、線路の様子を見詰めた。これは「電車」ではない。車輛はゴムタイヤを利用しているため、通常の線路はなく、ほぼフラットな道路のような走行路が続いている。脇にはレールのような鉄線が走っており、ここから電力が供給される仕組みだろう。

下りの高架は、鉄道博物館駅に向かって、ごく緩い下りになっている。車輛が見えてきた。駅が近づき、ゆっくりと走ってくる。間もなく、爆弾が設置された場所を通過した。クソ、間に合わなかったか……若林は思い切り目を瞑ったが、そんなことをしても何にもならないのだとすぐに思い直す。叫ぼうとしたが、声にならず、自分の無力さを痛感するだけだった。こうなったら祈るしかない。何らかのミスで、爆弾が不発に終わるとか。

腕時計にちらりと視線を落とす。もう間もなく、九時。列車がホームに滑りこんでくる。え？　爆発しない？　若林は状況を把握しかね、その場に呆然と立ち尽くしてしまった。

この時間帯、この駅で降りる乗客は多くはない……その中で、すぐに娘と妻の姿を見つける。

「早く！」

若林に気づいた二人は、怪訝そうな表情だ。急ぐどころか、その場で立ち止まってしまった。クソ、まだ何があるか分からないんだ……若林は二人の元へ駆け寄り、背後に回った。

「急いで下へ降りろ」

「何なの——」未来が驚いて訊ねる。

「いいから、急げ！」

二人の背中を押した瞬間、背後で爆発音が響き渡った。空気を震わせ、一瞬で耳の機能を全て破壊するような凄《すさ》まじい音。若林は本能的に、二人の肩を押して前に倒した。爆風から二人を守るために、後ろから覆い被さる。何かが背中を舐めていったが、それが何かは分からない。

一瞬で意識が吹き飛び、周囲の状況が把握できなくなる。未来が「パパ！」と叫んだのだけが聞こえたが……若林は、それが自分の人生で聞く最後の言葉になるだろうと覚悟した。

「重いんだけど」

生き返ったのか、死んでいなかったのか……若林の耳に入ってきたのは、いつもの未来の声だった。面倒臭そうで、鬱陶しそうな――父親を嫌う口調。

若林は無意識のうちに後ずさり始めた。とは言っても、二人の体の上から降りるのだから、スムーズにはいかない……しかし、自分の意識ははっきりしているのだから、大したことはないな、と一安心する。

両膝をつき、うつぶせに倒れた二人を見下ろす。声をかけようとした瞬間、左側にいた娘の未来が飛び起きた。ブレザーは袖口が破れ、ブラウスの襟は折れ曲がってひどく汚れている。髪もくしゃくしゃになってしまっていた。持っていた大きなバッグが、五メートルほど先に吹っ飛んでいる。続いて妻の美沙がゆっくりと体を起こした。頬に黒い汚れがついていて、ジャケットの襟が破れている。

「何なの……」未来が唖然として言った。

「立てるか？」二人に声をかけながら、若林は先に立ち上がった。美沙の腕を引っ張って立たせる。妻はまだ、一言も発していなかった。耳でもやられたのか、と心配になったが、次の瞬間、大きく目を見開いて悲鳴を上げる。震える腕を上げて指差す先は……車輌のいちばん後ろに火が燃え移っていた。

「下へ逃げろ！」

若林は急かし、二人が何とか走り出したのを見送って、開いたドアから車輌に飛びこんだ。ニューシャトルの車輌は、一般の鉄道のそれよりもだいぶ短く、ドアは中央部分に一つあるだけだ。三両目のドアから中に入った若林は、そのまま最後尾の車輌まで走った。膝ががくがくいったが、何とか耐える。車内に人は……いない。車輌の外側に爆発の炎が燃え移ったようだが、中はまだ無事だった。ここは、自分ではどうしようもない。

足を引きずりながらホームへ出ると、駅員が消火器を持ってきたところだった。

「最後尾！」

若林が叫んで指示すると、若い駅員は慌ててホームの端へ向かってダッシュして行った。手が震えて、消火器を上手く扱えない。若林は消火器を奪い取って、消火液を車輌の最後部に吹きつけた。大したことはない……炎は見る間に小さくなり、代わって塗料が焼けて発生したらしい黒煙がホームに立ちこめ始める。頭上で轟音《ごうおん》がしたので、ホースを車輌に向けながら見上げると、新幹線が通過したところだった。大宮駅が近いので、だいぶスピードを落としている。警笛が鳴り響く。あまりにも近く、耳の奥に鋭い痛みが生じた。クソ、新幹線も停めなくては……自分の責任ではないが、若林はこの事件のすべてが自分に帰することを意識する。

煙の隙間から、数十メートル向こうの爆発地点が見える。炎は収まりつつあったが、走行路部分への被害は分からない。かなり大きな爆発、側面のコンクリート壁の一部が吹き飛んでいた。間に合わなかった、という悔いは強い。若林は唇を噛み締め、空になった消火器をホームへ投げ捨てた。駅員にバッジを示し、「全車輌の運行禁止、駅の封鎖、客の足止めをやってくれ」と指示する。駅員に全てのことができるとは思えなかったが、この場ではこれ以上のことは言いようもない。

階段をまた二段飛ばしで下りる。駅の構内は、ホームから避難してきた人たちでごった返していた。駅員が総出で、ホームへ上がる階段を閉鎖している。もしかしたらこの中に青山が……青山本人ではなくても、爆発の様子を確認するために、西浦和グループの誰かが送りこまれているのではないか？　目をこらしてみたが、雑踏はラッシュ時並みで、どうしようもない。クソ……ブルゾンのポケットに手を突っこむと、先ほど青山の部屋から押収した鍵が触れた。取り出して改めて見ると、貸し倉庫のものらしい。どこの鍵か分かれば、手がかりになるのではないか。

「パパ！」

未来の呼び声に、慌てて顔を上げる。駆け寄ってきた未来が、心配そうに若林の顔を見上げる。これがハリウッド映画なら、互いに相手を骨折させんばかりの勢いで抱きしめ合うのかもしれない……未来の表情は、高校生のそれというより、小学生の時の面影に近かった。

「怪我はないな？」

「大丈夫」

「母さんは？」

「ママも大丈夫」

妻に顔を向けると、無言でうなずく。娘よりもショックが大きそうだった。

「分かった」うなずき、腕時計を確認する。九時五分……何故、ニューシャトルの車輛が通過した時点で爆発しなかった？　何か意味があるのか？　いや、青山とて完璧な存在ではない。何らかのミスが、自分たちを救ったのだ。緻密さにも限界はある——そう、奴は神ではない。

計画は失敗したのだ。それでもなお、お前が自分を神だと思っているなら、俺がその座から引きずり下ろしてやる。

「悪いけど、発表会へは行けない」

「うん……」未来は妙に素直になってしまったようだ。

「俺にはまだ仕事があるんだ」

「分かってる。私も……無理だよ」未来が大きなバッグを開けてみせた。「発表用のドレスがぐちゃぐちゃになっちゃったから」

「そうだな」若林もバッグを覗いた。濃い黄色のドレスが見えたが、確かにぐちゃぐちゃだ。急に皺は伸ばせないだろう。

「高かったのに……」

「そんなもの、また買ってやる」こんな励まし方でいいのだろうかと思いながら若林は言った。

「たぶん、発表会は中止だよ」

「来られなくなる子もいるだろうな」

「うん……ねえ、何でこんなことになってるの？　何でパパがここにいるの？」

「俺は、さいたま市の安全に責任を負う立場だから」

「でも、仕事は夜だけでしょう？」

「俺たちの仕事は、時間で切れるわけじゃないんだ。とにかく、母さんを頼むぞ」娘の両肩を一度だけ叩く。普段なら、触られるのを嫌がるのだが、今日ばかりは未来は素直にうなずいた。若林は駆け出し、駅の構内に半ば突っこむ格好になっている覆面パトカーに乗りこんだ。先ほどコンクリート製の車止めをはね飛ばしてしまったせいで、バンパーは凹み、ボンネットも歪んでいる。しかしエンジンは一発でかかった。

「よし」声を出して自分に気合いを入れ直し、そろそろと車を出す。駅の周りには人が集まってきているが、その場を整理する警察官はいない。若林はパトランプを鳴らし、さらにクラクションに拳を叩きつけた。後ろの様子を見ようとした瞬間、右のサイドミラーが吹っ飛んでしまっているのに気づく。窓を開け、大きく身を乗り出してもう一度クラクションを鳴らし、アクセルを踏みこむ。

道路に出て、シフトレバーを「D」に叩きこむ。思い切りアクセルを踏むと、リアタイヤがかすかに流れた。焦るな、焦るな……すぐに貸し倉庫に向かいたいのは山々だが、まだどこにあるか分からないのだ。若林は駅を通り過ぎた辺りで一度車を停め、スマートフォンを取り出した。着信が十件……まったく気づかなかった。これに一々反応する時間はないと諦め、最後にかかってきた電話を確認する。加奈だった。かけ直すと、呼び出し音が一回鳴っただけで出る。

「爆発した」

若林が淡々と告げると、加奈が絶句する。電話の向こうから、気持ちを落ち着かせようと深呼吸する音が聞こえてくる。

「怪我人はいないようだ……今のところ」

「分かりました」

「今、どこにいる？」

「まだそっちへ向かってる途中です。渋滞がひどくて……」

「新都心の方はどうだ？　マラソン大会はどうなった？」

「スタートが延期になりました。一応、十一時スタートで、今はランナーを現場に近づけないように人を配しているそうです」

対応としてはそれしかないだろうな、と納得した。やはりけやきひろばはダミーだったのだろうが、完全に捜索が終わるまでは安心できない。あるいは青山を逮捕するまでは。

若林は鍵を取り上げ、小さなプラスティック製のキーホルダーを確認した。

「青山がどこかに荷物を隠している可能性がある」キーホルダーに刻印された貸し倉庫の会社の名前、それに四桁のナンバーを読み上げる。「これで、場所がどこか確認してくれないか。分かったらすぐに教えてくれ……君たちもそっちへ向かうんだ」

「分かりました」

「検問は？」

「やってますが、今のところ引っかかっていません」

それはそうだろう。青山がどんな車に乗っているか分からないのだ。

「そっちは専門家に任せておけ。俺たちは直接、青山を追うんだ」

「分かりました。貸し倉庫の件、分かったらすぐ連絡します」

「俺は、ひとまず浦和方面に向かう」

「了解です」

通話を切って、スマートフォンを助手席に放り投げる。ふと、ジレンマに陥った。何の当てもなく浦和方面に戻ったとして、倉庫はまったく別の場所かもしれないのだ。それに、経験したことのない胸の痛みを感じる。これは……家族のことだ。今までほとんど顧みてこなかった妻と娘。しかし今は、二人が無事だったことで、胸の中に温かいものが流れるようだった。それは火のように激しく、痛みのような感覚を抱いている。何もなければ、ずっと抱きしめていたいような感覚だった。しかし今、自分はまだ走らなければならない。止まれば、青山を逃してしまう。

13

駅が大騒ぎになっているのは容易に想像できた。今は「監視員」を使っていないから、想像するだけだが……自分がどんな状況に追いこまれているかも分からない。しかしこの危機的状況が快感を生む。スリルのない人生など詰まらないではないか。

鉄道博物館駅の近くに停めておいた車に乗り換えた。走行距離が伸びてぼろぼろになった旧型の日産マーチ。好みではなかったが、日本車は警察から逃げる時も安心して使える。走行距離は軽く十万キロを超えているが、エンジンは元気だし、足回りもしっかりしている。制限速度を上回らないように気をつけながら、幹線道路を避けてひたすら南下した。幹線道路さえ避けていれば、取り敢えずは安心だ。ここから東京へ向かうには、首都高、あるいは国道十七号線を使うのが普通である。だが警察が真っ先に目をつけるのは、そういう幹線道路だ。裏道にまでは手が回らないし、自分はそういう安全な道路をよく知っている。警察官の経験でいちばん役に立っているのはこれかもしれない。警察官は、タクシーの運転手並みに道路に詳しくなるのだ。

いちばん危険なのは、東京へ入る時だろう。十七号線の大宮バイパスか、旧道を使うしかない。それ以外のルートだと大回りになり過ぎて、時間がかかる。隠しておいた荷物を引き上げ、足がつかないように交通機関を乗り換えて空港へ向かう。予約便にぎりぎりの時間しかない。これからは、一つでも手順を間違えたら、俺は地獄行きだ。

もちろん、行かないが。

最後まで逃げて、生き延びる。お前らが手を出せないところから、嘲ってやる。

旧道——中山道の方が警戒網が緩いはずだ。それでも、中山道に入るのは県境ぎりぎりにしたい。となると、戸田公園駅の近くで、県道六十八号線からアプローチするのがいいだろう。記憶にある道路を頭の中で再確認し、アクセルを踏む足に少しだけ力をこめる。

埼玉県脱出まで三十分から四十分……四十分に近い三十分台、と踏む。幹線道路の交差点では時間を食うだろう。こればかりはどうしようもない。焦るな。スピードを出し過ぎて捕まるのは馬鹿馬鹿しい。もちろん、いざという時のために拳銃は持っているが、それを使ったら、破滅だ。撃てば、逆に発砲される覚悟をしなければならない。むざむざ死ぬわけにはいかないのだ。

大丈夫。そんなことにはならないと自分に言い聞かせる。警察は間抜けだ。その弱点を知り抜いている自分にとっては、穴だらけである。必ず逃げ切れると、心の中で繰り返した。

14

「板橋？」

「ええ。都営三田線の蓮根《はすね》駅近くにある貸し倉庫です」加奈が答える。

「東京か……奴はそこに立ち寄る可能性があるな。逃亡に必要な荷物を隠しているかもしれない」言いながら、その鍵はこちらの手元にあるのだが、と若林は不審に思った。合鍵を作ったのだろうが……若林はスマートフォンを強く耳に押し当てた。「警視庁に協力を要請しろ。こっちから東京へ入るには、ルートは限られている」

「調べました」加奈の声は冷静だった。「この辺りからだと、高速の東北道か首都高五号線を使うか、中山道で荒川を越えるしかありません。それ以外だと、非常に遠回りになります」

「そうだな……だったら橋の検問を強化するんだ。そこさえ封鎖すれば、引っかかる可能性が高い」いくら青山に金があると言っても、ヘリをチャーターするまではできまい。

「はい……ちょっと待って下さい」

「何だ！」加奈は電話から離れたようだ、「おい！」と呼びかけたが反応はない。一度電話を切るかと考えた時に、加奈の声が戻ってきた。

「青山が乗っているらしい車のナンバーが分かりました」

「何だと」

「宮内隼人が喋りました。大杉さんが喋らせたんです」

「ほほう」非常時なのに、思わず間抜けな声を出してしまった。大杉が、そんな取り調べのテクニックを持っていたとは。もしかしたら非合法な手段を使ったのかもしれないが、だとしたら俺が庇ってやろう。上の叱責を浴びることになっても、個人的に賞状を作って贈呈してやってもいい。「車種とナンバーを」と言って、若林は道路端に車を寄せて停めた。運転しつつ、通話しながらメモは取れない。

「二台あるんです」

さすがと言うべきか……青山は逃走用に複数の車を用意していたわけだ。しかし、車種とナンバーさえ分かれば、網はぐっと絞れる。加奈の説明によると、二台とも盗難車。宮内が盗むのを手伝い、一台を鉄道博物館駅近くからの逃走用に隠していたはずだという。ただし、今青山がどちらの車に乗っているかは分からない。宮内は、ぺらぺら喋ったという。

これが青山の弱点だ。奴は、金で人を動かしていた。だが、金には限界がある。金で買える信頼関係など、たかが知れているのだ。

お前に、警察の何が分かる？　警察学校を出て、交番で少し働いただけではないか。そんな人間に、警察の深い部分が分かるはずもない。

警察は、お前が考えているよりずっと悪どく、ずるい。それをお前は、これからたっぷり思い知ることになるだろう。

途中で車が悲鳴を上げ始めた。エンジン本体まではやられていないだろうと思っていたのだが、衝突のショックは小さくなかったようだ。エンジンもどこかがいかれている。若林自身もそうだ。車止めは小さなもので、ぶつかった時にはさほどの衝撃は受けず、エアバッグも開かなかったほどだが、首の両側が引き攣るように痛む。軽いむち打ちかと首を回してみると、鋭い痛みが走った。思わず身を縮こまらせ、ハンドルをきつく握りしめる。

アクセルを踏みこんでもエンジンの回転が上がらず、水温計の針が赤いゾーンに飛びこもうとしている。まずい……新都心西から首都高に乗り、浦和南インターを過ぎたあたりで、他の車の流れに着いていけなくなった。中山道の戸田橋を目指しているが、このままではそこまで持たないかもしれない。

どこかで別の車を調達するしかない。焦るな、何とでもなる。そうだ、戸田インターチェンジで降りれば、近くに交番があったはずだ。あそこでバイクを借りればいいのではないか？　よし、その手でいこう。

フロントガラスに映る光景が歪み始める。不要な熱が、ボンネット上の空気を熱くしているようだった。クソ、あとたった数キロじゃないか。インターチェンジを降り、新大宮バイパスを慎重に走る。スピードが落ちたせいか、辛うじてエンジンは動いてくれているが、水温計の針は上限を振り切って下がらない。これが限界か……交番までのわずか二キロほどが、やけに遠く感じられる。後ろから何度もクラクションを鳴らされたので、ウィンドウを開け、右手を激しく前に振る。さっさと先に行け！

ようやく交番が見えてきた時には、心臓が胸を突き破らんばかりに高鳴り、吐き気さえ感じたほどだった。それに加え、首の痛み。悪いことに、交番前の道路は大宮バイパスの側道で、ガードレールとパイロンに塞がれて、直接交番の前には停められないようになっている。若林は思いきりハンドルを左に切り、パイロンをなぎ倒して、バイパスと直角に交わる道路に停めた。エンジンを止めてドアを開けた瞬間、ボンネットの隙間から白煙が立ち上がる。

若林が交番に飛びこむより先に、制服警官が飛び出してきた。若林はバッジを高く掲げ、「バイクを貸してくれ！」と叫んだ。慌てて、制服警官がヘルメットを持ってくる。

被った途端、若林は自分の頭が標準サイズより大きいことを思い知った。しかし今、そんなことに構ってはいられない。スクーターに跨り、セルボタンを押す。当然、整備は万全で、一発でエンジンがかかった。

ヘルメットの顎紐を締め、「浦和中央署の警備班に連絡してくれ」と言い残して、思いきり右手を捻る。歩道から車道に飛び出すと、さらにアクセルをふかして一気にスピードに乗った。車から降りて生身になると、三十キロ程度でも相当な速さに感じられる。すぐに富士見大橋を渡り、戸田公園の南側に出た。よし、このまま真っ直ぐ進めば中山道にぶつかる。その先はもう、戸田橋だ。

何とかなる。絶体絶命のピンチだと思っていたが、風はまだ、自分の背中を押してくれているようだ。

戸田橋が近づくと、車列は動かなくなった。若林は渋滞の列を縫うようにバイクを走らせ、さらに脇道を通って、何とか橋の袂《たもと》まで辿り着いた。埼京線と新幹線のガード下をくぐった先で検問が行われており、片側二車線の左側は塞がっている。そのせいで右側車線も渋滞になり、車列はほとんど動いていない。若林は車を誘導している制服警官のところまでバイクを走らせ、そこで乗り捨てた。制服警官が不審げな表情を浮かべたので、バッジを顔の前に突き出してやる。

検問を受ける車の長い列ができていた。ここで自分がやることはないのだが、青山が現れたら真っ先に顔を拝んでやりたい。いや、自分が会わなければならないのだ。

若林は、誘導している警官のずっと後ろに下がった。いち早く青山の車を発見したいが、じりじりと時間が過ぎるばかりだ。急に、全身に疲労感を覚える。近くに停めたバイクに座りたくなったが、何とか耐えた。ここでへばっていたら、最後の勝負に勝てないだろう。

眠気と疲労感、ついでに痛みを吹き飛ばすために、思いきり目を見開く。その瞬間、戸田市の中心方面から走ってくる薄緑色のマーチを見つけた。途端に鼓動が跳ね上がる。青山。平然とした顔つきでハンドルを握っている。馬鹿が……ここを突破できると思っているのか？

「あれだ！」

若林は叫んだ。制服警官が何人か、一斉にこちらを見る。若林は右手を掲げ、マーチを指さした。誘導棒を持った制服警官が二人、いきなり走り出す。ホイッスルを鳴らしながらマーチに向かって走り出した瞬間、青山がハンドルを思いきり右に切った。Uターンするつもりか？　しかし青山は、いきなり反対車線に飛びこんだ。ちょうど、中央分離帯で上下の車線が区切られる直前。クラクションが激しく空気を震わせ、衝突音がそれに続く。しかしマーチは、他の車に邪魔されることなく、二車線の真ん中に突っこんで逆走し、東京方面へ向かった。逃げられると思っているのか？　自ら網の中に飛びこんだようなものではないか。

若林はバイクに跨り、エンジンをかけた。すぐに追跡を始める。この状態で、どこまでも逃げられるものではあるまい。

しかし何故か、両車線を走る車が緊急車輛を避けるように脇に寄っていく。思いきりアクセルを捻って近づくと、青山が運転席の窓を開けて右腕を突き出しているのが見えた。その手には拳銃……クソ、どこで手に入れた？　辞める時に警察から持ち出したとは思えないが……。

「青山……」若林は言葉を嚙み潰すように吐き出した。ヘルメットを被っていないので、叫べば声も届きそうだったが、何もこちらの存在を知らせることもあるまい。実際、青山は、まだ若林に気づいていない様子だった。さすがに後ろを見ている余裕はないのだろう。

戸田橋は長い……確か五百メートル以上あり、青山が無事に渡り切れるとは思えなかった。それに、橋の向こうでは既に警視庁の連中が待機しているはずである。向こうに手柄を渡したくはなかったが、それまでには決着がつくだろう。

しかし青山は、他の車を避けながら走り続けていた。他のドライバーから拳銃が見えているかどうかは分からないが、暴走車を避けるつもりなのか、どんどん端に寄っていく。その結果、若林の追跡も楽になったが、このままでは埒《らち》が明かない。どこかで停めないと……背後からサイレンが鳴り響く。無茶な追跡はするな、と心配になったが、バックミラーを覗いてもパトカーは見えない。

左後ろを見ると、白バイが二台、車列の隙間を縫ってするすると近づいてきた。上り車線側からアプローチして何とかするつもりのようだが、中央分離帯が邪魔になる。気持ちだけありがたく受け取っておくよ、と若林は皮肉に考えた。

マーチがいきなりスピンし、ボンネット側が右を向いた。隣の車線の車と接触し、そのままエンストしてしまう。すぐにドアが開き、青山が姿を見せた。その瞬間、上り車線から白バイ隊員が飛び出してきて、青山の前に立ちはだかる。

青山は銃を構えている。白バイ隊員もすぐに銃を抜いて、青山の動きを制した。若林はバイクを降りようとしたが、その瞬間、耳元を何かがかすめるのを感じた。撃った？　あの馬鹿野郎、俺を狙っているのか？　分かりやすい。分かりやす過ぎる。若林はバイクを降りて歩き始め、横並びで青山に対峙する白バイ隊員の間に割って入った。

「下がって下さい！」右側に立った隊員が、引き攣った声で警告する。

「大丈夫だ」若林はわざと呑気な口調で言った。「奴は致命的に射撃が下手だ。この距離だったら、絶対に当たらない」

その距離は、十五メートルほどである。落ち着いて、丁寧に狙えば、当たらないこともないだろうが、若林は、プレッシャーをかけてその確率を下げようと叫んだ。

「その辺にしておけ！」青山に向かって怒鳴る。風で声が流されそうになったので、限界以上の大声を出してしまい、喉が痛む。「お前は撃てない！」

「撃てる！」

叫ぶと同時に、青山が引き金を絞った。若林の足元で銃弾がアスファルトを削り取る。心臓が止まりそうになったが、構わず、一歩前に出た。

「状況をよく見ろ。お前、撃たれるぞ」

「撃てるのかよ」

「必要があれば撃つ。こちらのお二人は、お前みたいに臆病じゃないからな」

「ふざけるな！」

青山が銃を構え直した。

青山が三発目を撃った。銃声が聞こえると同時に、若林は衝撃で仰向けに倒れた。撃たれた……どこだ？　いや、呼吸はできている。衝撃も感じている。腕だ。左腕。しかし大したことはない。そっと上げてみる。自由に動くのだから軽傷だ。かすっただけだろう。

白バイ隊員二人が、若林を庇うように前に飛び出す。しかし青山は二人を撃とうとしなかった。狙いはあくまで俺かよ……若林は何とか立ち上がった。ブルゾンの手首のところから血が流れ落ちる。衝撃は早くも痛みに変わりつつあった。

「どうした！　腹を狙え、腹を！　わざわざ難しいところを狙ってどうするんだよ、下手くそ！」わめくと、一声ごとにずきずきとした痛みが突き抜ける。腕を血が伝う感触があった。いつまでもつかね、他人事のように考える。

「迷わず撃てよ」前に立ちはだかる隊員に声をかけた。向こうが発砲して、俺が負傷しているのだから、立派に撃つ理由になる。しかし……実際には難しいだろう。周囲を車が流れているのだ。

見ると、青山の腕が震えている。橋の上で寒風に晒《さら》され、緊張感は頂点に達しているだろう。三発撃って、まだ俺を仕留められないのは、それだけ条件が悪いからだ。それに、仮に俺を撃ち殺しても、もはや逃げ場はない。マーチは隣の車線を走っていた車の横腹に食いこみ、もう動かない。終わりだ。何をしようと、お前は逃げられない。いちばん賢い方法は、こちらに背を向けて東京側へ向かって走り出すことだ。ほどなく、待ち構えている警視庁の連中に捕捉されるだろうが、数十メートルぐらいは自由を実感できるかもしれない。あるいは橋から荒川に飛びこむか。

クソ、と短く低い声が聞こえた。青山の顔に汗が滲んでいるのが分かる。それを見て、若林は加虐的な喜びを感じた。お前は終わりだ。さっさと泣きを入れて、詫《わ》びろ。ここで投降すれば、命までは取らない。

しかし次の瞬間、青山は意外な行動に出た。震える右手を挙げて、銃口を自分の頭に突きつける。

「やめろ！」若林は叫んだ。自殺は絶対に許さない。死ぬのは勝手だが、全部供述してからにしろ。すぐにでも駆け寄ろうとしたが、足が動かなかった。最悪の事態を恐れてか、二人の隊員も固まっている。

若林はマーチの背後に誰かがいるのに気づいた。ウィンドウを通して見える人影——警視庁の人間か？　マーチの背後にいた男がルーフに手をかけ、いきなり跳びあがった。その勢いのまま、青山の右手を後ろから蹴り飛ばす。拳銃が吹き飛ばされ、青山は呆然と立ちすくんだ。

男が背後から、青山の左手を摑んで捻り上げる。同時に、右手で後頭部に拳銃を突きつけた。一瞬、全ての動きが止まる。犯人が殺されかけている——それなのに、隣の車線を普通に車が走り続けているのが異様な感じだった。

「確保だ！」

若林が叫ぶと、白バイ隊員が尻を蹴飛ばされたように走り出した。すぐに青山に取りつくと、動きを制して手錠をかける。若林はその場にへたりこみそうになったが、何とか堪え、一歩ずつ、ゆっくりと青山に近づいた。

両腕を隊員に抑えられた青山は、上体を折り曲げる格好になっていた。辛うじて顔だけ上げて若林を睨みつけたが、もはや後の祭りである。

「ちょっと遠慮し過ぎじゃないか」若林は二人の隊員に言った。「両肩を脱臼させても、俺は見なかったことにしておくよ」

「ふざけるな」青山が苦しい息の下から言う。

「ふざけてるのはお前だろうが！」若林は叫んだ。「阿呆か。こんなことが上手くいくわけがないんだよ」

「ふざけるな……」

繰り返される血の叫び……それほどに恨みが深かったのか。だが若林は、一切同情を感じなかった。これからこの男の言い分を聴くわけだが、自分がそれをやりたいのかどうか、分からなかった。

しかし、やらざるを得まい。責任を取る、という意味もある。

「連れていってくれ」

隊員に命じてから、若林は青山を制圧した男と向き合った。顔色は変わらず、呼吸も乱れていない。体力的に強靭《きょうじん》というより、何度も修羅場をくぐってきた人間だな、と直感する。

「板橋中央署の神谷です」

どこかで聞いた名前だが……若林は眉をひそめた。次の瞬間、ピンと来るものがあった——桜内が言っていた、かつての神奈川県警検証捜査班の一人だ。確か、コカイン事件について桜内に情報を入れてくれた人間ではないか。

「夜間緊急警備班の若林です」

「ああ、桜内のところの……」

若林は黙ってうなずいた。すぐに礼を言うべきなのだが、言葉が出てこない。何故か後ろめたい気持ちが湧き上がってきたのだ。桜内は今頃、病院のベッドの上である。桜内は埼玉県警の人間なのだから、警視庁の刑事である神谷に対して、ひるむ理由もないのだが。

「奴が青山ですね?」

神谷の目が、青山の背中を追った。若林はちらりと振り返ってから「ああ」と短く応じた。

「何があったのか知りませんけど、阿呆な警察官が増えましたね」

「あいつはもう警察官じゃない。とっくに辞めてる」俺が引導を渡した——しかしそれは、こんな場所で外部の人間に打ち明けるような話ではない。

「とにかく、民間人に怪我人が出なくてよかったですよ」

それを言われて、急に痛みが蘇った。クソ、俺は怪我人のうちに入らないのか。若林はゆっくりと左腕を挙げた。二の腕に鋭い痛みが走る。数十センチの差で命拾いしたな、と考えるとぞっとする。桜内と同じではないか。

青山は神にはなれなかった。

しかし、少しはその座に近づいたかもしれない。

「実は、桜内も撃たれたんだ」

神谷が右の眉だけをひそめる。

「命に別状はないはずだ。しかけられたクロスボウの矢が腕に刺さった」

「ということは、負傷者は警察官二名ですか」

「それだけで済めばいいんだが」鉄道博物館駅近くの爆発で負傷者が出たかどうか、正確には分からない。家族の安全を確認するだけで手一杯だった。

「警察官の負傷は、負傷のうちに入らないでしょう」神谷が素っ気なく言った。

「言うね、あんた」若林は思わずにやりとした。

「俺も地獄を見てますから」

その言葉が重くのしかかった。桜内は決して語らないが、神奈川県警で何があったのか、薄らと噂は伝わってきている。

「じゃあ……」

「桜内によろしく伝えて下さい」

「ああ。それと……」

「何ですか」

「ありがとう。助かった」

一瞬間を置いて神谷がうなずく。何事もなかったかのように、踵を返して去っていく。ようやく制服組が到着し、現場の交通整理を始めた。車がのろのろと、若林の脇を通り過ぎていく。荒川を吹き渡る風が体に叩きつけ、思わず身震いした。ろくでもない事件。ろくでもない結末。すっきりした気分は一切なかった。

15

若林は、浦和中央署の取調室で青山と向き合った。久しぶりにごく近くで顔を見たが、記憶にあるよりも幼いので驚く。こいつはまだ、二十代半ばなのだ。最近の二十代の若者というのは、こんなものかもしれない。車をぶつけた時にでも怪我したのか、左の眉の上に大きな絆創膏が張ってあった。そのため、左目がほとんど塞がって、表情が読みにくくなっている。

若林は顎を引いて表情を引き締め、青山を睨んだ。視線が合わない……が、気にせず、取り調べを始めた。まず、貸し倉庫の鍵をテーブルに置く。

「こいつは？　高跳び用の荷物を隠しておいたのか」

「……ああ」

「鍵を二つ、ねえ。不用心だ」

「借りる時に二つ貰ったんだよ」

「お前にしては用心が足りないな」鼻を鳴らして一気に畳みかける。「確認する。一連の放火事件、コカインの密売、乱闘騒ぎに二件の殺人事件、ニューシャトルの走行路の爆破——おっと、それにベテランのこそ泥を動かして俺たちを観察していたことも、全部お前が裏で糸を引いていたんだな」

「認めなかったら？」

「これからの取り調べが面倒になるだけだ。しかし、お前はいずれは喋る。何度でも再逮捕できるから、いつまでも我慢できるはずがない。どうなんだ？　放火や乱闘騒ぎは、俺たちの活動実態——レスポンスタイムや人員を知るために起こしたんだろう？」

「簡単に丸裸にできたよ」

　否認を通すつもりはないのだな、と若林は判断した。むしろ裁判では、堂々と話すのではないだろうか——自分の計画の緻密さを誇るために。最終的に失敗したとはいえ、そこまでのやり方は確かに用意周到だった。

「殺しはどうなんだ？　どうして二人も殺した。あいつらは、おまえの仲間だろうが」

「二人ともびびってね」青山が肩をすくめる。

「あの二人を、放火に使っていたんじゃないのか？」加納賢人の役回りがまだよく分からなかったが、思い切って推測を持ち出した。

「ああ。バイクを持っていることが条件だった。あの四件については上手くやったんだけど、後からまずいと思ったんだろうな。びびって、自首するとか言い出しやがった。黙っていれば、絶対に分からなかったのに。警察も、容疑者を絞りこめてなかったんだろう？」

うなずくしかなかった。気を取り直して質問を続ける。

「加納賢人は、西浦和グループの人間じゃなかった」

「ああ。あれは……あいつは別筋だ。関係ない人間が一人ぐらいいた方が、何かの役に立つと思ったから」

「まともなサラリーマンは、放火なんかしないもんだがね」

青山がまた肩をすくめる。白け切り、取り調べに早くも飽きてきた様子だった。

「あいつ――加納の給料、知ってるか？　手取りで二十万ちょっとしかないんだ。金があれば、簡単に動かせる相手だよ」

「簡単に動かせる人間は、簡単に裏切る」

「当然」青山がうなずく。「だから、必要なくなったら切ればいい」

「だからといって、殺すのはやり過ぎだ」若林は胃が痛むのを感じた。

「やっぱり、ただのサラリーマンだったよ。耐えられなくなったんだろうね」

あっさりと言い切る青山に、若林は軽い戦慄を覚えた。こいつはやはり、人間としての基本的な何かが欠けている。死刑を執行されるまでの長い年月で、人間らしさを取り戻すだろうか……いや、最初からそれが欠落していたとすれば、取り戻すもクソもない。

「これは全部、俺に対する復讐か」

若林のダイレクトな問いかけに、青山は答えなかった。

「どうせ裁判では喋るつもりだろう？　そこで警察批判でもぶち上げる気か」

「いや、別に」特に関心なさそうな口調で青山が否定する。

「だったらどうして、こんな事件を起こした。警察の力を試して、俺に恥をかかそうとしたんじゃないのか」

「一つ、俺が知らなかったことがある」

「ああ？」

「そもそも警察は、恥なんか知らないんだな」

虚を突かれて、若林は口をつぐんだ。何を言ってるんだ、こいつは？

「あんたを見てると分かる……これだけ引っ掻き回されて、人が死んで……普通だったら出てこられない。でも平気で俺に会ってる。あんたには恥の概念がないんだろう」

「それはお前だろう？」

あっさり言い切ると、青山が戸惑ったような表情を浮かべて顔を上げた。若林はかまわず続ける。

「俺に恥はないよ。だいたい、恥って何だ。失敗することか？　人間は誰だって失敗するんだ。問題は、失敗した後だろうが。恥ずかしいと思って縮こまって、次の行動に出ないとどうなる？　警察の仕事は、そんなわけにはいかないんだ。非難されようが、罵声を浴びせられようが、事件が解決していないうちは必死に動くんだよ。恥ずかしいとか、そんなことを考えている余裕はない……それより、お前は恥ずかしくないのか」

「いや……」青山の声は不安で揺らいでいた。

「恥ずかしいに決まってるよな。お前には、この失敗をリカバーする方法がない。恥をかいたまま、一生が終わるんだ」

青山が唇を嚙む。

「お前は、いろいろな人間を金で支配して、それで神様になったつもりだったかもしれない。でもそんなのは、小さな国の王様の権力にも及ばないんだよ。それに、金で買える魂には限度がある。何でお前がここにいると思う？　お前が使っていた人間たちが、ぺらぺら喋ったからだ。裏切られたんだよ。どんな気持ちだ？」

「……ふざけるな」

「ふざけてない！」若林は言葉を叩きつけた。自分の声が、左腕の傷に響く。まだろくな治療も受けていない。「薄いな、お前は。薄っぺらだから、ちょっと叱責されただけでいじける。自分が世の中でいちばん偉いと思っていたのに、それを否定されただけで、警察にいられなくなる。そんな人間が警察をコントロールするなんて、無理に決まってるだろうが。お前は失敗したんだよ。勝負に負けたんだ。これからは大人しくして、せいぜい裁判員の心証を良くすることだけを考えるんだな。泣いて謝れば、情状酌量もあるかもしれないぞ」

とんだ嘘だな、と若林は思った。青山は多くの罪を犯し、中でも二件の殺人は絶対に看過できない。それだけでも、検察は死刑判決をもぎ取れる。裁判員の素直な判断を信じたかった。いや……何もなくても、青山に対する印象は最悪になるだろう。青山は今、かすかに怯えてはいるが、それでも傲慢な気配は消えていない。結局は、自分が神――警察を超える存在だと未だに思っているのではないか。こういう態度は、消せないものだ。上辺《うわべ》でどんなに謝罪の言葉を並べ立てても、絶対に透けて見えてしまう。普通の感覚を持った裁判員ならそれに気づき、さらに悪い印象を持つだろう。

「で？　今のうちに俺に言っておくことはないのか？」

若林の誘導に、青山が黙りこんだ。

「俺は、この事件の捜査はしない。お前とつき合うのはごめんだからな。だから、何か言いたいなら、これが最後の機会だぞ」

「……ない」

「そうか」

若林は青山の顔を覗きこんだ。意地を張っているのかもしれないし、こういうやり方も何かの作戦かもしれないが、どうせ上手くいくはずがない。プロのつもりでいる素人なのだ。何もかもが中途半端。それを、これからたっぷり思い知ることになるだろう。プロの取り調べ、それに捜査をじっくり勉強すればいい。今さらそれを知っても、何の役にも立たないが。

青山がテーブルに突っ伏した。目を瞑り、ひたすら休息を取っているようにも見える。疲れたか……昨夜はおそらく徹夜だっただろうし、今朝の逃走には体力も神経も使ったはずだ。おそらくこいつの人生でも、もっとも緊張した数時間だったはずである。

「本当に、俺に言うことはないんだな」若林が念押しした。

「ない」テーブルに突っ伏したまま、青山が言った。

しかし次の瞬間、青山はすっと上体を起こした。手に何か……若林は慌てて立ち上がり、腕を伸ばした。しかしテーブルの幅が広いのと、左腕の痛みのせいで、思うように体が動かない。

「ジャキッ」という軽い音が聞こえた。しばしば聞いている音だが、いったい何かと見ると、青山がいつの間にか、右手に小さなカッターナイフを握っていた。刃先が五センチほど出ていて、鈍い光を放っている。こいつ……ブーツの中にでも隠していたのか？

身体検査はちゃんとやっていなかったのか？

「押さえろ！」若林は叫んだ。次の瞬間、青山は刃先を首の後ろに当てた。そのまま前に一気に引き、勢い余って腕を投げ出すようにする。刃が自分に向かう恐怖に襲われ、若林は思わず身を引いた。青山の背後に控えていた浦和中央署の刑事がようやく動いて、青山の右手を摑む。手首を捻ってカッターナイフを離させた。青山は他人を傷つけるつもりはなかったようだ。

カッターナイフが床に落ちる——首から噴き出した血が、既に床に大きな血溜まりを作っていた。まだ首から血が噴き出し続けており、青山の命が確実に流れ出しているのが若林には分かった。

立ち上がり、取調室のドアを開ける。だが、急がなかった。むしろ、敢えてゆっくりと動いた。首を突き出し、「救急車！」と叫んだが、自分の声に熱が感じられない。どうでもいい。むしろ、これがいちばんいい結末かもしれない。絶対に矯正できない犯罪者はいるのだから。

刑事たちが慌てて飛んでくる。取調室に首を突っこんで中の様子を確かめ、声にならない声を上げる。若林は取調室から出て、刑事課の大部屋でデスクに尻をひっかけるようにして座った。背中を丸め、次第に大きくなる騒ぎを見守る。

腹が減ったな、とぼんやりと考えた。

16

一瞬のことだった。

拳銃が使えない時のためにと、ブーツの中に潜ませていたカッターナイフ。咄嗟にそれを抜いたのは、法廷に引きずり出されたくなかったからだ。法廷では、事件に関係あることなら何を言ってもいい。しかし若林が言ったように、そこで警察の悪口を言うのは馬鹿馬鹿しかった。完全に負け犬の遠吠えではないか。負けは負け。ゲームオーバー。だったらここで、自分でケリをつけるべきだ。俺の命は、お前たちには渡さない。

取調室に、何となく弛緩した雰囲気が漂っているのは分かっていた。犯人を逮捕し、当面の危機は消えたから、気が緩むのも当然である。室内には、若林ともう一人の刑事だけ。絡みつくような視線を感じることもない。若林はがんがん皮肉をぶつけてきたが、それも本気とは思えなかった。

カッターナイフを摑んだ右手を引き抜き、素早く刃を出す。耳元で「ジャキッ」というお馴染みの音が響いた。そのまま首の後ろにあてがい、思い切り前へ引く。真っ直ぐ、というわけにはいかなかった。何かが引っかかる。首の中で「かちり」と硬い音がした。折れたのか？　無視して、思い切り右腕を前へ突き出す。しゅっと軽い音がして、すぐにカッターに伝わる感覚が軽くなった。

痛みはない。カッターというのは優秀なんだな、とぼんやりと考える。刃先が鋭ければ鋭いほど痛みは小さいと聞いたことがあるが、本当だった。

何かが……力が抜ける。体から噴き出ているのは血ではなく、命そのもののようだ。目の前が赤くなり、光景が揺らぐ。体が揺れ、上体を真っ直ぐ支えているのが難しくなった。

どうだよ、若林さん。結局警察は失敗するんだ。逮捕された時のボディチェックが甘く、刃物の持ち込みを許してしまったのは大失態だ。それに加え、容疑者を自殺させてしまうとは。どうしようもない。所詮警察は、大したことはないのだ。ざまあみろ、と考えたが、笑みは浮かばない。

若林の顔が視界に入った。慌てているだろう……自分の失敗を悟って、絶望的になっているかもしれない。

いや。

こちらを見ている若林の顔は虚無的だった……違う。つまらなそうにしている。

何なんだ、これは？

慌てないのか？　どうして何も起きていないように振る舞っている？　問いかけたかった。こっちが命を賭けて警察の間抜けさを証明しようとしているのに、何故そんなに平然としているんだ？

左腕を伸ばし、若林の胸ぐらを摑んでやろうとしたが、もう腕は上がらなかった。体が言うことを聞かない。上体がゆっくり傾いでくる。このままだと額がテーブルに直撃だ。スチールの天板に頭をぶつけたら痛い——しかし、ごつんという激しい音は聞こえたものの、痛みはなかった。

ああ……こうやって命は抜けていくのか……最後に見るのが、若林のつまらなそうな顔とは。そうか……このオッサンは俺だ。俺と同じだ。内面が死んでいる。だから、俺が死ぬのを見ても、何とも思わないんだ。

17

「具合はどうだ?」

「まあ、何とか……」

言いかけて、桜内が絶句する。見舞いに来た人間が、本人と同レベルの怪我を負っているのだから、驚かないわけがない。互いに左腕を吊っているわけで、何だか鏡を覗きこんでいる感じになる。いや、鏡だったら、桜内は右腕を吊っていなければならない。下らないことを考えるよな、と若林は我ながら馬鹿らしくなった。

桜内は、ベッドの上で胡坐をかいていた。病院お仕着せの寝間着ではなく、トレーナーの上下。病院に担ぎこまれてから半日近くが経っているので、妻が来たのだろう。

「奥さんは？」若林は慎重に訊ねた。

「一度家に戻りました」

「そうか。そりゃよかった」大袈裟に首を回して、周囲を見回してみせる。「奥さんに頭を下げるのはきついからな」

「大丈夫ですよ」桜内が自由な右手で顔を擦った。「大した怪我じゃないですし、女房も別に怒ってませんから」

「それならいいんだがな」

「それより若林さんこそ、どうしたんですか」

妙な格好になってしまっている。左腕を吊った状態でブルゾンを着ているので、体の左側だけが大きく膨らんでしまっているのだ。

「奴に撃たれたんだよ」若林は戸田橋での顚末を説明した。最後に神谷に助けてもらったことも。

「神谷さんが……」

「大した男だね、あれは。度胸があるというか、肝が据わっているというか」

「いろいろな物を捨てた人だから、無茶ができるのかもしれません」

「何だ、それは」

「俺の口からは説明したくないです。本人から直接聞いたらどうですか？　会合のセッティングぐらい、しますけど」

「いや、それは結構だ」若林は首を振った。「一緒に呑んで楽しそうな男には見えなかったね」

「ああ、まあ、そうですね……ところで、どうしたんですか？　俺の見舞いなんかしてる余裕、あるんですか」

「お前が状況を知りたがるんじゃないかと思ってね。それに俺は、捜査する立場にないから」

「……青山が死んだって聞きましたけど」

「ああ。えらいことだ。後で誰が責任を取るかで揉めるだろうな。まあ、浦和中央署の留置管理の連中だろう。ボディチェックが不十分だったんだ」

桜内がどこか不満げな表情を浮かべているのに気づいたが、若林は無視して話を進めることにした。椅子を引いてきて座り、もう一度動かしてベッドに近づける。

「結局俺たちは、青山の掌の上で転がされていただけなんだ」

「いったい、いつからだったんですか？」

「おそらく、西浦和グループの件から」若林は腕時計を見た。午後五時……俺には午前五時というところか。「青山は、俺に警察を追い出された後、ずっと復讐の機会を狙っていた。そのために、西浦和グループに接触して、使える人間のリクルートを始めたんだ。ネタは、コカインの運搬役だ。運び屋の仕事を、アルバイトとして西浦和グループの連中に紹介していたんだな。それなりにいいバイトになっただろうよ。当然、青山もそこから金を抜いて、自分の活動資金にしていた。これがコカイン押収の一件の裏事情だ。ところが運の尽きがきたわけだよ。お前がたまたま運び屋の工藤礼二たちを逮捕して、大物ディーラーの三坂本人も警視庁にパクられた。コカインを運んでいた、あの二人組は、青山が死んだ話を聞いて、慌てて喋り出したよ。相当脅されていたし、金も握らされていたそうだが、重石《おもし》が外れたんだろうな」

「放火や乱闘騒ぎは何だったんですか？」

「あれも全て、青山が仕組んだことだった。俺たちの動きを把握するためだったんだろう。警備班は結成されたばかりで、どんな動きをしているか、外の人間には分かりにくいからな。レスポンスタイムや、勤務に就いている人数を調べて、最後の作戦に備えていったんだ。例の、蓮田で捕まった泥棒、いただろう」

「ええ」

「青山は、交番勤務時代に知り合ったんだ。窃盗未遂の現場を見て、見逃したんだな……その後も連絡は取っていた。青山にすれば、いつでも自由に動かせる手駒だったんだろう。今回も偵察要員だった」

「最後の作戦が、ニューシャトルの爆破ですか」

「ああ」唾を呑む。何か硬い物が喉にあるように感じた。

「被害はどうなんですか？　ニュースでも詳しいことが分からなくて」桜内が傍らのテレビに視線を投げた。

「軽傷者五人、だな。全員、逃げる時に転んで怪我を負った。爆発に直接巻きこまれた人間はいない。ニューシャトルはまだ停まったままだが、新幹線は運行を再開したよ」

「最小限の被害、と言っていいですよね」桜内が慎重に相槌を打つ。

「まあな」

「青山、入念に準備していたんですね」

「ああ。いちばん気に食わないのは、奴が俺個人についても調べていたことだ。今朝、女房と娘が向こうへ行くのを知っていたんだよ。それで最終的に、二人を巻きこむ計画を立てた」

「そんなこと、どうやって調べたんでしょうね」桜内が、包帯の上から左腕をそっと撫でた。

「おそらく俺の家を盗聴していたんだろうが、それは調べてみないと分からないな。生きていれば聞き出せたかもしれないが」若林は首を横に振った。あの男が死んだことは何とも思わない——社会のためにはむしろよかったと思っているが、真相を全て明らかにできないのが悔しい。

「殺しは、どういうことだったんですか？」

「あれは……奴の暗い側面の発露、というところかな」

「被害者は……」

「青山が放火の仕事を振った人間だ。二人とも自分のバイクで動き回っていたんだな。でもびびって、抜けたがっていたらしい。抜ければ警察に駆けこむかもしれない……そう考えたら、許せなくなったんだろう」

「だから嬲《なぶ》り殺しにしたんですか？　拷問の末に？」桜内の顔が歪む。

若林はうなずいた。千枚通しで、痛みが永続的に続くよう、少しずつ傷つける——まさに嬲り殺しであり、青山のサディスティックな一面が強く出た事件だ。

「奴が持っていた三棟のビル……そのうちあの一室が、やはりアジトだった。そこが、西浦和グループの連中との会合に使われていたようだが、見ただろう？　部屋から血の付着したビニールシートが見つかっている。鑑定中だが、二人はあそこで殺されたんじゃないかな」

「滅茶苦茶じゃないですか」桜内の顔が蒼くなる。唇を嚙み、掛け布団を右手できつく握り締めた。

「光石も危ないところだったんだ。あいつも殺しにかかわっていたんだが、抜けようとして相談に行って脅されて……青山のマンションを逃げ出したところで、俺たちが逮捕した。まだまだ逮捕者は出るぞ。要するに、西浦和グループ全体が、青山に操られていたんだ」

「青山が死んだのは残念でした」

「そうだねえ……でもこのまま奴を取り調べても、きちんと結果が出せたかどうか、分からないな。意味不明の供述ばかりで終わった可能性もある」

「でも、少なくとも事実は詰められたんじゃないですか」

「だろうね。まあ、西浦和グループの連中を叩けば、全容は解明できるだろう。それぞれ、仕事を割り振られていたんだ。いちばん先にやらなくちゃいけないのは殺しの捜査だろうな。直接手を下したのは青山かもしれないが、光石も死体遺棄を手伝ったとほのめかしているからな。それに宮内がほぼ完全自供しているから、いずれ、手を貸した人間が誰かは、分かるだろう」

「何か……これでいいんですか？」

「何が？」若林は耳の上を掻いた。

「青山が死んでしまって」

「自殺なんだから、しょうがないだろう」

「若林さんは、何とも思っていないんですか？」

若林は桜内の顔を凝視した。この男が何を言いたいかは分かっている。分からないのは自分の本当の気持ちだ。もしもあの時、自分がコンマ何秒でも速く反応していたら、どうなっていただろう。カッターナイフを持つ手を殴りつけ、自殺を止められた？　あるいは首筋を切り裂いた後であっても、救急車をもう少し早く要請していたら？　いずれにせよ、間に合わなかっただろう。青山は最低のクズ野郎だが、一つだけ褒めていいところがある。ある意味、負けた時には潔《いさぎよ》い。司直の手に身を委ねることを避け、自ら決まりをつけた。どうせ死刑になるのだから、裁判の長い手続きと費用を省略したことは評価すべきかもしれない。

問題は……自分だ。自殺を図った青山の生気があっという間に抜けていくのを、俺は何の感慨もなく見ていた。あれはどういうことだろう。クズが死んでも、社会が少し綺麗になるだけ、と思っていた？　更生できない人間を裁判にかけるのは無駄だと思っていた？　どうも、そういうこととも違う。

「……何とも思ってないね」ようやく、若林は桜内の疑問に答えた。

「本当ですか？　クズ野郎が死んでよかった、とも思わないんですか？」

「ああ」

「だったら……」桜内が言葉を呑み、唇を硬く引き結んでしまう。

「何だよ。言いたいことがあるなら言えよ」

「青山の心が、若林さんに伝染したのかもしれませんね」

「心？　そんなもの、伝染するのかね」

「我々は常に、犯罪者の心情を理解しようとするじゃないですか。そんな風にしつけられているわけだし、長い間刑事をやっていれば、自然にそう考えるようになるでしょう」

「……そうだな」

「刑事の心って、鏡みたいなものかもしれませんよ。犯罪者の心を映す……」

「ああ」桜内の言いたいことが分かってきた。桜内は、これ以上自分の口からは言えないとでも言うように黙りこんでしまったが、若林の頭には十分染みこんでいた。

あの時——青山が自殺を図った時、俺の心は青山そのものだったのだ。自分より劣った人間が死のうが生きようが、どうでもいい——青山ならいかにもそう考えそうなものである。嫌な気分だった。嫌な気分だが、否定しようもない。それに、クソ野郎に対峙する時は、こちらもある程度クソ野郎にならなければならないのではないか。

どうでもいいことだ。

奴は死んだ。一連の事件は、ある程度は解明できるだろう。警察官としては、それ以上を望むこともあるまい。

「まあ、あれだよ」若林は口を開いた。声がしわがれているのを意識する。「適当な塩悔ってものがあるんじゃないか？　何でも百パーセント、上手くいくわけがないし」

「そうなんでしょうね……」応じたものの、桜内は不満げだった。それは仕方がない。人によって回答が違うのが、事件捜査なのだ。いや、答えは一つなのだが、満足できるかどうかは人それぞれである。今回の件について、桜内は納得していない。俺はどうでもいいと思っている。これは単なる、気持ちの違いに過ぎない。全員が同じ結論に同じ感想を抱いたら、むしろ気持ち悪いのではないか。

「それより若林さん、ずいぶん無理したんじゃないですか。無理というか、無茶」

「そうか？」

「長宮に聞きましたけど、ご家族のこと、滅茶苦茶心配してたじゃないですか」

「そんなの、当たり前だろう」思わず口調が荒くなる。

「そういうの、若林さんのイメージじゃないですけどね」

「ああ？」

「家族のことより、仕事優先で突っ走ってきたとばかり、思ってましたけど」

「そんなの、お前……」若林は自由が利く右手で思い切り顔を擦った。

いくらでも話せた。実は家族は何より大事で、家族のために仕事をしてきたのだ、と。確かに、態度で示すことはなかったかもしれない。家族にも疎《うと》まれていただろう。だが、いざとなれば自分の身を犠牲にしてでも家族を守る覚悟はできていた。

しかしそんなことは、家族に対しても口にしない。堂々と言える男もいるかもしれないが、自分はそういうタイプではないのだ。

「変なこと、言うなよ」

「どうも。失礼しました」桜内がひょいと頭を下げる。

「さて」若林は膝を叩いた。「お前の奥さんが戻ってくる前に、失礼するわ。怒りが引っこんだ頃に、改めてご挨拶させてもらうよ」

「若林さん、入院してなくていいんですか」

「そんな暇はない。うちの仕事はこれからじゃないか」

「徹夜の後で？」

「俺がしっかりしてないと、警備班は回らないんだ」

「今日ぐらい、ご家族と一緒にいてもいいじゃないですか」

「煩いな。俺の家には俺の家の事情がある」

そう、他人には立ち入ることができない事情が。普段の自分だったら、「余計なことを言うな」と怒鳴っていたところだろう。だが今日は、何故かそんなことをする気になれなかった。

病院を後にして歩き出す。十二月の街は冷え切っていたが、却《かえ》って冷たい空気が心地好い。細胞の一つ一つに染み付いた疲労感が、一歩ごとに消散していくようだった。

この辺は、本当に雑多な街だ。小さなビルが建ち並び、看板を見ているだけでも目がくらくらしてくる。塾、法律事務所、英会話教室、不動産屋……そういう中に、いかにも昭和から続いてきたような、古びた食堂がある。あとは、どの街灯を見ても目立つレッズの真っ赤なフラッグ。レッズのフラッグはもっと派手に、大きくすればいいのに、と思う。今はせめて、気を紛らわせてくれる明るい光景が欲しかった。

仕事は終わらない。直接この事件の捜査を担当することはなくとも、後始末がたくさん残っているのだ。壊したパトカー、自分と桜内の負傷、オーバーワークさせてしまったスタッフ……書かなくてはならない書類は山ほどある。やりたくはないが、頭を下げねばならない相手もいる。

ぶらぶらと歩いていく。腕の傷は依然として痛むが、これを堪えるのが自分にとっての罰だと思う。病院から家まで、歩いて二十分ほど。バスか、タクシーを使ってしまってもいいのだが、どうしてもその気になれなかった。

ふと、甘い香りが鼻先に漂う。ああ……立ち止まると、目の前に洋菓子店があった。今風の「パティスリー何とか」ではなく、看板に堂々と「洋菓子　パーラー」と謳っている。ここにこんな店、あったかな……警察官は路地の一本一本に精通していなければならないというが、こんな店までは記憶になかった。相当古い店――もしかしたら若林と同い年ぐらいかもしれない。

ふと、ほとんど何の考えもなしに店に入った。昔ながらの洋菓子店……ショーケースの中に、トレイに載ったケーキが並んでいる。どれもかなり甘そうで、最近の健康志向とは縁遠い。

「いらっしゃいませ」砂糖をまぶしたような甘い声で、若い女性店員が愛想を振りまく。

「どれにいたしましょう?」

「あ? ええと……」声をかけられるまでは、「たまにはケーキでも」と軽く考えていた。一度家に帰って着替え、食事の後でデザートにすればいい……。しかしいざ注文しようとして、妻と娘の好みを知らないことに気づいた。

若林は愛想笑いを浮かべ、後ずさった。「ちょっと家内に訊いてみるので」と言いながらスマートフォンを取り出し、店の外に出る。仕事を終えて帰宅を急ぐ人、夕方の買い物に出かけた主婦などで、街はごった返し始めている。普通の人の普通の生活……自分には縁がないものと思っていたが、今は少しだけ自分を変えてみてもいいか、と思う。

妻の携帯を呼び出し、何と話し出そうかと考える。だが、考えがまとまらないうちに、つながってしまった。

「ああ、俺だ……ケーキでも食べないか?」

解説

細谷正充

　堂場瞬一は、警察小説の旗手であり、翻訳ミステリーの愛好家だ。そのような事実もあってか、作者の名前を見ると、私は「ドーヴァー警部」シリーズを思い出す。堂場＝ドーヴァーという、単純な連想である。もしかしたら、このシリーズを意識して堂場瞬一というペンネームをつけたのかと妄想したりしていたが、大学のゼミの先生だった堂場肇に由来するとのこと。いくらなんでも考え過ぎであった。

　ちなみに「ドーヴァー警部」シリーズは、ジョイス・ポーターの手になるイギリス・ミステリーだ。主人公は、スコットランド・ヤードの犯罪捜査課主任警部のウィルフレッド・ドーヴァー。肩書だけ見ると立派なものだが、風貌も性格も最低な嫌われ者。昇進という形で、各分署をたらい回しにされているうちに、今の地位に就いた。仕事もやる気がなく、的外れな捜査をしていたら、犯人が自滅するというのが、基本パターンになっている。かなり癖のあるシリーズだが、面白さは抜群であり、特にシリーズ第四弾『切断』は、ミステリー史に残る傑作にして怪作だ。機会があったら、是非とも読んでもらいたい。

それはさて置き、堂場瞬一である。作者の創り出す刑事は、ドーヴァー警部とは正反対。滾《たぎ》るような情念を持ちながら事件を追う者。誠実に事件に向かっていく者。若さで事件にぶつかっていく者。それぞれの個性があるが、誰もが誇り高き刑事魂を抱えている。そこに堂場警察小説の、大きな魅力があるのだ。たしかに本書の主人公は、性格に難ありの嫌われ者という点で、ドーヴァー警部と通じ合うものがある。だが、執拗なまでに事件を追う姿を見ていると、やはり堂場警察小説の主人公だと納得してしまうのである。

本書『複合捜査』は、文庫書き下ろしの警察小説だ。二〇一三年七月に本文庫から刊行された『検証捜査』の姉妹篇である。しかし、ふたつの作品の主人公は違っている。『検証捜査』の主人公は、左遷先の伊豆大島署から特命チームに呼ばれた、神谷悟郎警部補だ。舞台は神奈川県で、連続婦女暴行殺人事件の犯人を誤認逮捕した神奈川県警を相手に、神谷たちが熾烈《しれつ》な捜査に邁進《まいしん》した。

一方、本書の主人公は、若林祐警部だ。埼玉県警が試験的に運用を始めた、夜間緊急警備班（通称ＮＥＳＵ）の班長である。「昨今のさいたま市内繁華街における夜間の治安悪化に対応するためで、パトロール強化、事件発生時の迅速な捜査・検挙を目的とする」ＮＥＳＵは、総員二十八名。平均年齢三十一歳で、うち女性が二人だ。かつて、二度も部下が失態を犯したことで、出世街道から外れている若林は、この新設部署で手柄を上げ、捜査一課への返り咲きを狙っている。また、仕事の虫であり、自分のやり方しか認められない、狭隘《きょうあい》な人間でもある。部下を馬鹿にして、無能な者は切り捨てるべきだと思っている。そんな彼を、部下の若手刑事たちは、煙たがっていた。

そうそう、若手刑事で、連想した作品がある。『蒼い猟犬　1300万人の人質』『ルーキー　刑事の挑戦・一之瀬拓真』など、作者は若手刑事とベテラン刑事のコンビを、幾つかの作品で描いている。これらは、若手刑事の視点になっており、そこにフレッシュな魅力があった。本書もその構図を採っているのだが、視点はベテランの若林だ。なるほど、ベテラン刑事から若手を見れば、こんな風に感じるのかと興味津々。作者のファンならば、ふたつの視点の作品を読み比べることによって、さらなる深い味わいを得ることができるだろう。

とはいえ若林にも、認めている部下はいる。副官格の桜内省吾だ。もっとも桜内は、暴走しがちな若林を止める密命を与えられており、さらには若林と若手刑事の間に挟まれ、なにかと苦労することになる。

と、ここまで読んで、桜内省吾という名前に、引っかかった読者もいることだろう。そう、彼は『検証捜査』で神谷が加わった、特命チームの一員である。なるほど、こういう捻《ひね》った形で物語を繋《つな》げるのか。常に新たなアイディアを投入して、読者の興味を強く喚起する、作者の手練が流石《さすが》である。

アイディアといえば、NESUの設定も見逃せない。夜間専従で、パトロールや初動捜査に当たる実験チームというのは、日本の都市部の二十四時間化を考えれば、本当に作られてもおかしくない。よくもまあ、これほどリアリティのある設定を考えつくものだと感心してしまうが、おそらく発想の原点になっているのは、マイクル・Z・リューインの『夜勤刑事』であろう。万年夜勤班で、硬骨の刑事リーロイ・パウダーを主人公にした傑作である。

かつて書店で配られた小冊子「堂場瞬一という謎」に、作者と文芸評論家・池上冬樹の対談が載っている。その中で、一九七〇年代後半以降のネオ・ハードボイルドに話が及ぶと作者は、

「ある意味、探偵が『観察者』から『当事者』に変化したんですね。一枚隔てて事件を観察するのではなく、探偵の生き方自体が主題になっていった。自分が意識して海外ミステリーを読み漁った時期に興隆してきたのがネオ・ハードボイルドなので、その影響はすごく大きいと思う」

と、述べている。そして、多数の作家を輩出したネオ・ハードボイルドの中でも、特

に優れた作家のひとりが、マイクル・Z・リューインであったのだ。もっとも、本当に『夜勤刑事』が発想の原点だとしても、それが分からなくなるほど設定を膨らませ、自分の物語世界を創り出している。これもまた、作者の手練なのである。

さらにいえば本書は〝探偵の生き方自体が主題〟になっており、事件の描き方も〝『観察者』から『当事者』へと変化〟している。連続放火事件と、めった刺しにされた無惨な死体が発見された事件を振り出しに、次々と起こる事件や騒動に若林は、がむしゃらにぶつかっていく。自分の正しさを疑わない、傲慢な態度。誘導尋問や不法侵入といった問題行動。どこを切り出しても、若林祐というキャラクターは、実に不愉快である。それでも彼を心底嫌えないのは、揺るぎなき己のルールを持っているからだ。ひとりでも犯罪者を減らすためには、自分がどう思われようとかまわないという、激烈な信念を抱いているからだ。しかもそれが、事件の原因と密接に関係しており、終盤では若林自身の事件へと変転する。かつてネオ・ハードボイルドから受け取ったものを作者は、本書の主人公と事件に託し、読みごたえのある警察小説に仕立てたのである。また、スピーディーな展開や桜内の苦労人ぶり、クライマックスの怒濤《どとう》のサスペンスに神谷のカメオ出演、『検証捜査』と通底する不気味な犯人像など、他にも見どころは多い。盛りだくさんの内容は、一気読みの面白さだ。

さて、以上のこととは別に、舞台になっている埼玉県にも注目したい。以前、「週刊朝日」の企画で、作者と今野敏が対談したのだが、司会として私も同席していた。そのとき作者は、東京以外の関東諸県を舞台にした警察小説を書いていきたいといっていた。実際、『検証捜査』が神奈川県、二〇一四年二月に刊行された『内通者』が千葉県、本書が埼玉県と、関東諸県を舞台にした作品が続いているのだ（もちろん、東京を舞台にした警察小説も刊行されている）。しかも本書の、さいたま市の描写は、実に行き届いている。

個人的な話になるが、私は約十年、さいたま市で暮らしていたことがある。それも本書の、最初の放火事件の現場の、すぐ近くだ。〝三菱マテリアルの敷地〟なんて書いてあると、すぐに光景が浮かぶし、証人が行ったコンビニも心当たりがある。つまりは、すべてが現実に即して、的確に描写されているのだ。今でもよく行く、大宮駅東口正面にある「すずらん通り」を、

「小さなアーケード街で、どこでも見かけるチェーン店などが並んでいる一方で、地元で長く続いている店もあり、その雑然とした賑やかな光景は、地方都市独特の味わいを感じさせる」

と書いているのも、まさにその通りと膝を打ってしまった。面白い物語を支えるのは、

細部のリアリティ。誰もが分かっていながら、意外と疎《おろそ》かになる部分を、作者はきっちりと書き込んでいる。堂場作品の人気の秘密は、こんなところにもあるのだろう。

さて、この解説を書いている時点ではまだだが、もうすぐ作者の著書は百冊を突破するという。ちなみに本書は、九十一冊目の著書である。「刑事・鳴沢了」シリーズの人気が出てから、量産体制を持続しているとはいえ、凄《すさ》まじいスピードだ。関東諸県が、堂場警察小説で埋め尽くされるのも、そんなに遠い話ではないだろう。

いや、それどころではないかもしれない。本書の中にあった、桜内と永井の会話を思い出してほしい。『検証捜査』で特命チームのリーダーを務めた永井は、かつての仲間たちを気にかけ、動向をチェックしているではないか。とすれば、他の特命チームのメンバーの居る県を順番に舞台にすることも可能である。……まあ、どうなるかは分からないが、今のペースで作者が警察小説を書き続ければ、行き着く先は見えている。四十七都道府県の制覇だ。堂場瞬一ならやってくれると、ひとりのファンとして、信じているのである。

（ほそや・まさみつ　文芸評論家）

集英社文庫

複合捜査《ふくごうそうさ》

2014年12月25日　第1刷　　定価はカバーに表示してあります。

著　者　堂場瞬一《どうばしゅんいち》

発行者　加藤　潤

発行所　株式会社　集英社

東京都千代田区一ツ橋2-5-10　〒101-8050

電話　【編集部】03-3230-6095

【読者係】03-3230-6080

【販売部】03-3230-6393（書店専用）

印　刷　凸版印刷株式会社

製　本　凸版印刷株式会社

フォーマットデザイン　アリヤマデザインストア　　マークデザイン　居山浩二

ISBN978-4-08-745257-0 C0193